로미오의 남자

로미오의 남자

1판 1쇄 찍음 2018년 7월 19일
1판 1쇄 펴냄 2018년 7월 26일

지은이 | 이수진
펴낸이 | 고운숙
펴낸곳 | 봄 미디어

기획·편집 | 김지우, 김현주
표지 디자인 | 우물

출판등록 | 2014년 08월 25일 (제387-2014-000040호)
주소 | 경기도 부천시 원미구 길주로 64, 1303(굿모닝 오피스텔)
영업부 | 070-5015-0818 편집부 | 070-5015-0817 팩스 | 032-712-2815
E-mail | bommedia@naver.com
소식창 | http://blog.naver.com/bommedia

값 9,000원

ISBN 979-11-5810-552-5 03810

※파본은 구입하신 서점에서 교환하여 드립니다.

로미오의
날개

이 수 진

장 편 소 설

contents

I
나갈게요, 맞선

　은우는 태경의 깊고 검은 눈동자를 홀린 듯 쳐다보았다. 농구 경기의 전반전 내내 활약한 태경의 몸은 땀에 흠뻑 젖어 있었다. 그에게서는 짙은 수컷의 향기가 뿜어져 나왔다.

　언제나 동경해 왔던 태경의 몸, 태경의 얼굴, 그리고 태경의 마음.

　한 번만, 딱 한 번만 안고 싶었다.

　"이은우, 뭐 해? 물 줘야지."

　"으응."

　주뼛거리며 아이스박스에서 막 꺼낸 생수를 건넸다. 태경은 씨익 웃으며 냉수를 꿀꺽꿀꺽 삼켰다. 요동치는 목울대에 은우는 저도 모르게 침을 삼켰다.

　"나, 잘했지?"

　"어?"

　"못했어?"

"아, 아냐."

"못한 게 없는데 왜 표정이 별로야? 지금 우리 학교가 이기고 있다고."

마음이 고스란히 읽힌 것일까. 평소와 다르다는 걸 태경은 눈치채고 있었다. 은우의 뺨에 붉은 핏기가 확 쏠렸다. 태경은 의뭉스러운 미소를 띠고 은우에게 어깨동무한 채 속삭였다.

"아니면 내가 스테판 커리처럼 너무 잘해서 감탄한 거야?"

장난스러운 말일 뿐인데도 알 수 없는 깊은 곳에서 전율이 흘렀다. 어쩌면 지금이 아니면 영영 고백할 기회가 없을지도 몰라. 무모한 용기는 지금이 적기라는 신호를 보내오고 있었다.

"최태경."

"응?"

좋아해. 내가 널 아주 많이 좋아해. 오래전부터…… 세상이 날 손가락질하더라도, 단 한 번만이라도 네게 고백하고 싶어.

용기를 낸 은우가 입을 떼려는 순간 태경이 휴대폰을 내려다보며 뿌듯하게 웃었다.

"잠깐만, 경은이야."

"경은이?"

"우리 사귀기로 했어. 네게 제일 먼저 말하는 거야. 아직 다른 녀석들에겐 비밀이야. 경은이가 당분간은 우리 과에 알리고 싶지 않다고 해서."

"으……응."

은우는 울 것 같은 표정으로 고개를 끄덕였다. 무참히 짓밟힌 용기는 바닥으로 내동댕이쳐졌고, 실낱같은 희망은 산산조각이 났다.

15년간의 짝사랑이 슬픈 종말을 고하는 순간이었다.

커서가 깜빡이는 것을 한참이나 쳐다보았다. 냉정해지자고 되뇌며 자판을 두드렸는데, 버석한 결심과는 다르게 은우의 마음이 아릿하게 가슴을 적셨다.

손톱으로 심장을 할퀴는 통증이 느껴져 눈을 감았다. 곧 쓰고 있던 안경을 벗고 눈두덩을 짓눌렀다. 캐릭터의 아픔에 몰입하다 보면 글의 균형은 깨어지기 마련. 더 이상 진도가 나가지 않았다.

지호는 노트북의 문서 창을 내리고 자리에서 일어났다. 글이 막혔을 때는 주위를 환기시키는 것이 도움이 되었다. 목이 말랐고 마침 배도 고팠다.

그녀는 1층으로 내려가 거실을 가로질러 주방에 도착했다. 냉장고를 열어 생수 한 병과 사과 하나를 꺼냈다. 물을 마시다 거실을 흘깃 곁눈질하니 세 모녀가 테이블을 주시하고 있었다. 엄마는 등을 돌린 채 팔짱을 끼고 앉아 있었고, 언니 지수와 동생 지유는 심각한 표정이었다.

무슨 일이 있나?

지호는 무심한 눈으로 그들을 바라보며 사과를 아작 깨물었다. 그러고는 곧 휴대폰으로 눈을 돌렸다.

"누가 나갈 기고?"

박정숙 여사의 근엄한 경상도 억양에도 지수는 눈 하나 깜짝하지 않는 여유로움을 시전했다. 반면 지유는 똥 마려운 강아지처럼 쩔쩔매고 있었지만 그것은 어디까지나 척일 뿐이었다.

"당연히 큰언니지. 안 그래, 언니?"

지수의 입가에 가소롭다는 미소가 설핏 어리었다.

"장유유서. 찬물도 위아래가 있는 법이니까!"

지유는 엄마의 날카로운 시선이 지수에게 향하도록 쐐기를 박았다.

"그래. 니가 나가라."

그 어조는 마치 '니가 가라, 하와이'라고 말하는 것처럼 들렸다. 지수는 눈살을 찌푸렸다.

"엄마, 나도 나가고 싶은데, 큰 결격 사유가 있어."

"니가 무슨 결격 사유가 있다고 그러노? 잘나가는 로펌 변호사인데."

"나 말고 이 남자."

정숙은 의아한 눈으로 사진을 내려다보았다.

"무슨 소리고? 잘나가는 의사……."

"연하잖아."

엄마의 말을 자르며 지수가 심드렁하게 대답했다.

"연하가 어떤데?"

"그것도 세 살이나 어리다고. 난 연하는 취미 없어."

"양지수, 니!"

"어린 남자를 부둥부둥해 주면서 만나기엔 내 인내심도 바닥이고 적성에도 맞지 않아."

"아니이, 닥터 강은……."

"아무리 어른스러운 남자라고 해도 별로야. 나 초등학교 다닐 때 내 또래 애들처럼 굴지 않는다고 엄마가 불평했잖아. 돌아가신 시어머니가 살아 돌아온 것 같다는 말도 했던 것 같은데."

"야는! 내가 언제 그런 말을 했다고 그러노! 너네 아빠 앞에서는 입도 벙긋하지 마래이."

하긴 지수는 어렸을 때부터 어른스러운 아이였다. 지수가 고작 6학년일 때 어린 두 동생을 맡기고 부부끼리만 중국 여행을 다녀올 수 있었던 것도 모두 큰딸의 애늙은이 같은 신중함 덕분이었다. 물론, 친척들에게 부탁을 하고 가긴 했지만.

목에 칼이 들어와도 한 번 작심한 것은 절대 철회한 적이 없는 지수가 저렇게 말을 하니, 어쩔 수 없이 타깃은 막내딸이었다. 얼굴도 안 보고 데려간다는 셋째 딸이라면 분명 닥터 강의 마음에도 쏙 들지 싶었다.

지유는 큰언니의 발언을 귀담아듣고 있다가 엄마의 시선이 자신을 향하자 앙다문 입술을 재빨리 열었다.

"엄마! 나도 결격 사유가 있어."

"연상은 취미 없다는 말은 하지 마. 창의력 없어 보여."

지수가 냉큼 끼어드는 통에 지유는 큰언니를 꼬나보았다. 같은 배를 탄 동지끼리 이러면 안 되지. 큰언니야!

"난 이 남자 직업이 싫어."

"배부른 소리 하지 마라. 의사가 어때서?"

엄마가 한심한 눈을 하고 되묻기에 지유는 작은 머리통을 여러 번 굴려야 했다.

"정말 싫단 말이야."

"말이 되는 소리를 좀 해라. 의사 싫다는 사람 못 봤거든."

"나야, 나. 엄마, 잊어버렸어? 나 어렸을 때 병원 가기 싫다고 엉엉 울었잖아. 건강 검진 할 때도 안색이 제일 먼저 파래지는 사람이 바로 나야."

"근거가 빈약해. 병원 가기 싫다면서 쌍꺼풀은 어떻게 했을까?"

재미있어 하는 큰언니의 목소리에 지유는 투지가 활활 불타올랐다.

"날마다 피를 보는 남자와 맞선이라니! 생각만으로도 기절할 것 같아."

"니가 매일 피 보는 것도 아니니까 염려 붙들어 매라. 양지유, 니가 나가."

엄마의 엄포에 지유는 도시락 폭탄을 던지기로 마음먹었다.

"사귀는 사람 있어!"

"뭐라꼬?"

엄마는 꽤나 놀랐는지 눈이 퉁방울처럼 커졌다. 지유는 지수의 눈이 가늘어지는 것을 놓치지 않았다. 여기서 밀리면 울면서 겨자를 찍어 먹어야 한다.

"엄청 사랑하는 사람이야. 정략결혼 때문에 사랑하는 사람을 아프게 하긴 싫어."

"정략은 무슨? 맞선 한 번 보는 거 가지고. 근데 사귀는 사람이 있다고? 니 연애했었나? 여즉 엄마한테도 일언반구도 안 했단 말이가? 이거 완전 배신인데. 네가 정말 엄마가 애지중지하는 막내딸 맞나?"

"지금 말하잖아."

"누군데? 뭐 하는 사람인데? 언제부터 사귀었는데?"

정숙은 충격적인 사실에 입을 다물지 못했다.

지수는 웃음이 터지려는 것을 겨우 참았다. 막냇동생의 화려한 연애사에 이제 적응할 만도 하건만, 엄마는 스물일곱 지유의 연애를 아직도 사춘기 소녀의 첫 연애처럼 여기며 귀를 쫑긋하고 들었다.

"차차 말해 줄게, 엄마. 하여튼 난 못 나가."

엄마는 그제야 납득했다는 듯 입을 다물고 테이블 위의 사진을 내려다보았다.

"그럼 어떡하노? 니도 지수도 안 된다 카는데!"

"꼭 맞선을 봐야 할 이유가 없잖아."

지수의 말에 정숙이 언성을 높였다.

"이유가 없긴 와 없노! 엄마는 이 사람, 꼭 사위로 맞고 싶데이."

"왜?"

지유의 순수한 물음에 정숙은 얼굴을 찡그리고 말을 내뱉었다.

"놓치기 아까운 자리라 안 카나. 시어머니 자리가 윽시로 좋다 아이가. 엄마 제일 친한 친구인데, 성품이 살아 있는 보살이다, 보살!"

정숙은 어깨를 늘어뜨리고 입술을 쭉 앞으로 내밀었다. 그녀의 그런 간절한 표정은 딸아이들을 압박하는 좋은 도구였다.

엄마를 바라보던 지수와 지유는 서로 눈짓을 하고 머리를 맞댄 채 속닥거렸다.

"꿈 많고 정 많은 엄마는 우리 결혼에도 욕심이 많으신 듯해."

"그러니까 십자가는 네가 져."

"내가 예수님이야? 언니는 말을 해도!"

"그럼 어떡할 건데?"

지수의 말에 지유가 갑자기 눈을 빛냈다.

"저기 있네. 우리 집안의 어린양."

"어린양?"

"작은언니."

지유의 말에 지수는 뒤를 돌아 주방 식탁 앞에 앉은 지호를 쳐다보았다.

길쭉한 두 다리를 반대편 의자에 척 올려놓고 신중한 자세로 사과를 아작, 아작 먹고 있는 양지호. 지수의 첫째 여동생이자 양씨 가문의 둘째 딸이었다.

"한 마리의 가련한 양이로군."

지수의 입가에 회심의 미소가 어리었다.

"엄마, 엄마는 아주 중요한 사실 하나를 놓치고 있어."

"그기 뭔데?"

마뜩잖다는 표정을 견지한 채로 박정숙 여사는 막내딸에게 고개를 돌렸다.

"엄마에게는 우리 말고도 딸이 하나 더 있다는 사실."

"지호?"

"응! 지호 언니 내보내."

정숙은 지유의 말에 주방에 있는 둘째 딸을 쳐다보았다. 분명 언니와 동생이 본인을 언급하는 것을 들었을 터인데도, 지호는 관심 없다는 듯 휴대폰만 내려다보며 심드렁하게 사과를 먹고 있었다.

지호는 뭐랄까? 언제든 기댈 수 있으면서도 든든하고 넉넉한, 아들 같은 딸이다.

큰딸 지수는 맏이답게 어른스럽지만 냉정한 편이고, 막내딸 지유는 애교가 넘쳐 집안의 분위기 메이커지만 그만큼 고집도 만만찮다. 간혹 새침을 떨 때면 그 성질머리를 당해 낼 수 없었다.

저마다 장단점 있고 색깔을 명확히 하는 첫째와 셋째와 달리 둘째는 무던하고 무난한데 무심하기까지 한 것 같단 말이지.

다른 말로 하면 매력이 철철 넘치는 다른 두 아이들과 비교해서 지호는 무취, 무미, 무색에 가까웠다. 반듯하고 심성 고운 지호지만 과연 맞선에서 좋은 결과를 가져올지 의문이었다. 그래서 처음부터 맞선 선상에서 배제했다.

"지호가 가능하겠나?"

"엄마! 당연히 가능하지. 둘째 언니만큼 매력적인 사람은 없다고. 우리 중에서 키도 제일 크잖아. 슈퍼 모델 대회 나갔으면 지호 언니는 대상감이라고."

"근데 우리 지호는 좀 말이 없잖아."

놓치기 싫은 중요한 선인데, 너무 말이 없으면 남자 쪽에서 싫어할 수도 있겠다는 생각이 들었다.

"엄마, 말이 없다는 건 신중하다는 거야. 우리 지호 언니만큼 진중한 사람이 어디 있다고 그래? 눈 씻고 봐도 없어. 이 남자 척 보기에도 범상치 않게 보여. 눈매가 샤프한 게 사람의 영혼까지 꿰뚫어 볼 기세야. 이런 남자에겐 고만고만한 여자보다 우리 지호 언니 같은 여자가 딱이라고! 촉이 왔어. 엄마도 내 촉 정확한 거 알지?"

지유는 똑 부러지게 말했다. 지수는 그런 동생에게 잘하고 있다는 듯 팔짱을 끼고 이따금 고개도 끄떡거려 주었다.

"하긴 우리 지호가 진중해서 따르는 친구들이 많았지."

"나무랄 데 없는 성격에 입도 무거운데, 어떤 남자가 지호 언니를 거부하겠어? 그리고 비주얼을 봐. 언니 학창 시절 꿈이 모델이 아닌 게 정말 애석하다고. 모델로 나갔다면 분명 대한민국, 아니 세계적인 동양계 모델이 되고도 남았을 거야. 특히 저 눈, 쌍꺼풀도 없으면서도 크고 신비로운 눈! 판타스틱!"

"엄마, 지호 어디에 내놓아도 손색없어. 염려 마."

어느새 맞선 선상에서 배제한 것을 까맣게 잊은 정숙은 지수의 한마디에 가슴이 벌렁거렸다.

내 속 어디서 저렇게 성격 좋고 모델 같은 애가 나온 기고? 이건 기적 아이가.

엄마의 얼굴이 금세 밝아진 것을 알아본 지수와 지유는 서로에게 눈을 찡긋거렸다. 소기의 목적을 달성하기 위해 약간의 조미료를 가미했을 뿐 완전한 거짓말은 아니었다.

정숙은 발딱 일어나 주방으로 성큼 걸어갔다. 절묘한 화투 패를 던지는 타짜처럼 식탁 위에 사진 두 장을 내려놓았다.

"지호, 니 선봐라."

지호는 고개를 들어 엄마를 올려다보았다. 잘못 들은 건가 싶어 엄마의 표정을 살펴보고 있는데, 어느새 주방으로 쪼르르 달려온 언니와 동생이 팔짱을 끼고 득의양양한 표정으로 자신을 내려다보고 있었다.

"제가요?"

"그래, 니. 여 니 말고 누가 있노?"

지호의 무심한 눈빛이 엄마 뒤에 병풍처럼 서 있는 지수와 지유를 짧게 훑었다. 그러자 아무 말도 하지 않았는데 지유가 도둑이 제 발 저린 얼굴로 나불나불 입을 놀리기 시작했다.

"언니, 결혼 적령기는 서른부터야. 왜 그런 속담도 있잖아. 서른, 잔치는 끝났다. 여기서 잔치란 솔로 생활을 단칼에 청산해야 결혼할 수 있다는 뜻이야. 괜찮은 남자를 만나려면 눈에 불을 켜고 발바닥에 불이 나도록 시장을 돌아다녀야 해."

"그 시장이 맞선 시장?"

"그렇지. 역시 언니는 문인이라 그런지 이해력이 정말 빨라."

지호는 지유의 궤변에 실소를 흘렸다.

"언니는?"

지유는 둘째 언니가 호락호락하지 않다는 것을 눈치챘다. 지유의 논리대로라면 지수는 결혼 적령기인 서른을 넘긴 상태였다. 큰언니를 물고 늘어지는 걸 보니 평소에 무신경하다고 소문난 둘째 언니가 아니었다.

"난 연하는 별로야."

지수가 말을 무 자르듯 툭 지호 앞에 내던졌다. 더 이상 물귀신처럼 물고 늘어지지 말라는 경고였다.

"이름은 강유결, 나이는 서른. 한국대 의대 졸업했고 현재는 명성대 일반외과 레지던트 3년 차. 연봉은 엄마도 잘 모르는데 그게 중요한 건 아닌 것 같고. 닥터 강 엄마가 엄마 친구인데, 친구라서 이런 말 하는 거 아니니까 의심은 넣어 두고 들어래이. 닥터 강, 진짜 괜찮단다."

엄마가 궁금하지도 않은 맞선남의 신상을 줄줄 읊어 댔다.

"와우! 언니, 궁합도 안 보는 동갑인 데다 심지어 엄친아야. 전생에 나라를 구해야지만 맞선 상대로 영접할 수 있다는 그 유명한 엄마 친구 아들!"

지호는 지유의 호들갑에 가까운 아양을 가뿐히 무시하고 시선을 아래로 내렸다.

　사진 속 남자의 첫인상은 미소가 해사한 남자라는 것이었다. 자신의 사진을 찍고 있다는 것을 모르고 있는 듯, 책을 읽고 있는 옆얼굴에는 은은한 미소가 걸려 있었다.

　다음 사진은 정면을 바라보고 있는 모습이었다. 이제는 사진 찍는 것을 알아차린 듯 손으로 찍지 말라는 제스처를 취하며 눈살을 찌푸리고 있었다. 하지만 그는 여전히 햇빛 같은 미소를 잃지 않았다.

　서한주 같다.

　무심결에 든 생각에 호기심이 돋은 지호는 사진을 뚫어지게 바라보았다. 현실적인 이미지로 형상화해 본 적이 없었는데 살아 있는 사람이라면 이런 느낌이 아닐까. 게다가 직업도 의사였다.

　태경을 향한 짝사랑을 접은 후 은우가 힘들어할 때 나타나 손을 잡아 주는 남자.

　현재 연재하고 있는 〈트라이앵글〉은 서로의 등만 하염없이 바라보는 청춘들의 아픈 사랑을 담은 이야기다. 은우의 가슴 아픈 짝사랑이 이어지고 있는 시점에서, 독자들은 태경이 하루빨리 은우의 마음을 깨닫고 후회하길 바랐다.

　하지만 그러한 바람과는 달리 태경의 강력한 연적이 등장하는데 그 캐릭터가 바로 서한주다. 시놉시스를 짤 때부터 한주는 〈트라이앵글〉의 중요한 축이었다. 스토리가 본격적으로 진행되면서 서한주가 등장했지만 막상 그의 이미지와 특징이 머릿속에서 잘 그려지지 않아 지호는 애를 먹고 있었다.

　은우의 짝사랑이 먹먹해 글을 쓰지 못하고 있는 데다 한주까지 베일에 싸인 것처럼 모습을 드러내지 않으니 글의 속도는 지지부진해졌다.

어쩌면…….

지호는 턱을 괴고 사진을 내려다보다 입을 열었다.

"나갈게요. 맞선."

"정말이가?"

"진짜지? 나중에 마음 바뀌면 작은언니는 지난번에 내가 찜한 백 사 줘야 돼!"

지호는 자리에서 일어났다. 그러고는 엄마와 지유에게 건조하게 말했다.

"알았어요. 엄마. 그래, 사 줄게. 백."

"큰언니, 들었지?"

어느새 주방에는 지호와 지유뿐이었다. 박정숙 여사는 드디어 결정된 맞선 상대자를 친구에게 알려 주느라 부리나케 자리를 떴고, 지수는 낭비한 시간이 아까워 제 방으로 냉큼 올라갔기 때문이다.

생수병을 들고 자리를 뜨려던 지호는 생글생글하게 웃는 지유를 향해 입을 뗐다.

"지유야."

"응. 언니."

"'서른, 잔치는 끝났다'는 속담이 아니고 시야. 그리고 난 일천해서 문인이라는 소리를 듣기에 아주 많이 부족해."

지호는 덤덤하게 말하고 2층으로 올라갔다.

"'서른, 잔치는 끝났다'가 속담이 아니었나? 아무렴 어때. 작은언니가 맞선을 본다는데. 근데 작은언니는 겸손이 지나쳐. 안 천한데 왜 일천하다고 그러는 거지?"

지유는 눈꺼풀을 순진무구하게 깜빡거렸다.

차가운 겨울바람이 파란 하늘의 얼굴을 매만지다 심술궂게 지상으로 내려왔다. 그럴 때마다 두꺼운 코트를 입은 사람들은 옷깃을 여몄다. 나뭇가지에는 반짝이는 태양 빛이 걸려 있었지만 움츠린 어깨를 펴게 할 정도의 온기는 아니었다.

유결은 지하철에서 내려 발길을 서둘렀다. 강남에 위치한 메그레즈 호텔 앞에 도착해 손목시계를 내려다보았다. 1시 55분. 아슬아슬하게 약속 시각인 2시를 맞출 수 있을 것 같았다.

감기 몸살로 쓰러진 레지던트 2년 차를 대신해 토요 당직을 자청했는데 어제 어머니가 느닷없이 맞선을 통보해 왔다.

"당직이 있어서 이번 주는 도저히 시간을 뺄 수가 없어요."

—엄마가 자주 하는 부탁도 아닌데, 정말 못 들어줘?

"네."

—그럼, 오프 때마다 파주 올래? 네 얼굴 못 본 지 두 달은 넘은 것 같은데.

유결은 눈을 찡그렸다. 어머니는 대놓고 24시간 오프마다 파주에서 불가촉천민이 되라고 협박하고 있었다. 그럴 바에야 차라리 동훈에게 욕을 얻어먹는 게 낫다는 결론에 도달했다.

"나갈게요. 몇 시라고요?"

─오후 2시. 장소는 메그레즈 호텔 스카이라운지 헤븐이다. 단 1초라도 늦지 마!

일방적으로 전화는 끊어졌다. 까매진 액정을 바라보다가 한숨을 내쉬었다.

파주 본가를 떠난 지 10년이 다 되어 가는데, 여전히 어머니의 손아귀에서 좌지우지된다는 느낌이 들었다.

차라리 눈코 뜰 새도 없이 깨지고 바빴던 1, 2년 차 때가 나았다. 그래도 그때는 피곤함에 절은 그를 보고 어머니가 귀찮게 하지 않았으니까. 한데 슬슬 어머니가 결혼을 이유로 본래의 제 모습을 찾아 가자 유결은 살짝 짜증이 일었다.

동훈에게 토요일 당직을 부탁했을 때 그는 대놓고 싫은 티를 팍팍 냈다.

"딱 한 시간이야. 메그레즈 호텔까지 왕복 20분, 맞선 40분. 조금이라도 늦었다간 1분마다 맥주 한 캔씩이다."

"40분 만에 가능해?"

"맞선 처음 보냐?"

"응."

"처음 만나는 여자랑 무슨 할 말이 있다고 40분 이상이나 대화를 해? 오늘 만나는 여자랑 무작정 잘해 볼 생각 아니라면 40분 안에 무조건 끊고 와. 넌 내게 맥주를 조공하면 그만이지만 난 예진이한테 죽을 수도 있다고."

예진은 동훈의 연인으로 소아청소년과 1년 차였다. 지옥을 사는 것과 같은 전공의 1년 차에게 주말 24시간 오프는 천국을 방문하는 것이나 마찬가지로 희귀한 시간이었다. 연인과 종일 있을 수 있는 시간 중 한 시간을 빌리게 됐으니 유결도 미안하기는 했다.

"알았어."

"어째 말투에 영혼이 없다?"

"언제는 트랜스포머 닥터라며?"

"뻣뻣하게 일만 하니까 그렇지. 하여튼 네가 연애 한 번 못 해 본 게 불쌍해서 당직 때워 주는 거니까 한 시간 내로 정리하고 와. 아니면 내가 예진이에게 정리당해."

유결은 입꼬리를 위로 올렸다. 연애를 한 번도 해 본 적 없다는 동훈의 억측을 바로잡아 줄 이유는 없었다. 명성대 병원 레지던트 동기로 만난 동훈은 좋은 친구지만 오지랖이 넓고 말이 많아 간혹 피곤해지기도 했으니까.

맞선 장소인 헤븐은 메그레즈 호텔에서 제일 핫한 곳이라고 동훈이 알려 주었다. 카페, 레스토랑, 바, 때론 연회장까지 안 되는 것이 없는 만남의 장소라고. 서울에서 제법 알아주는 상류층 사람들까지도 은밀하게 맞선을 보는 곳으로 유명하다는 말을 들었다.

자신과는 어울리지 않는 곳이라고 생각하며 유결은 엘리베이터를 기다렸다. 사방이 매끈한 황금색으로 물들어 있었다. 손목시계와 엘리베이터 숫자 표시기를 번갈아 바라보았다. 다행히 지각은 면할 듯싶었다.

유결은 맞선 상대의 이름이 적힌 문자를 찾아보았다. 어머니는 맞선을 통보한 후 아주 기본적인 정보만 알려 주었다.

양지호. 나이 서른.

그 외는 아무것도 모른다. 무엇을 하는 여자인지, 어머니가 어떻게 알게 된 여자인지. 알고 싶지도 않아 물어보지도 않았다. 정보 획득을 위해 어머니에게 전화해서 귀찮아질 바엔 한시간 정도 모르는 여자 앞에서 벌서는 기분을 느끼는 편이 더 나으리라.

그렇다고 불편한 마음을 수면 아래로 완전히 밀어 넣지는 못했다. 어렵게 시간을 빼 어울리지 않는 곳에 앉아 요식적인 행동을 하는 것만큼 피곤한 일은 없었다.

불청객처럼 찾아온 맞선은 처음이라 유결은 퍽 난감했다. 어떤 응급 상황에도 잃어 보지 못한 침착함인데, 어머니가 만들어 내는 조화 앞에서는 저절로 그 침착함이 사라지는 것 같다. 일을 하듯 감정을 배제하고 적당히 예의만 차리다가 시간이 되면 정중히 일어서자고 다짐하며 애써 불편함을 외면했다.

엘리베이터 표시등이 빨간색에서 도착했음을 알리는 녹색으로 변했다. 반들반들 윤이 나는 엘리베이터의 문이 스르르 열리고 안이 드러났다. 스카이라운지로 올라가는 엘리베이터는 후방이 통유리로 되어 있어 강남의 전경이 훤히 내다보이는 구조였다.

안에는 세 명의 사람이 먼저 타고 있었는데 모두 여자였다. 둘은 일행인 듯 서로를 보고 웃고 있었고 한 여자는…….

유결은 저도 모르게 그 여자에게 시선을 주었다. 다른 사람들과 다른 시공간에 있는 것 같은 모습이 신선했다.

엘리베이터 한쪽 구석 통유리 창에 비스듬히 등을 기대선 모습. 한 손은 두툼한 모직 코트 안에 집어넣고 두 발은 교차시킨 채 서서 눈을 감고 있었다. 아이보리 색 코트 밑으로 쭉 뻗은 늘씬한 다리와, 그 아래로는 옷차림과 어울리지 않는 하얀 운동화가 보였다.

사람들의 시선은 전혀 신경 쓰지 않고 자기만의 세상에서 살고 있는 듯한 여자.

특이하다는 느낌이 들었다.

"안 타세요?"

한 사람이 유결을 향해 물었다.

"미안합니다."

유결은 고개를 살짝 숙이고 엘리베이터에 올라탔다. 엘리베이터가 몇 층 오르다 다시 멈춰 섰다. 문이 열리고 사람들이 우르르 들어왔다. 유결은 점점 뒤로 밀렸고 곧 통유리 창 쪽에 바짝 붙어 서 있게 되었다.

어느새 코너에 기대어 있던 여자와 가까워졌다. 유결은 그녀에게 몸이 닿지 않으려고 오른팔을 반대편으로 잡아당겼다. 슬쩍 쳐다본 여자는 유결이 엘리베이터를 타기 전과 다름없는 모습이었다. 사람들이 있건 말건, 엘리베이터 안이 좁아지건 말건 눈을 감고 자신만의 세계에 빠져 있었다.

깨끗한 얼굴이었다. 속눈썹도 제법 길었다. 짧은 머리카락은 구불구불 웨이브가 졌는데 그 모양이 귀여웠다. 그녀의 키는 상당히 컸다. 키가 큰 유결이 고개를 많이 숙이지 않아도 그녀의 얼굴을 가까이에서 확인할 수 있을 정도였다.

한 점의 흐트러짐도 없는 얼굴에 호기심이 일었다. 여자의 눈동자는 과연 어떤 느낌일까. 그녀 주위를 아우르는 분위기처럼 잔잔하고 평화로울까.

—thriller, thriller night.

귓가에 들려오는 나지막한 멜로디.

유결은 여자의 귀를 쳐다보았다. 코트 색과 같아 미처 발견하지 못한 이어폰이 얌전히 귀에 끼워져 있었다. 왜 그렇게 혼자만의 세상에 있었는지 알 것 같았다. 고요한 얼굴을 하고서 마이클 잭슨의 '스릴러'라니. 반전 있는 선곡에 흥미가 돋아났다.

갑자기 그녀가 눈을 떴다. 몰래 훔쳐보고 있던 유결은 서둘러 눈을 정면으로 돌렸다. 여전히 엘리베이터 안은 사람들로 가득 차 갑갑했다. 사람들의 뒤통수와 등만 보고 있었는데 문득 여자가 똑바로 서는 게 느껴졌다. 제대로 서니 키가 170cm는 훌쩍 넘을 듯했다.

"실례합니다. 저, 내려요."

허스키한 목소리가 엘리베이터 안에 울리자 앞을 막았던 사람들이 좌우로 비켜섰다. 막 도착한 층에서 엘리베이터 문이 열리고 여자는 바깥으로 사라졌다. 엘리베이터가 다시 움직이자 유결은 불현듯 떠오른 생각에 어이없는 미소를 지었다.

그녀의 '저, 내려요'가 어렸을 때 본 어느 광고의 '저, 이번에 내려요'처럼 들린 건 순전히 유결의 엉뚱한 상상이었다. 하지만 그 생각에 불편했던 마음이 일순 유쾌해졌다.

오랜만에 일이 아닌 여자를 두고 한 상상이었으니까.

2
관심, 있습니다

30층이 아니었네.

지호는 난감한 눈빛으로 주위를 둘러보았다. 맞선 장소 헤븐이 있는 층에서 내렸다고 생각했는데 눈앞에 드러난 층은 29층이었다. 로얄 층인지 육중한 객실 문은 현란한 황금색 문양으로 장식되어 있었다.

빨리 이곳에서 사라져야겠다. 어디로 가야 하지. 두리번거리다 유니폼을 입은 직원을 발견했다.

"헤븐으로 가려면 어떻게 가야 하나요? 엘리베이터를 이용하지 않고요."

"이쪽 비상구로 나가서 한 층만 올라가시면 됩니다."

"감사합니다."

지호는 그녀가 손으로 가리킨 비상구의 문을 열고 계단을 성큼 올라갔다.

귓속의 마이클 잭슨이 오늘은 전율의 밤이라고 외쳐 대고 있었다. 어떤 유령도 감당할 수 없는 전율을 느끼게 될 것이라고. 휴대폰은 스릴러를 무한 반복 재생하고 있었다.

순간 마이클의 목소리가 끊겼다. 휴대폰을 쳐다본 지호는 화면을 터치했다.

"응."

—언니! 도착했어?

"아직."

—뭐야? 지금 2시라고.

"곧 도착할 거니까 걱정하지 마."

—어떻게 걱정을 안 해? 언니가 처음 보는 맞선인데! 물가에 내놓은 애같이 느껴져서 불안하다고.

저도 맞선은 한 번도 본 적이 없으면서 걱정은. 지호는 살짝 미소 지었다.

—언니, 호텔 2층 카페테리아에서 기다릴 테니까 맞선 끝나면 전화해.

"응."

—그래도 엄마가 보증한 선 자리니까 그렇게 이상하지는 않을 거야. 생긴 건 멀끔하니 정상적으로 보이더라. 긴장하지 말고 쫄지 말고 파이팅!

지호는 지유가 맞선 장소까지 따라와 보호자처럼 구는 것이 귀여웠다. 비록 동생이 하기 싫은 맞선을 제게 미룬 것이 미안해서 이것저것 신경 써 주는 것이라 할지라도 말이다.

지유가 맞선을 보기 싫어 가상의 애인까지 만들어 냈다는 사실을 알게 되었을 때 어차피 이 맞선의 주인공은 자신이라는 것을 알아차렸다.

언니와 동생에게 스트레스를 주는 맞선이 지호에게는 별다른 감흥을 주지 못했다. 번잡스럽고 피곤해도, 시간을 내야 해 귀찮아도, 낯선 사람과의 불편한 대화에도 짜증이 일지 않았다. 지호에게 오늘의 맞선은 맞선이 아니었다. 〈트라이앵글〉을 풀어 나갈 취재와 다름없었다.

서한주의 모델이 될 수도 있는 남자와의 만남이었다.

헤븐을 둘러본 지호의 눈에는 감탄이 어리었다. 번화한 서울 한복판에 수목원 같은 장소가 있다니. 작은 새들도 있으면 좋겠다. 예쁠 텐데.

특이한 구조에 감탄하다 문득 정신을 차리고 왜 이곳에 와 있는가를 생각했다. 헤븐은 맞선 장소로 손색없는 곳이었다.

이름 모를 식물들의 우거진 줄기와 가지가 사생활을 보호하는 장치가 되었다. 고개를 빼고 실내를 돌아보았지만 지호는 맞선 상대가 도착했는지 어디에 있는지 알 수가 없었다. 입구에서 서성이던 지호에게 직원이 상냥하게 말을 걸어 왔다.

"혹시 찾으시는 분의 성함이 어떻게 되십니까?"

"서한주입니다."

직원은 대기 리스트를 살펴보다 고개를 갸우뚱거렸다.

저 식물의 이름은 무엇일까. 지호는 손으로 입술을 매만졌다.

"고객님, 서한주라는 분은 안 계신데요?"

지호는 직원이 부른 이름에 아차, 싶어 어색하게 웃었다.

"죄송합니다. 서한주 씨가 아니에요."

"그러시군요. 찾으시는 분의 성함을 다시 알려 주시겠어요?"

상냥한 직원의 얼굴을 바라보는 지호의 머릿속이 하얗게 변했다. 그 남자 이름이 뭐였지?

"잠시만요."

지호는 지유에게 전화를 걸었다. 공교롭게도 상대방이 통화 중이라는 신호음만 들렸다. 낭패감이 등을 적셨다. 맞선남의 이름을 확실히 알고 있는 사람은 엄마인데 그렇다고 엄마에게 전화할 수도 없었다. 상대방에 대한 예의가 아니라고 언짢아하실 것이 분명했다.

지호는 어떻게든 맞선 상대의 이름을 기억해 내고자 미간을 모았다. 실내 공중의 한편을 노려보며 엄마가 사진을 보여 주고 입을 크게 벌리던 모습을 기억해 냈다. 엄마의 입이 슬로 모션처럼 움직였다. 가아앙. 강!

"강……."

흐릿하게 나온 성씨에 눈치 빠른 직원이 대기 리스트를 훑어보다 활짝 미소를 지었다.

"아, 여기 한 분 계시네요. 강유결 씨가 이름을 남겨 놓으셨어요."

강유결. 낯선 사람이 입에 올린 이름이 귀에 쏙 들어왔다. 문득 그의 사진이 뇌리에 떠올랐다. 햇빛 같은 미소에 어울리는 이름이었다.

지호는 직원의 안내를 받으며 키가 큰 식물로 에워싸인 창가로 걸어갔다. 직원은 손짓을 하고 사라졌다. 창밖을 쳐다보고 있는 남자를 발견했다. 따사로운 햇볕이 유리창을 뚫고 남자의 옆얼굴을 비추었다.

햇빛이 그의 반듯한 이마에서 우뚝하게 솟은 콧날을 지나 입체감이 분명한 입술로 떨어졌다. 그가 인기척을 느껴서인지 고개를 돌렸다. 온기를 품은 머리카락이 바람에 일렁이는 듯 움직였다.

그림 같다. 일순 창밖의 서울 풍경은 한가로운 호수로 변했고 눈앞의 남자는 서한주로 변했다. 은우와 한주가 처음으로 마주치는 곳은 맑은 호수가 일렁이는 그의 별장이었다. 은우와 한주의 그다음 대사와 줄거리가 머릿속에서 줄줄 일어났다.

소설 속의 남자가 자리에서 일어나자 지호의 시선이 위로 따라 올라갔다. 꽤 키가 큰 남자였다.

"처음 뵙겠습니다. 강유결입니다."

"양지호입니다. 제가 좀 늦었습니다."

지호는 고개를 까딱해 보이고 상대의 맞은편에 앉았다. 자리에 앉은 그녀는 그를 한 번 쓱 훑고 다시 고개를 들어 부분적으로 꼼꼼히 뜯어보았다.

잘 어울리는 깔끔한 미색 셔츠와 짙은 색 팬츠, 길고 단정한 손가락, 부드럽게 뻗은 머리카락, 그리고 무언가가 못마땅해 보이는 눈. 검은 눈동자에 날카로운 빛이 스며들자 지호는 퍼뜩 현실감이 들었다.

속내는 취재 차원이었지만 겉 무늬는 맞선이므로 실수하면 안 된다는 생각이 들었다. 지호는 딴청을 부리듯 허공을 쳐다보다 슬쩍 남자에게로 시선을 주었다. 그의 눈동자는 자신에게 향해 있고, 눈빛에는 여전히 힘이 들어가 있었다. 그가 미간을 살짝 모으고 뚫어지게 쳐다보니, 지은 죄는 없지만 한낱 티끌이라도 줄줄 토해 내야 할 것 같은 기분이 들었다.

내가 많이 늦었나. 휴대폰 시간을 확인하니 10분 정도 늦었다. 시간을 황금처럼 생각하는 부류인가. 그것도 나쁘지 않았다.

서한주도……. 아니지. 이렇게 머릿속이 온통 서한주라는 캐릭터 구현에 빠져 있으면 상대방이 이상하게 생각할지도 모를 일이었다.

"뭐 좀 시킬까요?"

지호가 생각을 차단하려고 불쑥 말을 꺼내자 남자는 대답 없이 손을 살짝 들어 보였다. 직원이 메뉴판을 가져왔고 지호는 음료 목록을 쭉 훑어보았다.

"전 아메리카노. 뭐로 하시겠습니까?"

남자가 물었다.

"사이다 주세요. 얼음 넣어서."

직원에게 메뉴판을 건네고 지호는 건너편의 남자를 쳐다보았다. 햇빛의 파편이 숨어들어 간 듯 그의 눈동자가 미세하게 반짝거렸다.

"더우세요?"

"네. 좀. 덥습니다."

"코트를 벗으면 나으실 텐데요."

지호는 그의 말에 말없이 아이보리 색 코트를 벗었다.

착 달라붙은 블랙 원피스가 지호의 날씬한 몸매를 더욱 도드라져 보이게 했다. 맞선 때 입을 만한 정장 치마가 없다는 것을 알게 된 지유가 입고 나가라며 기어코 빌려준 옷이다. 길이가 짧아 지호는 무심코 원피스를 아래로 잡아당겼다. 그래도 불편함이 온몸을 에워싸자 작은 한숨을 내쉬며 벗어 두었던 코트를 쳐다보았다.

저걸로 가리면 되겠다. 코트를 허벅지에 올려 두고 맞은편 남자를 쳐다보았다. 그의 눈 속에 스민 햇빛 파편이 더욱 커져 있었다. 흥미로워하는 듯 보이는 그 눈에, 지호는 관찰의 대상자가 전도되었다는 것을 깨달았다.

무엇이 그의 호기심을 자극한 것일까. 조금 전까지는 분명 마뜩지 않은 눈빛이었는데 지금은 신기한 것을 본다는 눈빛이었다.

직원이 다가와 따뜻한 커피 한 잔과 시원한 사이다 한 잔을 두고 갔다.

설마 사이다를 시켜서?

지호는 입술을 살짝 매만졌다. 충분히 이상하게 생각할 수 있는 상황이었다. 12월도 되기 전인데, 겨울바람은 꽤나 매서웠고 오늘은 한파가 지속된다는 기상 예보도 있었으니까.

아무리 호텔 난방이 잘 되어 있다고 하지만 얼음을 띄운 사이다라니. 보통 맞선에서는 잘 시키지 않는 음료다. 갑자기 지유의 짱알짱알한 목소리가 들리는 것 같았다.

"언니! 부모님이 주선한 맞선을 볼 때는 각별히 주의해야 해. 책잡히지 않게 적당히 예쁜 척, 얌전한 척, 모르는 척 내숭 떨다가 일어나야 한다고. 안 그럼 상대방이 맞선 실패의 책임을 언니에게 떠넘길 수도 있단 말이야."

"알았어."

"대충 대답하지 말고! 이러니까 내가 걱정을 안 할 수가 없잖아. 상대가 누구건 간에 언니는 자기 스타일대로 굴 거잖아. 사소한 거라도 틈을 보이면 안 돼. 그걸 좋게 보면 솔직한 여자구나, 할 테지만 나쁘게 보면 이상한 여자가 나왔네, 이럴 거라니까. 언니를 이상하게 여기는 순간 상대방이 맞선의 칼을 손에 쥐게 되는 거라고. 그 남자가 기분 나빠 봐. 그 칼을 휘두르며 자기 엄마한테 어떤 말을 하게 될지 아무도 몰라."

"알았어."

무난한 커피를 시켰어야 했다. 지호는 아쉬운 눈으로 상대방의 커피를 바라보았다. 맞선을 보는 남자에게 칼을 쥐어 줘서가 아니라 이상하게 생각하는 사람에게 제대로 된 답을 할 수 있을까 싶어서였다. 소기의 목적을 달성하기 위해서는 현실의 옷을 제대로 입어야 했다.

엄마가 이 남자 칭찬하느라 바빴는데.

"엄친아시라고 들었습니다."

"네?"

내가 또 말을 잘못했나. 지호는 검지로 입술을 매만졌다.

"제가 알고 있는 그 뜻 맞습니까? 엄마 친구 아들?"

"네."

남자의 미간이 더욱 좁아졌다. 분위기로 보건대 호의적이지는 않았다. 지호는 애써 밝게 말했다.

"강유결 씨 어머니와 제 어머니가 오래된 친구 사이라고 하시더라고요. 고등학교 때 단짝이셨다고. 그런 분의 자제시니 엄친아시죠."

"그럼 양지호 씨는 엄친딸이 되시는 겁니까?"

"네. 그렇죠."

담담한 지호의 어조에 남자의 눈에는 웃음이 스며들었다.

"또 어머님이 저에 대해서 뭐라고 하시던가요?"

"잘나가는 의사시라고."

"잘나가는?"

"예. 연봉은 잘 모르겠다고 하셨어요."

"알려 드려야 합니까, 연봉?"

"아니요. 알려 주시지 않아도 괜찮습니다."

남자가 너무 빤히 쳐다보니 지호는 시원한 사이다 한 모금이 간절했다. 마시려고 시켰지만, 사이다를 주문한 것을 이상하게 여길지도 모른다는 생각이 든 순간부터 의도적으로 눈앞에 있는 컵을 외면하게 됐다. 하지만 목이 너무 말랐다. 지호는 물끄러미 사이다를 주시했다.

"지호 씨는 연봉이 궁금하지 않습니까?"

남자의 입에서 지호라는 이름이 친근감 있게 흘러나왔다. 지호는 사이다에서 눈을 떼고 그를 쳐다보았다. 남자에게서 풍기는 분위기가 조금 전보다 편해져 있었다. 물어봐도 될까.

"다른 게 궁금한데 대답해 줄 수 있습니까?"

느긋하게 앉아 있던 남자가 허리를 곧추세우며 눈을 찡그렸다. 하지만 곧 인상을 풀고는 해 보라는 듯 고개를 끄덕였다.

"사랑할 수 없다고 생각한 사람이 있어요. 그런데 아무리 외면해도 그 사람이 자꾸 눈에 들어오고, 일을 해도, 다른 사람을 만나 봐도 자꾸 그 사람만 떠오릅니다. 이럴 때 서, 아니 강유결 씨는 어떻게 하실 겁니까?"

그는 지호의 질문을 가늠해 보려는 듯 그녀를 물끄러미 바라보았다. 맞선에서 이런 질문을 받는 것이 의외라는 듯 그의 눈빛은 모호했다.

"답은 하나네요. 외면하지 않고 그 사람을 사랑하겠습니다."

"사랑할 수 없다는 전제가 있다고 말씀드렸는데요."

"그래도 사랑하겠습니다."

"그 사람이 강유결 씨 말고 다른 사람을 사랑하고 있는데도요?"

"대답은 이미 했다고 생각하는데요."

"아니요. 사랑할 수 없다는 전제는 다른 사람을 사랑하고 있어서가 아닙니다. 그 전제는 어쩌면 강유결 씨의 인생을 뒤집어 놓을 수도 있습니다."

"나는 사랑을 쉽게 하는 사람이 아닙니다. 내가 사랑을 한다면 그 사랑이 내 인생을 어떤 식으로 바꾸어 놓아도 그 무게를 견뎌 낼 겁니다. 그 사람이 날 돌아봐 주지 않는다고 해도, 그건 내가 감당해야 할 내 사랑이니까요."

과연 서한주다운 대답이었다. 심장이 두둥, 하고 뛰었다. 지호는 보일락 말락 한 미소를 짓다 다시 물었다.

"직접 겪어 보지 않았는데 어떻게 그렇게 확신하시는 거죠?"

"누가 그래요? 내가 겪어 보지 않았다고."

그렇게 말하면서 처음으로 눈앞의 남자가 웃었다. 싱긋 웃는 그 깨끗한 미소가 지호의 눈에 박혔다. 겪어 봤다면 어떤 성질의 사랑이었을까 궁금했다. 더 이상 그가 서한주인지 변증할 필요가 없어졌다. 맞은편에 앉은 남자는 서한주 그 자체였다. 그에 대해 더 알고 싶어 마음이 급해졌다.

"잘하는 운동이 있습니까? 감명 있게 읽은 책은요? 좋아하는 가수와 노래는 어떤 종류들인가요? 좋아하는……."

지호가 속사포같이 말을 쏟아 내자 남자의 얼굴에서 웃음기가 걷혔다. 그는 수상쩍게 바라보며 지호의 말을 가로막았다.

"이젠 제가 지호 씨에게 묻고 싶은데요?"

"……네. 말씀하세요."

지호는 고개를 끄떡이며 대답했다.

"가족 관계는 어떻게 됩니까?"

"부모님과 형제로는 언니, 여동생이 한 명씩 있습니다."

"지호 씨는 어떤 일을 하시죠?"

지호는 맞선 상대가 자신에 대한 정보를 듣지 못하고 나왔다는 것을 인지했다.

"글을 씁니다."

"작가입니까? 어떤 글을 쓰시는데요?"

"장르 소설이에요."

"소설가?"

"네. 정확히는 BL 소설을 쓰는 작가입니다."

지호는 담담하게 말했다. BL 소설이 뭔지 알고 있다면 색안경을 끼고 바라볼지도 모른다. 마찬가지로 간혹 BL 작가 중에서 사람들의 시선을 의식해 자신의 장르를 스스로 밝히지 못하는 경우도 있었다. 하지만 지호는 아니었다.

물론 스스럼없이 직업을 밝힌다고 해도, BL을 이해하지 못하는 사람들에게 구체적으로 장르적인 특성을 설명하거나 이해받으려고도 하지 않았다. 사람들의 생각은 다양하고 다양성은 존중되어야 한다. 다르다고 해서 잘못되었다거나 고쳐야 할 것은 아니기 때문이다. 서로의 가치관을 존중하면 아무런 문제가 없을 테니.

"BL? 처음 들어 보는 장르군요."

"특정 취향을 만족시키는 장르가 있습니다."

어떤 특정 취향이냐고 물으면 간략히 답할 용의는 있었지만 남자는 더 이상 묻지 않았다.

"맞선은 처음인가요?"

"네."

남자는 무엇이 마음에 들지 않는지 물끄러미 지호를 응시했다. 왠지 남자의 분위기가 쌀쌀맞게 변한 것 같았다.

"처음인 것 같지 않으신데요."

"제가요?"

잘못 들었나 싶어 되물었는데 남자는 오만하게 고개를 끄떡해 보였다. 지호는 눈살을 찌푸렸다. 서한주에게도 이런 냉정한 모습이 있을까.

"왜 그렇게 생각하시죠?"

"맞선을 어떻게 하면 빨리 끝낼 수 있을까 하는 사람처럼 보여서요. 맞선을 지겹도록 본 프로의 냄새가 나거든요."

"프로라고요?"

지호는 난데없는 남자의 말에 얼떨떨해졌다. 잘 당황해 본 적 없는데 지금은 심장이 엇박자로 쿵쾅거리고 있다. 눈앞의 남자가 서한주의 모델이라고 확신했을 때와는 또 다른 박동이었다.

그의 눈동자에서 빛은 사라지고 입가에 묻어 있던 웃음도 없어졌다. 얼굴은 무표정하다 못해 버석해 보일 정도로 건조했다. 지루하다는 눈빛으로 그가 손목시계를 쳐다보았다.

왠지 초조한 마음이 들었다. 무엇이 그의 심기를 건드린 것인지는 모르겠지만 서한주를 제대로 빚어 낼 기회를 놓칠 수는 없었다.

"저, 프로 아닙니다. 처음입니다."

시간을 확인하던 남자의 눈이 다시 지호에게로 향했다.

"지호 씨는 스스로를 잘 숨기는 재능이 있으신 것 같군요."

지호는 예상치 못한 말이 얼른 이해가 되지 않아 눈을 끔뻑였다. 지유의 걱정이 모조리 쓸데없는 것들이 되었다. 스스로를 잘 숨긴다는 말은 내숭을 잘 떨었다는 말인데, 그렇다면 맞선의 칼은 지호가 가지게 된 셈이다.

그런데 왜 이렇게 마음이 꺼끌꺼끌한지 모르겠다. 숨긴 것을 들켰다면 칼의 진짜 주인은 눈앞의 남자였다.

"아니면 제게 관심이 없다거나."

속내를 들킨 지호는 불장난을 하다 걸린 아이처럼 뜨끔했다. 그의 말뜻을 완전히 이해했다. 그는 맞선 상대에게 관심이 없는 지호를 완벽하게 파악하고 있었다. 결국 솔직하게 나온 맞선 상대가 칼을 쥐었고 그 칼끝은 지호를 향했다.

"참지 말고 드세요, 사이다. 시원할 겁니다."

무슨 말을 해야 할까 고민하던 지호는 남자의 말에 저도 모르게 웃어 버렸다. 연재하는 글의 댓글 창에 독자들이 자주 쓰는 말이었다. 고구마만 먹이지 마시고 시원하게 사이다를 달라고. 그런데 눈앞의 남자가 자신에게 시원한 사이다를 날리고 있었다.

은우에게 상처를 받으면 서한주도 이렇게 반응하지 않을까.

"미안합니다."

왠지 사과해야 할 것 같았다.

지호의 말에 남자의 표정이 화난 사람처럼 굳었다. 지호는 순식간에 변하는 그의 표정에 머쓱해졌다. 진짜 말을 잘못한 느낌이 들었다.

"양지호 씨가 뭐가 미안합니까?"

"네?"

"제게 관심이 없는 게 미안해할 일입니까?"

"어? 그러니까 제 말은……."

따지고 보면 미안해할 일은 아니지만, 상대방이 화가 났다는 건 자신이 뭔가를 잘못했다는 뜻이니까 사과하는 게 옳다고 생각했다.

"미안해하지 마세요. 양지호 씨가 사과할 일이 아닙니다."

"네."

지호는 단번에 수긍하며 사이다를 마셨다. 남자의 눈에 언뜻 실망하는 기색이 스쳤다. 지호는 사이다를 원 샷 하고 테이블 위에 내려놓았다. 그러고는 남자를 향해 씩 웃었다.

"시원하네요. 감사합니다. 마시고 싶었는데 선뜻 손이 가지 않았거든요. 이상하게 생각하실 것 같아서."

"내가 지호 씨를 이상하게 생각할 것 같다고요?"

"네."

"어째서요?"

"무난한 음료가 아니라서요. 커피 같은."

남자의 미간이 좁아졌다. 이 남자는 영문을 모르겠으면 미간을 찌푸리는구나. 서한주에게 부여할 특징 한 가지가 지호의 기억 창고에 저장되었다. 그가 굳은 얼굴을 풀지 않아 덧붙였다.

"맞선 볼 때 얼음 넣은 사이다를 시키는 건 누가 봐도 이상하잖아요. 더구나 지금은 겨울인데."

지호는 창밖 너머 그려져 있는 파란 하늘을 쳐다보았다. 넉넉한 하늘에 따사로운 햇볕이 걸려 있다고 해도 외투를 움켜쥔 사람들의 손은 쉽게 풀어지지 않을 것이다.

"안 이상합니다."

단호한 대답에 지호는 그를 물끄러미 쳐다보았다.

"……감사합니다. 지유가 그랬거든요. 아, 지유는 제 여동생입니다."

"동생이 뭐라고 했는데요?"

"저는 맞선을 볼 때도 제 스타일로 할 거라고."

"지호 씨 스타일이 어떤데요?"

"제 스타일은……."

지호는 지유가 맞선에서도 같을까 봐 염려하던 자신의 스타일을 생각했다. 마음속에 생각하고 있는 것들을 여과 없이 솔직하게 드러낸다고 했었다. 그건 다른 사람에게 별로 관심이 없기 때문에 나타나는 반응이라고 했다. 비록 꾸미지 않은 본래의 모습이라고 하더라도 사람에 따라서는 상처를 받을 수 있다고.

지유의 말을 고대로 옮길 수는 없어 에둘러 표현할 말을 찾았다. 다른 사람을 의식하지 않는 이유는…….

"전 하나에 꽂히면 그것만 보는 편입니다."

지호는 남자의 까만 눈이 저를 뚫어지게 쳐다보자 얼굴에 뭐가 묻은 게 아닐까 하는 생각이 들었다. 어색한 정적이 잠시 두 사람 사이에 흘렀다.

"지호 씨의 뜻, 잘 알겠습니다. 부모님께는 좋은 분이지만 서로가 인연이 아닌 것 같다고 말씀드리겠습니다."

"네?"

"잠시만이요."

남자가 울리는 휴대폰을 받으며 자리에서 떴다. 지호는 눈을 찡그렸다. 마치 자신이 김빠진 사이다가 된 기분이었다. 테이블

위 빈 컵을 보고 있자니 탄산 가득한 사이다가 간절했다.

칼 같네. 서한주에 대한 영감을 준 남자가 단칼에 선을 긋자 아쉬움이 몰려들었다. 오늘 맞선이 끝나면 더 볼 사이가 아니라는 걸 잘 알고 있다. 오늘이 아니면 서한주에게 또 어떠한 모습이 숨어 있을지도 알지 못하게 된다.

이 남자와 그냥 알고 지내는 사이가 될 수는 없는 것일까.

그가 제자리로 돌아왔다.

"바쁘신 모양입니다."

"병원입니다. 늦지 말라고 독촉을 하는군요."

"토요일에도 일을 하시는군요."

"오늘 당직이거든요."

당직이라면 다시 병원으로 들어가 봐야 한다는 뜻일까. 물어볼까 싶어 입을 떼려는데 남자가 시계를 내려다보았다. 지호는 질문을 삼키고 입술을 매만졌다. 그의 눈길이 잠시 지호의 입술에 쏠리다 그녀의 눈으로 향했다.

"이만 일어날까요? 실은 10분이나 늦었습니다."

"네."

남자가 계산서를 들고 일어나 등을 보이자 지호는 마음이 급해졌다.

오늘이 마지막이겠지. 상냥하긴 하지만 때론 빙하처럼 쌀쌀맞은 서한주를 보는 건. 그는 왜 은우에게 한눈에 반해 버린 것일까. 은우의 마음이 다른 누구를 향해 있다는 것을 잘 알면서……. 서른셋을 살아오면서 형성된 가치관과 질서는 물론, 그의 세계마저 무너뜨리면서까지.

대체 왜? 정말 그 답을 듣고 싶었다. 욕심이 뇌를 거치지 않고 육성으로 터져 나왔다.

"관심, 있습니다."

뒤돌아선 남자의 눈은 커져 있었다. 놀란 빛이 검은 동공에서 뿜어져 나온다.

"뭐라고 했습니까?"

서한주도 은우를 처음 봤을 때 이런 눈을 했을 것이다. 또 다른 세계를 만났을 때의 충격, 아마도 그것이 사랑의 시작이 아닐까.

꽉 막힌 머릿속에 상쾌한 바람이 불어오는 것 같았다. 한주의 심리를 알 수 있을지도 모른다는 설렘이 배 속 깊은 곳에서부터 올라와 심장을 건드렸다.

"알고 싶습니다. 대답을 해 주셨으면 합니다."

지호는 비장하게 말했다. 설사 나중에 그가 왜 이런 질문을 하느냐고 경멸 어린 눈으로 쳐다본다고 할지라도 어쩔 수 없었다. 유독 한주라는 캐릭터만 감정선이 보이지 않았다.

아무리 은우에게 첫눈에 반했다고 해도 은우는 여자가 아니라 남자다. 한 번도 제 정체성을 의심해 본 적이 없는 한주가 혼란을 느끼지 않고, 은우에게 빠져든다는 설정이 작위적인 것이 아닐까 하는 의심이 들었다.

한주 캐릭터에 대한 이해가 스스로도 납득되지 않아. 지호는 이 기회를 빌어서라도 한주를 알고 싶었다.

처음으로 성급한 충동질에 져 버리고 말았다. 그를 물끄러미 바라보다 뜸을 들이며 입을 열었다.

"그러니까, 할 수 있으세요?"

"뭘 말입니까?"

“그거요.”

“그게 뭐죠?”

남자의 눈에 의아함이 서렸다. 지호는 잠시 망설였다. 이성이 열망 아래서 발버둥 쳤지만 남자의 눈을 보는 순간 그것은 연기처럼 사라지고 말았다.

“섹스요.”

남자와…….

주사위는 던져졌다. 도저히 남자의 눈과 마주할 수 없어 시선을 비껴 내렸다. 충격을 받은 것인지 상대방은 잠잠했다. 숨 막히는 정적을 더 이상 참을 수 없을 때 즈음 지호는 그를 쳐다보았다. 서한주의 눈은 가늘어져 있었다.

“양지호 씨.”

남자의 목소리는 서늘했다.

3

못 잡니다. 여자와는

동훈은 휘파람을 불며 의국으로 들어섰다. 그의 손에는 샌드
위치가 한가득했다. 퍼스트를 선 위암 수술이 성공적으로 끝나
자마자 부리나케 병원 앞 수제 샌드위치 가게로 달려갔다. 잔뜩
사 들고 온 샌드위치를 소아과 병동에 넣어 주자 예진의 입이
귀에 걸렸다. 역시 원내 연애는 들킬수록 제맛이었다.

의국과 병동 식구들의 입맛도 다시게 할 샌드위치까지 완벽
하게 챙겼는데, 지금 이 시각에 의국에 보여서는 안 될 얼굴이
보였다.

"너, 이 시간에 왜 여기 있어? 병동 안 가, 일 안 해?"

1년 차 장성민이 똥 마려운 강아지처럼 서성이다 동훈을 발견
하고는 찌푸린 얼굴을 확 폈다.

"선생님!"

"이게 벌써 빠져 가지고. 2년 차 되려면 아직 몇 달 남았거
든? 뺀질거리다 들키니까 지금 연기하는 거지? 목소리 톤 봐라.

불세출의 연기자 톤이네."

"그게 아니라니까요!"

"그게 아니면 뭔데?"

"저 좀 살려 주십시오."

"살려 달라니?"

덩치는 곰만 하고 얼굴은 산적 같은데 의외로 보드라운 심성의 성민은 안절부절못했다.

"설마 너 또 사고 쳤냐?"

얼마 전 성민은 비몽사몽으로 동명이인인 두 명의 환자의 투약 오더를 뒤바꿔 내는 실수를 저질렀다. 오더를 받은 간호사가 마침 신규 간호사라 아무런 의심 없이 오더대로 수행하려던 찰나, 다행히도 3년 차 유결이 실수를 알아채고 즉시 바로잡았다.

"아마도 그렇겠죠?"

"치면 친 거지 그렇겠죠, 는 또 뭐냐?"

"제가 사고를 쳤으니까 강 선생님이 병동에는 얼씬도 하지 말고 의국에 처박혀 있으라고 하신 거겠죠?"

"강 선생이 얼씬도 하지 말랬다고?"

"네!"

"성민아, 아니 장 선생. 잘 생각해 봐요. 또 무슨 사달이 났기에 강 선생이 그런 오더를 내린 겁니까?"

"으으, 박 선생님까지 왜 이러세요? 제 간이 지금 쪼그라든 거 안 보이세요?"

"내 눈이 에코도 아닌데 그걸 어찌 보냐? 꼼꼼히 생각해 봐. 네가 뭔 죄를 저질렀는지."

성민은 절망스러운 표정으로 머리카락을 쥐어뜯었다.

"아무리 생각해도 모르겠으니까 그렇죠. 주말 오프 마치고 출근했는데, 선생님도 아시죠? 24시간 오프 다음 날이면 저 새로운 출발 다짐하면서 파이팅 하는 거."

"그래. 너 파이팅 잘하지. 비록 입으로만 하지만 말이다."

"선생님!"

"알았어. 미안해. 심각한 거 몰라줘서."

"어쨌든 열심히 해 보려고 6시부터 병동에 나갔는데, 글쎄 강 선생님이 드레싱 하시면서 환자 라운딩 하시고요. 인턴 말로는 자기가 샘플링 할 때부터 나와 계셨더래요. 루틴 랩 결과도 다 확인하시고 추가 오더까지 내시는데, 알래스카도 그런 알래스카가 없었어요. 그러시곤 홀연히 수술 방으로 사라지셔서 눈 하나 깜짝하지 않고 첫 수술부터 온종일 수술에 퍼스트 서시더니, 어느 틈에⋯⋯."

모터가 달린 것처럼 쏟아지는 말에 홀랑 빠져 있던 동훈은 성민이 잠시 말을 멈추자 빨리 말하라는 손 제스처를 취했다. 그러자 성민이 속사포같이 말을 이었다.

"오늘 수술이 좀 빡셌습니까? 근데 제가 수술 방 나와서 잠깐 커피 한 잔 마시고 오더 내려고 보니까, 벌써 다 나와 있었어요. 스테이션에서 커피 마신 시간이 채 1분이 될까 말까였는데 그 시간에 모두 나와 있었다니까요!"

동훈은 '오호, 그러셔? 감히 1년 차가 포스트 오피 오더도 안 내놓고 커피를 마셔?' 라는 표정으로 성민을 쳐다보았다.

"강 선생이 그럴 만한 잘못을 정말 조금도 안 했어?"

"전혀요. 하늘을 우러러 한 점 부끄러움이 없는 하루였다고 자부합니다. 그래도 대라 하시면 오더 낼 시간에 커피 한 잔 마신 죄밖에 없는데."

"그런데?"

동훈의 되물음에 성민은 귀신을 본 사람처럼 멍하니 말을 덧붙였다.

"저더러 먼저 식당 가서 밥을 먹으라고 하셔서 가슴이 쿵 하고 내려앉았어요."

"강 선생은 같이 안 가고?"

뭔가를 눈치챈 듯 동훈의 눈썹이 하늘로 날아 올라갔다.

"네! 어떻게 아래 연차가 하늘 같은 3년 차 선생님을 앞에 두고 먼저 가느냐고 했더니, 눈꼬리를 이렇게 세우시면서 빨리 가라고 하셔서 어쩔 수 없이 가서 먹고 왔는데."

성민은 우락부락한 얼굴에 박혀 있는 눈을 솥뚜껑만 한 손으로 날렵하게 위로 째 보였다.

"왔는데?"

"오후 회진 준비도 완벽하게 다 끝나 있었고, 교수님이 말씀하신 투약 오더까지 모조리 처방되어 있었어요. 거기다 내일 수술 환자 동의서까지 받겠다고 하시는데."

"그러다 응급실 콜까지 받겠다고 나서지 않았니?"

"박 선생님! 그걸 어떻게 아셨어요? 당직까지 서시겠다고 해서 그때서야 전 깨달았죠. 분명 제가 사고를 쳤다는 것을요. 강 선생님, 깔끔하신 성격이라는 건 알고 있었지만 오늘처럼 시작과 끝이 완전하게 깔끔하신 건 또 처음 봐서 제가 뭘 잘못했는지 아무리 머리를 쥐어짜 봤는데 도무지 알아낼 수가 없습니다. 귀신이 곡할 노릇이라고요."

동훈은 입술을 앙다물고 심각한 표정을 연출하는 성민의 어깨를 툭툭 쳤다.

"내 보기엔 넌 네 죄를 잘 알고 있는 것 같은데."

"제가 알고 있다고요?"

동훈은 여유롭게 고개를 위아래로 끄떡거렸다. 그러자 성민은 얼굴을 일그러뜨리며 탄식했다.

"그게 뭡니까? 전 정말 모르겠단 말입니다."

그 모습이 마치 석고대죄 하는 죄인처럼 보여서 동훈은 웃음을 겨우 삼켰다.

"아량 넓은 내가 가르쳐 주지. 네 죄는……."

성민의 눈에 간절함이 어리었다.

"커피를 마신 죄야."

"네?"

"네가 조금 전 네 입으로 그랬잖아. 커피 마신 죄밖에 없다고."

"선생님! 정말 이러시기입니까? 후배 가슴에 시퍼런 멍이 드는 게 재미있으세요?"

"네 가슴보다 강유결 선생 마음에 더 시퍼런 멍이 든 것 같다."

"그건 또 무슨 말씀입니까? 제가 그렇게 잘못한 거예요?"

동훈은 눈에 힘을 주며 성민에게 위엄 있는 척 말했다.

"샌드위치 다 먹고 병동 나와서 일해. 수술 동의서는 네가 받아야지. 어디 새카만 1년 차가 하늘 같은 3년 차를 부려 먹어? 빠져 가지고."

"그게 아니라……."

"어허! 됐고. 네가 나올 즈음이면 모든 것이 정리되어 있을지니 염려 말아라, 중생아."

동훈의 자신감 있는 얼굴에 성민은 입을 굳게 다물고 고개를 끄떡였다. 그에게 있어 오늘은 몸은 편했지만 마음은 지옥에서 노닐었던 상당히 불편한 하루였다.

"이거 먹어."

유결은 치료 계획이 적힌 모니터에서 눈을 떼고 옆을 슬쩍 바라보았다. 책상 위에는 샌드위치가 하나가 놓여 있었다.

"저녁 안 먹었다며? 심기가 또 왜 그렇게 불편하기에 자학하냐?"

"자학?"

"아니냐? 너 마음에 안 드는 일 있으면 스스로를 마구 학대하잖아. 굶고 잠도 안 자고 입에서 단내 날 만큼 일만 하고."

"그런 적 없어."

"까먹은 게 있네. 네 자학에는 자기 부인도 들어간다는 거. 안 힘든 척, 안 어려운 척, 안 괴로운 척."

"꺼지시지."

"와우! 평소 완전무결이라고 칭송받는 강유결 선생님 맞으신지요? 김유신 교수님에게 불태워졌을 때도 뒷담화 한 번 안 해서 우러름을 받았던 분이 제일 친한 친구에게 '꺼져'라고 말씀하시다니, 이렇게 인간적이고 감격스러울 수가! 오늘의 이 역사적인 사건은 내 인스타에 반드시 차팅 해 두어야겠군."

"귀찮게 하지 말고 그만 가서 일해."

유결은 냉담하게 툭 던지고 모니터로 다시 눈을 돌렸다. 그런데 시야 앞으로 두 개의 캔이 어른거렸다.

"뭐로 할래?"

빨강과 초록색의 캔. 콜라와 사이다.

"먹고 일해. 다 먹고 살자고 하는 짓이잖아. 내가 이만큼 아양 떨었으면 못 이기는 척하고 이제 좀 먹어 줘라."

유결은 벌떡 일어나 스테이션을 벗어났다. 그러자 동훈이 샌드위치가 든 봉지를 들고 잽싸게 동기의 뒤를 따라나섰다.

"무슨 일이기에 성민이까지 쩔쩔매게 만들어? 그 녀석이 눈치 보는 게 불쌍하지도 않냐? 가뜩이나 지난주 일 때문에 기가 죽어 있구만."

"그깟 걸로 기가 죽으면 의사 그만둬야지."

"평소의 친절한 강유결 씨가 아닌 건 확실하네. 진짜 무슨 일이야? 혹시 나 때문에 그래? 30분 늦었다고 진짜 맥주 30캔 얻어먹은 거 때문에? 아니지. 네가 그렇게 쪼잔한 놈은 아닌 건 내가 확실히 보장한단 말이지."

동훈이 귀찮게 하거나 말거나 유결은 앞을 향해 나아갔다.

"아니면 맞선이 그렇게 엉망이었냐? 나가 보니 얼굴과 몸매가 상당히 불친절한 여자가 앉아 있어서."

뚝, 하고 유결의 걸음이 멈췄다. 레이저가 뿜어져 나오는 듯 유결의 눈은 매서웠다.

"맞구나! 맞선을 보니까 네 불쌍한 처지가 불현듯 떠오른 거야. 내가 왜 여기서 이런 불친절한 여자를 만나고 있나, 병원으로 눈을 돌리면 이 여자보다 얼굴과 몸매가 배나 더 착하고 친절한 전공의 후배들이 수두룩한데 하면서 말이야. 그래서 네 마음에 멍이 든 거지. 난 왜 여태껏 애인 하나 없이 일만 죽어라 하고 살았는지."

"내놔."

"뭘?"

"그거."

유결은 동훈이 들고 있는 비닐봉지를 가리켰다. 동훈은 씨 웃으며 냉큼 건넸다.

"그래, 먹어라. 동기야. 배가 불러야 어떤 부정적인 상황도 이겨 낼 수 있는 법이지. 네가 못나서 맞선 본 거 아니니까 훌훌 털어 버려. 내가 우리 예진이에게 부탁해서 예쁘고 늘씬한 애들로만 소개팅시켜 줄 테니까 시간만 비워 놔."

동훈의 잡설은 귀담아듣지 않고 유결은 샌드위치를 뜯어 휴게실로 들어갔다. 먹어야만 엉뚱한 잔소리가 끊어질 것이고 동기 역시 눈앞에서 사라질 것이다. 무식하게 우적우적 먹고 있는데 초록의 상큼한 캔을 동훈이 내밀었다.

"마시면서 먹어. 체할라."

사이다.

유결은 동훈이 눈치채지 못하게 작게 한숨을 내쉬고는 미간을 찡그렸다. 친구의 말마따나 체할 것 같다. 아니, 체기는 주말 내내 있었다. 손으로 사이다를 밀어 내고 퉁명스럽게 말했다.

"콜라 줘."

"그래, 그래. 마시고 풀어, 인마."

동훈이 따 준 콜라를 마셨다. 답답한 가슴이 뻥 뚫리는 느낌이었다. 세 입 만에 샌드위치를 몽땅 해치운 후 콜라까지 원 샷하고 남은 쓰레기는 휴지통에 버렸다.

"됐지?"

동훈은 못마땅한 표정이었다. 더 이야기를 해 줬으면 하는 눈치였지만 말하고 싶지 않았다. 제아무리 눈치가 빨라 심경을 잘 헤아려 주는 친구라고 할지라도 토요일 맞선은 입에 올리기가 껄끄러웠다. 잡념을 떨치기에는 일을 하는 것만큼 좋은 것이 없었다. 바쁘면 딱지 맞은 찜찔한 순간을 잊을 수 있었다.

뚜벅뚜벅 스테이션을 향해 걸어가는데 동훈이 줄레줄레 따라오며 뒤통수에다 또 말을 걸었다.

"왜 그리로 가? 성민이 놀라게. 성민이 말라 죽는 거 보고 싶은 거냐?"

유결이 그만하라는 뜻으로 노려보았지만 동훈은 유유자적이었다. 스테이션 앞을 지나치자 뒤에서 동훈이 목을 쭉 빼고 소리쳤다.

"양 선생님, 그건 내 감사의 선물."

양, 이라는 말에 유결은 돌연 걸음을 멈췄다. 토요일에 만난 여자도 양씨였다. 양지호. 유결은 질끈 눈을 감았다.

"어머, 박 선생님, 수제 샌드위치네요. 잘 먹을게요."

병동 10년 차 간호사인 양선민은 동훈이 스테이션 책상에 두고 간 수제 샌드위치를 들어 보이며 환하게 웃었다.

"우리 GS 병동 생각하는 갸륵한 마음의 레지던트는 나밖에 없죠?"

"호호. 네. 강 선생님 안 계시면 박 선생님이 1등이세요."

"왜 강 선생이 1등이에요?"

"저번에 따끈따끈한 찐만두를 병동에 돌리셨거든요. 겨울에는 아무래도 따끈따끈한 것들이 인기가 많잖아요."

"양 선생님, 샌드위치 도로 돌려주세요."

"줬다가 빼앗아 가는 것만큼 없어 보이는 거 없어요. 어서 갈

길 가세요. 선생님들."

오늘도 양 간호사의 입심에 밀리는 동훈이었다.

"다음번엔 군고구마 대령할 테니까 1등 할 수 있도록 양 선생님이 힘써 주세요."

"에이, 그래도 안 될걸요? 강 선생님은 우리 병원의 원 스타 (Star)시잖아요."

"으악! 아직도 그 유치한 걸 합니까?"

"박 선생님, 본래 유치한 게 오래가는 법이거든요? 명슐랭 가이드를 우습게 보지 마세요. 우리 명성대 병원 여직원들 들고일어날 거예요. 호호."

'명슐랭 가이드'는 미혼 남직원들을 외모와 지성, 인성을 종합해서 별점으로 평가하는 명성대 병원 여직원들의 독특한 인기 차트였다. 그 차트에서 유결은 원 스타를 받은 유명인이었다.

"빨리 퇴장해야겠네요. 눈총 안 받으려면."

동훈은 유결을 이끌며 그녀에게 등을 보였다.

"강 선생님하고 같이 계셔서 눈총 좀 받으실 거예요. 선망의 눈총?"

"양 선생님!"

동훈이 고개를 돌려 눈을 부라리자 양 간호사가 재미있다는 듯 킥킥거렸다.

"박 선생님, 샌드위치 잘 먹을게요. 강 선생님은 얼른 가서 좀 쉬세요. 얼굴이 반쪽 되셨어요."

양 간호사의 인사에 재주는 곰이 부리고 돈은 왕 서방이 받는 꼴이라고 동훈이 투덜거렸다.

"그놈의 명슐랭 가이드가 무슨 공신력이 있다고? 그래. 난 우리 예진이 가이드에서만 톱을 하면 된다고. 다른 여자들 관심은 하나도 필요 없어."

엘리베이터를 기다리던 유결은 혼잣말을 하고 있는 동훈을 쳐다보며 무심코 입을 열었다.

"내가 별로야?"

"별로라니? 지금 약 올리는 거지? 아님 내 앞에서 자랑질이냐? 네가 우리 병원 원 스타라고 양 간호사가 방금 그랬잖아. 제 귀로 똑똑히 들어 놓고선 못 들은 척 확인 사살을 하다니. 너 진짜 고단수다!"

동훈은 광분하며 침이 튀길 정도로 외쳤다. 동훈이 그러거나 말거나 유결은 도착하지 않은 엘리베이터 문을 노려보며 읊조렸다.

"그런데 그 여자는 왜……?"

"그 여자가 왜라니?"

띵, 엘리베이터가 도착했다는 소리가 들리고 문이 열렸다. 유결은 아무도 없는 엘리베이터 안으로 성큼 걸어 들어갔다. 그때 도를 깨우친 중생처럼 동훈이 '너, 설마!' 라고 소리쳤다.

성가셔지겠다는 걸 깨닫고 유결은 재빨리 엘리베이터의 닫힘 버튼을 눌렀다. 그러나 동훈은 악착같이 엘리베이터 안으로 들어왔다.

"찬 게 아니라 차인 거였어?"

동훈의 놀란 목소리가 엘리베이터 안을 채웠다.

아파트 안은 훈기로 가득했다. 난방을 끄지 않고 출근한 모양이었다. 유결은 자신의 선견지명에 괜히 뿌듯해졌다. 저도 모르게 웃음이 비죽비죽 새어 나왔다. 비틀비틀 걸어가 넓은 침대에 풀썩 쓰러졌다. 주말과 오늘 하루 스스로를 괴롭혔던 마음에서 어느 정도 해방되는 느낌이었다.

"반전이 있는 여자야."

"반전이 있는 여자라고? 어디가 어떻게 얼마나 반전인데? 몸매는 말랐는데 글래머란 뜻이야?"

헛소리를 지껄이는 동훈의 입을 막고자 의도적으로 소주잔을 부딪쳤다.

"말 안 하냐? 이 원 스타야."

소주를 벌컥벌컥 마셔 대다 보니 결국 취해 버리고 말았다.

한마디 실수로 인해 물귀신 같은 동훈에게 꽉 잡혀 버린 유결은 근무가 끝난 후, 병원 앞 막창집에서 동훈과 소주잔을 기울였다. 반전이 있는 여자와 맞선을 봤다는 말이 무엇이냐고 동훈이 집요하게 캐물었지만 더 이상 답하지 않았다. 여자들은 이계 종족이나 다름없다는 친구의 일장 연설을 묵묵히 듣고는 집으로 돌아왔다.

병원과 가까운 아파트는 1년 차 때부터 살던 곳이다. 인턴은 모교에서 밟았지만 전공의 수련은 명성대에 지원했다. 일반외과 쪽으로 존경하는 교수님이 자리를 잡고 있었기 때문이다.

좋은 의사가 되기 위해 한 치의 흐트러짐 없이 앞만 보고 달려왔다. 한데 토요일 맞선 한 번으로 이성적이고 합리적인 강유결은 어디론가 사라지고, 10년 전 뜨거운 감정을 가슴에 가두느라 힘들어하던 풋내기 강유결이 슬금슬금 기어 나왔다.

10년 동안 여자 때문에 흔들린 적은 없었는데. 의대 다니는 동안 단 한 번이었던 연애를 할 때조차도 평온했던 마음이다. 그러나 지난 이틀 동안 마음은 몇백만 볼트의 전기를 가둔 먹구름처럼 엉망진창으로 변했다.

그 여자는 아무렇지도 않을 텐데.

손해 보는 느낌이었다. 시간도, 힘도, 여유도 제 살을 깎아먹고 있었다.

나만 이러고 있나? 내가 왜 이러지.

깊은 한숨을 내뱉자 술 냄새가 진동했다. 그런데 아무리 마셔도 눈앞에 그려진 여자의 환영은 지워지지 않았다. 절묘한 방법으로 퇴짜를 맞아서인지 자존심에 타격이 너무 컸던 모양이다. 불편한 마음과는 달리 입가에서는 샐샐 웃음이 흘러나왔다. 술에 취하면 나타나는 유결의 주사였다.

"관심, 있습니다."

제일 먼저 든 생각은 '자기가 무슨 말을 하고 있는지는 알까'였다. 그 후로는 그녀가 내뱉은 말이 스멀스멀 기어들어 와 심장을 움켜쥐었다. 기분이 나쁘기도 하고 한편으로는 그 말이 진심이었으면 하는 바람도 깃들어 있었다.

관심이 있다니. 저 말을 믿으라는 건가.

맞선 상대라고 서로에게 인사를 할 때부터 여자의 얼굴에는 아무 표정도 없었다. 엘리베이터 안에서의 인상적인 첫 만남으로 인해 그녀가 궁금했었다. 어떤 눈을 가지고 있는지…… 어쩌면 그 눈은 깊고 맑을 것이라고 막연히 추측했다. 그런데 실제로 마주한 여자의 눈은 예상과 달리 여전히 혼자만의 세상에 있는 듯 무심하고 건조했다.

맞선 장소에 도착해 '양지호'라는 이름을 찾았지만 없었다. 도착하지 않은 걸 알고 한쪽에 자리를 잡고 상대를 기다렸다. 분주하게 살다 보니 하릴없이 시간을 죽이는 것도 연습이 필요한 모양이었다.

그러다 직원의 부름에 고개를 돌리는 순간, 지겨워하던 심장이 쿵덕거리기 시작했다. 엘리베이터 안에서 만난 여자가 눈앞에 떡하니 나타난 것이다. '저, 내려요'라는 말에 광고 속 남자처럼 '전 두 정류장이나 지나친걸요?'라고 대답하고 싶은 충동을 느끼게 한 여자.

엉뚱한 상상의 물결을 일으키던 여자는 고요하게 맞은편에 앉았다. 웬만한 남자와 어깨를 나란히 하는 키, 시원하게 곧게 뻗은 다리, 가늘고 길쭉한 손가락, 뽀얀 피부, 그리고 작은 얼굴을 감싼 커트 머리에는 귀여운 웨이브가 숨어 있었다.

더워 보여 코트를 벗으라고 했더니 그녀는 두말하지 않고 코트를 벗었다. 그녀가 코트를 벗자마자 유결은 잠시 후회했다. 숨이 막힐 정도로 섹시해 도저히 쳐다볼 수가 없었기 때문이다.

늘씬한 몸매를 돋보이게 하는 블랙 미니 원피스는 여자의 매력을 유감없이 드러냈다. 눈앞에 훤히 드러난 매끈한 허벅지를 꼬기라도 한다면 큰일이겠다고 생각할 즈음 그녀는 코트로 얌전히 갈무리했다.

반전의 시작이었다.

남자의 시선이 쏠릴 만한 몸매를 가지고 있으면서도 정작 본인은 무덤덤한 여자. 도도하고 새침할 줄 알았는데 엄친아냐고 물어보는 여자는 엉뚱했고, 연봉은 안 알려 줘도 된다는 여자는 독특했다.

자신이 궁금증을 불러일으킨다는 것은 알고 있을까. 본인이 시켰으면서 왜 사이다는 마시지 않고 노려보기만 하는 걸까. 그 순간 사이다가 수많은 질문의 열쇠를 쥐고 있는 것 같았다.

겉모습과 속 모양이 전혀 다른 여자. 어떤 모습이 진짜일까 잠시 고민했는데, 그것은 불필요한 고민이었다. 몇 분 만에 그녀가 아주 솔직 담백한 여자라는 것을 파악할 수 있었다.

연봉 말고 다른 걸 묻고 싶다고 말한 여자의 눈에서 갑자기 빛이 났다. 처음 마주한 건조함 대신 열망을 담은 눈에 유결은 심하게 동요하고 말았다. 연봉에 관심 없던 여자가 관심을 보이는 것은 도대체 무엇일까.

그것은 사랑에 관한 질문이었다. 사랑해서는 안 되는 사람을 사랑하게 됐을 때 어떻게 하겠느냐고, 다른 사람을 사랑하는 그 사람을 바라볼 수 있겠느냐고. 그리고 결정적으로 그 사랑을 하게 되면 여태껏 살아온 세계가 송두리째 무너진다고 했다.

질문을 심사숙고할 필요가 없었다. 학창 시절 내내 다른 사람을 사랑하는 사람을 사랑했으니까.

첫사랑이었다. 첫사랑의 행복, 불행을 곁에서 지켜보면서 세계가 무너지는 고통을 맛보았다. 손을 내밀면 언제든지 잡아 줄 수 있는 거리에 있으면서도 먼저 손을 내밀지는 않았다. 그 사랑의 마음까지 헤아리며 사랑하는 게 숙명이라고 생각했다.

한동안 고통 속에 살게 만든 첫사랑은 이제 인생이라는 책 한 페이지를 장식할 뿐이다. 들춰 보면 웃음이 나고 가슴을 뿌듯하게 만드는 아름다운 추억이 되었다. 모든 사랑이 제자리를 찾을 만큼 시간은 흐르고 흘렀다.

눈앞의 양지호라는 여자는 종잡을 수가 없었다. 치명적인 매력이 있는데 말하는 투는 무덤덤하기 이를 데 없었다. 군대를 다녀온 것도 아니면서 '다' 나 '까' 를 일상적 언어로 쓰고 있었다. 가끔 툭 튀어나오는 '해요체' 는 부드러움을 순간순간 부각시켰다.

신선하고 신기한 느낌이 유결의 가슴을 가득 채웠다.

그러다 문득 인터뷰를 당하고 있다는 느낌이 들었다. 그녀의 열렬한 눈동자에 가슴 떨려하며 질문에 차근차근 대답했는데, 알고 보니 그 인터뷰의 주인공은 자신이 아니었다. 그녀가 알고 싶은 사람은, 그 깊고 맑은 눈동자가 열망하는 사람은 어떤 미지의 남자라는 것을 깨달았다. 그러자 마음이 가라앉기 시작했다.

소설가라는 그녀의 직업, 여자의 무심한 눈, 연봉은 전혀 궁금해하지 않던 태도. 삼박자가 딱딱 맞아 들어갔다. 그녀도 자신처럼 원치 않는 맞선 자리에 나온 것이다.

어차피 피할 수 없는 맞선이라면 직업적인 호기심을 만족시키는 편이 더 나을지도 모른다는 생각을 했을지도. 그 생각까지 하자 그녀가 자신에게 조금도 관심이 없다는 사실을 인정하게 되었다.

유결은 기분이 조금, 아니 상당히 나빴다. 어디 가서 이런 홀대를 받아 본 적이 없었다. 그런데 양지호라는 여자는 자신을 잘도 흔하디흔한 잡초처럼 대하고 있었다. 여자에게 가졌던 호감을 욱여넣으니 치기 어린 마음이 들었다. 어쩌면 이 여자는 이런 상황을 여러 번 연출하는 프로일지도 모른다고.

"저, 프로 아닙니다. 처음입니다."

그 답을 듣는 순간 마음 한구석에 안도감이 들었지만 못된 성질머리는 의심을 버리지 않았다. 여자의 본심이 무엇인지 알아낼 때까지 밀어붙이겠다는 일념으로 정곡을 찔렀다.

"미안합니다."

코너에 몰린 순간 발휘되는 정직함은 상황을 모면하기 위한 약삭빠른 것이 아니었다.

두 번째 반전이었다. 그것을 파악하자마자 부끄러움이 몰려들었다. 여태껏 그의 성향 리스트에 치졸함은 없었던 것 같은데 양지호라는 여자 앞에서는 저절로 퇴행하는 것만 같았다.

그때까지 눈으로만 마시던 사이다를 원 샷 한 그녀는 순진무구하게 덧붙였다.

"무난한 커피가 아니라서 이상하게 생각하실 것 같아서."

심장이 또 쿵, 하고 소리를 냈다. 이건 뭐지. 이런 말을 하는 건 내게 잘 보이고 싶다는 뜻일까. 입을 제어할 틈도 없이 즉각 안 이상하다는 대답이 튀어 나갔다.

또 다른 반전을 기대하던 그 순간 여자는 머뭇거렸고 그녀의 눈은 허공을 헤매었다. 어떤 말로 포장을 해야 맞선 상대로부터 허점을 잡히지 않을지 고민하는 것 같았다. 일말의 기대가 꺾어지고 맥이 탁 풀렸다.

지금까지 내가 혼자서 뭘 하고 있었던 거지.

"전 하나에 꽂히면 그것만 보는 편입니다."

다시 보이는 여자의 무심한 눈. 그제야 완벽하게 이해했다. 여자는 그에게 손톱만 한 관심도 없다는 것을…….

처음부터 그렇다는 걸 제 성격까지 들먹여 확실히 말하는 여자에게 실망하고 만 건 바로 명백한 그의 실수이고 잘못이었다. 부모님이 주선한 맞선이기에 단지 예의를 다하고자 하는 여자에게 잘못을 돌릴 수는 없었다. 그녀의 뜻을 알아챈 유결은 부모님께는 서로에게 피해가 가지 않게 잘 말씀드리겠다고 답했다.

소설가인 그녀 앞에서 더 이상 어처구니없는 소설을 쓰고 싶지 않아 맞선을 마무리하려던 그때, 여자의 다급한 목소리가 유결의 귀를 움켜잡았다.

"그러니까, 할 수 있으세요?"
"뭘 말입니까?"
"그거요."
"그게 뭐죠?"
"섹스요."

귀를 강타하는 세 번째 반전에 순간 뇌가 헝클어졌다. 유결은 제대로 들은 게 맞을까 귀를 의심하며 여자를 노려보았다. 그녀는 당황한 눈이었지만 그 눈동자에서는 무언가를 이루겠다는 강력한 의지가 엿보였다.

지금 날 놀리는 건가. 관심이 없는 남자에게 자자고 말하다니, 머리가 어떻게 된 것이 아니고서야 절대 그럴 수 없었다. 짧은 시간이었지만 그녀가 누구보다 순수하고 솔직하다는 것을 파악했다. 그런 여자가 어떻게, 더욱이 맞선을 보는 내내 관심이 없다는 것을 온몸으로 피력했으면서 헤어질 순간에 느닷없이 섹스를 하자고 하는 것일까.

대체 어떤 모습이 진짜인 거지? 사람 보는 눈이 없다고 들어본 적은 없는데, 그 순간 유결은 한 치 앞도 내다볼 수 없는 안개 속에 갇힌 것만 같았다.

그녀의 말에서 숨겨진 뜻을 알아보고자 뚫어지게 쳐다보았다. 어쩌면 누군가와 중요한 무언가를 걸고 모종의 내기를 한 것일지도 모른다고 생각했다. 맞선에서 망발을 해서 이상한 여자로 낙인찍혀야 하는 미션을 수행하는 것일지도.

아무리 생각해도 여자의 속내를 알 수가 없어 답답했다. 여태껏 사람에게 휘둘린 적이 없었는데, 눈앞의 여자는 희한하게도 그를 감정적으로 휘두르고 있었다.

인정해야만 했다. 이 이상한 순간조차도 눈앞의 여자에게 끌리고 있다는 것을……. 여자가 어떤 목적으로 그런 말을 한 것인지는 중요하지 않다는 생각까지 들었다. 그 순간 유결은 냉정한 이성을 끌어올렸다. 부나방같이 휩쓸리는 건 강유결의 스타

일이 아니었다. 아무리 호감 가는 여자라고 해도, 그에게 일절 호감을 내비치지 않는 여자에게 계속 끌려가는 건 자존심이 상하는 일이었다.

유결은 못된 망아지 같은 감정이 날뛰지 못하도록 단단히 고삐를 죄었다.

"양지호 씨와 말입니까?"

놀라는 여자의 표정을 보고, 그녀가 아무 계산도 하지 않고 그 말을 내뱉었다는 사실을 인지했다. 그렇다면 이 웃지 못할 해프닝을 끝낼 사람은 바로 그였다.

"네?"
"못 하겠습니다."

여자는 꽤나 당황한 얼굴이었다. 설마 거절당할 것을 예상하지 못했다는 뜻인가. 그 순간 유결은 어쩌면 자신에게 사람 보는 눈이 없을지도 모른다는 생각이 들었다.

"왜요?"
"못 잡니다. 여자와는……."

사고 회로가 뒤엉키니 튀어 나간 말 역시 제멋대로 엉켜들었다. 정확하게는 '못 잡니다'와 '여자와는' 사이에 '처음 만난'이라는 말이 들어갔어야 했다. 난데없는 말실수에 눈을 찡그리다 얼른 말을 정정하려고 입을 떼는 순간 그녀의 빛나는 얼굴을 보고야 말았다. 말로 형용할 수 없는 심술궂은 감정이 치밀어 올라 여자가 어떻게 생각하든 내버려 두자는 결론을 내렸다.

하지만 지나치게 명랑해진 눈빛에 마음이 불편해진 것은 사실이었다.

"그렇죠? 그러실 겁니다. 죄송합니다. 당혹스러운 질문을 드려서. 하지만 정말 꼭 알고 싶었습니다. 제게는 그게 제일 중요했거든요."

"중요하다고요?"

뒤통수를 얻어맞은 듯 아득해져서 저도 모르게 되물었다.

"사람에게는 각자만의 기준이 있으니까요. 근데 제가 너무 어렵게 생각한 것 같습니다. 쉽게 갈 수도 있는 것인데. 알려 주셔서 감사합니다."

해답을 얻은 듯 여자의 얼굴은 후련해 보였다. 사람을 파악하는 각자의 기준이 있다면 양지호라는 여자에게 그 기준은 남자와 자는 것인 모양이었다.

이 여자를 제대로 파악한 게 맞는 건가, 아니면 이제까지 농락당한 건가, 하는 의문이 들 즈음 여자의 산뜻하고도 조심스러운 목소리가 들렸다.

"그리고 절대 신경 쓰지 마세요. 부모님께는 잘 말씀드리겠습니다. 좋은 분이시지만 서로가 인연이 아닌 것 같다고 그렇게 꼭 말씀드릴게요. 염려 마시고 좋은 분 만나시길 바랍니다."

처음으로 여자는 환하게 웃었다. 여자의 웃음이 가슴을 파고 들었다.

그녀의 기준을 거부한 쪽은 엄연히 자신인데, 불쾌해야 하는 쪽은 자신인데, 왜인지 그녀의 기준을 통과하지 못했다는 아쉬움만 들었다. 여자를 향한 미련이 질척하게 마음에 달라붙었다. 뭐라고 말이라도 하면 억울하지는 않을 텐데.

"아, 계산은 제가 하겠습니다. 감사의 의미로요."
"감사?"

자신의 손에서 계산서를 채간 여자는 상큼한 미소를 내보였다. 그러고는 가벼운 걸음으로 유결을 지나쳤다.

여자의 등을 멍하니 바라볼 수밖에 없었다. 내가 무슨 감사받을 짓을 한 건데? 머릿속은 온통 뒤죽박죽이었다. 미간이 저절로 찌그러졌다.

차이는 게 이런 느낌이었나. 감당할 수 없는 전율이…….

스릴러, 스릴러 나이트.

유결의 귓가에 잭슨의 노래가 들리는 듯했다.

<u>4</u>
정말 못 자는 걸까?

한주의 눈에는 연민과 애틋함이 묻어 있었다. 지금 필요한 것은 연약한 감정이 아니라 태경을 잊을 만한 육체였다. 그런데 왜 저런 눈을 할까. 감정 놀이는 지금까지 한 것으로도 충분한데 눈앞의 남자까지 쓸모없는 소모전을 하자고 했다. 감정 따윈 남아 있지 않다고 조소해도 한주는 막무가내였다.

기댈 수 있는, 신뢰할 만한 친구를 얻었다고 생각했는데. 모든 걸 망쳐 버린 사람은 태경이 아니라 서한주였다. 은우는 빈정거렸다.

"당신이 원하는 거잖아요. 아닙니까?"

"내가 원하는 건 은우 씨의 마음이지, 몸이 아닙니다."

"그 마음. 없다고 했습니다. 내가 당신에게 줄 수 있는 건 이것밖에 없어요. 지난번의 키스, 당신도 즐겼지 않습니까?"

한주의 눈이 후회로 얼룩졌다.

"그래서는 안 되는 것이었는데, 미안합니다."

한주가 미안하다고 했지만 사실 그 키스도 은우가 시작한 것이었다. 태경이 경은과 결혼을 약속했다는 말을 듣고 충동적으로 벌인 일이었다. 태경을 향한 자신의 마음을 알면서도 서한주는 피하지 않았다. 그랬던 남자가 지금은 안 된다고 말하고 있다. 치미는 분노를 감당할 수 없어 은우는 입술을 짓이겼다.

"나와 자지 않으면 서한주 씨를 다시는 안 볼 겁니다. 스스로를 속이는 사람은 경멸하니까."

제길, 누가 누구에게 경멸한다고 하는 거지. 태경을 속이면서 산 세월이 15년을 넘었는데. 은우는 양심의 입바른 소리를 외면하고 말을 내뱉었다.

"당신과 나, 오늘부터 모르는 사람인 겁니다."

야비한 술수라는 것을 알지만 뱉은 말을 도로 거둬들일 수는 없었다. 태경과 경은이 같이 있는 모습을 상상할 때면 꼭지가 돌아 버렸으니까.

착잡한 눈을 하고 한주가 담담하게 말했다.

"그래도 못 잡니다. 이은우 씨와는……."

다다다, 키보드를 치던 손가락이 뚝 멈췄다. 얼른 제 갈 길을 가게 해 달라고 조르던 커서도 그 자리에서 깜빡이고만 있었다.

"못 잡니다. 여자와는……."

은우와 한주의 장면 속을 헤매다 툭 터져 나오는 남자의 목소리. 또 생각나고 말았다. 하얀 문서 화면 위로, 여자와는 못 잔다고 단호히 말하던 남자의 얼굴이 겹쳐졌다. 지호는 입술을 매만졌다.

정말 못 자는 걸까?

지호는 고개를 절레절레 흔들었다. 그 남자가 거짓말을 할 이유도, 자신이 그 말을 믿지 않을 이유도 없는데, 왜 자꾸 의문이 드는지 알 수 없었다.

서한주와 맞아떨어지는 이미지인 샤프한 호남형의 엘리트 남자가, 성 소수자라는 게 이상해서일까. 서한주 같은 사람을 이렇게나 쉽게, 가까이 만날 수 있어서? 멋대로 서한주의 모델이라고 여겼으면서 그 남자가 진짜 성 소수자라고 하니 솔직히 믿기 어려웠다. 지호는 짧게 도리질했다. 이런 생각만큼 성 소수자에 대한 편견도 없었다.

성적 성향에 대한 자기 결정권의 발현은 존중받아야 하는 것이지 색안경을 끼고 바라봐야 할 것이 아니었다. 판타지가 아닌 현실에서, 그것도 맞선 자리에서 성 소수자를 만난 것이 놀라워서 줄곧 그 남자를 떠올리는 것이라고 스스로를 두둔했다.

BL 소설을 쓰고 있지만 현실에서의 성 소수자에 대해서는 잘 알지 못한다. BL이라는 장르는 현실보다 여자의 판타지에 근거한 것일 뿐. 독자는 실제 성 소수자들의 생활을 알고 싶어 하지 않았고 작가도 자신이 만들어 낸 판타지의 세계에서 마음껏 상상의 나래를 펼칠 뿐, 진짜 그들의 삶에는 관심이 없었다.

그런데 강유결이라는 남자는 왜 자꾸 불쑥 생각나는 것일까? 단지 그가 처음으로 만난 성 소수자여서? 이유는 그것만이 전부가 아니었다. 그는 솔직했고 당당했다. 자신의 성적 성향을 부끄러워하지 않았다. 처음 만난 여자의 느닷없는 요구에 침착하게 그럴 수 없는 이유를 설명했다.

그래서 더 놀라운 거다. 그리고 고마웠다. 그의 그런 모습에 서한주에 대한 의문이 풀려 버렸으니까.

그런 남자가 어째서 선에 나왔을까.

아무래도 그 남자의 가족들은 그의 정체성을 모르는 모양이었다. 그의 어머니와 우리 엄마는 단짝 친구라고 했으니, 그쪽 어머니가 아들의 성적 성향을 알았다면 더더욱 맞선에 내보내지 않았을 것이다.

강유결 씨는 언제부터 성 소수자가 된 것일까. 그 이유를 안다면 서한주에 대한 이야기가 지금 쓴 것보다 더 매끄럽게 풀리지 않을까. 지호는 미간을 찌푸렸다.

남의 비밀은 모른 척해 줘야 하는데, 이제는 내밀한 사연까지 알고 싶어진다. 더 이상 관심 가지지 말자며 다짐을 해도 자꾸만 강유결에 대한 생각이 꼬리에 꼬리를 물고 일어났다. 결국 지호는 작업할 때만 쓰는 안경을 벗어 놓고 후, 하고 숨을 내뱉었다.

비밀을 지켜 주겠다는 말보다 사과를 했었어야 했다. 그 남자가 본의 아니게 비밀을 털어놓을 수밖에 없었던 이유는 자신의 끈질긴 질문 때문이었다. 서한주에 대한 체증은 사라졌지만 이후 집으로 돌아와 자신의 행적을 돌아보자 순식간에 얼굴이 벌게졌다. 그리고 당당하게 말하던 남자의 얼굴에서 어쩌면 그것이 용기일지도 모른다는 생각이 들었다. 정말 미안했다.

글을 풀고 싶다는 욕심에 눈이 멀어 강유결 씨를 곤란하게 만들었다는 불편한 자책감이 들었다. 그런 식으로 남에게 떠밀려 커밍아웃을 하게 만든 건 명백한 잘못이었다.

한데 그 남자는 왜 그 순간 둘러대지 않고 엄청난 비밀을 털어놓은 것일까. 맞선에 관심 없는 그녀의 마음을 꿰뚫어 보고 솔직하게 의견을 피력할 정도면 자신감이 넘치거나 자존심이 센 남자임이 틀림없는데.

미안한 마음이 들 때마다 지호는 안절부절못했다. 모순되게도 그 남자 덕택에 한주의 캐릭터가 글 속에 제대로 녹아났고, 손가락은 모터를 단 듯 글을 풀어내 연재 속도도 빨라졌다.

그 남자가 영감을 준 것처럼 처음부터 여자와는 할 수 없다는 설정을 해 놓았으면 막히지 않았을 텐데. 캐릭터를 만들 때 너무 어렵게 설정해 둔 탓에 술술 풀어 낼 수가 없었다.

강유결=서한주.

커서가 토해 놓은 글씨를 물끄러미 바라보다 엄지와 검지로 입술을 아프게 주물렀다.

그 남자가 처음부터 여자와 못 잔다면 서한주도 그럴 수밖에 없었다. 이유, 정황을 막론하고 단순함이 빛을 발할 때가 있으니까. 그것은 마치 담임 선생님이 일기장에 남겨 주신 코멘트를 읽고 그대로 실천하겠다는 초등학생의 다짐 같은 것이었다.

허락 없이 글 속 캐릭터의 모델로 삼은 바람에 이렇게 되어 버렸다. 비밀을 알게 된 것에 대한 미안한 마음과 글을 잘 풀리게 해 준 것에 대한 고마운 마음이 상충했다. 결국은 민폐를 끼쳤다는 마음이 더욱 커져서 눈에 글이 들어오지 않는 지경에 이르렀다.

자초지종을 설명하고 사과를 하고 싶은 마음이 굴뚝같았다. 하지만 지난 맞선을 잊어버리고 잘 살고 있을지 모르는 남자에

게 제 마음 편해지자고 또 민폐를 끼칠 수는 없었다. 처음부터
그 맞선에 나가는 것이 아니었다. 아니, 나갔더라도 서한주를
알아보겠다는 욕심은 버려야 했다.

"관심, 있습니다."

지호의 눈이 심각해졌다. 상대방이 듣기에는 충분히 오해의
여지가 있는 말이었다.

"양지호 씨와 말입니까?"

그 순간을 떠올리자 지호의 뺨이 붉어졌다. 주어와 목적어를
다 잘라 먹고 물었으니 그런 말을 듣는 게 당연한데, 왜 이렇게
부끄럽지?

남자의 말이 여전히 귀에 달라붙어 지호를 민망하게 만들었
다. 연애해 본 적이 없으니 남자와 잔다는 것도 한 번도 상상해
본 적이 없었다. 손안에 입과 턱을 묻은 후, 남자의 물음에 당황
해서 아무 말도 못 했던 자신을 떠올렸다.

"내가 왜 그랬지?"

탄식을 내뱉으며 머리를 푹 수그렸다. 그때는 귀신에 홀렸던
게 분명했다. 부끄러움을 인지할 겨를도 없이 무모한 용기가 치
솟았으니까. 못 하겠다는 그의 말에 '왜요?' 라는 질문은 왜 또
먼저 튀어 나갔을까.

이 모든 게 다 서한주 때문이다. 그 순간 강유결이 서한주로
느껴져 그렇게 물었었다. 바보같이. 부끄러움은 온전히 그녀의

몫이었다.

지호는 급기야 작업 책상에 이마를 콩콩 박았다.

"언니야."

캐릭터에 몰입하지 말걸 그랬다. 주워 담고 싶지만 이미 2주나 지난 일이었다.

"언니!"

지호는 고개를 들었다. 지유의 얼굴이 옆으로 쓱 들어왔다.

"혹시 19금 신 쓰고 있었어?"

"아니."

"에이, 거짓말. 언니도 쓰고 나니까 너무 야해서 부끄러워하고 있던 거지? 어디, 어디? 나도 좀 봐."

모니터를 훑어 내리던 지유의 눈에 의아한 빛이 넘쳤다.

"뭐야? 19금 신 아니네. 야한 것도 아닌데 왜 이렇게 부끄러워하고 있어? 귀까지 빨개졌잖아. 머릿속으로 미리 앞으로 나올 19금 신 훑고 온 거 아니야?"

지호는 아무 대답 없이 슬그머니 한쪽 귀를 가리고 문서 파일 저장 후 창을 닫았다.

"그만 쓰게?"

"이러고 더 쓸 수는 없잖아."

"하긴 얼추 시간 다 됐으니까 이제 머리 감으면 될 것 같아. 언니 욕실로 가자."

"응."

지호는 지유를 따라 작업실 안 욕실로 들어갔다. 허리를 숙이자 샤워기를 든 지유가 정성스럽게 머리를 씻겨 주었다. 욕조 바닥으로 잿빛 물이 흘러 내려갔다.

"작은언니는 내가 하자는 대로 해 줘서 너무 좋아. 큰언니 같으면 어림도 없지. 아직도 내 실력을 못 믿다니, 흥! 칫! 뿡이다! 나한테 머리 한 번만 만져 달라고 매달릴 날이 머지않았는데. 그때 아무리 졸라도 큰언니는 안 만져 줄 거야."

지유는 헤어 디자이너가 되기 위해 미용 학원에 다니고 있었다. 잘 다니던 대기업을 그만두고 헤어 디자이너가 되고 싶다고 했을 때, 엄마는 반대는커녕 쿨하게 자기 인생은 자기가 개척하는 것이라며 지유가 하고 싶은 대로 하게 내버려 두었다.

엄마의 지지를 받은 지유는 가족들을 상대로 파마, 커트, 염색 실력을 맘껏 선보였고, 그중에서도 지호의 헤어를 전담하고 있었다. 다른 가족들은 지호가 지유에게 머리를 맡긴 것을 대단한 용기라고 보았다. 지호의 커트 머리도 지유의 작품이었다.

지유는 지호가 작품을 집필하는 오피스텔 작업실에 미용 재료와 도구들을 가져와 그녀를 상대로 종종 실습하고는 했다.

"언니, 오해하지 말고 들어. 이걸 내가 해서 그런 게 아니라, 정말 너무 예쁘다. 연예인도 언니 옆에 서면 기죽을 거야."

지유가 큰 손거울을 들어 뒤통수를 보여 주었다. 애시 그레이와 퍼플이 절묘하게 뒤섞여 지호가 보기에도 색감이 은은하고 예뻤다.

"예쁘지? 마음에 들지?"

"응."

"조금만 더 길게 말해 줘. 성공의 기쁨을 오래 느끼고 싶단 말이야."

"진짜 예쁘다."

지유가 길게 말하는 지호의 입을 바라보다가 헛, 하고 탄식을 내뱉었다.

"그게 길게 말하는 거야? 하긴 내가 작은언니에게 뭘 바라. '침묵은 금이다'라고 알고 있는 사람한테."

헤어 에센스를 손바닥에 착착 바른 후 지호의 머리를 정성스럽게 만져 주던 지유는 미간을 찌푸렸다.

"언니는 조금만 꾸미면 연예인도 발라 버릴 정도로 이렇게 멋진데, 왜 외모에는 관심이 없어? 그러니까 첫 맞선에서 애프터를 못 받지. 아니지, 그날 내가 얼마나 때깔 나게 꾸며 줬는데, 그 남자 눈이 어떻게 된 거 아니야?"

"인연이 아닐 뿐이었어."

"아무리 인연이 아니더라도 모델 같은 여자가 맞선에 나타났는데, 빈말이라도 연락처를 물어봐야 하는 거 아니야? 어떻게 아무것도 안 묻고 그냥 헤어질 수 있대? 아무래도 그 남자한테 문제가 있는 게 분명해. 아니면 혹시 게이일까?"

일순 뜨끔해진 지호는 침을 꼴깍 삼켰다.

"아, 아냐."

"아닌 건 나도 알지. 근데 이유를 알 수 없어 답답하니까 그렇지. 그날 언니는 완벽하게 예뻤다고. 머리끝에서 발끝……."

지유가 말을 흐리고 고개를 푹 숙였다.

"아, 알았다. 언니가 애프터를 받지 못한 이유."

무심코 지유를 쳐다보았다. 동생의 눈이 이글이글 불타오르고 있었다.

"발끝이 안 예뻤어. 운동화! 그걸 맞선 볼 때 신고 갔을 줄이야. 내가 집에서 출발할 때부터 펌프스 힐 신으라고 그랬잖아! 그게 코디의 화룡점정이었다고. 언니가 불편하다고 차에서 내릴 때 갈아 신겠다고 해서 그러라고 한 게 실수였어. 언제 어디든 완벽하게 프로페셔널해야 했는데. 내가 방심했어. 모두 내 실수야."

운동화와 애프터가 무슨 상관일까. 무슨 일을 하든 그 결과를 야기한 원인 따지기를 좋아하는 지유가 답답함을 몰아낼 이유를 찾는 거라면 괜찮다고 지호는 생각했다. 그녀는 자리에서 일어나 주섬주섬 짐을 챙겼다.

"어디 가?"

"출판사에 나가 보려고."

"다정 씨 만나기로 했어?"

"응."

"그런 게 어디 있어? 언니랑 점심 먹고 싶었는데. 예쁘게 염색해 줬으니까 점심은 사 줘야지. 떡볶이 먹자고 할 참이었는데."

지호가 미간을 찌푸렸다.

"왜 하필 떡볶이야?"

"언니가 매운 거 못 먹으니까. 매운 거 먹을 때마다 얼굴 찡그리면서 헤헤거리는 거 얼마나 귀여운데. 마치 술 취한 우리 짱구 같단 말이야."

짱구는 지유가 키우고 있는 강아지다.

"짱구한테 술 먹인 적 있어?"

"아니, 그냥 그렇다고! 비유로 말한 거라고."

"응."

어깨를 으쓱거린 지호는 지갑에서 지폐 두 장을 꺼내 지유에게 내밀었다.

"이건 뭔데?"

"떡볶이 사 먹어."

지호는 여상하게 말하고 백팩을 어깨에 멨다.

"역시 통 큰 우리 언니. 떡볶이 사 먹으라고 10만 원이나 쾌척하시네. 잘나가는 로미오 작가님! 다음 작품도 대박 나길 기원합니다."

"수고비도 포함된 거야. 머리 예쁘다."

"우와! 최고의 칭찬. 언니, 작업실 깨끗하게 청소하고 나갈게! 잘 다녀와."

"그래."

희미한 미소를 보여 주고 지호는 오피스텔을 나왔다.

추위를 잘 타지 않는 체질이지만 겨울은 겨울이긴 한 모양이다. 밖으로 나오니 찬 바람에 몸이 떨렸다. 우중충한 하늘을 보니 눈이라도 한바탕 퍼부을 것 같지만, 유독 이번 겨울에는 서울에 첫눈이 내리지 않았다. 지호는 후드를 뒤집어쓰고 패딩 조끼 주머니에 손을 넣었다. 지하철역까지 걸으며 이어폰에서 흘러나오는 마이클 잭슨의 노래를 흥얼거렸다.

겨울이 되면 항상 마이클이 생각났다. 그의 사후 두 번째로 발매된 유작을 듣고, 전성기의 마이클이 살아 돌아왔다는 느낌이 들었다. 겨울의 은반 위에서 절도 있는 춤을 추면서 '이렇게 기분 좋은 사랑은 없었어요'라고 노래를 부르는 마이클을 상상했다. 그를 영감으로 해서 쓴 소설은 소위 말하는 대박이 났다.

그대처럼 날 안아 주는 사람은 없어요.

노래를 흥얼거리던 지호의 눈이 착잡해졌다.

바라봐 주지 않는 사람을 사랑한다는 건 스스로를 파괴하는 일이다. 얼마나 더 파괴해야 미련의 끈을 놓아 버릴 수 있을까.

행복했던 마이클의 노래가 문득 슬퍼졌다.

마이클의 노래가 끊기고 전화벨 소리가 들렸다. 지호는 휴대폰을 확인했다. 엄마였다.

"네. 엄마."

―지호야, 너 지금 어디니?

엄마의 경상도 억양이 섞인 어색한 표준어를 듣자마자 지호는 엄마 곁에 누군가가 있다는 것을 알아차렸다. 다른 사람의 이목에 신경을 많이 쓰는 엄마는 바깥에서는 표준어를 쓰려고 노력했다.

"밖이에요. 출판사 가려고요."

―그렇구나. 혹시 시간 되면 엄마한테 좀 와 줄 수 없겠니?

"무슨 일이신데요?"

―실은…….

엄마가 뜸을 들이다 옆에 있는 사람과 대화를 하는지 웅성거리는 소리가 들렸다.

―어, 엄마가 좀 다쳤어.

"네?"

지호는 깜짝 놀라 걸음을 멈추고 되물었다.

"어디가, 얼마나요?"

―다리가 조금.

"지금 어디에 계시는데요?"

―그러니까 내가 어디에 있냐면…….

또 옆의 사람과 대화를 나누는 소리가 들려왔다. 휴대폰을 멀리 두고 말하고 있는 모양이었다.

"엄마?"

걱정스런 마음에 휴대폰에 대고 엄마를 불렀다.

―여기, 명성대 병원 응급실이야.

"응급실이요? 많이 다치신 거예요?"

―아니, 그렇게 많이 다친 건 아니야.

다치긴 다쳤다는 소리였다. 지호의 가슴이 철렁 내려앉았다.

"아버지한테 연락은 하셨어요? 언니는 알고 있어요?"

―회사에 매여 있는 아버지랑 지수한테는 뭐 하러 이야기해. 그냥 조금 삐끗했을 뿐이야. 그래도 움직이는 데 조심하라고 하니까 네가 와 줬으면 좋겠구나. 올 수 있니?

"네. 지금 갈게요."

지하철로 향하던 발길을 돌려 지호는 서둘러 택시를 잡아탔다.

잠실에서 명성대 병원은 택시로 15분이면 도착했다. 지호는 거스름돈을 받지 않고 응급실로 뛰어들어 갔다. 접수 데스크에 '박정숙'이라는 이름을 찾았지만 응급실 안 간호사실로 가라는 말만 돌아왔다.

응급실은 북새통이었다. 환자 한 사람에게 의료진이 두어 명 붙어 있기도 했고, 노란 수액을 든 실습생이 어쩔 줄 모르는 얼굴로 서 있기도 했으며, 응급 구조사들은 피가 철철 흐르는 사고자를 스트레처 카에 싣고 급히 뛰어 들어오고 있었다. 위급한 광경에 지호는 바짝 긴장했다. 둥둥거리는 심장 소리를 무시하고 샅샅이 응급실을 뒤졌다.

커튼이 쳐 있는 곳마다 혹시 엄마가 있을까 하고 슬쩍 들춰

보았지만 모르는 사람들만 눈을 감고 누워 있을 뿐, 응급실 안에서는 엄마의 흔적을 찾을 수가 없었다.

"저기, 박정숙 환자분 보호자입니다. 어디 계신지 알 수가 있을까요?"

차트를 뒤져 보던 간호사가 주위를 획 둘러보곤 응급실 문밖을 가리켰다.

"저기로 가 보세요."

지호는 '관찰 구역'이라고 적혀 있는 문밖 대기실로 나갔다. 그곳에도 몇 개의 간이침대가 있었고 사람들 몇 명이 누워 있었지만 여전히 엄마의 얼굴은 보이지 않았다. 휴대폰을 꺼내 엄마에게 전화를 걸었다. 신호만 갈 뿐 엄마는 전화를 받지 않았다.

"엄마, 대체 어디 계신 거예요?"

신호가 길어질수록 초조해져 지호는 손으로 입술을 만지작거렸다.

"지호야."

들리는 음성에 휴대폰을 귀에서 떨어뜨리고 뒤를 돌았다. 지호는 즉각 엄마의 몸을 머리끝에서부터 발끝까지 스캔했다. 왼쪽 다리에 깁스한 게 보였다.

"많이 다치신 거예요?"

"아니야. 삐끗했다니까."

"그래서 의사가 뭐라고 해요?"

"염좌래."

졸아들었던 심장이 제 크기로 서서히 돌아왔다. 맥이 탁 풀리는 것 같았다.

"네 안색이 더 안 좋아. 내가 가벼운 거라 그랬잖아."

"가벼운 거라도 한 번도 응급실에 오신 적 없으셨잖아요. 정말 괜찮으신 거예요?"

"응. 이거 마셔라. 오느라 추웠지? 요 앞에서 사 왔다."

지호는 엄마가 내미는 따뜻한 커피를 바라보았다. 커피를 사기 위해 응급실을 이탈한 엄마라니 뭔가 이상했다.

그제야 지호는 엄마 옆에 누군가가 있다는 것을 발견했다. 줄곧 쳐다보는 시선을 느끼긴 했지만 또 다른 응급 환자의 보호자라고 생각했을 뿐이었다. 엄마가 정말 무사하다는 걸 확인한 후에야 엄마 곁에서 자신을 빤히 바라보는 눈길이 신경 쓰였다.

그녀는 엄마와 비슷한 연배로 보였고 독특한 패션을 선보이고 있었다. 점잖게 차려입은 엄마와 달리 공주풍의 화려한 원피스였고, 럭셔리 한 흰 모피 코트까지 위풍당당하게 휘감고 있었다.

"사진으로 보는 것과 아주 다르다!"

"뭐가 다른데?"

엄마의 물음에도 그녀는 답하지 않고 뜯어보듯 지호를 쳐다보았다.

"누굴 닮았어."

"우리 지호가 누굴 닮았다고? 그런 말은 처음 들어 봐."

"아냐, 정말 닮았어."

지호는 동물원에서 희귀한 동물을 바라보는 듯한 그녀의 시선을 견뎌 냈다. 한동안 쳐다보던 그녀의 눈이 동그래지더니 입이 활짝 벌어졌다.

"아이돌!"

그녀가 지호를 전체적으로 훑어보더니 이내 흡족한 듯 엄마에게 말했다.

"내가 일전에 꽂힌 소년이 있었거든. '당신의 소년에게 투표하세요'라는 프로그램인데. 거기에 나오는 소년이랑 닮았어."

"우리 지호가 중성적인 매력은 있지만 그래도 내 앞에서 너무한 거 아이가? 남자 연예인이 뭐꼬?"

엄마의 입에서 사투리가 튀어나온다는 건 이 아주머니가 엄마와 친한 사이라는 걸 의미했다.

"미안, 그런 뜻이 아니라 사진보다 훨씬 매력적이라는 뜻이지."

그 말에 박정숙 여사는 헤벌쭉 웃어 보였다.

"지호야, 인사드리렴. 엄마 친구, 아니 학창 시절 베스트 프렌드 이영희 아줌마시다."

"처음 뵙겠습니다. 양지호라고 합니다."

지호는 정중하게 90도로 허리를 숙이며 인사했다. 다시 쳐다본 영희 아줌마의 눈에는 찬탄이 어려 있었다.

"어머, 101명의 소년들처럼 폴더 인사를 하네. 진짜 아이돌 같다. 우리 쌍둥이들이 지호를 보면 끔뻑 넘어가겠어. 꽃미남도 이런 꽃미남이 없네. 후훗."

"야는! 우리 지호는 여자라니까."

"알아, 알아! 말이 그렇다는 거지. 아무튼 부럽다. 연예인 같은 딸이 있어서."

"하긴 얘가 마음만 먹었으면 슈퍼 모델 대회에 나가서 1등 했을 애야."

연예인 바라보듯 바라보는 영희 아줌마와 무모한 엄마의 말에 머쓱해져 지호는 딴 곳만 멀뚱히 쳐다보았다.

"지호는…… 참, 내가 엄마 친구니까 편하게 말해도 되지?"

"네. 그러십시오."

지호의 한마디 한마디에 영희는 팬처럼 괴성을 지르는 듯한 제스처를 취했다.

한 손으로는 입을 가리고 다른 한 손으로는 주먹을 쥐어 엄마의 팔을 콩콩 두드렸다. 10대 팬 같은 반응에 난감해졌다. 왜 이러시는지.

"치료는 다 받으신 거예요?"

"응."

"응급실은 복잡하고 어수선하니까 이만 집에 가요. 의사 선생님이 가도 된다고 하죠?"

"그게……."

"아직은 퇴원 못 해. 지호야. 네 어머니는 절대 안정하셔야 하거든."

"절대 안정이라고요?"

불쑥 엄마와의 대화에 끼어든 영희 아줌마의 말에 지호는 의문의 빛을 띠웠다. 관찰 구역은 응급 환자 중 중환이 아니라 경환이 있는 곳인데, 절대 안정이라는 지시를 받은 것치고는 왠지 어울리지 않는 장소였다.

"정숙아, 오래 서 있기 불편할 테니까 우리 침대로 가서 앉아 있자."

"그래."

관찰 구역 한구석에 마련된 간이침대에 엄마와 영희 아줌마가 나란히 앉았다. 지호는 할 수 없이 그녀들의 곁에서 주위를 두리번거렸다. 지나가는 의료진이 있으면 퇴원 여부를 물어보고 싶었다.

"지호야, 너도 앉아."

"전 괜찮습니다."

"앉아 봐. 이것도 기념해야지."

"기념이요?"

"그래, 내가 널 만났잖아. 네 엄마 말대로 정말 멋지구나."

"감사합니다."

영희가 끌어당기는 통에 지호는 어쩔 수 없이 간이침대에 엉덩이를 살짝 걸쳤다.

"머리 색이 환상적이네. 색깔이 뭐니?"

"애시 그레이에 퍼플을 브리지로 넣었다고 들었습니다."

"누가?"

"제 동생이요."

"아, 그럼 이 염색은 지유가 해 줬겠구나. 실력 있는데? 나도 다음번에 지유한테 이 색으로 염색해 달라고 부탁해 볼까?"

"안 된다. 오늘만 잘 나온 걸 수도 있다. 아직 우리 지유 실력을 지수가 못 믿거든. 지수가 머리를 맡길 때 그때 한번 맡겨 봐라. 그리고 우리 나이에는 이런 색깔을 하면 날하다고 그런다."

엄마가 영희 아줌마의 옆구리를 쿡 찌르며 반대했다.

"'날하다'가 무슨 뜻이야? 대구 말 다 잊어버렸어. 내가 대구에서 학교 다닌 지 30년도 훨씬 더 넘었잖아."

"날려 보인다고. 채신머리없이 가벼워 보인다는 말이지. 혹은 날라리처럼."

"날라리? 어머, 애! 그건 젊어 보인다는 뜻이잖아. 다음번에 꼭 이 색으로 할래."

"영희야. 그걸 또 와 그리 해석하노? 니는 우째 고등학교 때나 지금이나 바뀐 게 없노."

"그렇지, 나 여전하지? 내가 서울로 이사만 안 갔다면 너랑 꾸준히 연락했을 텐데. 결혼식에도 가 보고 애기 낳았을 때도 들여다보고."

"그래. 나도 그건 아쉽다. 네가 이사 간 집 주소를 잊어버려서."

"알았다 하더라도 내가 파주로 다시 이사 가는 바람에 연락을 할 수 없었을 거야. 그래도 지금 이렇게 다시 만난 게 어디야. 나도 우리 쌍둥이 키운다고 바빠서 정신 줄 놓고 살다 보니 이제야 동창회에 나와 본 거야. 혹시 널 찾을 수 있을까 해서. 정숙아, 우리 이제 헤어지지 말자."

"그래. 이제 휴대폰 번호도 아는데 헤어지려고 해도 헤어질 수가 없다."

지호는 엄마와 영희 아줌마의 이야기를 유심히 듣고 있었다. 이분이 엄마 학창 시절의 단짝 친구분이시구나. 고전적인 미인상과는 다르게 성격이 활발하고 꽤 독특한 귀여운 아줌마였다.

"지호야. 여기 봐."

"예?"

지호가 고개를 돌리는 순간 영희는 브이 자를 시전하며 셀카를 찰칵, 찰칵 찍기 시작했다. 영문을 몰라 머뭇거리는 사이 영희는 셀카를 몇 번이나 더 찍어 댔다.

"뭐야? 한 장도 웃는 사진이 아니네. 지호야, 좀 웃어 봐. 훨씬 예쁠 거야."

"네?"

"웃어 보래도."

아줌마의 채근에 어쩔 수 없이 어색한 미소를 지어 보였다.

"어머, 진짜 아이돌 같잖아."

응급실 밖이 갑자기 소란스러워졌다. 사람들이 웅성거리기 시작하자 의료진과 보호자들의 시선이 저절로 응급실 유리문 밖으로 향했다.

"대형 교통사고라도 났나?"

옆 사람의 말이 끝나기가 무섭게 바깥에서는 '꺅!' 하는 비명 소리가 난무했다.

의료진들이 급히 바깥으로 뛰어나갔다. 그런데 몇 분 후 그들은 허탈한 표정으로 되돌아왔다.

"무슨 일이 났대요? 왜 이렇게 시끄럽대?"

응급실 안의 사람들이 수군거리자 간호조무사가 상황을 설명했다.

"배우 백결이 우리 병원에서 촬영을 하나 봐요. 학생 팬들이 병원 주위에 모여 있다가 백결을 보고 소리를 질렀나 보더라고요."

"백결? 그런 배우도 있었어?"

나이 지긋한 어르신들은 알 듯 말 듯한 눈으로 서로를 돌아보았다.

"어머, 백결이 왔다고?"

순간 영희의 눈이 반짝였다. 침대에서 일어난 영희가 당장이라도 뛰쳐나갈 기세를 보이자 엄마가 황급히 붙잡았다.

"나가려고?"

"배우 백결이라잖아."

"백결이 누군데?"

"요즘 핫한 의학 드라마 남자 주인공인데 몰라? 깎아 놓은 밤톨처럼 얼마나 잘생겼는데. 얼굴 본 지도 오래됐고."

"간다고 연예인이 만나 주나? 그리고 지금 촬영 중이라잖아."

"하긴 촬영 중에 일반인은 통제하겠지? 다음에 보면 되겠다. 근데 결이가 너무 바빠서."

"연예인이니 당연한 거 아니가? 예전에도 조용필 오라버니한테 꽂혀서 학교 빼먹더니만 나이 먹어서도 그러나? 그리고 니가 없는 통에 의사 선생님 오면 어쩌려고?"

"아, 그러네. 내가 없는 사이에 오면 우리 의사 선생님이 도망가려고 할지도 모르겠네. 그나저나 얘는 왜 아직도 연락이 없는 거야?"

우리 의사 선생님이라고 하는 말로 봐서는 영희 아줌마의 가까운 지인인 모양이었다. 그런데 그 의사는 왜 도망을 가려고 하는 거지? 혹시 엄마의 다리 상태가 심각한 것일까? 지호의 표정이 저도 모르게 굳어졌다.

영희는 뭐가 못마땅한지 눈을 가늘게 뜨다 휴대폰을 꺼내 누군가에게 통화를 시도했다. 곧 그녀의 가자미 같던 눈이 확 펴졌다. 상대방과 통화가 된 듯했다.

"너, 왜 아직 안 와? 이제 문자 봤다고? 알았어. 믿어 줄게. 대신 지금 후딱 튀어 와. 바쁘다고 둘러대지 말고. 엄마가 여기까지 행차했으면 하던 일도 접고 와야지. 안 그래?"

흡족한 대답을 들었는지 통화를 마친 영희의 얼굴에는 웃음꽃이 피었다.

"이제 수술 마쳤대."

"많이 바쁜 모양이네."

"어쩔 수 없지. 지호야, 의사 선생님 오신다고 하네. 네가 보호자로서 네 엄마 상태 정확하게 들어야겠지? 네 엄마 결코 간단한 부상이 아니야. 그치?"

엄마와 영희 아줌마의 말이 앞뒤가 맞지 않았다. 엄마는 가벼운 거라 치료가 다 끝났다고 그랬고, 영희 아줌마는 절대 안정이라며 의료진에게 주의 깊게 설명을 들으라고 했다. 누구 말이 맞는지 잠깐 고심이 되었지만 돌다리도 두드려 보고 건너는 것이 안전했다.

휴대폰의 노란 불빛이 깜빡거렸다. 출판사 편집장 문다정이었다.

〈언니, 오실 때 다 된 거 아니에요? 점심으로 게장 정식 어때요?〉

〈미안, 점심은 같이 못 할 것 같아. 지금 병원이야.〉

〈어디 다치신 거예요?〉

〈내가 아니라 우리 엄마.〉

〈많이요?〉

〈지금 응급실. 여기 마무리되면 연락할게.〉

다정에게 보내는 문자를 마무리하고 엄마와 영희 아줌마를 흘깃거렸다.

그녀들은 수다 삼매 중이었고 응급실 안에는 다친 사람들로 붐볐다. 엄마를 담당하는 응급의가 언제 오는지 궁금해 간호사실에 물어보는 게 빠르다는 결론을 내렸다. 자리에서 일어서자 엄마가 어디 가느냐는 눈빛으로 쳐다보았다.

"의사 선생님 언제 오시는지 물어보려고요."

그때 영희의 밝은 목소리가 들렸다.

"저기 오네. 우리 의사 선생님!"

뒤를 돌아본 지호의 눈이 둥그렇게 커졌다.

머릿속에 몇 개의 말들이 LED 광고처럼 색색 별로 지나갔다. 엄마와 고등학교 때부터 단짝이라는 영희 아줌마, 이곳은 명성 대 병원, 그리고 2주 전 의사 직업의 엄친아와 맞선을 본 사실. 어떻게 매칭을 시키지 못했지?

하얀 가운을 입은 남자는 강유결이었다. 그는 응급실 안쪽을 두리번거리더니 이내 그들을 알아보고 성큼성큼 걸어왔다. 기억하는 것보다 그는 훨씬 키가 컸다. 그가 지나갈 때마다 사람들이 곁눈질했다.

유결의 이목구비는 반듯하게 잘생겼고 풍채는 늠름했으며 눈매에는 지성미가 철철 흘러넘쳤다. 왜 이 남자가 서한주의 모델이 될 수밖에 없었는지에 대한 당위성이 떠올랐다. 이마 위로 흘러내리는 반들반들한 머리카락을 신경질적으로 쓸어 올리는 그 남자의 얼굴에서 피곤함과 귀찮음을 읽어 내고 문득 정신을 차렸다.

눈앞에 어른거리는 거대한 말풍선!

"못 잡니다. 여자와는……."

지호는 저도 모르게 꿀꺽 마른침을 삼키고 영희 아줌마를 내려다보았다.

비밀을 지켜 줘야 하는 남자이자 사과를 해야 할 남자와 다시 마주하다니. 유결이 눈앞을 우뚝 가로막았다. 지호는 당황한 심장을 무시하고 그를 쳐다보았다.

<u>5</u>
만나면 안 되겠습니까?

"보다시피 사진상으로 뼈에는 이상이 없습니다."

유결은 미간을 잔뜩 모은 채 딱딱하게 말했다.

"네."

박정숙 환자의 보호인인 여자는 짧게 대답했다.

"뼈에는 이상이 없는데 왜 이렇게 통증이 심한 거니?"

높은 옥타브로 삐딱하게 묻는 사람은 어머니, 이영희 여사였
다.

"통증이 심하십니까?"

유결은 어머니에게 대답하는 대신 박정숙 환자에게 물었다.

"아니, 그렇게는 안 심해요."

"정숙아, 우리 아들이야. 말 놔. 괜찮아."

"그래도, 병원이잖아."

"아유, 병원 안이라도 강유결이 강유결이지. 내 아들은 네 아
들과 다름없으니까 편하게 대해."

어머니의 말에 유결은 신경이 바짝 서는 듯했지만 내색하지 않았다.

"발적과 붓기도 없고 발목 관절 움직임도 부드러워서 제 생각에는 오늘내일 푹 쉬시면 회복하실 것 같습니다. 단, 무리한 활동은 안 하신다는 전제하에서요."

"하지만 통증이 여전하다는데 CT라도 찍어 봐야 하는 거 아니니?"

유결은 깐깐한 어머니의 태클에 입술을 꾹 눌러 붙였다가 다시 뗐다.

"엑스레이만으로 충분합니다. 부은 상태가 아니라서 발목 주위 조직이 깨끗하게 잘 보이거든요. 인대도 괜찮습니다. 통증은 진통제 드시면 좀 나아지실 거고요."

"괜찮아질 거라는 말 책임질 수 있는 거야?"

"응급의학과 담당 선생님께서도 간단한 염좌라 조금 전에 퇴원 가능하다고 말씀드렸다 하시던데요. 제가 보기에도 그런데. 통증이 많이 신경 쓰이신다면 정형외과 외래를 보시겠습니까?"

유결은 이번에도 어머니가 아닌 박정숙을 향해 물었다.

"네가 책임질 수 있냐니까 왜 딴소리니?"

"어머니. 전 일반외과 전공의라고요!"

인내심의 한계를 느낀 유결은 어쩔 수 없이 어머니를 쳐다보며 약간 짜증이 섞인 어투로 말했다. 그러자 어머니가 째려보는 게 느껴졌다.

"이제야 엄마라고 불러 주네. 야박한 놈. 엄마가 엄마 친구 모시고 병원에 왔으면, 싹싹하게 넉살 좋게 친절하게 맞아 줘야지, 목에 깁스했니, 성대는 냉장고야? 뻣뻣하고 냉랭하게 구는데 이건 뭐, 누가 보면 내가 계모인 줄 알겠다?"

"아니야. 영희야. 닥터 강, 아주 친절하게, 정중하게 잘 설명해 줬어."

박정숙 여사가 유결을 두둔하고 나서며 일촉즉발의 분위기를 완화해 보고자 했다.

"그렇게 봐 줘서 정말 고마워. 정숙아. 내 아들이 원래 이렇게까지 버릇없이 굴지는 않는데, 오늘은 왜 이런지 도무지 알 수가 없네."

유결은 어머니의 술수가 훤히 내다보였다. 간혹 떼쟁이 어린이처럼 어머니가 억지를 부리는 건 숨어 있는 심기를 알아봐 달라는 뜻이었다.

부잣집 막내딸로 태어나 남부럽지 않게 자라며, 더구나 공처가인 아버지를 만나 넘치는 사랑을 콸콸 받으며 살아온 어머니는 지금 강력하게 당신이 원하는 바를 이루게 해 달라고 신호를 보내고 있었다.

유결은 슬쩍 지호에게 시선을 주었다. 그녀는 설명을 주의 깊게 듣다가 이따금 '네'라고만 말할 뿐이었다. 일관적인 덤덤한 분위기에 응급실 안까지 고요해질 것 같은 느낌이 들었다.

의사와 환자 보호자. 그 이상도 이하도 아닌 어정쩡하지만 객관적인 관계. 응급실에서 맞닥뜨린 후로 그들은 서로 알은척하지 않고 있었다.

그 분위기를 어머니가 눈치챘는지 아무것도 아닌 말에도 꼬투리를 잡았다. 어머니가 원하는 건, 박정숙 여사에게 더할 나위 없이 잘 보이는 것. 하지만 잘 보이고 싶은 마음이 눈곱만큼도 들지 않았다. 차인 쪽은 바로 그였으니까. 유결의 눈길이 몰래 지호에게 향하다 돌아왔다.

어느새 그의 눈빛은 다정했고 입가에는 미소를 장착하고 있었다.

"말씀 편하게 하십시오. 아주머니."

"내가 그래도 되나?"

"물론입니다. 제 어머니 친구분은 제게 어머니와 다를 바 없습니다. 더 궁금한 게 있으시면 언제든지 연락을 주십시오. 제가 아는 데까지 성심성의껏 설명해 드리겠습니다."

어머니의 똥고집에 반항하느니 잠깐 친절한 아들이 되는 쪽으로 선회하는 건 옹졸하다기보다는 탁월한 선택이었다. 어머니가 오프마다 파주로 올라오라고 하면 돌이킬 수 없는 참사가 벌어질 테니까. 아버지와 쌍둥이 동생들까지 모조리 어머니의 편인데, 그들에게 온종일 괴롭힘을 당하는 건 상상만 해도 끔찍했다.

"이제야 잘못한 걸 아는구나."

정숙의 눈치에도 아랑곳없이 영희는 득의만만하였다.

"네. 잘 알고 있습니다."

어머니가 깐 멍석에 엎드려서 절하는 건 쉬웠다. 순간의 선택이 평생을 좌우하는 법이고, 한 번 감은 눈을 뜨지 않고 있는 건 쉬웠다. 어서 빨리 이곳에서 사라지고픈 심정이었다.

특히 양지호라는 여자 앞에서는 산신령처럼 연기만 남기고 사라지고 싶은 마음이 간절했다. 그녀를 대하면 대할수록 알 수 없는 패배감이 가슴을 찔렀다. 한 번도 느껴 보지 못했고 앞으로도 느껴 보지 못할 감정에 사로잡힌 건 지난 2주만으로도 충분했다.

"잘못했으면 밥 사. 점심때가 됐는데도 우리 아직 못 먹었어. 너 기다리느라고."

유결은 눈을 잔뜩 찌푸렸다. 그의 얼굴에서 분위기를 읽은 정숙이 먼저 사양을 했다.

"닥터 강 바쁜 거 같은데. 우린 괜찮으니까 신경 안 써도 돼요."

"아무리 바빠도 밥은 먹어야지. 그리고 손님을 이렇게 보내는 건 도리가 아니지."

손님이 아니라 환자라는 걸 꼬집고 싶었지만 꿀 먹은 벙어리가 되기로 선택했다.

"너, 밥 먹었니?"

어머니의 물음은 먹었어도 안 먹었다고 답해야 하는 물음이었다.

"아뇨."

"잘됐다. 우리 밥 좀 사 줘."

"병원 주위에 대접해 드릴 만한 마땅한 식당이 없습니다. 그리고 제가 밖으로 나갈 만한 시간이……"

"구내식당 있잖아. 너희 병원 구내식당 맛있다고 소문이 났더라. 정숙아, 아마 저 건물일 거야. 우리 먼저 갈 테니까, 넌 지호 데리고 와."

어머니는 말을 싹둑 자르고 박정숙 여사와 팔짱을 끼고 응급실 밖으로 먼저 걸어 나갔다. 애매모호하던 어머니의 의중이 확실하게 드러났다. 2주 전 선을 보고 난 후 그 결과를 알려 줄 때 들었던 어머니의 침통한 목소리를 잊지 않았다.

"사람은 한 번 보고는 모를 일이야. 더 만나 볼 의향은 없는 거야?"

"네. 그쪽도 저와 같은 생각입니다."

"뭐든 삼세번이라잖아."

"계속 만난다고 첫 느낌이 달라지지 않습니다. 시간 낭비일 뿐이에요. 좋은 분이시지만 저와는 맞지 않는 것 같습니다."

"사람은 만날 때마다 그 느낌이 다른 법이다."

"저, 잘 아시잖아요? 한 번 아닌 건 끝까지 아닌 거. 그분에 관해서는 같을 겁니다."

어머니는 더 이상 말을 잇지 않았다.

유결은 지호를 바라보았다. 삼세번. 어쩌면 눈앞의 여자를 한 번 더 만나야 할지도 모른다는 예감이 들었다. 맞선을 강력히 요구하던 어머니가 그가 단호한 뜻을 내비쳤더라도 단번에 물러서는 것을 그때는 이상하다고 여기지 않았다. 그가 맞선에 나가는 게 처음이기도 했지만, 어머니도 아들의 맞선을 주선한 것이 처음이었으니까.

어머니가 유난히 '그 자리가 참 좋은 자리인데' 라고 맞선 상대에 대해 아쉬움을 표현해도 귀담아듣지 않았다. 생각이 없는 성인이 아닌 데다 호불호가 명확한 자신을 말 못 하는 짐승처럼 함부로 끌고 다니지 않을 것이라는 확신이 있었기 때문이다.

하지만 역시 어머니는 호락호락하지 않았다. 어머니의 친구분까지 대동한 채 움쭉달싹할 수 없는 병원 반경 안으로 그 여자를 데리고 왔다.

어쩌면 어머니의 친구분은 발을 빼지 않았을지도 모른다. 고

단수인 어머니의 계략에 동조한 순진한 아주머니는 어색한 연기를 선보이고 있었으니까. 깁스한 다리로 저렇게 멀쩡하게 걸어가니 심증은 더욱 굳어졌다.

이 여자는 이 우스운 상황을 알고 있을까.

사람을 만날 때마다 그 사람에 대한 생각이나 느낌이 달라진다는 어머니의 말은 진심으로 옳았다. 양지호를 응급실에서 봤을 때 눈을 의심했다. 한동안 눈이 그녀에게 못 박혀 떨어질 줄 몰랐다.

그때 그 여자가 맞는 것인가. 섹시한 이미지는 어디로 사라진 건지, 청바지에 패딩 조끼를 입은 여자는 청순한 매력을 아낌없이 내뿜고 있었다. 그 매력이 빛이라면 눈이 멀 지경이었다.

긴 머리도 아니고 생머리도 아니고, 더더욱 치마도 안 입었는데. 그리스 산토리노를 배경으로 환한 빛살을 맞으며 발랄하게 뛰어다니는 어느 광고의 여자를 보는 것처럼 충격적이었다.

바뀐 머리 색깔 탓이라고 아무리 세뇌해 봐도 심장은 전기 충격을 받은 듯 제멋대로 뛰었다. 그녀가 품고 있는 빛의 스펙트럼은 대체 얼마나 다채로울까.

맞선 때보다 지금 이 모습이 훨씬 자연스러워 그녀와 잘 어울렸다. 시원한 시트러스 향이 날 것 같은 차림새였다. 낡은 후드 티조차 시크하고 멋져 보였다. 지금 당장 런웨이에 서도 무대를 장악할 만큼 그녀는 특유의 매력으로 무장되어 있었다.

그러나 그는 한 번 아닌 건 끝까지 아닌 굳건한 의지의 소유자다. 그녀에 대한 첫 느낌이 지금도 동일한 것은 사실이지만 자신이 한 번 차인 남자라는 것도 동일했다. 쓰라리고 아픈 짝사랑은 한 번의 경험이면 족했다. 오랜 짝사랑을 끝내면서 다음에는 마주 보며 마음껏 사랑할 상대를 만나리라고 결심했었다.

어머니의 고집을 그대로 이어받았으니 눈앞에 이 여자가 아무리 어른거려도, 어머니가 세 번째 만남을 획책하더라도 심장을 지킬 수 있을 것이다. 한숨이 터져 나오려는 것을 참으며 유결은 지호를 향해 입을 열었다.

"가죠."

"네."

한 치의 흐트러짐 없는 한결같은 목소리가 귀에 꽂히는 순간 삐걱, 굳건한 결심이 궤도를 이탈했다. 양지호라는 여자는 마치 자신과 맞선을 본 적이 없다는 듯 평온함을 잃지 않고 있었다.

나한테 자자고 했으면서. 관심받지 못한 자존심이 꿈틀거렸다.

유결은 그녀의 평상심을 긁고 싶다는 못된 심보를 겨우 접어놓고 앞장서서 걸어 나갔다.

지호는 맞은편에 앉아 묵묵히 밥을 먹고 있는 유결을 지켜보았다. 그는 배가 아주 고팠던지 숟가락에 밥을 꾹꾹 눌러 담아 양껏 입에 집어넣었다. 그렇다고 허겁지겁 먹는 것이 아니라 천천히 꼭꼭 씹어 먹고 있었다. 왼손잡이구나. 복스럽게도 먹네.

병원 구내식당은 영희 아줌마의 장담처럼 맛있었다. 병원 밥은 맛없다고 들었는데 명성대 병원은 그렇지 않았다. 정성 가득한 쌀밥과 국, 다섯 가지의 반찬과 디저트까지. 다양한 식단으로 구성되어 있었다.

하지만 밥이 잘 넘어가지 않았다. 강유결과 대면하고 나서부터 줄곧 뇌리에 맴돌고 있는 생각은 사과해야 한다는 것뿐이었다. 글을 쓰는 동안 한주가 등장할 때마다 눈앞의 남자가 떠올랐고 그럴 때면 실수했다는 생각에 괴로웠다.

"안 먹습니까? 입에 맞지 않아요?"

"아니요. 맛있습니다."

비어 가는 그의 식판과는 달리 지호의 밥은 여전히 고봉을 이루고 있었다.

"배가 많이 고프신가 봅니다."

"배가 고프기도 하고, 수술이 많으면 굶을 일이 허다해서 먹을 수 있을 때 많이 먹어 두려고요."

"아, 그럼 저장하시는 겁니까? 다람쥐처럼."

"다람쥐요?"

"네. 뺨에 도토리를 저장할 수 있는 주머니가 있습니다."

지호는 뺨이 볼록해진 그를 상상해 보다 저도 모르게 웃음을 터트렸다. 성격이 까칠해 보이는 남자가 귀여워지는 것은 한순간이었다.

맞선을 볼 때도 정색을 하면서 냉랭하게 말하더니 그의 모친에게는 보는 사람이 민망할 정도로 사납게 굴었다. 물론 겉으로는 정중했지만 눈빛은 포악하달까. 아마도 배가 고파서 그런 모양이었다.

"지금 상상한 겁니까?"

"아, 아닙니다."

유결의 눈이 가늘어지자 지호는 즉각 부인하며 밥을 먹었다.

"다 못 먹을 것 같으면 내가 도와줄까요? 버리긴 아깝고 난 아직 배가 고프니까."

아직 배가 고프면 히딩크인가. 시답지 않은 개그가 떠올라

슬며시 입꼬리가 올라갔다. 볼이 볼록한 강유결 다람쥐가 어퍼 컷 하는 자세를 취하면 웃기겠다. 살짝 입술을 안으로 말아 넣었다. 상상하지 말라고 했으니까 하지 않는 것이 도리인데 자꾸 머릿속에서 제멋대로 그의 모습이 그려진다.

지호는 아직도 그득한 밥을 내려다보곤 '네'라고 대답했다.

유결의 숟가락이 식판을 건너 지호의 밥을 푹 떠갔다. 그러자 지호가 그의 숟가락을 달라고 하더니 한 번 더 밥을 떠 그의 식판 위에 놓았다.

"한 번 주면 정이 없다고 하잖아요. 줄 때는 두 번 줘야 합니다. 그건 법칙이거든요."

그의 시선이 못마땅해진 것을 알아채고 지호는 의아해졌다.

"방금 실수한 거 압니까?"

"제가 실수를 했습니까?"

"네. 저기 두 쌍의 눈을 간과한 실수."

지호는 고개를 뒤로 돌려 대각선 방향으로 앉아 있는 엄마와 영희 아줌마를 쳐다보았다. 그녀들은 초롱초롱한 눈빛으로 바라보며, 얼른 밥을 먹으라는 듯 지호를 향해 손짓했다.

"이 자리가 어떤 자리인 줄 알아요?"

지호는 밥을 먹는 유결을 바라보며 고개를 내저었다.

"두 번째 맞선."

"맞선이라고요?"

"아마 세 번째도 있을 것 같은데요. 내기를 하든 게임을 하든 뭐든 삼세번이라고 생각하시는 분이시라."

유결은 영문을 모르겠다는 표정의 지호를 바라보다 설명했다.

"만나 봐서 아시겠지만 우리 어머니가 그리 녹록한 분이 아니십니다."

"네. 그래 보이십니다."

그녀는 심상하게 맞장구치며 식사를 했다.

"고집도 세시고 의지도 강하시고, 포기란 배추 셀 때만 있다고 생각하는 분이시죠. 문제는 오늘의 만남을 위해서 양지호 씨 어머님도 동조하셨다는 겁니다. 하나는 몰라도 두 개의 덫은 오밀조밀해서 벗어나기 어렵습니다. 목적을 달성할 때까지 포기하시지 않을 테니까요."

"네."

지호는 고개를 끄떡였다.

그런 의미였구나. 이 자리가…….

영희 아줌마가 엄마에게 절대 안정이 필요하다고 말한 것부터 의심스럽기는 했다. 구내식당에 도착해서도 수상쩍은 엄마들의 행보는 계속됐다. 자신과 강유결만 같은 식탁에, 그녀들은 뚝 떨어진 자리에 앉은 것이다.

그녀들은 식사하는 동안 옛 추억을 곱씹을 건데, 같은 또래의 젊은 그들이 세대 차이를 느낄 것이라는 궁색한 변명을 늘어놓았다. 그것이 모두 강유결과 자신이 대화를 나눌 수 있도록 눈치껏 피한 행동이라는 걸 눈앞의 남자가 확실하게 짚어 주었다.

지호는 무표정한 유결을 쳐다보았다. 그에게 이 자리가 불편한 것인지 문득 궁금해졌다. 지호는 그와 같이 식사하는 내내 언제 사과를 할까 틈을 엿보느라 어머니들의 시선은 전혀 신경 쓰지 않았다. 반면 돌아가는 정황을 민첩하게 가늠한 유결은 귀찮은 일에 휘말렸다는 듯 미간을 찡그리고 있었다.

"세 번째 만남이 있을지도 모른다고 하셨죠?"

"네."

"그럼 만나면 안 되겠습니까?"

마침 유결은 국을 떠서 입안에 넣은 상태였다. 갑작스러운 지호의 말에 그가 쿨럭하고 헛기침했다.

"뭐라고요?"

"어차피 삼세번은 이런 식으로 맞닥뜨린다면서요?"

"지금 하는 말 무슨 의미인지 알고 있습니까?"

"네. 만나요. 우리."

지호는 유결이 눈썹을 일그러뜨리는 것을 신기하게 쳐다보았다. 싫다는 표현을 얼굴로 하는 편이구나. 뭔가 마음에 들지 않으면 미간을 살짝 찡그리더니 이제는 눈썹까지 사용하고 있다. 그가 싫어할 만한 이유는 충분히 이해하고도 남았다.

하지만 아들의 성적 성향을 알지 못하는 어머니의 등쌀에 시달릴 그가 살짝 안됐다는 생각이 들었다.

일터까지 찾아와 두 번째 맞선을 강행하는 어머니라면 세 번째도 강요할 것이다. 어차피 만날 것이라면 세 번째는 그가 원하는 장소에서 편안하게 친구처럼 만나면 좋을 것 같았다. 그러면 미안하던 마음이 조금 가벼워질 것 같기도 하고. 그리고 서한주…….

아냐. 이건 사과하기 위한 만남이지 내 목적을 달성하기 위한 만남이 아니라고.

지호는 또다시 실수하지 않기 위해 몽글몽글 방울진 욕심을 터트렸다.

"내가 왜 그래야 합니까?"

"어머니를 이길 수 있으십니까?"

"아뇨. 없습니다."

"그럼 만나는 게 강유결 씨에게 좋지 않을까요?"

"지금 내 처지가 곤란하니 양지호 씨가 날 도와주겠다는 말로 들리는데, 맞습니까?"

지호는 남자의 정곡을 찌르는 말에 살짝 긴장했다. 사람의 마음을 잘 읽어 내는 사람이었다. 아니면 내가 잘 들키는 쪽인가, 하고 생각하는 사이 남자의 재촉하는 눈을 마주했다.

'왜 네가 날 도와주느냐? 속셈을 밝혀라' 라고 말하는 듯한 눈빛에, '본의 아니게 커밍아웃 하게 만들어 미안하게 생각합니다' 라고 대답할 뻔했다. 솔직함이 언제 어디서든 통할 것이라고 생각하지 말라던 지유의 말이 떠올랐다. 그렇다고 본성을 완전히 숨길 수도 없었다.

"네. 도와드리고 싶습니다."

절반의 솔직한 마음이었다.

"지호 씨가 왜요?"

"저에게도 연대 책임이 있으니까요."

"무슨 책임 말입니까?"

"강유결 씨와 맞선을 본 당사자이기도 하고, 오늘 엄마의 말을 곧이곧대로 믿어서 병원까지 온 책임도 있습니다."

"작정하고 두 분이 속이시는데 안 속는 게 더 이상하죠. 그건 지호 씨 책임도, 내 책임도 아닙니다. 책임은……."

그의 눈길이 향하는 곳은 자신의 어머니 쪽이었다. 두 여사님들은 하하, 호호 이야기꽃을 피우고 있었다. 유결의 눈이 게슴츠레해졌다. 그는 무언가를 생각하듯 한동안 어머니 쪽을 쳐다보다가 지호를 바라보았다.

"양지호 씨의 제안은 못 들은 거로 하죠."

"왜?"

문득 저가 만나고 싶지 않은 사람일 수 있다는 생각이 들었다. 더구나 자신은 여자였다. 또 실수한 건가. 하지만 그의 어머니는 포기하지 않을 테고, 또 다른 여자를 맞선 상대로 만나야 할지도 몰랐다. 그럴 바에 그에게도 좀 더 익숙한 사람이 좋지 않을까 하는 생각도 들었다. 시간을 벌 기회이기도 한데, 왜 거절하는 거지.

"같은 배를 탔다는 동료 의식은 고맙지만 우리가 자발적으로 만나게 되면 부모님들이 오해하실 것 같습니다. 그러다 세 번이 네 번 되고, 네 번이 다섯 번이 되기를 희망하시지 않겠습니까?"

순간 깨달음이 지호의 머리를 스쳤다. 생각이 깊은 남자였다.

"양지호 씨는 내게 그런 부담을 감수할 만큼의 관심이 없지 않습니까?"

갑자기 목이 탔다. 왜 이 남자는 이걸 묻는 거지. 정작 여자의 관심을 원하지도 않으면서. 하지만 그는 지호 못지않게 솔직함이 강점인 남자였다. 남자의 의중을 파악할 엄두조차 낼 수 없을 만큼, 지호는 지금 이 순간 스스로가 저지른 만행이 똑똑하게 기억났다. '관심, 있습니다' 라는 말부터 시작해서 엉망진창이었던 말들의 향연.

"아니면 관심이 있습니까, 내게?"

강유결의 얼굴을 똑바로 주시했다.

"제 대답에 따라 강유결 씨의 결정이 달라지는 겁니까?"

별안간 남자의 눈썹이 꿈틀거렸다. 그의 어머니를 바라볼 때처럼 자유자재이다. 저렇게 움직이는 걸 보면 필시 좋은 쪽은 아닌 모양이었다. 간단하게 생각하라고 입을 떼려는 순간 주위가 소란스러워졌다.

의사 가운을 걸친 훤칠한 미남이 구내식당 입구로 성큼성큼 걸어 들어오고 있었다. 직원들의 눈길이 화살처럼 그에게 꽂히고, 그가 지나갈 때마다 사람들 입에서는 탄성이 새어 나왔다.

지호는 주위의 술렁거림에 잠깐 시선을 돌렸다가 다시 강유결을 바라보았다. 그는 여전히 두 눈을 부릅뜨고 자신을 바라보고 있었다. 왠지 간이 졸아드는 느낌이 들었다.

"지금 내 눈앞에서 바람피우는 거야?"

난데없이 귓전을 울리는 말에 지호는 고개를 돌렸다. 그들이 자리 잡은 식탁에 두 손을 짚고 몸을 낮춘 남자의 눈은 서글서글했다. 그의 얼굴을 알아본 지호의 두 눈이 휘둥그레졌다. 배우 백결이었다.

백결이 지호를 향해 빙그레 웃어 보이더니 인사하듯 손을 들어 보였다.

"안녕하세요."

지호는 얼떨결에 백결에게 고개를 숙였다.

"저 알죠? 가끔 모르시는 분들이 계셔서."

"압니다."

"그럼 실례해도 되겠네요."

백결은 잽싸게 유결의 옆에 앉아서 그가 먹다 만 식판을 자기 쪽으로 끌어당겨 밥을 먹기 시작했다. 스스럼없는 그의 행동에 지호는 격하게 놀라 숨을 멈추었다. 연예인이 눈앞에서 현실 사람처럼 밥을 먹고 있다니. 믿기지가 않았다.

"결아, 내가 오전 내내 전화했는데. 문자도 보내고. 왜 아무 연락도 없었냐?"

"수술 중이었어."

못마땅함을 잔뜩 얼굴에 그려 놓고 유결이 그제야 한마디 했다.

"수술 중이라도 전화받을 수 있잖아. 이번 드라마에서 나 수술 중일 때 간호사가 귀에 휴대폰을 가져다 대 주는 장면도 있는데?"

"그건 연기잖아. 그리고 거기서 넌 집도의고 난 어시스트일 뿐이야."

"연기도 사실에 근거한 건데. 어시스트는 전화 못 받나?"

당연한 걸 묻는다며 유결은 타박하는 눈빛을 했다. 백결은 보는 사람이 다 황홀해질 정도로 매력적인 미소를 짓더니 이내 다시 밥 먹는 데에 집중했다.

"너희 병원 밥 맛있다."

"내가 여기에 있는 건 어떻게 알았어?"

"운명적으로."

"운명?"

유결의 눈썹이 심하게 일그러졌다.

"배고파서 구내식당 와 보니까 네 얼굴이 제일 먼저 보이잖아. 미모의 여직원들도 눈에 안 들어올 정도로 네 얼굴이 먼저 보였다고 할까. 우리 오늘 통했어."

유결은 더 이상 대꾸하지 않고 한심하다는 듯 하, 하고 코웃음만 쳤다. 두 사람의 허물없는 행동에 지호는 그들이 매우 가까운 사이라는 것을 인지했다.

"근데 이 꽃미남은 누구신지."

대화의 화살이 자신에게 꽂히자 지호는 살짝 당황했다.

"유결이 레지던트 후배님이세요?"

"네? 아닙니다."

"그럼 두 사람은 어떤 사이?"

뭐랄까. 제 영역을 침범한 존재를 경계하는 거친 수컷의 느낌이랄까. 그에게서 요상한 느낌을 받아 뭐라고 대답할까 지호가 고심하는 사이 유결이 불쑥 입을 뗐다.

"백수, 너 실수했어."

"야. 너 미쳤냐? 내 본명은 금기어라고!"

깜짝 놀란 백결이 유결을 노려보며 소리 죽여 성내더니 지호를 바라보곤 아찔한 미소를 선보였다.

"방금 들으신 거 잊어 주세요. 그리고 제발 인터넷에는 백결의 본명이 백수라는 걸 올리지 말아 주세요. 부탁드려요."

"아, 네."

백결의 본명이 백수였다니. 몰랐던 사실이다. 백수라니. 참 특이한 본명이었다.

"올리셔도 됩니다. 이미 백결 본명이 백수라고 인터넷에 돌아다니고 있거든요."

"오늘 화나는 일 있었어? 그래서 내게 고약하게 구는 거냐?"

"밥이나 먹어."

그가 구박을 하건 말건 배우 백결은 지호와 유결을 번갈아 바라보며 말했다.

"이놈이랑 같이 밥 먹으면 죽을 먹더라도 얹힐 것 같죠? 입이 워낙 매워서 말입니다. 근데 두 분은 어떤 사이기에 다정하게 식사를 하고 계셨는지."

호기심 어린 백결의 두 눈동자가 지호에게 꽂혔다.

"지호 씨에게 당장 사과해."

"사과? 내가 정말 무슨 잘못이라도……."

영문을 몰라 하는 백결을 바라보며 지호는 아마도 그가 자신에게 꽃미남이라고 말해서 그런 모양이라고 추측했다. 키도 크고 화장을 하지 않는 탓에 타인으로부터 종종 남자로 오해받은 전적이 있었기에 지호는 별로 신경을 쓰지 않았지만 유결은 그렇지 않은 모양이다.

"양지호 씨는 나와 맞선을 보신 분이니까."

"맞선? 선! 이분과?"

머릿속이 정리되지 않는지 잠깐 말을 잃은 백결은 교통정리를 끝내고 지호를 쳐다보았다.

"여자분이셨어요?"

긍정의 뜻으로 지호는 고개를 살짝 숙였다. 왜 부끄러움은 내 몫인지 모르겠다. 지유의 말대로 밖에 나갈 때는 메이크업이라도 해야 하나 보다. 뜯어보는 듯한 백결의 시선이 부담스러웠다.

"그러고 보니 영락없는 여자시네요. 아, 이놈의 시력. 매니저야, 어디 있니? 안경 맞추러 가야겠다. 실수했습니다. 정말 미안합니다. 지호 씨."

백결의 입에서 자연스럽게 나온 이름에 지호는 가슴이 철렁거렸다. 연예인들은 TV 속 세상에서만 사는 존재라고 생각했었는데. 색다른 기분이었다.

"지호 씨라고 불러도 되죠?"

"네."

백결은 성격이 꽤 사교적인 것 같았다. 낯을 가리는 스타일도 까탈을 부리는 스타일도 아닌 싹싹하고 친절한 타입이었다. 그런 그가 눈에 쌍심지를 켜고 유결을 쳐다보았다.

"너 선본 거, 왜 나한테 말 안 했어?"

"내 사생활이야."

"사생활은 무슨 사생활? 어떻게 우리 사이에 사생활이 있을 수 있냐? 우린 운명이잖아."

"무슨 운명?"

핑퐁 같은 그들의 대화를 유심히 듣고 있던 지호에게 깨달음의 서광이 비쳤다. 어쩌면 두 사람? 단순한 친구 사이로 보기에는 백결의 태도가 의미심장했다. 바람을 피운다느니, 운명이라느니, 사생활이 있으면 안 된다느니 하는 말들이 설명하는 그들의 관계는 훨씬 복잡하고 미묘할지도 모른다. 설마 깊은 사이?

"이름을 나눈 사이잖아. 이건 나한테 배신이야. 비밀을 만들다니!"

이름까지 나누었다면 그것은 맹세의 언약 같은 것일까. 혹시 나가 역시가 되는 순간이었다.

두 사람은 애인 사이가 틀림없었다. 여자와 잘 수 없는 남자는 백결과는 가능한 모양이었다. 소설이 아닌 현실 세계의 성 소수자 커플을 만난 것은 이번이 처음이었다. 그들을 유심히 관찰했다. 두 사람은 잘 어울렸다. 비슷한 키와 잘생긴 외모, 한 사람은 까칠하고 다른 사람은 싹싹하다.

다음 소설로 연예인과 의사를 주인공으로 한 키잡물은 어떨까 싶었다. 키다리 아저씨인 줄 알았던 선배가 사실은 키워서 잡아먹는 음흉한 늑대라는 설정. 늑대의 얼굴에 강유결을 대입해 보니 썩 잘 어울렸다. 전형적인 공수 캐릭터로 판단해 보자면 공은 강유결, 수는 백결이다.

한 번 펼쳐진 상상의 나래는 이미 선을 훨씬 넘어서고 있었다. 격렬한 러브신을 예고하는 폭풍의 밤에 강유결이 백결을⋯⋯!

미쳤다. 양지호. 지금 무슨 생각을 하는 거야?

서한주에 대입시킨 것도 모자라 미지의 소설에까지 그를 주인공으로 캐스팅하다니. 어느새 지호의 양 볼이 붉게 물들었다.

"지호 씨는 이 녀석 어디가 마음에 들어서 이곳에서 점심 식사를 같이하는 거예요? 혹시 첫눈에 반했다, 뭐 이런 건가요?"

퍼뜩 현실로 돌아온 지호는 백결의 관찰하는 시선을 마주했다. 조금 전 영역을 지키려는 수컷의 눈이 또 보였다. 추정이 틀리지 않았다는 생각과 그를 안심시켜 주고 싶다는 생각이 교차했다. 그의 파트너는 결코 그를 배신하지 않을 것이다. 강유결은 직접 제 입으로 자신의 정체성을 확실히 말했다. 여자와는 못 잔다고⋯⋯.

"두 사람 이제부터 만나는 거야?"

백결의 목소리에 궁금증이 잔뜩 묻어났다. 아니라고 즉각 대답하려다가 지호는 잠시 머뭇거렸다. 조금 전 사과의 의미로 그를 도와주려던 건 진심이었다. 그런데 이제 와 아니라고 하면 앞뒤가 맞지 않았다. 그리고 아직 사과도 제대로 못 했다는 생각이 들었다. 글을 쓸 때마다 유결에게 부채감을 느끼는 건 이제 그만하고 싶었다.

"그건 양지호 씨의 대답에 달렸어."

강유결이 불쑥 말하자 지호는 당혹감을 느꼈다.

"무슨 대답? 지호 씨, 혹시 거절할 거예요?"

그의 연인 앞에서 유결에게 관심이 있다는 말을 차마 할 수가 없었다. 그리고 백결의 물음에는 거절하라는 강력한 뜻이 담겨 있었다. 두 연인 사이에 끼어들고 싶지 않았지만, 저와 강유결 사이의 문제도 해결해야 하는 처지라 고민이 되었다.

그냥 만나자고 하면 눈 한번 질끈 감고 만나면 될 것을……. 강유결이란 남자는 왜 자꾸 상황을 복잡하게 만드는 것일까. 자기에게 관심 없는 여자의 제안을 자존심 상해하는 것이 눈에 보였다. 처음 맞선 볼 때도 속마음을 들켜 버려 사과하게 만든 재주가 있는 남자였다. 동성이든 이성이든 관심을 받아야만 직성이 풀리는, 천상천하 유아독존 스타일인가.

"저는……."

"백결 씨, 이제 우리한테도 사인 좀 해 주겠어요?"

지호는 등 뒤에서 들려오는 영희 아줌마의 목소리에 뒤를 돌아보았다. 영희 아줌마가 스산한 미소를 짓고 서 있었다.

"어머니도 계셨어요?"

백결이 별안간 일어나 고개를 꾸벅 숙였다.

"그래, 수야. 이제 여기 두 사람 그만 방해하고 우리와 이야기 좀 할까."

"네? 제가 곧 촬영을……."

"잠깐이면 돼. 35년 만에 만난 내 친구가 백수, 널 모르겠다고 해서."

"어머니! 백수라니요! 누가 듣겠어요."

백결이 학을 떼자 영희 아줌마가 그를 향해 손가락을 까딱거렸다. 빨리 이쪽으로 오라는 뜻이었다.

"어쨌거나 너 일 더 열심히 해야겠다. 아줌마들은 널 모르잖아. 일일 연속극에 나올 생각은 없니?"

"저도 하고 싶은데, 회사에서 미는 콘셉트가 있어서……."

백결은 곧 생글생글하게 웃고는 영희 아줌마와 엄마를 따라갔다.

순간 지호는 궁금해졌다. 영희 아줌마가 그녀의 아들과 백결의 사이를 알고 있는지……. 영희 아줌마가 백결의 본명을 알고, 백결이 영희 아줌마를 알고 있는 정도라면 그와 강유결은 오래전부터 알고 지낸 친구 사이가 틀림없었다. 친구 사이가 연인 관계로 발전한 모양이었다.

만약 영희 아줌마가 아들과 백결의 진짜 사이를 알게 된다면 어떻게 될까. 상상만으로도 몸이 떨렸다. 영희 아줌마의 성격으로 보건대 톱 배우인 백결은 물론이거니와 그녀의 아들까지 무사하지 못할 것 같았다. 잠깐이지만 그녀가 평범한 아줌마와는 거리가 멀다는 것을 직감했다.

그들의 사랑을 지켜 주고 싶다는 생각이 들었다. 본의는 아니었지만 두 사람의 비밀을 공유하게 된 책임이 있다고 생각했다. 그리고 그를 도와주고 싶다는 말은 빈말이 아니었다.

"우리, 만납니까?"

유결의 질문은 '이제 네 대답을 듣고 싶다'라는 의미의 다른 버전이었다.

지호는 여기서 말을 잘 해야 한다는 압박감을 느꼈다. 지금 자신이 하려는 행동은 양손의 떡을 다 잡으려는 행동이었다.

미안한 마음을 털어 내면서, 강유결을 통해 현재의 글과 앞으로의 글까지 잡으려는 욕심 많은 행동. 머릿속에서 신중하게 단어를 골랐다.

"관심이 있는 건 사실입니다."

"내게요?"

"네."

지호는 남자의 시선을 받아 냈다. 100% 솔직한 대답은 아니었기에 슬며시 손에 땀이 차올랐다. 관심의 방향이 실상 다른 곳을 향하고 있었지만 틀린 답도 아니라며 스스로를 다독였다.

유결의 표정에는 이렇다 할 만한 변화가 없었다. 놀라움도 의아함도 만족스러움도 귀찮음도 없었다. 여자의 관심을 받는다는 것에 대한 우쭐함도 없었다.

"그러죠. 휴대폰 줄래요?"

"네? 왜요?"

"다시 만나려면 전화번호를 알아야 하잖아요."

"네."

그건 미처 생각하지 못한 부분이었다. 지호는 휴대폰을 그에게 내밀었다. 그가 휴대폰을 보고 지호를 한 번 쳐다보더니 곧 번호를 찍고 통화 버튼을 눌렀다. 유결이 지호에게 휴대폰을 돌려주며 말했다.

"연락드리겠습니다."

"네. 그러세요. 감사합니다."

그의 동의를 받아 냈다는 안도감과 만족감에 지호는 저도 모르게 미소를 지었다. 갑자기 입맛이 돌았다. 수저를 들고는 밥을 먹기 시작했다. 밥맛이 꿀 같은 건, 바로 마음의 짐을 털어 버리고 난 후 먹는 밥이라서 그런 게 아닐까.

지호는 슬쩍 유결의 식판을 쳐다보았다. 백결이 모두 비우고 간 탓에 그의 식판은 깨끗했다.

"모자라시면 더 드릴까요?"

여전히 수북한 밥을 가리키자 유결이 괜찮다고 하며 고개를 저었다.

"밥이 정말 맛있습니다."

지호는 만개한 꽃처럼 활짝 웃고는 다시 식사에 집중했다.

"양지호 씨."

고개를 들어 그의 시선과 마주했다. 그의 눈동자는 못마땅함으로 색칠되어 있었다. 바깥의 한기가 몰아닥치는 듯했다.

"자꾸 웃지 말죠?"

갑자기 입맛이 뚝 떨어지는 것 같았다. 그가 왜 이런 말을 하는지 알고 싶어졌다. 여자라서 만나기 싫은 것일까. 그렇다면 편한 동성 친구라고 생각하면 될 텐데. 친구처럼 만나면 된다고 말할까 고심하는 사이 그가 다시 말했다.

"오해하십니다. 저분들이."

그는 엄마들이 앉아 있는 곳을 가리켰다. 어느새 톱 배우 백결은 사라지고 그녀들만 남아 지호와 유결을 초롱초롱한 눈으로 바라보고 있었다.

세 번째 만남은 서로에게 관심이 있어서가 아니라 규칙을 지키듯 예의상 만나는 것임을 잊지 말라는 강유결의 조언이었다.

6

〈로마의 휴일〉을 좋아하는 미대 오빠입니다

"오! 로미오 님, 당신은 왜 로미오 님인가요?"

지호는 노트북에서 눈을 떼고 연극 톤으로 말하는 다정을 바라보았다.

"여기 커피 대령입니다. 아이스 캐러멜 마키아토."

"고마워."

지호는 달콤한 맛을 음미하고 다시 노트북으로 눈을 돌렸다.

"이 질문은 영화 대사잖아요. 필명이 어떻게 만들어졌냐고 질문한 분 닉네임도 올리비아 핫세(Olivia Hussey)네요. 언니의 최근 팬이신 모양이다. 음지에서부터 언니를 알았다면 필명의 의미를 모르지 않을 텐데."

"그러신가 봐."

다정에게 대답하며 지호는 인터뷰 질문에 정성스럽게 답을 했다.

로미오라는 제 필명을 보시면 누구든 당연하게 셰익스피어의 〈로미오와 줄리엣〉을 제일 먼저 떠올리세요. 제일 감명 깊게 읽은 소설이냐고 가끔 물어 주는 분들도 계시는데, 실은 〈로미오와 줄리엣〉과는 전혀 상관없이 만들어진 필명이랍니다. :)

제가 미술 대학을 다닐 때 별명이 미대 오빠였어요. 미대 오빠라는 별명이 생긴 건, 제가 키가 꽤 커서 후배들이 장난 삼아 오빠, 오빠라고 부른 것이 계기가 되었답니다.

간혹 선배님들이 미대 오빠를 줄여서 '미오야'라고 불러 주시는 바람에 별명이 미오로 굳어지고 말았습니다. 한데 그 별명이 싫지가 않았습니다. 미오라는 어감이 예뻤거든요. :)

비비동에서 첫 소설을 연재하고자 마음먹고 난 후 어떤 필명을 쓸까 고심할 때 대학 때의 별명이 생각났어요. 거기에다 제가 좋아하는 영화의 제목 첫 글자를 따서 만든 로미오가 바로 제 필명이 되었답니다.

자, 여기서 퀴즈 하나 투척하겠습니다. 제가 가장 좋아하는 영화의 제목은 무엇일까요? 너무 쉽나요? :)

정답을 제 블로그에 올려 주시는 분께 곧 출간될 이북 소설을 추첨을 통해 선물로 드리고 싶습니다.

"언니는 정말 독자님들과 밀당을 잘하시는 것 같아요."

"밀당?"

지호는 노트북의 인터뷰 답변을 읽고 있는 다정에게 시선을 돌렸다.

"아니면 마케팅 능력이 뛰어난 건가? 이럴 때는 언니가 출판사 직원처럼 보여요. 아마조네스에 언니 인터뷰가 걸리면 파워

블로거들이 가만히 있을까요? 자기 블로그에 언니 인터뷰를 퍼다 날라서 어마어마하게 입소문을 낼 거라고요. BL계의 인기 작가 로미오가 아마조네스에서 유료 연재하던 차기작이 완결되면 이북으로도 출간될 것이다, 그리고 그 차기작은 조만간 출간될 것 같으니 기대하며 기다려 보자, 이렇게요."

"홍보를 하려고 한 것은 아닌데, 마지막 문장은 지우는 게 좋겠다."

커서로 지우려고 하자 다정이 만류했다.

"아뇨, 아뇨! 언니의 순수한 마음이 중요한 거죠. 그 말에서 홍보를 읽어 낸 제 흑심은 신경 쓸 필요가 없어요. 독자님과의 상호 소통이 얼마나 중요한데요! 그 과정에서 소설 판매율이 높아지는 건 응당 따라오는 시너지 효과잖아요. 제발 독자님과 소통하고 싶다는 순수한 마음만 고이 간직하시고 제 입방정은 못 들은 걸로 해 주세요. 흐흐."

다정은 타고난 편집자이자 사업가였다. BL 소설을 전문으로 출판하는 편집장으로, 인기 작품을 발굴해 내는 매의 눈을 가졌다.

그녀의 BL 소설 편집 경력은 자그마치 15년. 중학교 때 '비비동'이라는 음지 동인 세계를 접한 것으로 시작해, 홀라당 청소년기를 갖다 바치고 난 후 급기야 BL 소설을 출간하는 출판사에 취직했다.

지호가 BL 소설 작가로 데뷔하게 된 것도 모두 다정 덕분이었다. 대학 시절 선후배로 만나 취미를 공유하던 중, 서로의 취미가 다른 사람들은 잘 알지 못하는 BL 소설 읽기라는 것을 알았다.

2년 후배인 다정은 적극적으로 지호에게 호감을 표시했다. 그렇게 BL에 대한 이야기꽃을 피우던 중, 다정은 지호가 심심풀이로 쓴 BL 소설을 읽게 되었다.

비비동 독자에 불과했던 지호는 다정이 재미있다고 끊임없이 부추기는 데에 못 이겨 소설을 연재하기 시작했다. 운이 좋게도 처녀작을 연재할 때부터 관심을 보여 주는 독자들이 많았고, 골수팬들이 생겨나기 시작하면서 비비동에서 이름을 알리게 되었다.

그들의 청원에 첫 소장본을 준비했고, 그 예약은 3천 건이 넘어 비비동 개설 이래로 전무후무한 기록이 되었다. 소장본 작업을 할 때 그 과정을 전부 진두지휘한 사람이 바로 다정이었다. 그녀는 신나게 인쇄소를 뚫고, 전문 일러스트 디자이너를 찾아 고품격 표지를 의뢰했다. 첫 소장본 출간 후 지호는 명실상부한 BL계의 인기 작가로 등극했다.

그 이후로는 탄탄대로였다. 쓰는 작품마다 입소문이 나 필력이 상당하다는 평을 받았다. 몇 년간 음지에서 활동하다 전자책을 출간하는 출판사로부터 이북 출간을 제의받았다. 당시 동인 성격이 강한 비비동 독자들은 작가들이 양지 세계로 나가는 것을 반대했다. 비비동을 탈퇴해 상업 작가가 된 작가들을 향해 돈 때문에 BL의 순수성을 버렸다고 비난한 것이다.

당연히 지호가 출판사의 제안을 받아들여 상업 작가가 되겠다고 선언했을 때도 수많은 독자들이 충격의 도가니에 빠져들었다. 로미오가 그럴 줄은 몰랐다며 배신감에 떠는 독자들, 돈이 부족하면 소장본 가격을 두 배로 올리라고 제안하는 독자들, 로미오 님이 비비동을 나가는 것은 제 사지가 잘리는 것과 같다고 눈물로 읍소하던 독자들 등. 다양하고 날 선 말들이 오고 갔고 급기야 지호에 대한 비방까지 돌았다.

지호는 비비동의 작가로 함께하지 못함을 아쉬워하며 정중하게 탈퇴 의사를 밝혔다. 이제는 BL 소설이 음지 세계만의 향유물이 아니라는 의견과 함께, 자신은 직업으로서의 'BL 소설가'를 떳떳하게 여기고 있으니 이제 BL이 양지에서 얼마나 저변 확대를 이룰 수 있는지 시험해 보고 싶다는 당당한 포부까지 밝혔다.

상업 작가로 첫발을 내디딘 소설 〈두 남자〉는 수많은 사람들이 이용하는 아마조네스 플랫폼에서 이북으로 출간되었다. 당시 〈두 남자〉는 아마조네스 사상 역대급의 판매 기록을 세우며 지호의 이름을 동인계를 넘어 타 장르계까지 널리 알렸다.

지호의 대성공으로 등을 돌렸던 독자들 역시 BL 소설을 한 단계 업그레이드시켰다는 평을 하며 로미오에 대한 편견을 지워 냈다.

어마어마한 판매량을 이유로, 아마조네스는 그녀에게 BL 소설 최초로 유료 연재를 하자고 제의까지 했다. 당시 유료 연재는 걸음마 단계였는데 아마조네스는 지호의 유명세를 발판 삼아 자사 플랫폼을 타사 이북 사이트와 차별화하고자 했던 것이다.

아마조네스는 자사 사이트에 로미오의 작품을 대대적으로 홍보하였고, 웹 유료 연재라는 새로운 형식을 내세움으로써 장르 소설계의 새로운 패러다임을 제시했다.

그사이 지호의 작품이 연달아 흥행하면서 '아마조네스=로미오'라는 공식까지 만들어졌다. 아마조네스 BL 소설 담당자는 한 해를 마무리하면서 독자들을 위해 작은 이벤트를 열었다.

아마조네스의 대표 작가 로미오의 인터뷰를 사이트에 내걸면서, 인터뷰 질문으로 채택된 독자들에게 1만 포인트를 적립해 준다고 공지했다.

현재 지호는 아마조네스에 〈트라이앵글〉을 유료로 연재하고 있었다. 〈트라이앵글〉에 대한 독자들의 관심은 상상 초월이었다. 한 편이 올라올 때마다 글 아래에 수백 개의 댓글이 달리는 것은 기본이고, 인터넷 커뮤니티 BL 소설 게시판에는 앞으로의 소설 전개에 대해 추측하는 글이 높은 리젠률을 자랑하며 끊임없이 올라왔다.

"언니, 〈트라이앵글〉 끝나고 차기작도 아마조네스에서 연재할 거예요? 아마조네스에 유저들이 많아서 수익률이 높긴 하지만 이북 독자들은 1년을 기다려야 하잖아요. 〈트라이앵글〉은 완결하고 석 달만 거치하기로 계약했지만 그건 전 팀장이 언니 팬이라 예외적인 경우였고요. 이번에 새로 바뀐 팀장은 예전처럼 1년으로 계약하자고 할 거란 말이에요. 그렇게 되면 출판사 블로그에 이북 언제 나오느냐고 질문해 대는 사람들이 또 잔뜩일 텐데, 생각만 해도 눈앞이 캄캄해요."

"다음 글은 소장본으로 먼저 출간하고 바로 이북 출간하는 방향으로 할까 생각 중이야."

"아마조네스에서 연재 안 하고요?"

"연달아 세 번이나 유료 연재를 했으니까. 다음 글은 충분히 쉰 다음 천천히 쓰고 싶어."

"하긴 아마조네스 이번 팀장이 얼마나 들쑤시는지. 〈트라이앵글〉 원고 비축분 많다고 안심시켜 줘도 유료 연재 초반부터 그다음 회차 원고 달라고 성화였잖아요. 아마조네스가 많이 벌어다 주긴 해도 수수료도 많이 떼는 데다가 어찌나 닦달을 해 대는지. 그래서 나도 언니한테 어쩔 수 없이 졸랐었고, 언니도 약속한 원고보다 더 많은 분량을 챙겨 줘야 했잖아요."

"그래도 아마조네스에서 많이 팔리는 건 우리한테도 이익이 잖아."

"그렇긴 하지만 그건 어디까지나 언니 유명세 때문에 많이 팔리는 거라고요. 종이책 작업 후 이북 출간하면 어쩌면 그곳 수익을 훌쩍 뛰어넘을지도 몰라요. 그야말로 언니는 스타 작가니까."

"말이라도 그렇게 해 주니 고맙네."

"언니! 겸손도 지나치면 독이라고요. 스타 작가가 잘난 척도 안 하면 누가 잘난 척하겠어요?"

"알았어. 잘난 척 해 보도록 노력할게."

"작가님, 제가 누누이 말하지만 편집장 말에 순순히 '그러마' 라고 하시면 안 된다고요. 인기 작가는 자존심이 생명인데, 잘 나가는 작가는 비루한 편집장을 막 대해도 되니까 절 좀 막 대 해 주세요!"

"그러다 작가가 갑질 한다고 일 때려치우겠다며 이 대표 들이받을 거 아니야?"

"아무튼 우리 선배 언니는 날 너무 잘 알아서 탈이라니까."

지호의 말에 다정의 눈이 초승달같이 변하며 샐샐 웃었다.

"면접 날짜는 정해졌어?"

지호는 노트북 화면에 눈을 고정한 채 손가락으로는 바삐 키보드를 두드리며 물었다. 진정한 멀티 플레이어의 모습이라고 여기며 다정이 대답했다.

"다음 주요. 경력자들 이력서를 유심히 보고 있는데, 우리 회사와 색깔이 비슷한 사람은 좀처럼 안 보이네요."

퓨어 출판사는 새 편집부원을 모집 중이었다. 다정과 같이 작업했던 직원이 결혼 때문에 회사를 그만둔 이후로 그녀는 비록 편집장이라고 하지만 작가 관리, 작품 편집 관리, 교정, 제휴 업체와의 협력까지 1인 3역을 담당하고 있었다. 출판사 대표와 회계 직원 한 명, 그리고 다정이 현재 퓨어 출판사의 전 직원이었다.

"많이 힘들겠다. 근데 이 대표는 어디 갔어?"

"쇼핑하신대요."

지호는 키보드를 두드리던 손을 멈추고 다정을 돌아보았다.

"또 맞선?"

"네. 이번 주 토요일에."

지호는 아무 말 없이 노트북을 쳐다보았다. 모르는 사람을 낯선 상황에서 만나는 것은 힘든 일이었다. 단 한 번의 맞선 경험이었지만, 그리고 그 맞선은 글에 대한 영감을 받기 위해 나간 것이었지만 어색하고 당황스러운 것은 마찬가지였다.

"나 왔어."

사무실 안으로 들어온 연아의 손에는 쇼핑백들이 한가득했다. 다정이 그녀의 짐을 건네받아 한곳에 내려놓자 연아가 지친 목소리로 말했다.

"다정아, 거기 파란 쇼핑백은 네 거야. 이번 달 보너스."

쇼핑백을 들춰 보던 다정의 눈이 커졌다.

"이건 명품이라고요! 사장님!"

"지난번에 갖고 싶다고 했잖아."

"사장 언니! 무슨 보너스를 이렇게 자주 줘요? 그리고 너무 과하잖아요! 우리 회사 폐업해요? 진짜 저 몰래 시집가시는 거 아니에요?"

"아니야. 그냥 사 주고 싶었어."

지호는 연아의 울 것 같은 심정을 읽었다. 허한 마음을 달래기 위해 썼지만 결코 돈은 연아의 결핍을 메워 주지 못했다.

이연아는 퓨어 출판사 대표이자 고등학교 때부터 절친한 지호의 친구다. 미대 입시를 준비하던 고3 때 지호는 연아를 처음 만났다. 학원에 들어서는 그녀를 보는 순간 인형이 살아서 돌아다니는 줄 알았다. 연아는 학교와 학원은 물론 언제 어디에서나 주목받는, 작고 하얀 얼굴에 맑고 큰 눈망울을 가진 소녀였다.

대전에서 알아주는 명문 사학 재단 집안의 외동딸로, 사업을 하는 아버지를 따라 서울로 막 상경했을 때가 고3이었다. 예쁘장한 외모에 부잣집 딸이라 도도하고 까칠한 자기중심적인 성격일 줄 알았는데 연아는 털털했다. 정이 넘쳐 남에게 퍼 주는 것을 망설이지 않았고 배려심도 깊었다. 모든 걸 가진 연아를 보며 친구들은 꼬투리 하나도 잡을 게 없다고 투덜거렸다.

보호 본능을 일으키는 연약한 외모와 달리 연아에게는 의외의 반전이 숨어 있었다. 낯을 가리는 지호와는 달리 친화력이 좋아 주위에 늘 친구들로 인산인해를 이루었다. 지호에게 먼저 친구가 되자고 손을 내민 쪽도 연아였다. 지호는 그녀 솔직함이 마음에 들어 그 손을 잡았고 둘은 고3이 끝날 무렵 베스트 프렌드가 되어 있었다.

또 하나의 반전은 연아의 추진력이었다. 남들은 어려워하는 일을 저돌적으로 순식간에 해치웠다. 지호가 BL 소설을 소장본으로 출간하여 대박을 터트렸을 때, BL 전문 출판사를 설립하자고 제의한 사람이 바로 그녀였다. 그 무렵 타 장르 전문 출판사는 많았지만 오직 BL만을 전문으로 출판하는 곳은 퓨어가 유일했다.

지호의 가능성을 알아본 연아는 대학 4년 동안 모은 돈과 부모님에게 투자받은 돈을 합쳐 퓨어 출판사를 차렸고, 다정을 편집장으로 영입해 출판사를 운영해 나갔다. 지호의 작품으로 출판사 운영이 안정권에 접어들면서 부모님에게 투자받은 돈도 모두 갚았다. 그것도 단 2년 만에.

그래도 연아는 부잣집 딸이다. 할아버지가 돌아가시면서 연아에게 상속한 재산만 해도 평생을 놀고먹어도 될 정도였다. 가난한 출판 업계에서는 좀처럼 볼 수 없는 금수저 대표였다.

"어머니가 화를 내셨어?"

지호는 작업하던 책상에서 떠나 연아가 앉아 있는 소파 맞은편에 앉았다.

"예성 그룹 차남이래."

그 말에 가방에 눈이 팔려 있던 다정이 쪼르르 달려왔다.

"예성 그룹이요? 대표님 어머니 능력은 정말 알아줘야겠어요. 이제까지 그런 거물급은 없었잖아요. 잘되면 좋겠다."

연아는 다정의 말에 살짝 눈살을 찌푸렸다. 다정에게 회사 대표의 맞선은 흥미로운 가십에 불과하겠지만, 정작 맞선을 나간 당사자는 도살장에 끌려가는 심경이었던 모양이다.

"미안해요. 언니. 예성 그룹 정도면 언니 어머니께서 엄청 신경을 쓰실 테고, 그럼 언니는 그 남자를 싫어도 세 번은 만나야 할 테고. 아무리 언니라고 해도 마음에도 없는 남자를 만나는 건 괴로울 수 있는데 제 생각이 짧았어요."

연아의 언짢은 심기를 알아차린 다정이 즉각 사과했다.

"다정아, 커피 한 잔만 부탁해."

"네."

다정이 탕비실로 들어가자 연아는 찌푸린 얼굴을 풀었다. 그 얼굴에서 체념을 발견한 지호는 걱정스럽게 물었다.

"많이 힘들어?"

"맞선?"

"응."

"그깟 게 뭐가 힘들어. 좋은 곳에서 맛있는 음식 먹으면서 내게 관심 있는 남자들 시선을 즐기면서 우쭐거리면 되는데."

지호는 연아의 대답에 영문을 몰라 했다. 연아는 길 잃은 아이처럼 금방이라도 눈물을 쏟아 낼 것만 같았다.

"지호야. 나 좀 안아 줘."

지호는 말없이 연아에게 다가가 그녀의 어깨를 감싸 안고 토닥거려 주었다.

"괜찮아. 괜찮아질 거야."

그 말에 연아는 지호의 품에 얼굴을 묻고 울음 섞인 목소리로 말했다.

"이럴 때는 네가 정말 남자였으면 좋겠어. 그럼 난 주저 없이 너랑 결혼할 거야."

"내 의사는 안 물어보고?"

"남자로 태어나면 나랑 결혼할 거 아니었어?"

고개를 든 연아의 눈가에는 눈물이 번져 있었다.

"울지 마. 못생겨 보여."

지호는 다정하게 연아의 눈가를 쓸어 주었다.

"내가 남자는 되어 줄 수 없지만 언니가 되어 줄 수는 있어."

"내가 너보다 생일이 5개월이나 빨라."

"그래도."

농담에 잠시 얼굴을 폈던 연아가 다시 절망적인 표정 지었다.

"어쩌면 좋아. 지호야. 나 이제 어떡하지?"

"정말 무슨 일이 있는 거야?"

"정우가⋯⋯."

지호의 가슴이 균열로 야금야금 벌어지기 시작했다. 언제까지 기정우라는 칼에 가슴을 베여야 하는지. 자신에게 환멸을 느꼈다.

"정우가 왜?"

동요한 것을 숨긴 매끄러운 목소리라 다행이었다.

"새로운 여자가 생겼나 봐."

"여자?"

"호주에서 여자를 만났어."

연아는 휴대폰을 꺼내 지호의 눈앞에 내밀었다.

인스타에 올라와 있는 건 드넓은 바다와 하얀 백사장을 배경으로 구릿빛 피부의 정우가 한 여자를 껴안고 있는 사진이었다. 여자의 등허리를 껴안은 두 팔에서는 싱싱한 젊음이 풍겼다. 그는 마치 대학생 같았다. 누가 나이 서른에 성공한 드라마 제작사 대표라고 여길까. 정우의 활기찬 웃음이 준수한 얼굴을 더욱 잘생겨 보이게 했다.

언제나 기정우는 이렇게 웃고 있지. 남의 속도 모르고.

다행히도 정우가 안고 있는 여자의 얼굴은 사진에 찍히지 않았다. 만약 얼굴이 보였다면 연아는 그 여자와 정우의 매일을 상상하면서 초췌해졌을 것이다.

"함께 일하는 스태프일지도 모르잖아."

"아니야. 날 신경 쓰이게 한 그 정 PD가 아니라고. 그 여자는 키가 작지만 이 여자는 늘씬해. 그리고 해시태그를 봐."

#호주본다이비치 #서핑 #피서지에서생긴일 #사랑을깨닫다

몇몇 댓글에는 사랑을 깨달은 그에게 진심으로 축하를 전하는 내용들이 적혀 있었다. 상대가 누구냐는 질문부터 바람둥이 기정우의 정착을 애도한다는 말까지 보였다. 연아는 분명 '사랑을 깨닫다'라는 말에 지구가 쪼개지는 통증을 맛보았음이 틀림없었다.

하지만 정우를 잘 아는 처지로서 그가 입버릇처럼 말하는 사랑은 새삼스러울 것이 없었다. 그의 사랑은 누구에게나 공평하게 내리쬐는 햇볕 같은 것이었다.

지호에게는 대수로운 말이 아니었지만 연아는 그 말에 상당한 의미를 부여한 모양이었다. 연아가 기정우를 알게 된 10년 전부터 그는 쉬지 않고 연애를 해 왔다. 같은 과 동기에서부터 스튜어디스, 미인 대회 출신의 대학원생, 그리고 여배우까지.

그는 그녀들과의 관계를 두고 모두 사랑이라고 칭했지만, 정작 곁에서 지켜본 바로는 그는 사랑을 하는 남자의 모습이 아니었다.

그리고 그 연애는 항상 여자 쪽에서 그에게 매달리는 것으로 끝이 났다. 그럴 때마다 정우는 지겹다는 표정을 짓고 있었다.

그럼에도 연아는 불안해했다. 연아의 정우를 향한 외사랑은 자그마치 10년 동안 이어져 오고 있었다.

인생에서 단 한 번 술에 취했던 날, 연아는 정우에게 고백했다. 내가 매력이 없냐고, 모두가 날 원하는데 왜 너는 안 그러냐고, 마음을 주지 않을 거면 몸이라도 달라고. 딱 한 번이라도 자주면 너에 대한 마음을 잊겠다고.

연아에게 그 일을 전해 듣고 지호는 울고 있는 그녀를 담담하게 안아 주었다. 아무 반응이 없는 정우에게 화가 날 법도 하건만 그 순간에조차도 연아는 정우와의 우정마저 망쳐 버린 것은 아닐까 염려했었다.

하지만 연아의 그 고백마저 정우에게는 의미 없는 메아리일 뿐이었다. 정우는 연아의 고백을 받은 적이 없었던 것처럼 행동했다.

여전히 연아의 마음은 현재 진행 중이었다. 어머니의 성화에 선을 볼 때마다 짝사랑하는 정우가 자신을 돌아보지 않는 것에 대해 슬퍼했고 힘들어했다.

연아가 힘들어하면 그 괴로움이 지호에게도 고스란히 전달되었다. 그녀에게 정우의 존재를 알려 준 사람이 바로 자신이었기 때문이었다.

정우는 지호의 소꿉친구였다. 같은 동네 아랫집 뒷집 이웃사촌으로 살면서 정우와는 유치원 시절부터 초, 중, 고까지 같은 학교에 다녔다.

코흘리개 꼬꼬마 시절 소꿉놀이를 하는 두 사람에게 신랑은 지호, 신부는 정우 같다고 부모님들이 귀여워했다. 그 말을 들을 때면 정우는 '커서 꼭 지호와 결혼할 거야'라고 호언장담했지만 지호는 눈만 끔뻑일 뿐이었다.

초등학생일 때 정우는 좋은 경쟁자였다. 함께 출전한 태권도 품새 대회에서 지호는 정우에게 패해 은메달에 머물렀다. 신나 하는 정우 얼굴을 보고 반짝이는 금메달에 대한 아쉬움을 털어 냈다.

키가 크기 시작하면서 중학교 시절에는 정우와 농구를 하며 놀았다. 서로가 좋아하는 포지션이 같아 주말이면 프로 농구 경기를 구경 가기도 했다.

남녀 공학인 중학교에서 지호와 정우는 유명 인사였고 둘의 인기는 비등했다. 선이 여린 외모로 어린 여중생들의 가슴을 더 설레게 한 이는 지호였다. 밸런타인데이에 지호가 받은 초콜릿이, 학생회장이었던 정우가 받았던 것보다 훨씬 많았다.

그리고 같은 고등학교에 입학하게 되자 농구부 선배들로부터 둘은 호출을 받았다. 여자인 자신을 부르는 것이 의아했지만 지호는 정우와 함께 농구부 선배와 인사를 나누었다. 선배 정우더러는 농구부로 들어오라는 말을 했고 지호에게는 농구부 매니저를 해 보는 게 어떻겠냐고 제안했다.

지호는 마스코트를 겸하는 매니저 제안이 부담스럽기도 했지만 미대 진학을 목표로 하고 있던 터라 부 활동까지 할 시간이 여의치 않아 거절했다. 그렇게 정우는 농구부에 들었고 지호는 그의 농구 경기를 이따금 참관할 뿐이었다.

농구를 할 때의 정우는 진지했고 힘이 넘쳤다. 엇비슷한 키 때문인지 이성이라는 생각이 들지 않았는데, 농구를 하는 모습을 볼 때면 정우가 남자라는 생각이 들었다. 그리고 정우와 농구 게임을 할 때도 체력 차이를 실감하곤 했다. 자신이 여자라는 것을 시간이 알려 주었다.

정우와 떨어지게 된 것은 지호가 고3이 되면서였다. 서울로 이사를 가게 됐기 때문이었다. 고등학교 입학 때부터 샴쌍둥이처럼 붙어 다니던 정우와 떨어지는 건 어색하고 이상한 일이었다. 정우도 그랬는지 이사 가는 날까지도 데면데면하게 굴다 분당을 떠나기 전날 문자를 보내 왔다.

〈양지호, 보지도 못할 곳으로 이사 가는 것도 아닌데, 잘 지내라는 말은 왠지 앞으로 못 볼 사람에게 하는 말인 것 같아서 하지 않을게. 어차피 우리는 고3이니까 열심히 공부해서 원하는 대학에 가서 만나. 서로에게 부끄럽지 않은 친구가 되도록 우리 노력하자.〉

〈응, 그럴게. 너도 파이팅 해.〉

새로운 학교에 적응하고 입시를 준비하느라 정우를 만날 기회는 좀처럼 없었다. 정우 또한 생일 등의 특별한 때 말고는 별다른 연락이 없었다. 수능이 끝나고 입학할 대학이 정해지자 그제야 정우와 연락을 하기 시작했다.

이듬해 대학 새내기가 되었을 때 지호는 정우를 만날 수 있었다. 그는 지호보다 키가 한 뼘이나 더 커 있었다. 예전처럼 스스럼없이 대하기가 낯설 만큼 정우는 변해 있었다. 어렸을 때의 개구쟁이 모습은 사라지고 선이 굵어진 얼굴에는 깊은 눈빛만 가득했다. 그리고 그 모습에 연아는 첫눈에 반해 버렸다.

지호의 오랜 소꿉친구를 궁금해하던 연아는 정우와 만나는 자리에 데려가 달라고 졸랐고 지호는 승낙했다. 정우를 바라보는 연아의 눈빛이, 그녀가 남자아이들로부터 항상 받아 오던 선망의 빛이라는 걸 알고 적잖이 놀랐다. 연아가 그동안 호감을 내비친 남자는 없었던 터라 지호는 정우의 어떤 점이 눈길을 끌었는지 궁금했다.

지호는 정우와의 소개팅을 정식으로 주선해 달라는 연아의 부탁을 받고 그에게 말을 꺼냈다.

―나 정말 소개팅해도 돼?

"응."

―넌 상관없어?

그때까지만 해도 정우가 묻는 의미를 깨닫지 못했다. '응'이라고 대답하는 순간 정우는 알았다며 연아와 소개팅을 하겠다고 말했다. 상관있어야 했나, 라는 의문이 마음에 움튼 건 정우와의 통화를 끝낸 다음이었다.

둘이 처음 소개팅을 하던 날 지호는 주선자로서 연아와 함께 카페에 나갔다. 무표정하던 정우가 연아를 바라보고 눈을 빛내는 것을 담담히 지켜보았다. 수줍어하는 연아 앞에서 미소 짓는 정우를 바라보면서 지호는 그제야 자신이 상관있다는 것을 깨달았다.

가슴이 욱신거렸기 때문이다. 우정이라는 나무 아래 여자라는 꽃이 사랑이라는 꽃망울을 터트렸다는 것을……. 친구라는 울타리는 언제나 그곳에 있는 안전한 것이라고 생각했기에, 울타리를 뛰어넘을 수도 있다는 의심을 한 번도 하지 못했다. 그런 자신의 무감각함과 용기 없음을 자책했다.

지호는 제일 친한 친구 둘이 남자와 여자로 만나는 것을 보고 제 마음을 알게 되었지만 내색하지 않았다. 연아가 먼저 정우에 대한 마음을 털어놓았기에, 그에 대한 제 진심은 끝까지 숨겨야 한다고 생각했다. 연아 또한 자신에게는 소중한 친구였다.

그러나 정우를 향한 마음은 엎질러진 물 같아서 좀처럼 그를 친구로서 다시 담아내지 못했다. 후련하게 털어 내지 못한 첫사랑의 감정이 불쑥 솟아나 마음을 괴롭혔지만 할 수 있는 게 없었다. 겉으로 보기에 지호는 한결같은 정우의 친구였다.

착잡하게 연아와 정우를 바라보았는데 불행인지 다행인지 두 사람은 연인으로 발전하지 않았다. 정우는 연아에게 친구로 지내자고 말했고, 정우의 곁에 머물고 싶어 한 연아는 그 제안을 받아들였다.

세 사람은 절친한 사이가 되었다. 남자와 여자라는 미묘한 긴장감이 감도는, 불완전한 균형을 이루는 트라이앵글이었다. 하지만 어느 누구도 그 균형을 깨고자 하지는 않았다.

시간이 흐르면서 정우를 향한 연아의 마음은 더욱 깊어졌고 지호의 마음도 깊어졌지만 한 사람의 마음은 떳떳했고, 한 사람의 마음은 달의 뒷면처럼 들켜서도 보여서도 안 되는 것이 되었다.

지호는 정우를 향한 제 본심을 지우고자 무던히 애썼다. 정우를 예전처럼 스스럼없이 대하는 겉모습은 부단한 노력의 결과였다.

시간의 힘을 믿고 싶었다. 시간이 흐르고 흘러 10년이 지나면 정우를 향한 피지 못한 그 마음도 언젠가는 시들해지겠지, 그리여겼다.

그 이후 정우는 쉬지 않고 연애를 했다. 훈남에, 좋은 집안에 유머 있고 서글서글한 성격은 여자들에게 인기가 높았다. 10대 시절 단 한 번도 연애하지 못한 것에 대한 한을 풀 것이라는 농담도 스스럼없이 던지며 연아의 속을 뒤집었다. 하지만 연아에겐 정우의 연애를 막을 어떠한 권리도 없었다.

시간은 지호의 편이 되었다. 피어나던 꽃망울에 물과 빛을 주지 않자 서서히 시들어 갔다. 꽃잎이 땅에 떨어졌고, 새로운 씨앗도 움트지 못한 채 두터운 흙 속에 갇혔다. 성공한 듯 보였지만 이따금 연아가 정우로 인해 눈물을 보일 때면 가슴이 덜컹 내려앉았다.

연아의 눈물과 아픔이, 정우에 대한 마음을 깨달았던 순간으로 회귀시키곤 한 것이다. 연아가 힘들어할 때면 괜찮다고 말했지만 실상 그 말은 자신에게 하는 말일지도 모른다고 생각했다. 그런 본심과 직면할 때면 지호는 자기혐오에 빠져야만 했다.

"울지 마. 정우 때문에 우는 거 없어 보여."

"정우가 어때서?"

"나쁜 놈이잖아."

"내 마음 안 받아 준다고 정우가 나쁜 놈이면 나 좋다는 남자들 마음 모두 차 버린 난 천하의 나쁜 년이야."

울면서도 연아는 정우의 역성을 들었다. 이럴 때는 쓴웃음이 지어졌다. 저를 위로하고자 하는 말인 줄 알면서도 연아는 단 한 번도 지호의 말에 선선하게 동의한 적이 없었다. 정우를 한 번도 욕심내 본 적 없는 건 어쩌면 연아의 사랑이 더 크고 무거워서가 아닐까. 그녀의 옆에 있으면 제 사랑이 작고 초라해 보였다.

"그래. 너도 나쁜 년이야."

"착한 양지호가 욕을 다 하네."

연아가 젖은 눈으로 웃었다.

"욕 듣고 싶지 않으면 울지 마."

"아니, 더 욕먹고 싶어. 지호야. 나 욕 한 번만 더 해 줘라. 이
년, 저년이라고 막 욕해 줘."

"싫어. 안 해."

"왜?"

"자주 하면 가치 떨어져."

"으으응! 한 번만 더 해 줘!"

연아는 어린애처럼 어리광을 부렸다. 지호는 기정우라는 칼
이 무뎌지길 잠잠히 기다렸다. 다음에는 꼭 흔들리지 말아야지
다짐했다.

"안 해."

"뭐야? 나한테 비싸게 구는 거야?"

"응. 난 비싼 작가니까."

"쳇. 잊고 있었어. 네가 갑, 내가 을이라는 걸. 그래도 우린
친구잖아. 근데 내가 네 머리 색깔 예쁘다고 말해 줬어?"

"안 한 것 같은데."

"너무 예쁘다. 정말, 정말 예뻐. 모델 같아. 지유가 해 준 거
야?"

"응."

"나도 해 달라고 해야겠다."

사소한 변화가 연아의 눈에 들어오는 걸 보아하니 정우로 인
한 아픈 마음이 한결 편해진 모양이었다. 연아가 안정을 되찾자

지호는 담담히 말했다.

"지나가는 걸 거야."

"응?"

"언제나 그랬던 것처럼. 기정우는 기정우니까."

"바람처럼?"

지호는 고개를 끄떡거렸다.

"지금 정우가 바람둥이라고 디스 하는 거지?"

연아의 엉뚱함에 지호는 저도 모르게 웃고 말았다.

"웃지 마. 아무리 너라도 정우 디스 하는 건 용납 못 해."

"정우는 좋겠다. 네가 있어서."

"너도 좋잖아. 나 같은 애가 네 곁에 있어서."

"응. 좋아."

"그런 말은 자주 해 줘야지. 이연아 콧대가 하늘을 찌르도록."

그때 탕비실에서 커피를 들고 나오던 다정이 한마디 거들었다.

"에이, 아무리 대표님이라도 하늘을 찌를 정도의 콧대는 아닌데요? 수술은 해야 찌를 정도가 되죠."

"그렇지? 아무래도 내가 콧대는 좀 낮은 편이지?"

연아는 본래의 명랑한 성격으로 돌아왔다.

"커피는 작가 언니 드세요. 우리 대표님 이제 일하셔야 되거든요. 커피 마셨다가는 무슨 일이 일어날지 몰라요. 너무 흥분하셔서 길거리에서 춤을 추실지도."

"문다정, 그건 미친년이잖아."

"뭐, 이미 나쁜 년이신데 미친년 타이틀 하나쯤 더 달으셔도 문제없으실 듯 보입니다."

"까분다."

티격태격하는 두 사람을 바라보며 지호는 다정에게서 건네받은 커피를 마셨다. 믹스 커피의 달달함이 부드럽게 식도로 넘어갔다.

"이 정도는 까불어도 되잖아요. 내가 두 선배님 이야기 끝날 때까지 탕비실에 갇혀 있느라 얼마나 갑갑했는데."

"문 편집장 눈치가 백 단이네?"

"당연하죠. 이 업계는 눈치 없으면 살 수가 없다고요."

"그러네. 내가 부하 직원 하나는 끝내주게 잘 뒀구나. 눈치 있게 빠져 주더니 들을 건 다 듣고 말이지!"

"들리는 건 어쩔 수 없잖아요. 그리고 대표님이 마시지도 못 하는 커피 찾을 때면 내가 얼마나 조마조마한데요? 진짜 우리 회사 문 닫는가 싶어서."

"잘나가는 우리 작가님이 계시는데, 우리 회사가 왜 문을 닫아?"

"흐흐. 이제 우리 대표님 완전히 기운 되찾았네요. 이번 주 토요일 맞선도 문제없겠는데요?"

연아가 다정의 말에 아차, 하는 표정을 지었다.

"나가기 싫어? 아까는 괜찮다며?"

지호가 묻자 연아는 한숨을 푹 내쉬었다.

"귀찮긴 하지. 이번에는 예성 그룹 사람이니 내 마음대로 할 수도 없으니까. 엄마는 분명 세 번은 만나라고 하실 텐데. 근데 세 번 만나는 건 위험해."

"왜?"

"맞선 세 번은 결혼으로 가는 지름길이잖아."

지호는 하마터면 커피를 쏟을 뻔하였다.

"뭘 그리 놀라? 이래 봬도 맞선계의 프로라고. 내가 진짜 결혼할까 봐서?"

"농담하는 거지?"

"농담은 무슨. 우리 엄마 들으시면 역정 내셔."

진담처럼 말하는 연아를 지호는 심각한 눈으로 바라보았다.

"왜 맞선 상대를 세 번 만나면 결혼인 거야?"

"그건 일종의 룰이야. 어른들은 자식들이 맞선 상대와 세 번을 만나면 서로에게 호감이 있다고 판단해서 일사천리로 결혼을 진행하시지."

"설마?"

"원래 설마가 사람 잡는 법이거든. 우리 부모님 세대가 그랬으니 우리 세대도 그럴 거라고 당신들 마음대로 생각하셔."

그 말에 지호가 눈살을 찌푸리며 '난감하네'라고 속삭이자 연아가 귀를 쫑긋 세웠다.

"뭐가 난감해?"

"아니야."

"아니긴 뭐가 아니야. 네 얼굴에 다 쓰여 있어. 내게 숨기는 비밀이 있는 것 같은데."

"없어."

"없긴 뭐가 없어. 이 표정은 내게 뭔가를 숨길 때면 나오는 멀뚱멀뚱함이라고."

"멀뚱멀뚱함이 뭔데?"

"소 닭 보듯 하는 네 특유의 멀뚱함. 아무 일도 아니다, 하는 얼굴로 핵폭탄 같은 말을 투하하잖아. 빨리 말해. 불지 않으면 우리 회사와 작품 100편을 더 계약하기 전까지는 절대 못 놔줘."

지호는 풋, 하고 웃다가 얼굴을 바짝 들이미는 연아에게서 고개를 돌리며 대수롭지 않다는 듯 입을 열었다.

"실은 선봤어."

"선!"

"선이라고요?"

연아의 한 옥타브 올라가 찢어질 정도로 날카로운 침에 이어, 책장에서 뭔가를 찾던 다정도 이쪽으로 고개를 돌리고 소리 질렀다.

"그게 무슨 말이야! 네가 선이라니?"

"작가님, 이거 몇 개예요?"

숨이 넘어갈 정도로 다급히 묻는 연아 옆에서 다정이 지호의 눈앞으로 손가락을 세워 보였다.

"두 개."

지호가 대답하자 다정이 연아를 쳐다보았다.

"대표님, 양지호 작가님 지금 제정신 맞아요. 선봤다는 거 절대 거짓말 아니에요."

"어쩌다가 선을 보게 된 거야?"

연아의 물음에 지호는 선을 보게 된 경위를 간략하게 설명했다.

연아와 다정은 지호가 한마디 마칠 때마다 표정이 변화무쌍해졌다.

"이건 배신이야. 선을 보는데도 나한테 일언반구도 안 하고."

"그건 그냥 취재 차원이었으니까."

"넌 취재지만 그 남자는 맞선이었잖아."

"그렇긴 해."

"어땠어? 생애 첫 맞선이. 괜찮았어?"

"음……."

"작가 언니, 빨리 말해 봐요. 숨넘어갈 것 같아요."

다정이 잽싸게 끼어들어 채근했다.

"실수를 했어."

"무슨 실수?"

취조하듯 묻는 연아를 향해 지호는 모호한 웃음을 보였다. 실수를 말하다 보면 강유결이란 남자에 대한 비밀까지 다 발설하게 된다.

얼른 대충 둘러댔다.

"취재하는 마음으로 나갔으니까."

"들킨 거야?"

"비슷해."

연아는 도리도리 고개를 내저었다.

"그 남자가 화냈어?"

"아니, 정중했어."

"괜찮은 남자다."

"그런 것 같아."

"잘생겼어?"

지호는 강유결을 떠올려 보았다. 쌍꺼풀이 없는 눈과 짙은 눈썹, 시원하게 뻗은 콧날과 조각 같은 입술이 생각났다. 그림을 그린다면 명암이 뚜렷한 할리우드 배우들처럼 입체적인 그림을 그릴 수 있을 것이다.

잘생기긴 했지만 그는 그런 말로 다 설명할 수 없는 자기만의 색깔과 분위기가 확실한 남자였다.

"그런 편이야."

"하는 일은 뭔데?"

"의사."

"어머, 전문성이 확실한 직업이네요. 언니! 잘해 봐요."

다정이 손뼉까지 치면서 좋아했다.

"연락 오면 만날 거야?"

"그래야지."

지호의 대답에 연아와 다정이 충격받은 표정으로 서로를 바라보았다.

"연애 한 번 해 본 적 없는 양 작가님이 아무래도 대표님보다 먼저 시집갈 것 같아요. 얌전한 고양이가 부뚜막에 먼저 올라간다는 건 진리였어요."

"정말 잘해 볼 마음이 있는 거야?"

연아의 물음에 잘해 볼 마음이 아니라 사과하고 싶은 마음이 있는 거라고 말하고 싶었지만, 그 남자의 비밀을 지켜 주기 위해서는 이쯤에서 그녀들의 관심을 접어 두어야만 했다.

"응."

지호는 심상하게 대답했다. 그 말에 연아의 눈이 반짝거렸다.

"지호야. 난 네가 정말 행복하길 빌어. 네가 행복해지는 게 내가 행복해지는 길이니까."

연아의 진정 어린 말에 가슴이 뭉클해졌다. 오랜 세월을 같이 한 연아는 이미 진짜 가족이나 다름없었다.

"나도 네가 행복해지길 바라."

진심이었다.

"아씨. 두 분의 우정에 제가 눈물이 다 나오잖아요."

다정의 너스레에 지호와 연아가 소리를 내어 웃었다.

7
뭐든 삼세번이니까

희미한 주홍색 조명 불빛을 어둠이 나비처럼 감싸 안았다. 멜로디를 비집고 들려오는 간헐적인 비트, 열기와 소음으로 들뜬 청춘들, 알싸한 알코올과 눈을 홀리는 안주는 쿠바의 어느 바를 연상케 했다.

유결은 주홍 불빛이 파란 벽에 부딪쳐 초록을 만드는 광경을 쳐다보다가 주위를 살폈다. 왁자하게 떠들고 마음껏 부어라 마셔라 하는 이 분위기는 알코올과는 상극인 수가 좋아하는 분위기였다. 친구는 분위기라도 내고 싶은 작은 소망을 반영해 장소를 선정했다. 어디인가에 무리가 있을 듯한데. 조명과 어둠에 마블링 된 사람들의 면면이 눈에 들어오지 않아 눈에 잔뜩 힘을 줬다.

"여기야, 여기!"

손을 번쩍 들어 보이는 사람은 도이였다. 사람들의 이목이 잘 쏠리지 않는 한쪽 구석 명당에 자리를 잡고 친구들은 옹기종기 모여 있었다. 도이는 유명한 의류 회사의 대리이고 의지는 사법 연수원을 그만두고 드라마 작가 공부를 하고 있다.

"왜 이렇게 늦었어? 벌써 9시가 다 됐는데."

도이가 볼멘소리로 투덜거렸다.

"8시 넘어서 나왔어."

"그럼 일찍 온 거네. 유결아, 오랜만."

의지는 손을 들어 보이며 인사했다.

"원이는?"

유결은 비어 있는 의자 하나를 쳐다보았다.

"원이는 자유롭지 못한 몸이잖아. 갑자기 도하 씨 부부 동반 모임이 생겼대. 그래서 오늘은 수가 원이 대신이야."

유결은 눈살을 찌푸렸다. 오랜만에 도원결의 회동을 한 것은 백원 때문이었다. 원이 주말에 친구들끼리 한잔하자며 단톡방에 급만남을 주선했다. 원이 제안하자마자 친구들은 유부녀의 일탈을 환영한다며 열렬하게 반응했다.

바빠서 이번에는 못 만나겠다고 답을 하는 순간 원과 도이, 의지는 한통속이 되어 바빠 죽어도 친구들 눈앞에서 죽으라며 참석하길 종용했다. 그녀들이 꼭 자신을 만나고 싶어 하는 이유는 모두 백수의 입방정 때문이었다.

〈강유결이 심 봤다! 아니 선봤다!〉

이 한 문장에 의해 원과 도이, 의지로부터 폭탄 질문 세례를 받았다. 수술하랴 환자 치료하랴 정신이 없는 통에 답을 꼬박 꼬박하지 못하자 원이 결단을 내렸다. 주말에 도원결의로 모이겠노라고. 그런데 정작 원이 나타나지 않았다. 유결은 헛웃음을 흘렸다.

도원결의는 중학교 때부터 친한 친구들의 모임이다. 장도이, 백원, 강유결, 지의지를 주축으로 해, 각자의 이름 한 자씩을 따만든 우정의 서클이다. 중학교 때부터 세 명의 여학생 틈바구니에서 청일점으로 살아남은 건 쉬운 일이 아니었다. 아니, 처음부터 친구가 된 것이 아이러니였다.

친구가 아쉽지 않은 깔끔한 성격 탓에 누군가 곁에서 치대는 것을 좋아하지 않았다. 파주로 전학 간 뒤에도 서울에서의 고고함을 잃지 않는다고 어머니가 잔소리를 했다. 맑은 물에는 고기가 살지 못한다며 못된 성격 좀 고치라는 말을 귀가 따갑게 들었다.

어머니의 말을 한 귀로 듣고 한 귀로 흘리며 새 학교에 적응하고 있는데, 한 여자애가 느닷없이 나타나 육포를 내밀었다. 배고파 보인다고, 배고픈 것만큼 불쌍한 게 없다고 말해 황당한 눈으로 쳐다보았다. 그 여자아이가 바로 백원이었다. 특이한 행동만큼 이름도 이상한 애였다.

스스럼없이 다가오는 원으로 인해 한동안 스트레스를 받았다. 불쌍하다는 말이 뇌리를 떠나지 않았다. 성질 나쁘다, 차갑다는 말은 들어 봤는데 불쌍하다니. 어디가? 거울을 보며 제 모습을 확인할 정도였다.

어이가 없어 보란 듯이 중간고사에서 1등을 했지만, 원은 여전히 불쌍하다며 육포를 주고 갔다. 배고파 보인다고. 고기가 배부르다면서.

그러고는 한 명씩 친구들을 데리고 왔다. 그럴 필요가 전혀 없었는데도 도이, 의지, 수에게 둘러싸여 매일 점심을 먹었고, 쉬는 시간에도 같이 있었으며, 체육 대회에서도 어느새 함께 이 인삼각 달리기를 하고 있었다.

친구 행세를 하는 그 애들이 이상했는데 자꾸 그러다 보니 어느새 전혀 위화감이 들지 않았다. 물속에 떨어진 검은 잉크가 스며들어 색이 옅어지듯, 그렇게 자연스럽게 그들의 친구가 되어 녹아들었다.

"내가 왜 불쌍해?"

원과 그 아이들을 친구로 받아들이며 물었다.

"말라서."
"내가 말랐다고?"
"응. 너무 말랐어. 꼭 전쟁 통에 사흘은 굶어서 밥 훔치는 애처럼 보여. 유결아, 많이 먹고 힘내. 고기가 든든해서 배가 잘 안 꺼지는데 육포 먹을래?"

기가 막혔다. 보기 좋은 마른 몸매를 말랐다고 표현하다니. 이런 굴절된 시각을 가진 아이와 친구가 되어야 하나 고민하던 것도 잠시 유결은 원에게 빠져들었다.

그녀는 어디로 튈지 모르는 종잡을 수 없는 엉뚱한 아이였다. 그래서 원이 좋았다. 항상 다른 시각으로 자신을 바라봐 주었으니까. 원은 제일 친한 친구였고 첫사랑이었고 아픔이었다.

원이 행복할 때는 첫사랑은 원래 이루어질 수 없는 것이라고

자위하며 견딜 수 있었지만, 원이 불행해졌을 때는 도저히 견딜 수가 없었다. 가슴이 너무 아파 잠을 제대로 이루지 못할 정도였다.

하지만 결코 마음을 내색하지 않았다. 힘든 시간 동안 원에게 필요했던 건 남자가 아니라 기댈 수 있는 친구였으니까. 그 마음을 헤아렸기에 단 한 번도 욕심을 내지 않았다.

양지호라는 여자가 물었다. 이루어지지 못할 사랑으로 인해 인생이 뒤집힌다면 어떻게 하겠냐고. 한번 사랑을 했으면 그 사랑이 행복해질 때까지 자리를 지켜 주는 것. 사랑하는 이의 행복을 빌어 주며 제 사랑의 무게를 감당하는 것이라고 말한 건 입바른 소리가 아니었다. 원을 좋아하면서 견뎌 낸 시간의 힘을 알기에 그렇게 말할 수밖에 없었다.

이제 원은 제 사랑을 만나 진짜 행복해졌고 유결의 첫사랑은 아름답게 화석화되었다.

"수는?"

"스타는 맨 마지막에 나타나는 법."

유결의 물음에 대답하며 등장한 이는 수였다.

"오늘은 내가 원이 대신이니까 오늘 모임은 도원결의가 아니라 도수결의인 거다."

수는 원의 이란성 쌍둥이 오빠다. 쌍둥이 여동생을 끔찍이 아끼는 듬직한 오빠와는 거리가 먼, 장난스럽고 한없이 신경 써 줘야 하는 막내 오빠였다. 그는 미러 선글라스에 마스크, 머플러까지 꼭꼭 둘러 얼굴을 가리고 있었다.

"수야, 너 솔직히 말해. 사람들 이목 지겹다고 한 거 다 거짓말이지?"

도이의 말에 수의 눈동자에 무슨 뜻이냐는 의문이 걸렸다.

"안 그럼 이렇게 오픈된 바에서 어떻게 그런 모습으로 나타나? 나, 연예인이오, 날 제발 알아봐 주시오, 라고 광고하는 것과 뭐가 달라."

"예리한 장도리. 네 눈은 정말 못 속이겠구나."

수는 선글라스와 마스크를 벗으며 웃었다.

"백수! 나, 장도리 아니라 장도이거든!"

"내 본명 함부로 부르지 말랬지! 이렇게 뚫린 곳에서 부르면 내가 뭐가 돼?"

"되긴 뭐가 돼. 백수가 되지."

"야!"

"흥! 그럼 네가 수지, 결이냐? 예명으로 유결이 이름 한 글자 훔쳐 간 주제에. 도둑놈."

"결이라는 이름을 뭐 유결이만 쓰란 법 있냐?"

"솔직히 너, 예전부터 결이 이름 호시탐탐 노렸잖아. 멋지다면서. 데뷔할 때 네가 백결이라는 예명으로 나와서 내가 얼마나 놀랐는지 아니? 이 심장 폭행범아."

"한자가 달라. 한자가!"

"한글 음은 같거든? 어디서 발뺌을 하려고. 유결아, 이참에 수한테 로열티 받아. 수가 네 이름을 예명으로 쓴다고 했을 때 제 말로는 네 허락을 받았다고 하던데, 그거 뻥이지?"

도이가 수의 약을 올리자 말발로는 도저히 도이를 이길 수 없던 수는 벌컥벌컥 물을 마셨다.

"오늘 모인 건 유결이 때문인데."

의지가 한마디 툭 내던지자 도이와 수의 눈이 마치 한 쌍처럼 유결에게 쏠렸다. 둘이 언제 티격태격했느냐는 듯 호기심으로 연대하며 장단을 맞췄다.

"유결아, 어떤 여자야? 예뻐?"

"예쁘다고 말하기엔 오묘한 매력이 있지. 유니크해."

"나이는 몇 살인데?"

"어려 보이던데. 한 서너 살쯤 어리지 않나?"

도이의 말에 수가 꼬박꼬박 대답하자 도이가 수를 향해 도끼 눈을 떴다.

"네가 선봤니? 왜 네가 대답을 해?"

"아니, 그저께 병원에서 나도 지호 씨를 만났으니까."

"지호 씨?"

"유결이가 맞선 본 여자 이름이야."

"네가 왜 그 여자 이름을 불러?"

"같이 있는데 이름을 부르지, 아님 모양 빠지게 그분, 그 여 자, 그쪽이라고 부르냐?"

"낄끼빠빠 몰라? 눈치 없이 같이 있으면 어떡해?"

"그게 뭔데?"

"낄 때 끼고 빠질 때 빠져라."

의지가 간단명료하게 설명했다.

"그것도 모르면서. 아는 척은. 하여튼 밉상이야."

도이의 저돌적인 공격에 수가 눈을 부라렸지만 도이는 눈 하 나 깜짝하지 않았다. 유결은 팔짱을 끼고 톰과 제리처럼 아웅다 웅하는 도이와 수를 쳐다보다 제 몫으로 주문한 맥주를 들어 올 렸다. 그러자 같이 잔을 든 의지가 유결의 잔에 짠, 하며 물었 다.

"맞선 본 느낌이 어땠어?"

유결의 입에서 무슨 말이 나오나 궁금해진 도이와 수가 바짝 앞으로 몸을 기울였다. 이럴 때는 또 죽이 척척 맞는 그들이다.

"맞선이 맞선이지."

"유결이 이 자식, 쿨한 척하는 데는 따라올 사람이 없는데?"

"쿨한 척이 아니라 유결이는 정말 쿨한 거거든?"

"아, 네. 그러시겠지요."

수가 비아냥거리거나 말거나 도이는 유결에게 돌린 시선을 거두지 않았다.

"어머니께서 결혼 서두르시니? 내년이면 4년 차고 곧 전문의 따야 할 시기니까 여자 만날 기회가 없어져서 널 맞선 시장에 내놓으신 거야?"

"혹시 우리 원이 때문은 아니지? 우리 원이가 차 서방 만나서 알콩달콩 행복하게 잘 사니까, 문득 스스로가 불쌍해져서 결혼 하겠다고 나선 거 아니냐고?"

"수야, 내가 아니라 네가 드라마 써야겠다. 언제 적 이야기를 하고 있니? 유결이 냉정한 거 몰라? 겉으로는 온화한 척 친절한 척 웃고 있지만 속에 빙하가 들어찬 애한테 첫사랑 타령이라니. 이미 첫사랑은 깔끔하게 정리 끝냈지. 아무리 쓰고 싶어도 그렇 게 막 쓰면 안 된다."

의지가 가세하여 수를 타박했다.

유결은 머리가 지끈거리는 것 같았다. 시끄러운 친구들은 아 직까지도 중학교 시절의 자신을 안주 삼아 이야기했다. 그 말이 제아무리 사실이라 해도 면전에서 떠드는 것을 듣는 건 썩 유쾌 하지 않았다.

"그래서 넌 어떡할 거야? 결혼할 거야?"

도이의 질문은 어느새 점프해 엉뚱한 곳으로 튀어 오르고 있었다.

"결혼할 나이긴 하지."

유결의 말에 세 사람의 눈이 충격을 받은 듯 둥그렇게 커졌다. 여자 나이 서른이면 일하기에 한창이라고 부르짖는 도이와, 드라마 작가라는 꿈을 이루기 위해 열심히 달려가는 의지와, 톱 배우로 승승장구하고 있는 수에게 결혼이란, 나이에 밀려 울며 겨자 먹기로 하는 것이 아니라 할 만할 때 스스로가 결정하는 것이었다.

아직 결혼하기에는 억울하다고 생각하는 3인방은 유결이 의외의 말을 하자 입을 다물지 못했다. 유결도 저들과 다르지 않다고 생각했는데 결혼할 나이가 되었다고 하다니. 제일 먼저 충격에서 벗어나 유결을 뜯어본 사람은 도이였다.

"그 여자, 괜찮았나 봐?"

유결이 도이를 스윽 쳐다보자 감을 잡은 수가 고개를 끄떡이며 말을 이었다.

"내가 봐도 괜찮긴 했어. 모델 해도 되겠더라고."

"그렇게 예뻐?"

의지가 물었다.

"예쁘긴 한데 우리가 알고 있는 정형화된 미인은 아니야."

의지에게 대답한 사람도 수였다.

"그래도 예쁘긴 예쁜 거네. 강유결, 너도 별수 없는 남자구나."

유결은 친구들의 비약을 가만히 듣고만 있었다.

"유결이가 여자 얼굴은 안 보는 것 같은데. 원이가 솔직히 눈에 띌 만한 외모는 아니잖아."

"우리 원이가 왜 안 예뻐? 오빠인 날 보면 모르겠냐?"

수가 왈칵 성을 내자 도이가 맞받아쳤다.

"넌 성형발이잖아."

"나 자연산이거든."

"알았어. 나중에 회 떠 줄 테니까 가만히 좀 있지."

"도이야, 네 주장은 틀렸어. 유결이 외모 굉장히 많이 따져. 대학 때 사귀던 여자 엄청 미인이었잖아."

"의지야, 기억 안 나? 그 여자 꽤 예뻤지만 유결이가 눈에 띌 정도로 무덤덤하게 굴었던 거."

"아, 그랬었지. 그때 유결이는 연애를 하고 있으면서도 지겨워 죽는 듯한 얼굴을 하고 있었어."

"1년도 안 돼서 헤어졌잖아. 그러곤 쭉 솔로. 그런 강유결이 느닷없이 결혼할 나이가 되긴 했다고 의미심장한 발언을 한 건."

도이의 시선이 유결을 스윽 훑고는 친구들을 향했다. 그녀는 마치 셜록 홈스처럼 심각한 눈빛으로 재미있다는 미소를 띠우며 덧붙였다.

"그 여자가 상당히 호감이었다는 거지. 유결이의 호감을 살 만한 여자라면 원이처럼 신선한 충격을 가져다준 여자란 말인데."

의지와 수의 표정이 도이의 추측에 확신하듯 변화무쌍해졌다. 집요하고 촘촘한 친구들의 레이더망에서 벗어날 수가 없다. 진실을 불기 전에는 밤새도록 취조할 얼굴이었다.

"맞아. 호감이 가."

"역시."

추리가 정확해지자 도이가 흐뭇하게 웃었다. 수와 의지는 입을 떡 벌린 채 유결을 쳐다보았다.

"근데 차였어."

덩달아 도이의 입도 벌어졌다.

"왜? 널 왜 차?"

"그럼 그저께 지호 씨가 점심 먹으면서 널 찼다는 거야?"

"강유결이 차였다니 '세상에 이런 일이'에 나올 법한 일이군."

도이, 수, 의지가 차례대로 말했다.

"그 여자 제정신이니? 널 왜 차? 잘생겼지, 지성미 좔좔 흐르지, 능력 있는 전문직인데."

"성격이 별로잖아. 우리가 친구긴 해도."

수가 도이의 말에 또 딴죽을 건다. 유결은 뫼비우스 같은 그들의 관계에 웃음이 나왔다. 요상한 관계의 틀 속에 들어온 지도 벌써 15년이 되었다.

"호감 가는 여자를 만났는데 차였다고 포기할 거야?"

의지의 음성에는 아쉬움이 남아 있었다.

"글쎄, 어떻게 할까?"

"이해가 안 되네. 내가 볼 때 지호 씨도 유결이한테 관심 있는 것 같았는데."

"정말?"

의지가 수에게 반응을 보이자 도이가 백수의 눈을 밉냐며 혀를 쯧쯧 찼다.

"관심이 있는 건 사실입니다."

그 말을 들었을 때 심장이 가슴이 아니라 귓가에 매달린 것처럼 쾅쾅 뛰었다. 그녀의 관심이 어떤 관심인지 진의를 따져 보기도 전에 심장이 먼저 반응했다.

첫 만남 때는 분명 눈과 입이 하는 말이 달랐다. 다급하게 관심 있다고 말한 그녀의 눈은 다른 곳에 팔려 있었다. 남자로서 관심을 받지 못하다니 자존심이 상했다. 차인 것에 충격을 받아 2주간이나 입에 단내가 날 정도로 일을 했다.

아무리 일을 해도 눈앞에 아른거리던 그녀가 병원에 바람처럼 나타났을 때 심장은 부끄럼을 모르고 또 박자를 놓쳤다. 자존심이 발동해 눈길도 주지 않으려고 무던히 애를 썼지만 허사였다. 그리고 만나자는 말을 들었다.

곤란한 상황을 돕고자 순수한 호의를 담아 말하던 그녀의 눈동자를, 자신에 대한 열기로 흐리게 만들고 싶다는 생각이 들었다. 생전 처음으로 여자에 대한 욕심이 들자 초조해졌다. 첫사랑을 할 때조차 들지 않았던 욕심이 생경했지만, 피를 들끓게 했다.

하지만 그녀의 제안을 쉽게 받아들일 수 없었다. 한 사람만 바라보는 일방적인 사랑은 두 번 다시 하지 않으리라고 결심했으니까. 그런데 양지호의 눈을 마주하는 순간 결심은 무너졌다.

그녀가 남자를 판단하는 기준이 자는 것이든, 아니면 자는 것에만 관심이 있는 것이든, 일단 그 여자를 눈앞에서 사라지게 하고 싶지 않았다. 그녀를 흔들고 싶고 자신을 바라보게 하고 싶고, 무엇보다 자신이 그 눈과 마음속으로 들어가고 싶었다.

그러기 위해서는 양지호를 만나야 한다. 그녀가 제 발로 자신의 반경으로 들어왔을 때 유결은 저도 모르게 그의 옆에 서 있는 지호의 모습을 그리고 있었다.

"유결아, 마음에 드는 여자 만나기 쉽지 않아. 차였지만 자존심 한번 꺾고 더 대시해 봐. 네가 호감을 보이는 사람은 분명 그럴 가치가 있는 사람일 거야."

도이의 충고가 유결의 마음을 대변하고 있었다.

"뭐든 삼세번이니까."

유결의 말에 도이와 의지의 얼굴에 화색이 돌았다.

"유결이 이런 반응 고무적이야."

"가차 없이 잘라 낼 줄 알았는데. 자존심을 접다니. 감동인데?"

도이와 의지가 유결의 결정을 전폭적으로 지지했다.

"아니, 너네 둘은 유결이가 뭐 말만 하면 감동이고 고무적이냐? 나한테 하는 거하고 완전 다르잖아."

"우리 수, 삐쳤구나. 누나가 콜라 한 잔 따라 줄게. 마음 풀고 마셔. 우리 오늘 과료하자."

순둥이 의지마저 수를 놀리며 콜라를 맥주잔에 콸콸 따라 주었다. 소시지를 질겅질겅 씹으며 수는 여자 사람 친구들이 저만 무시한다며 투덜거렸다.

"근데 그 여자, 뭐 하는 여자야?"

도이가 물었다.

"작가야."

"작가?"

반색하는 이는 드라마 작가 지망생 의지였다.

"어떤 쪽이야? 소설? 드라마? 시나리오?"

"BL 소설 작가야."

"BL?"

"BL!"

한목소리로 외치는 도이와 의지의 놀란 표정에 유결은 눈살을 찌푸렸다. 도이는 와락 얼굴이 구겨져 있었고 의지는 눈을 휘둥그레 뜨고 있었다.

"BL이라니. 내가 이해하지 못하는 글을 쓰고 있구나."

도이의 떨떠름한 목소리에도 아랑곳없이 의지는 흥미를 보이며 유결에게 물었다.

"오, 대단해. 음지 세계의 작가님과 선을 보다니! 유결아, 그분 활동하는 필명이 뭐래?"

"그건 몰라."

"다음에 만날 때 꼭 물어봐. 내가 좋아하는 작가님일 수도 있으니까. 그럼 나, 사인 받을래."

"의지야, 제발 BL 좀 끊어. 넌 드라마 지망생이라고. 그러다 극본 쓸 때 남녀 주인공을 공수라고 쓸라? 아무리 요즘 브로맨스가 유행이긴 해도 BL 성향은 위험해. 거부감이 든다고."

"넌 BL의 순수와 자유를 몰라."

"BL이 아무리 순수해도 지나가는 사람에게 물어봐. 열에 아홉은 BL에 두드러기를 일으킨다고."

"도이야, BL 소설은 실제 동성애와는 아무런 연관점이 없어. 내가 몇 번이나 말했잖아. 여자들의 환상에서 시작한 판타지의 한 종류일 뿐이라고. 그리고 드라마는 뭐 판타지 아닌가? 있음직한 일들을 허구로 만들어 내는 건 BL이나 드라마나 똑같아. 거기에 실제 동성애와 연관이 있다고 해서 두드러기를 일으킨다는 건 있을 수 없는 일이야. 우린 자유 국가에서 살고 있다고!"

"그래도 BL은 별로야."

"알았어. 네 취향을 존중해. 하지만 너도 BL물을 더는 색안경 끼지 말고 바라보면 좋겠어. 요즘 BL에 대한 시선이 얼마나 달라졌는데. 예전처럼 숨어서 덕질하는 장르가 아니라 유명 플랫폼에서 웹툰이나 웹소설로 떳떳이 즐기는 장르가 됐다고. 몇 달 전에는 BL 웹드라마가 온라인에서 스트리밍돼서 인기가 얼마나 많았는데. 세상이 많이 변했다고."

"알았어. 장르의 한 분야라고 생각해 볼게. 하여튼 아는 건 많아 가지고."

도이는 의지에게 눈을 흘겼다.

"당연하지. 난 BL 덕후니까."

의지가 배시시 웃으며 말했다.

"BL이 뭔데? 왜 난 그 세계로 초대 안 하냐? 너희들 말대로면 난 BL 무식자잖아."

수가 여자들의 대화에 끼어들었다.

"우리 수, BL이 궁금했던 거니?"

"너희들만 알고 나만 모르는 이 상황은 왠지 소외되는 것 같아서 억울해."

"내가 좋은 책 하나 추천해 줄게. 〈두 남자〉라는 책인데, BL 소설을 양지로 끌어낸 대작가의 글이야. 네 연기 스펙트럼을 넓혀 줄 명작이니까 꼭 읽어 봐."

의지는 눈을 반짝이며 수를 BL의 세계로 영업했다. 수가 관심을 보이자 도이는 고개를 절레절레 흔들었다.

"BL이 뭐야?"

도이는 유결의 물음에 맥주로 목을 축인 후 작게 속삭였다.

"보이즈 러브(Boys Love)."

소년들의 사랑이라면? 그 의미를 생각하던 유결의 눈이 가늘어졌다.

"남남상열지사. 이제 이해됐지?"

"그렇군."

유결은 고개를 끄떡였다. 남자와 남자의 사랑 이야기를 쓰는 작가였다니. 어쩐지 양지호라는 여자에게 어울리는 직업이라고 느껴졌다. 여느 여자와는 다른 매력이 실체화되는 느낌이었다.

"괜찮아? 너무 아무렇지도 않은 얼굴인데. 설마 너 숨어 있던 남성 BL 독자였니?"

도이가 수상쩍은 시선으로 유결을 쳐다보았다.

"여자들의 특정 판타지인데. 뭐."

"너 정말 쿨하다? 그게 쉽게 받아들여져? 소설이긴 하지만 성 정체성의 혼란을 가져오는 이야기들인데?"

"네 논리대로면 마법과 드래곤이 나오는 판타지 소설은 세계의 혼란을 가져오는 이야기잖아. 판타지든 BL이든 내겐 똑같은 소설일 뿐이야."

"그래, 너 잘났다."

도이가 입을 삐쭉거렸다.

"뭐! 그건 호모물이잖아!"

수의 커다란 목소리에 놀란 의지가 얼른 그의 입을 막았다.

"백수! 어디서 폄하질이야? 듣는 애독자 기분 나쁘게."

의지의 입에서 욕설이 튀어나온 걸로 봐서 지금 그녀는 엄청나게 흥분한 상태였다.

"또 백수가 한 건 했네. 근데 그 여자 어디가 그렇게 마음에 들었어?"

도이는 수가 의지에게 등짝을 얻어맞는 것을 쳐다보다 유결에게 눈을 돌렸다.

"전율이 흘렀어."

"첫눈에 반한 거야?"

"그럴지도."

"심각하네. 반하면 이성은 마비되는 법인데."

"인간적인 거 아닌가."

"첫눈에 반하는 거야말로 진짜 판타지지."

"판타지의 주인공이 돼 보는 것도 나쁘지 않아."

도이의 눈이 커졌다.

"너, 진심이구나!"

유결은 희미하게 웃었다.

"이번에는 꼭 성공해. 넌 사랑하면 반드시 좋은 남자가 될 거야. 네가 원이를 잊으려고 연애를 한 거 알아. 다른 남자를 사랑하는 여자를 사랑하는 남자치고 넌 참 근사했어. 네 마음을 원이에게 알아봐 달라고 강요하지 않았잖아."

유결은 맥주를 입에 가져가려다 멈추고 도이를 바라보았다.

"뭘 그렇게 이상한 여자 보듯 봐?"

"어떻게 알았어?"

"내가 도원결의에서 도를 맞고 있는 장도이잖아. 너희들의 리더이자 회장. 그런 내가 회원들의 일을 모르는 건 말이 안 되지.

내가 안 챙기면 누가 너희들을 챙기겠니?"

원을 좋아하는 마음도 도이가 제일 먼저 알아챘다. 가슴에 묻어 둔 첫사랑을 알아본 도이는 원이 이혼했을 때 유결에게 원을 붙잡으라고 충고했었다.

하지만 본인도 모르는 원의 진짜 마음을 유결은 알고 있었다. 10년 넘게 이어진 원의 차도하에 대한 사랑은 잠시 가리어졌을 뿐, 없어진 것이 아니라는 사실을······.

"차인 거 진짜야? 정말 네게 눈곱만 한 관심도 없어 보였어?"

"애프터를 신청할 수 없게 만들 만큼 내게 관심이 없었어."

"특이하다. 작가라서 관점이 다른가? 넌 어디 내놔도 손색없는 남자인데."

"구겨진 자존심이 펴지는 기분이네."

"그 정도야? 정말 궁금하네. 네게 왜 관심이 없는지."

"관심이 있다고는 하는데 관심이 있는 눈이 아니었어."

"그 여자가 관심이 있다고 말했어?"

도이가 고개를 홱 돌리며 유결을 쳐다보았다. 그는 고개를 끄덕였다.

"저돌적이다. 근데 말의 앞뒤가 안 맞잖아. 널 찼는데 관심이 있다고 말하는 건 또 무슨 상황이야? 그러면서 눈빛은 관심이 없는 눈빛이었다니. 음, 종잡을 수가 없잖아. 그래서 넌 어떻게 할 거야?"

유결은 도이의 말에 즉각 대답하지 않고 맥주만 마셨다. 궁금한 빛이 가득한 도이는 여전히 BL 소설에 관해 이야기하는 의지와 수를 힐끗 바라보곤 다시 유결을 쳐다보았다.

"여자의 관심을 받으려면 어떻게 하면 될까?"

"그 여자를 놓치고 싶지 않구나."

"맞아."

도이의 얼굴에 웃음이 번졌다. 이유는 달랐지만 첫사랑 때도, 첫 연애 때도 움직이지 않았던 유결을 처음으로 움직이게 만드는 여자라면 대단한 여자가 틀림없었다. 그녀는 강유결을 진정한 사랑에 빠지게 할 힘을 가진 여자였다. 끝은 꼭 해피엔딩이어야 할 텐데.

"아른거리게 해."

"무슨 말이야?"

"그 여자 눈앞에 아른거려. 눈을 감아도 눈을 떠도 네가 보이게 하라고."

"어떻게?"

"찾아가서 만나든 약속 잡고 만나든 계속 만나란 말이야. 그리고 네 진심을 보여 줘."

"스토커가 되라고?"

"아니, 스토커가 아니라 도둑이 되라는 거야."

유결은 미간을 찌푸렸다. 여자들의 비유를 이해할 수가 없었다.

"자꾸 눈앞에 널 보이게 해서 마음을 훔치라고."

유결은 입을 다물고 도이의 말을 곰곰이 생각했다.

"어려워?"

"한 번도 해 본 적이 없으니까."

"맞아. 속은 순정, 다정남인데 겉이 냉랭한 까칠남이라 어렵긴 할 거야. 하지만 네가 먼저 경험해 봤잖아."

"내가?"

"그래. 기억 안 나? 네가 전학 왔을 때 원이가 네게 마음을 먼저 보여 준 거. 네가 원이를 이상하게 생각했으면서도 내치지 않았던 건 순수한 마음을 알아보았기 때문이잖아. 그 후로 네가 우리 사이에 자연스럽게 스며들었고."

도이의 말에 유결은 슬며시 미소를 지었다. 엉뚱하다고 생각한 원의 솔직하고 순수한 마음 때문에 친구가 되었었다.

"원이가 단톡방에 재미있냐고 글 올렸어. 원이는 지금 도하 씨 부부 동반 모임이 너무 지겹대."

수와 BL 논쟁 중이던 의지가 휴대폰을 쳐다보느라 잠시 휴전을 선언했다.

"유결이 선본 여자 어떠냐고 묻는데?"

"의지 네가 답톡 해 줘. 유결이가 차였다고."

도이의 말대로 톡을 넣고 다시 원으로부터 답장을 받은 의지가 웃었다.

"믿을 수가 없대. 당장 여기로 날아올 거래."

"됐다고 그래. 유광 그룹 사모님이 경거망동하는 거 아니라고. 자세한 건 내가 만나서 설명해 준다고 해 줘."

"알았어."

의지가 문자를 치는 걸 바라보던 수가 말했다.

"이번 크리스마스이브에 우리 제주도 가는 거 어때? 오늘 원이도 못 왔으니까 간만에 다 같이 모여 올나이트를 하는 거야. 마침 이브가 토요일이니까 다들 시간 되지? 숙소에서 항공편까지 내가 다 준비할 테니까 염려 말고 몸만 와."

수가 제안을 해 왔다. 조금 전까지 얼굴을 찌푸리던 의지도 수의 말에 얼굴을 폈다.

"크리스마스이브는 연인과 함께 보내는 날이거든? 그리고 우리가 고딩이야? 올나이트가 뭐니? 유치하게."

도이의 말에 수가 능글능글한 표정을 지었다.

"유치한 게 상처 치유가 되잖아."

"무슨 상처?"

"얼마 전에 헤어진 거 다 알아. 난 네가 참 짠하다?"

수의 말에 도이가 의지를 째려보았다.

"지의지!"

"아냐, 난 아무 말도 안 했어. 수가 네 인스타 보고 먼저 눈치챈 거야. 내 실수라면 유도 질문에 넘어간 것뿐이야."

의지의 해명에 도이는 수를 향해 쌍심지를 켰다.

"백수! 알고 있으면 그냥 입 다물고 있지. 꼭 그렇게 아픈 곳을 헤집어야 속이 시원하겠어? 침묵이 금이다, 라는 말도 몰라?"

"널 배신한 놈은 새로운 여자와 하하, 호호거리는데 네가 무슨 열녀라고 지나간 연애 때문에 가슴 아파하냐?"

"아니거든? 안 아프거든!"

"그럼 왜 두문불출했는데?"

"그거야 나이가 들어서 만사가 귀찮으니까 그렇지."

"그게 바로 후유증이라고. 나쁜 연애의 끝을 떨치기에는 여행만큼 좋은 게 없어. 더구나 인기 배우 백결과 함께하는 여행이잖아. 마침 의지도 쓰고 있던 드라마 대본 수정 다 했으니까 재충전도 필요하고. 자, 그럼 우리 여행 가는 거다! 유결이 넌 얼른 스케줄 조정해. 그날 당직 서면 나한테 혼난다."

크리스마스이브 여행이 확정된 것처럼 선언하는 수를 지켜보다 유결은 자리에서 일어났다.

"가려고?"

"할 일이 생겼어."

"벌써 가면 어떻게 해? 나랑 술 한 잔도 안 했으면서."

수의 투덜거림에 도이가 나섰다.

"너랑 술 마시려면 유결이는 평생을 기다려야 해. 얼른 가. 유결아."

"알았어. 오늘은 보내 줄게. 크리스마스이브 여행은 꼭 가는 거다."

"난 못 갈 것 같다."

"왜?"

"도둑이 될 예정이라서."

"도둑?"

유결의 말을 이해하지 못한 수가 눈을 끔뻑였다. 그러다 다시 외쳤다.

"강유결! 인생 그렇게 살면 안 돼. 크리스마스이브는 예수님 탄생 전날이라고! 그런 날에 도둑놈이 되겠다니. 차라리 산타가 되어 버려."

수의 말에 도이와 의지가 배꼽을 붙잡았다. 강유결이 산타라니. 산타 모자를 쓰려고 할지 의문이었다.

"너희들은 왜 웃어? 나이 서른에 친구가 비행을 저지르겠다는데."

"비행을 하다 보면 높게 날게 될 거고, 날다 보면 별과 달을 따지 않을까?"

"와. 멋져. 그럼 유결이가 그 작가님에게 별과 달을 갖다 바치겠다는 거야?"

도이의 말을 재깍 알아먹은 의지가 감탄 어린 목소리로 말했다. 수만 어벙한 모습이었다.

"무슨 말이야? 나 소외시키지 말라니까!"

"나, 간다."

"잘 가. 유결아. 잘되길 바라."

"강유결, 파이팅!"

응원을 보내는 도이와 의지에게 눈인사를 하고 유결은 바를 나섰다. 지하에 있던 가게 밖을 나오니 겨울의 시원한 공기가 폐부로 들어왔다.

가슴을 살랑거리는 건 시원한 공기일까, 아니면 양지호라는 여자일까. 정답은 이미 알고 있었다.

지금 파주로 가면 온 가족이 난리가 나겠지. 오랜만에 왔다며 부모님과 여동생들이 귀찮게 하겠지만 목적이 있는 방문이니까 사소한 피곤함은 참아 내야 했다.

입가에 절로 미소가 지어졌다.

<u>8</u>

오늘 만납시다

눈이 저절로 떠졌다. 사위는 여전히 새카만 어둠에 물들어 있었다. 잠자리에 들기 전 시작된 두통이 이제 머리 전체를 울리고 있었다. 잠들면 나아지겠지, 하고 의식적으로 눈을 감았다. 그러나 관자놀이를 쪼는 통증은 송곳에 찔리는 것처럼 느껴졌다.

지호는 침대에서 일어나 불을 켰다. 3시가 조금 넘은 시간이었다. 잠자리에 든 시각이 1시를 넘겼을 때였으니 겨우 2시간밖에 잠들지 못했다. 이미 각성한 뇌로는 다시 잠들기 힘들었다. 서랍에서 진통제를 꺼내 물과 함께 삼켰다. 한 시간 후면 두통은 잦아들 것이다.

작업실 안을 둘러보았다. 먹다 만 과자, 오징어와 인스턴트 떡볶이가 너저분했다. 어젯밤 잔뜩 술에 취한 연아가 소주를 한 가득 사 들고 불쑥 작업실을 찾아왔다.

"지호야. 나 어떡해. 그 남자가 내가 마음에 든대. 내가 예의 없게 행동하는데도 하나도 기분 나빠 하지 않고 다시 만나고 싶대. 뭐 그런 남자가 다 있지?"

토요일 오후 맞선에 나간 연아는 꽃같이 예쁜 모습이었다. 누구라도 반할 만큼 매력적인 여자를 싫어할 남자가 누가 있을까. 예성 그룹 차남은 연아를 굉장히 마음에 들어 한 눈치였다. 남자의 호감을 직감한 연아는 예의 있게 거절한다는 본래의 작전을 변경해 싹수없는 맞선녀를 연기했다.

그런데 그 모습마저 맞선 상대의 눈에 예뻐 보였던지 그로부터 솔직하고 시원스러운 성격이라며 마음에 든다는 말을 들었다. 연아로서는 난처한 상황이 아닐 수 없었다. 그녀의 어머니가 예성 그룹의 연줄에 닿기 위해 노력한 것을 알고 있었다. 만약 맞선남이 관심을 보인 사실이 어머니의 귀에 들어가는 날이면 꼼짝없이 결혼식장으로 끌려갈지도 몰랐다.

"지호야. 나 어떡해! 난 정우를 사랑하는데 엄마에게 정우를 사랑한다고도 말할 수 없어. 정우가 날 바라봐 주지 않는데, 어떻게 엄마를 설득할 수 있겠어?"

그녀의 눈물이 심장이 조여드는 것 같았다. 연아가 울면 마음이 무겁게 내려앉아 위로의 말도 함부로 할 수가 없었다.

예상 밖의 일에 연아는 그동안 가둬 놓았던 정우에 대한 원망을 거리낌 없이 내보였다. 정우에게 향하는 마음을 거두라는 말은 쓸모없는 말이었다. 연아는 정우를 잊기 위해 다른 남자를

만나 보았지만 그럴 때마다 그녀의 노력은 번번이 허사로 돌아
갔다.

"난 정우가 아니면 안 돼. 차라리 처음부터 정우를 만나지 않았
더라면……. 모든 게 너 때문이야."

'너 때문이야'라는 말이 마음을 찔렀다. 절반은 맞는 말이다.
정우를 만나게 하지 않았더라면 연아는 이토록 아프지 않았을
테니까. 그리고 나도…….

연아의 고통이 전가되어 지호는 말없이 소주잔을 기울여야만
했다.

한참을 울던 연아는 술에 취해 잠이 들었고, 그녀의 휴대폰으
로 연아의 어머니에게서 전화가 왔다. 대신 전화를 받았는데 연
아 어머니의 화난 음성을 들었다. 그녀는 맞선을 본 딸이 집으
로 들어오지 않아 염려가 되었노라고, 차를 보낼 테니 연아를
돌려보내라고 말했다.

지호는 연아를 데리러 온 기사님에게 안전하게 데리고 가 달
라고 부탁하고 작업실로 올라왔다.

시간은 벌써 자정이 훌쩍 넘어 있었다. 연아가 작업실에 도착
했을 때 어쩌면 들어가지 못할지도 모른다고 엄마에게 연락했
다. 본가에서 도보로 15분쯤 떨어진 작업실이었지만 야심한 시
각이라 작은 오피스텔에서 잠을 청하기로 했다. 오피스텔에는
침대는 물론 주방과 욕실까지 깔끔하게 갖춰져 있었다.

연아를 배웅하고 작업실로 돌아와 휴대폰으로 인스타를 확
인했다. 정우의 인스타는 그저께 이후로 업로드가 되지 않았다.

연아가 정우의 연애를 예측한 사진에는 댓글이 무려 30개가 넘게 달려 있었다. 연예인도 아니고, 팔로잉 하는 사람도 많지 않을 텐데. 정우는 인간관계를 유지하는 데 착실한 모양이다. 한데 왜 연아에게는 그럴까.

댓글을 읽어 내려가다 연아의 댓글을 읽었다.

곁에 있는 사람은 누구?

아무렇지도 않은 척 남긴 댓글에서 속마음을 읽은 지호는 연아가 안쓰러워졌다. 왠지 정우의 호쾌한 미소가 보기 싫어 댓글 하나를 달았다.

즐거워 보이네.

비아냥거림이 한 조각 들어가 있는 말이었지만 타인들은 알아차리지 못할 것이다. 이렇게 꼬인 마음은 설명할 수 없는 마음이었다. 연아의 아픔에 전염된 것일까. 아니면 가라앉은 찌꺼기가 부유하는 것일까. 정우의 즐거운 모습에 마음이 좀먹는 것 같았다. 만약 아직도 후자가 이유라면 멀었다. 양지호.

답답함에 한숨이 새어 나왔다. 무엇이 이유가 되었든 기정우로 인해 더는 흐트러지고 싶지 않았다. 머리가 지끈거렸다. 잠을 자면 두통이 사라질 것 같아 지호는 침대에 몸을 뉘었다. 하지만 두 시간 남짓 눈을 붙이고는 곧 깨고 말았다.

지호는 어질러진 작업실을 정리하고 노트북을 켰다. 〈트라이앵글〉 파일을 열었다. 그러나 글이 제대로 써지지 않았다. 사랑을 되돌려 받지 못하는 연아의 아픈 목소리가 여전히 귓전에 남아 있었다.

감정의 소용돌이에 휩쓸리고 싶지 않아 의식적으로 키보드를 두드렸다.

〈트라이앵글〉글 속의 캐릭터들도 쉽지 않은 시간을 보내고 있었다. 태경을 향한 마음을 접으려는 은우는 한주를 의도적으로 유혹했다.

태경은 경은과 사귀면서도 은우가 한주와 함께 있는 모습을 보고는 자신의 이상한 감정을 눈치채기 시작했다. 성 정체성에 혼란스러워하는 태경의 모습에 초조함을 느낀 한주가 은우의 도발에 필연적으로 지고 말았다.

은우와 한주의 러브신을 끝냈다. 아마 이 장면을 공개하면 서브 공인 한주와 메인 수인 은우의 격렬한 사랑에 저항을 느끼는 독자들이 많을 것이다. 한주는 주인공이 아님에도 은우의 처음을 가져가는 남자였다.

출판사로 글을 보냈다. 지난주에 업로드 해야 했는데, 한 주 휴재를 했다. 힘들었던 한주와 은우의 러브신과 끝냈는데도 후련하지가 않았다.

지금의 복잡한 심경은 태경, 은우, 한주의 엇갈린 트라이앵글 때문일까. 아니면 정우와 연아, 그리고 자신의 어그러진 트라이앵글 때문일까.

톡이 들어왔다는 소리가 들렸다. 휴대폰을 터치해 보았더니 정우가 보낸 톡이었다.

〈넌 안 즐거워?〉

2시간 전 인스타에 남긴 댓글에 대한 답이었다.

지호는 시간을 쳐다보았다. 한국 시각 3시 30분이면 호주 시각은 4시 30분.

〈안 자고 뭐 해?〉

저가 묻고 싶은 것을 정우가 먼저 물었다.

〈글 써?〉

정우의 재차 물음에 천천히 답을 했다.

〈그러는 넌 안 자고 뭐 하는데?〉
〈놀다가 들어오는 길이야.〉

그제야 이해가 됐다. 새로운 여자와 사랑을 속삭이려면 밤의 시간이 짧게만 느껴질 것이다. 연아의 막막한 마음이 떠올랐다. 정우에게 연인이 생겼다며 절망하던 친구에게 바람 같은 것이라고 위로의 말을 건넸는데, 정우는 진짜 연애를 하는 모양이었다. 이번에는 얼마나 오래갈까.

〈피곤하겠다. 자라.〉
〈지호야.〉

대답하기도 전에 정우의 톡이 연속으로 들어왔다.

〈2주 뒤면 이곳 일 마무리돼.〉
〈응.〉
〈한국 가면 얼굴 보자. 할 말이 있어.〉
〈그래.〉
〈잘 자.〉

정우가 톡을 마무리하려고 하자 연아가 퍼뜩 떠올랐다.

〈네 귀국 날짜, 연아에게는 알려 줬어? 안 알려 줬으면 지금 이라도 알려 줘. 분명 서운해할 거야.〉

자러 갔는지 정우로부터는 답변이 없었다.

〈꼭 알려 줘.〉

답이 없었다. 정말 새로운 사랑이 생겼느냐고 물어볼까. 문 자를 적다 도로 지웠다. 지금 연아의 가슴은 너덜너덜해져 있는 데, 정우의 그렇다는 대답으로 굳이 확인 사살을 할 필요는 없 었다.

〈알았어.〉

정우의 톡을 마지막으로 대화는 끊겼다.

마음이 불편해졌다. 연아의 정우에 대한 마음을 알게 된 이후로 깨끗하게 정리했다고 생각했는데, 불온한 찌꺼기는 이렇게 불쑥 나타나 마음을 텁텁하게 만들었다. 그 원인에 골몰하게 되면 안으로 파고 들어가 마음이 속이고자 하는 거짓을 진실로 믿게 될지도 모른다. 위험했다.

지호는 여러 번 도리질했다. 아니야. 그런 건 없어. 거짓을 휘두른 진짜 마음 따위는 없다고. 손가락을 움직여 은우와 한주의 장면에 집중했다.

눈을 떠 보니 11시가 넘어 있었다. 글을 쓰다 책상에 엎드려 잠깐 눈을 붙인다는 게 세 시간이 훌쩍 지나갔다. 날이 밝는 줄도 모르고 집중해서 글을 쓴 덕분에 은우와 한주의 러브신 이후의 감정 묘사가 순조롭게 펼쳐졌다. 두어 번 읽고 수정하다 눈을 붙인 덕분인지 두통은 조금 나아졌다. 그런데 불편한 자세로 엎드려 있다 보니 허리와 양팔이 쑤셨다.

무엇보다 속이 쓰렸다. 연아의 하소연을 들어 주다 안주 없이 소주를 들이켠 게 생각났다. 이른 아침에도 물 한 잔 마시고 글에만 집중했다. 위장이 쥐어짜는 듯했다. 뜨끈한 해장국이 간절했다. 오피스텔 앞에 뼈다귀 해장국집에서 요기하려고 옷가지를 챙겨 입었다.

엘리베이터를 기다리다 휴대폰을 내려다보았다. 부재중 전화두 통과 문자가 떠 있었다. 통화 목록을 훑어보던 지호는 눈을 찌푸렸다.

부재중 전화의 주인은 엄마였다. 문자는 확인해 보니 발신인이 지유였다.

〈언니! 어디야? 왜 연락이 안 돼? 맞선남 실물로 보니 완전 남신인데? 대박!〉

뜬금없는 지유의 맞선남 이야기에 미궁 속으로 빠지는 느낌이었다. 엄마에게 전화를 걸었다.

—지호가! 니 어데고?

"작업실요."

—그렇제, 니 딴 데 안 가고 거기 있는 거 맞제?

"네. 어제 오피스텔에서 작업한다고 말씀드렸잖아요. 늦으면 못 들어간다고."

—알지. 나는 또 니가 다른 약속이 있어서 일찍 나갔을까 봐 걱정돼서.

"약속 없어요."

—밥은 먹었나?

"아뇨. 지금 나가서 먹으려고요."

—그렇제, 밥 안 먹은 게 맞제? 역시 그럴 줄 알았다니까. 먹었으면 안 먹었다고 단도리 시킬라 그랬더니만, 안 먹었다니 다행이다.

엄마의 말이 전혀 이해가 되지 않았다.

"엄마, 집에 무슨 일 있어요?"

—일은 무신! 니는 연락 오면 밥만 잘 무면 된다. 알긋제?

"무슨 연락이요?"

엄마는 말도 듣지 않고 전화를 끊어 버렸다. 통화가 끊어진 휴대폰을 내려다보며 생각에 잠겼다. 누구에게서 무슨 연락이 오면 밥을 잘 먹으면 된다는 거지?

입술을 만지작거렸다. 마침 띵, 하고 엘리베이터가 도착했다. 지호는 풀리지 않는 의문을 가득 안고 엘리베이터 안으로 들어갔다.

12월의 추위가 매서웠다. 하늘은 티 한 점 하나 없이 맑았다. 파란 하늘에 깔린 깃털 구름이 부드러워 보였다.

어, 저건 뼈다귀를 연상시키는 구름인데.

신기하다는 생각에 저도 모르게 미소가 지어졌다. 해장국집으로 향하는 발걸음이 빨라졌다.

휴대폰이 울렸다. 액정 화면에 '지하남, 강유결'이 떠 있었다. 그가 며칠 전 알려 준 전화번호를 휴대폰에 뭐라고 저장할까 생각하다 떠오른 문장이었다. 지하남은 바로 비밀을 지켜 줘야 하는 남자. 그리고 자신은 그 엄청난 비밀을 알고 있었다.

이 남자가 왜? 걸음을 멈추고 눈을 가늘게 떴다. 한가로운 일요일 오전에 맞선남의 난데없는 연락이 이상하고 의아했다. 세 번째의 만남을 언제 가질 것인지에 대한 전화일까. 그렇다면 미룰 이유가 없었다.

"여보세요."

―양지호 씨.

"네. 안녕하세요."

―정말 하나에 꽂히면 그것만 보는 모양입니다.

"네?"

―오늘은 하늘에 꽂혔습니까?

그의 말뜻을 알아먹을 수가 없어 뭐라고 대답해야 할지 잠시 생각했다.

—하늘만 보고 지나가더군요. 내가 손을 흔들었는데.

지호는 그제야 사방을 살펴보았다. 오피스텔 입구에 놓인 벤치에 앉아 있던 남자가 성큼성큼 걸어왔다. 눈을 크게 뜨고 그를 올려 보았다. 정말 강유결인가 싶어 눈을 끔뻑였다. 맞선을 볼 때는 단정한 슈트를 입고 있었고, 두 번째는 병원에서 가운을 입고 있었기에 오늘처럼 청바지에 캐주얼 점퍼를 입은 그가 낯설었다.

"안녕하십니까?"

지호는 즉각 허리를 굽히며 인사를 했다. 그 바람에 유결도 덩달아 허리를 숙였다.

"지호 씨도 안녕하십니까?"

"네. 저도 안녕하고 있습니다."

갑작스럽게 나타난 그를 보고 당황해 말이 꼬여 버렸다. 그 말에 웃고 있는 유결의 모습이 눈에 들어왔다.

"밥 먹었습니까?"

"아직요."

"정말입니까? 먹었는데 안 먹었다고 하는 거 아니고요?"

"아닙니다. 지금 밥 먹으러 나가던 길이었습니다."

"그렇군요. 난 또 지호 씨도 어머니의 지령을 받았다고 생각했는데."

"지령이라니요?"

"밥을 먹어도 안 먹었다고 말하라는 지령이죠."

그 순간 조금 전 엄마와의 통화가 떠올렸다. 엄마는 밥을 먹지 않았다는 말에 다행이라고 했다. 마치 이 남자가 나타나 밥 먹었냐고 물어볼 것을 알았던 것처럼. 만약 밥을 먹었다고 말했다면 엄마는 그에게 밥을 먹지 않았다고 하라고 일렀을 것이다.

"아."

"뭘 좋아합니까?"

"네?"

"아침 식사 메뉴로 말입니다."

"해장국이요. 뼈다귀가 많이 들어간."

지호의 말에 유결의 눈이 살짝 찌푸려졌다. 싫어하나? 고기 특유의 냄새가 나고 기름져서 아침 해장국을 싫어하는 사람들도 있으니까. 깔끔한 강유결의 이미지로 보건대 어쩌면 해장국은 상극일 수도.

"못 먹습니까?"

"내가요?"

지호의 물음이 황당하다는 듯 유결이 목소리를 높여 되물었다.

"세상에서 내가 제일 좋아하는 식재료가 들어가는 음식입니다."

"무슨 식재료인데요?"

"궁금합니까?"

갑작스러운 남자의 미소에 지호는 얼떨떨해졌다. 환한 미소가 근사한 남자였다. 웃는 모습이 정말 잘 어울렸다. 그런데 왜 그동안은 얼굴을 계속 찌푸리고 있었지? 아마도 원하지 않는 맞선에 나오게 돼서 기분이 언짢았던 모양이다.

지호는 그에게 걱정하지 말라는 말을 건네고 싶었다. 비밀을 안 이상 언제든지 도와줄 의향이 있노라고. 아들의 성 정체성을 모르는 그의 어머니의 결혼 압박에서, 잠시라도 그가 자유를 누릴 수 있도록 조력자가 되어 줄 테니 안심하라고.

"갑시다."

"네."

앞장서던 유결이 뒤를 돌았다.

"어느 해장국집이 맛있는지 모르는데."

"저기로 가야 합니다. 단골집이 있어요."

"앞장서요. 내가 뒤따르죠."

"네."

길을 안내하던 지호가 그를 돌아보았다.

"근데 강유결 씨는 왜 여기에 있는 겁니까?"

"그건 밥 먹으면서 이야기하죠."

유결이 다시 환하게 웃으니 지호는 저도 모르게 따라 웃고 말았다.

뚝배기 안에는 고기가 붙은 뼈다귀가 그득 쌓여 있었다. 유결은 자연스럽게 뼈다귀를 들고 먹고 있는 지호를 바라보았다. 두툼한 패딩 점퍼와 후드 티를 이렇게 잘 소화하는 여자라니. 특히 염색한 머리 색깔은 신비한 은빛 눈에 뒤덮인 고목 색깔 같았다. 이따금 보이는 보라색은 미처 떨어지지 못한 꽃잎이라고 해야 하나.

식당에 들어와 양지호라는 여자를 유심히 관찰했다. 아무리 뜯어보고 살펴봐도 예쁘지 않은 구석이 없었다. 다른 여자들 같으면 무방비 상태로 집에서 나와 남자를 만나면 민낯이라고 손으로 얼굴을 가렸을 텐데. 그녀는 달랐다.

화장기 없는 얼굴에 자부심이라도 있는지 전혀 신경을 쓰지 않았다. 그럴 만했다. 투명할 정도로 하얀 얼굴에는 갈색 눈동자가, 오묘하게 붉은 입술이 아찔하게 그려져 있었으니까.

어젯밤 파주 본가로 올라간 건 신의 한 수였다. 만약 본가를 방문하지 않았다면 오늘 양지호와 함께 식사하는 것은 상상도 하지 못할 일이었다. 본가에 도착한 후 어머니는 그녀와 언제 만나느냐고 꼬치꼬치 캐물었다. 아직 약속을 잡지 않았다고 대답하자 애가 탄 어머니가 그녀의 어머니에게 전화를 걸었다.

마침 작업실에서 한창 일하는 중이라는 말을 듣고, 어머니는 내일 선물을 보낼 테니 잘 받아 달라고 말하며 전화를 끊었다.

"내일 아침 일찍 한우 마을에 가서 좋은 갈비 한 짝 사야겠다."
"왜요?"
"처가에 가는데 빈손으로 갈 거야?"

도저히 어머니의 널뛰는 듯한 사고의 비약을 따라갈 수가 없었다. 이제 겨우 한 번 더 만나 보겠다고 말한 것밖에 없는데. 어머니는 몇 단계를 건너뛰고 홀로 결혼식장에 들어간 게 틀림없었다.

"어머니는 양지호 씨가 왜 좋으세요?"
"넌 안 좋니?"

어머니의 툭 치고 들어오는 말에 잠시 말문이 막혔다. 좋은

177

감정이 움텄기에 뭐라고 대답해야 할지 감을 잡을 수 없었다. 좋은 감정이 든다고 하면 어머니는 그다음 날로 상대방 어머니와 결혼 날짜를 잡을 기세였다.

"두 번밖에 만나지 못했어요. 좋은지 어떨지는 아직 모르죠."
"첫눈에 반하는 사람도 있잖아."

첫눈에 호감이 간 것이 사실이라 뜨끔했지만 들키지 않도록 포커페이스를 유지했다.

"전 아닙니다."
"아들아, 넌 사람 보는 눈 좀 길러야겠다. 지호 정도면 일등 신붓감이야. 잠시 만났는데도 좋은 느낌을 받았어. 원만한 성격인 것 같고 어른에게 예의 바르게 잘하고. 무엇보다 어떤 것에도 부화뇌동하지 않으리라는 느낌을 받았어. 진중한 것 같더라."
"네."
"그리고 멋지잖아."
"멋지다고요?"
"수보다 더 연예인 같던데? 엄마는 지호에게 첫눈에 반했어. 그런 며느리가 들어온다면 날마다 101명의 소년들을 보는 느낌일 거야. 우리 유진이와 유민이도 지호를 얼마나 좋아하겠니? 올케가 아니라 아이돌 같다고."

어쩌면 후자의 말이 어머니의 진심일지도 모른다는 생각이 들었다.

유결은 그다음 날 새벽같이 일어나 어머니를 모시고 한우 시장을 방문했다. 꼼꼼하게 고기를 고르던 이영희 여사는 붉은 선홍빛의 갈비를 보자마자 한 짝이 아닌 두 짝을 샀다. 그러고는 유결에게 서울 잠실로 배달을 가라는 엄명을 내렸다.

그것은 모두 그녀를 만나게 하려는 어머니의 계략이었다. 일찍이 어머니와 쌍둥이 여동생들에게 아들과 오빠라는 이유로 들들 볶이는 삶을 살아온지라 이 정도의 계략은 애교 수준이었다. 아니, 외려 오늘만큼은 어머니의 잔소리와 간섭이 반가웠다.

양지호를 만나게 되었으니까.

유결은 빤히 지호를 주시했다.

"제 얼굴에 뭐가 묻었습니까?"

지호의 눈빛에서 의문을 발견하자 유결은 서둘러 시선을 뗐다.

"아뇨. 아무것도 안 묻었습니다."

"자꾸 저만 보시니 혹시 고춧가루 양념이 얼굴에 묻어 있나 해서요."

"고춧가루 양념이 묻어도 예쁠 겁니다."

"네?"

막 국물을 삼키려던 지호는 깜짝 놀라 헛기침을 했다. 유결은 즉각 그녀의 눈앞에 물컵을 대령했다.

"고맙습니다."

내가 제대로 들은 게 맞나? 고춧가루 양념이 묻어도 예쁘다니. 나 보고 그런 건가.

"별말씀을요."

왠지 강유결의 분위기가 바뀐 것 같다는 생각이 들었다. 한결 편안한 느낌이 들어 신기한 기분이었다. 이번이 세 번째 만남이라서 그런가. 지호는 뼈다귀를 쪽쪽 빨았다. 그럴 때마다 유결의 눈빛은 놀라움을 띠웠다.

"뭐 하나 물어봅시다."

"네."

"지호 씨는 왜 항상 말끝이 다나 까로 끝나죠? 혹시 여군이 되는 게 꿈이었습니까?"

"아니요. 그게 잘 모르는 분과 있으면 무의식적으로 말이 아주 높아집니다."

"예의를 다하기 위해서입니까?"

"그런 셈입니다."

"그럼 빨리 친해져야겠네요."

"네? 왜?"

지호는 그의 말이 얼른 이해가 되지 않아 고개를 갸웃거렸다.

"지호 씨와 같이 있으면 나도 저절로 다나 까로 말하게 됩니다. 그래서 벌써 입대한 기분이 들기도 하고요."

"그러셨어요?"

"내가 사람들에게 영향을 잘 받는 스타일이 아닌데, 이상하게 지호 씨에게는 영향을 받게 되네요. 그건 아마 지호 씨가……."

지호는 꼴깍 침을 삼켰다. 설마 이 남자가 면전에서 난처한 말을 하지는 않겠지. 누구에게 영향을 준 적도 없고 영향을 받은 적도 잘 없어 유결의 말에 뭐라고 답해야 할지 알 수 없었다.

"예쁘기 때문일 겁니다."

예쁘다는 말이 처음에는 임팩트 있게 뒤통수를 치더니 이제는 물속에서 듣는 것처럼 귓가에 웅웅거렸다. 예쁘다? 예쁘다?

예쁘다! 내가 알고 있는 그 의미 맞나?

"저기, 제가 실수한 것이라도 있습니까?"

지호는 조심스럽게 입을 뗐다. 유결의 눈썹이 추켜 올라가는 것을 보고 혀로 마른 입술을 적셨다.

"제게 왜 이런 말을 하시는지…….."

"보이는 대로 들리는 대로 말한 것밖에 없습니다만."

알쏭달쏭한 그 말이 더욱 혼란을 가중했다. 지호는 유결을 살펴보았다. 그의 입가에 그려진 건 국물의 고춧가루 양념이 아니라 미소였다. 왜 저렇게 자주 웃지. 맞선 볼 때는 우위에 서 있는 듯한 미소를, 병원에서는 미소 한 점은커녕 먹구름만 잔뜩 낀 얼굴만 보았다. 그런데 오늘 사심 없이 깨끗하게 웃는 모습은 적잖은 충격을 가져다주었다. 진짜 서한주 같잖아. 투덜거리는 은우를 마냥 용납해 주는…….

소설 속 캐릭터가 또 생각나자 지호는 급하게 머리를 흔들었다. 자꾸 강유결을 서한주에게 대입하다 보면 또 무슨 실수를 하게 될지 알 수 없는 노릇이었다. 부채감이 눈덩이처럼 불어나는 건 사절이었다.

눈앞의 남자가 서한주가 아니라 강유결이라는 사실을 결코 잊어서는 안 돼.

"예쁘다는 말 자주 듣지 않습니까?"

살면서 남자로부터 예쁘다는 말은 좀처럼 듣지 못했다. 예쁘다기보다는 멋있다, 매력적이다는 말을 종종 들었다. 그렇다고 예쁘다는 말을 아예 듣지 못한 건 아니었다. 하지만 그 예쁘다는 말은 어디까지나 머리 색깔이, 혹은 눈동자 색이, 또는 길쭉한 손이 예쁘다는 식이었다. 그리고 그 말은 어디까지나 가족과 친구들에게서 들은 것이지 눈앞의 남자처럼 이성에게서 들어 본 적은 없었다.

강유결의 예쁘다는 말은 마치 여자에게 하는 특정한 말 같아서 툭 심장을 치고 지나갔다. 여자보다 본능에 더 쉽게 반응하는 남자가 예쁘다고 하는 건, 그 여자에게 남자를 끌어당기는 이성적 매력이 철철 넘친다는 걸 의미했다. 그 의미를 염두에 두니 갑자기 눈앞의 남자가 껄끄러워졌다.

"아뇨. 처음 듣습니다."

"그럴 리가."

"처음 맞습니다."

목소리가 어느새 무뚝뚝해졌다. 지호는 뚝배기에 눈을 꽂고 부지런히 수저를 놀렸다. 어느새 허기가 느껴지지 않았지만 지금 할 수 있는 것이라곤 밥 먹는 게 최선이었고 전부였다. 배가 너무 고파 식욕을 느끼지 못하는 건지, 마음이 불편해져 입맛이 떨어진 것인지 알 수 없었다.

"지호 씨. 염색한 색깔이 굉장히 잘 어울립니다. 아주 예뻐요."

남자가 또 예쁘다고 말했다. 한데 그 의미는 여태껏 들어 온 것이다. 심장이 제 박자를 찾았다.

"감사합니다."

의례적으로 말하고 해장국에 소면을 적셔 후루룩 먹었다.

"예쁜 양지호 씨."

"켁."

사레가 제대로 들렸다. 고개를 돌려 눈물이 날 때까지 기침해 댔다. 기침이 잦아들자 유결을 노려보았다.

"괜찮습니까?"

"아뇨. 안 괜찮습니다. 강유결 씨. 대체 오늘 이곳에 왜 온 겁니까?"

왜 눈앞에 나타나서 소름 돋게 예쁘다는 말을 남발하십니까, 사람 당황하는 거 보기 좋습니까, 라는 말이 목구멍까지 치솟았지만 도로 삼켰다.

"어머니들 심부름으로요."

"무슨 심부름이요?"

"제 어머니는 지호 씨 어머니께 갈비 두 짝을 선물해 드리고 싶어 하셨고, 지호 씨 본가로 찾아가서 전달해 드리니, 이번에는 지호 씨 어머니께서는 지호 씨가 아침을 먹지 않았을 거라고 염려하시면서 아침을 같이 먹어 주면 안 되겠냐고 부탁을 하시더군요."

"우리 엄마가요?"

"네. 지호 씨 어머니께서요."

왜? 입 밖으로 의문을 꺼내지도 않았는데 유결이 속에 들어와 본 것처럼 말을 이었다.

"왜 어머니들은 자꾸 이런 일들을 벌이실까요? 마치 우연을 가장한 것처럼."

"그건……"

지난번에도 어머니들은 두 사람을 의도적으로 만나게 했다. 이번에도 두 사람을 만나게 하려고 계략을 꾸민 것임이 틀림없었다.

계속 두 분이 이런 식이면 곤란했다. 강유결의 비밀을 알게 된 것에 대해 사과하기 위해 그를 돕고자 한 것은 사실이지만,

하늘에서 별똥별이 떨어지는 것처럼 이런 식으로 난데없이 타의에 의해 만나게 되는 건 원치 않았다.

두 어머니의 본심은 차치하더라도 왜 이 남자는 오늘 이러고 있는지. 사무적으로 밥만 얌전히 먹으면 되지, 사람 불편하게 예쁘다고 하고, 이름 앞에 '예쁜'이라는 수식어까지 붙여서 부르다니. 어떤 저의가 숨어 있을지도 모른다는 생각이 들었다.

설마 원하지 않는 심부름에 짜증이 나, 예쁘다는 말로 불편한 심기를 역설적으로 표현한 것이 아닐까 싶었다. 그러나 그건 석연치 않은 가설이었다.

강유결은 첫 만남에서도 언짢은 마음을 솔직하게 표현한 남자였고, 그들은 비밀을 공유한 동맹자들이었다.

물론 아직 서로의 속내를 털어놓지 않았지만 강유결의 비밀을 알고 있는 자신으로서는 그의 편에 서지 않을 수가 없었다.

하지만 그의 의중을 알 수가 없어 답답했다. 만약 장난으로 놀리는 것이라면 그만두게 해야 했다. 그것은 조력자에 대한 예의가 아니었다.

"절 그렇게 부르지 마세요. 불편합니다."

"왜요?"

"예쁘지 않으니까요."

지호는 유결의 눈살이 찌푸려지는 것을 보지 못하고 식사를 이어 나갔다.

더는 다가오지 말라고 벽을 치는 것일까. 유결은 손가락으로 턱을 쓸었다.

빛이 나는 여자가 스스로 예쁘지 않다고 말하는 건 그 이유밖에 없다. 그런데 전혀 앞뒤가 맞지 않았다.

병원에서 만남을 제안한 쪽은 그녀였고, 관심이 없다면 만나지 않겠다고 했는데, 그녀는 분명 관심이 있다고 말했다. 그렇게 말하면서까지 만나자고 해 놓고선 왜 지금은 다르게 행동하는 걸까.

혹시 정말 예쁘지 않다고 생각하는 건가. 날씬한 여자들이 스스로를 뚱뚱하다고 여기는 심리라고 치부하기엔 미심쩍은 것이 있었다.

그녀들은 립 서비스라고 해도 예쁘다고 하면 방긋 웃음을 보이는데 반면, 양지호는 그녀들과는 달리 정색하며 불편하다고 말하고 있었다.

진짜 그렇게 믿는다면 그 이유는 어디에서 기인하는 것인지 궁금해졌다.

지호는 유결이 자신을 뚫어지게 쳐다보는 게 거북했다. 침묵을 잘 견디는 편인데 유달리 지금의 침묵은 지압 장판 위에 서 있는 것처럼 따끔거렸다. 그래서 먼저 입을 뗐다.

"해장국 안 좋아하십니까?"

"좋아합니다. 고기는 배가 부르니까요."

일상적인 대화에 욱죄었던 마음이 슬슬 풀렸다.

"맞아요. 배도 부르고, 특히 과음한 다음 날 쓰린 속도 풀어 주니까 고기 해장국처럼 든든한 것도 없습니다."

"지호 씨, 어제 술 마셨습니까?"

"네."

"누구와 마셨는데요?"

"친구요."

"나도 어제 친구와 마셨는데."

"네."

"누구와 마셨는지 안 물어봅니까?"

"누구와 마셨는데요?"

"수와 마셨습니다."

"수?"

"내 친구 백수, 그저께 만난……."

"아, 백결 씨 말입니까?"

독 오른 뱀처럼 잔뜩 꼿꼿해져 있던 마음이 스르르 풀렸다. 예쁘다는 강유결의 말은 조력자에게 단순히 예의를 차리는 말일 것이다. 남자가 여자에게 하는 것 같은 의미가 아니라는 생각이 들자 낯선 긴장감이 사라졌다.

눈앞의 남자는 백결이라는 멋진 애인을 두고 있는데. 어떻게 그 사실을 까맣게 잊고 있었는지 도무지 알다가도 모를 일이었다.

관자놀이를 찌르는 통증에 눈살을 찌푸리자 그가 물었다.

"두통이 있어요?"

"네. 약을 먹었는데도 아직 두통이 있네요."

"어떤 진통제를 먹었는데요?"

"타이레놀이요."

유결의 미간이 찡그려졌다.

"다음부터는 타이레놀 먹지 말아요. 음주 후 아세트아미노펜 계열 진통제는 간 손상을 일으키거든요. 물을 마시고 쉬는 게 가장 좋은데 정 통증을 참을 수 없으면 아스피린이나 이부프로펜 계열 진통제를 먹는 게 좋습니다."

"몰랐습니다. 알려 주셔서 감사합니다."

유결은 지호의 비워진 뚝배기를 쳐다보았다.

"다 먹었습니까?"

"네."

"이만 일어나죠."

"네."

계산서를 잡으려던 지호는 유결이 먼저 들고 나가는 바람에 뛰다시피 하며 계산대 앞으로 다가갔다.

"계산은 제가 하겠습니다."

"원래 계산은 남자가 하는 겁니다."

"계산하는 데에 원래라는 건 없습니다. 제 카드로 해 주세요. 사장님."

"아니요. 사장님, 이 카드로 계산해 주십시오."

유결의 단호한 말에 두 사람을 번갈아 보던 주인이 어색하게 웃으며 유결의 카드를 받았다.

"남자분 말이 맞아요. 데이트하면 보통 남자분이 계산을 많이 하세요."

"데이트 아닙니다."

데이트가 아니라는 말을 하려고 입을 떼는 순간 그가 먼저 입을 떼 상황을 정리했다.

"아, 그래요? 난 또 두 분이 데이트하시는 줄 알고. 미안합니다."

"미안하실 것까지는 없으시고요. 잘 먹었습니다."

주인의 인사를 받으며 지호는 식당 밖으로 나왔다. 그가 계산한 것이 마음에 걸렸다.

"제대로 드시지도 않았잖아요? 해장국 좋아하시는 거 맞습니까? 저 때문에 일부러······.”

앞서 걷던 유결이 지호를 향해 돌아섰다.

“아니요. 고기 굉장히 좋아합니다. 제대로 못 먹은 건 지호
씨 집에 방문했을 때, 지호 씨 어머니께서 거하게 한 상 차려 주
셔서 배가 불러서 못 먹은 겁니다.”

“그럼 식사를 했다고 말씀을 하셨어야죠. 그랬다면 제가······.”

“양지호 씨와 밥을 먹고 싶었으니까요.”

일순 머릿속이 실타래처럼 엉켰다. 배가 부른데 왜 나와 밥을
먹고 싶은 거지. 아무리 생각해도 이유를 추측할 수 없었다. 이
해가 된다고 여기면 금세 강유결이란 남자는 도저히 이해할 수
없는 사람이 되어 있었다. 유결이 지호의 걸음에 보조를 맞추었
다.

“오늘 특별한 일이 있어요?”

“아니요.”

“작업할 게 남아 있습니까?”

“아니요.”

지호는 강유결이란 퍼즐을 맞추느라 건성으로 대답했다. 오
피스텔 앞에 도착하자 본능적으로 인사를 했다.

“안녕히 가세요.”

그의 대답도 듣지 않고 몸을 돌려 오피스텔 건물 안으로 들어
갔다. 점퍼 안주머니에서 휴대폰이 울려 꺼내 보았다.

지하남, 강유결.

납득이 되지 않아 뒤를 돌아 그를 쳐다보았다. 불과 5m도 채

떨어지지 않았는데 전화라니. 그는 휴대폰을 귀에 붙이고 지호를 똑바로 바라보고 있었다.

지호는 어쩔 수 없이 그의 눈을 마주하며 전화를 받았다.

"네."

—양지호 씨, 우리 언제 만납니까?

"방금 만났는데요."

그 말에 그가 웃었다. 뭐가 재미있다고 저렇게 웃지.

—안 만난 거 같습니다만?

"저기, 무슨 말씀을 하고 계시는지 잘……."

—데이트가 아니지 않습니까?

데이트? 생경한 말에 의심이 자라는 건 어쩔 수가 없었다. 내가 언제 데이트 약속이라도 한 적이 있었나.

—우리 만나기로 한 거 말입니다.

"그게 데이트인가요?"

—네. 우리 어머니들이 생각하는 데이트요.

그는 세 번째 만남을 이야기하고 있었다. 영희 아줌마는 삼세 번을 만날 때까지 포기하지 않는다고 했으니까. 그제야 이제 정식으로 사과를 해야 할 타이밍이라는 생각이 들었다. 본의 아니게 비밀을 알게 돼서 미안하다고.

그가 자신을 방패막이로 삼고 싶어 한다면 얼마 동안은 그의 뜻대로 해 주고 싶었다. 〈트라이앵글〉 속의 서한주가 베일에 가린 것처럼 모호할 때 그로 인해 글이 술술 풀렸으니까. 도움을 받았으니 조금이라도 그에게 도움이 되고 싶었다.

—오늘 만납시다.

"네?"

─오늘 오프입니다. 전공의 3년 차에게 좀처럼 허락되지 않는 36시간 오프거든요.

그 뜻은 오늘이 지나면 시간이 없다는 뜻이었다. 만날 수밖에 없는 필연적인 이유로 어쩔 수 없이 지호는 고개를 끄떡였다.

<u>9</u>
내게 꽂히면 안 되겠습니까?

오피스텔로 들어가자마자 휴대폰에 불이 났다. 지유였다.

—언니, 밥 먹었어?

"응."

—뭐 먹었는데?

"해장국."

—뭐라꼬? 해장국을 먹었다고? 지호야, 분위기 없게 해장국을 먹으면 우짜노. 니 혹시 어젯밤에 술 마셨나?

느닷없이 엄마의 목소리가 끼어드는 걸 보니 지유가 스피커폰으로 통화하는 것이 분명했다. 아마도 강유결과 어떻게 되었는지 궁금한 엄마가 지유더러 전화를 걸어 보라고 한 듯싶었다.

"네."

—우야노? 닥터 강이 이상하게 생각하지 않더나?

"고기 해장국 좋아한대요."

—진짜가? 옴마야. 주님이 도우셨데이.

―엄마, 요즘 여자가 먹는 거로 내숭 떠는 거 안 먹히는 시대야.

―그래도 해장국 우악스럽게 먹는 거보다 칼로 쓸면서 조신하게 먹는 게 더 예뻐 보이는 기다.

엄마와 지유의 대화를 한 귀로 흘려듣다가 지유의 부름에 정신을 차렸다.

"응?"

―언제 또 만나기로 했냐고.

"오늘."

―오늘 또?

"응."

―닥터 강이 우리 지호가 마음에 퍽 드는갑다.

―언니, 작업실에 입고 나갈 옷이 있어?

"없어."

―그럼 얼른 집으로 와. 내가 꾸며 줄게.

급작스럽게 피곤해진 지호는 대충 둘러댔다.

"안 돼. 작업할 거 남았어."

―언니! 지금 작업이 문제야?

"내일까지 출판사에 원고 넘길 게 있어. 그리고 강유결 씨도 작업실로 온다고 그랬어."

―그래? 알았어. 내가 지금 언니 옷이랑 화장품 들고 갈게.

"아냐. 안 그래도 돼. 그냥 여기 있는 옷 입을게."

―무신 소리고! 지유야, 니 얼른 지호한테 가 봐라. 하나도 안 꾸미고 나갈까 봐 내가 너무 걱정된다.

―알았어. 엄마. 금손인 막내딸만 믿으셔.

자신의 말은 듣지도 않고 지유는 엄마와 대화를 하더니 전화를 끊어 버렸다. 엄마와 지유의 설레발에 정신이 쏙 빠지는 것 같았다.

〈6시까지 오피스텔로 데리러 가겠습니다. 그동안 좀 쉬어요. 피곤해 보입니다.〉

띠링, 하고 강유결의 문자가 들어왔다. 새벽에 일어나 아침까지 작업한 것이 티가 나는 모양이었다. 그에게 '네'라고 대답하자 그는 만족스러운 웃음을 보이고는 성큼성큼 사라졌다. 뭔가 이상한 기분이 들었다. 부모님의 눈가림을 위한 명목상의 데이트인데 왠지 그가 즐거워하는 것 같아 의아했다. 남자를 좋아하면서 여자와 데이트라니.

혹시……?

친구를 원하는 것일까. 간혹 여자를 혐오하는 동성애자가 있다는 말은 들었다. 하지만 그는 전혀 여자를 적대시하지 않았다. 〈섹스 앤 더 시티〉 주인공인 캐리의 게이 친구처럼 일상을 나눌 편견 없는 여자 친구를 원할지도 모른다.

문득 강유결의 공수 포지션이 궁금해졌다.

유결은 가로등 아래에 서 있는 여자를 보고 눈을 찡그렸다. 오피스텔 앞 대로에 잠시 정차를 하고 차에서 내렸다.

그가 도착했는지 모르는 여자는 하염없이 하이힐 코만 내려다보고 있었다. 그녀에게로 저벅저벅 걸어갔다. 오전의 차림새에서 180도 탈바꿈한 모습에 전율이 흘렀다. 처음 만났을 때 그녀가 듣고 있던 마이클 잭슨의 노래가 뇌리에 재생되었다. 스릴러, 스릴러 나이트.

이 여자는 요물이다.

유결은 슬쩍 지호의 엉덩이 뒤를 쳐다보았다. 모직 소재의 검정 트렌치코트 뒤로 굽슬굽슬한 꼬리가 감추어진 것은 아닌지 확인하고 싶어졌다. 그녀는 꼬리가 아홉 개 달린 구미호, 다양하게 변색하는 카멜레온, 그리고 여덟 가지의 색이 한 몸에 다 들어 있는 팔색조가 아닐까 싶었다.

어떻게 이렇게 섹시할 수가 있는지.

유결은 지호 앞에 섰다. 그녀의 눈이 바로 눈앞에서 보였다. 하이힐 덕분에 그와 눈높이가 비슷해졌다. 정면에서 바라본 그녀의 화장은 자연스럽게 아름다웠다. 은은한 펄이 칠해진 외꺼풀이 신비로워 보여 한동안 그 눈을 물끄러미 주시했다.

"오셨습니까?"

변하지 않는 것이 있다면 거리감 느껴지는 딱딱한 말투. 그녀의 말대로라면 아직 자신은 그녀의 경계를 풀지 못한 것이다. 그 점이 신경에 거슬렸다.

"지호 씨, 맞습니까?"

"네. 맞습니다."

감탄의 목소리로 물으면 여자는 단박에 남자가 관심이 있다고 알아차리는데, 솔직한 그녀는 숫기가 없는 편인지 멀뚱멀뚱한 얼굴이었다.

아름답다는 말을 혀끝에 올리려다가 본인은 예쁘지 않다고 정색하던 것이 생각나 말을 바꾸었다.

"오전과는 너무 달라져서 몰라봤습니다."

"지유가 그냥 나가면 안 된다고 해서……."

멀뚱멀뚱한 얼굴에 난처함이 어렸다. 아름다워진 외모에 자부심이 아니라 어색함을 느끼는 여자라니. 자갈 속에서 보석을 발견한 기분이 드는 건 또 왜일까.

"여동생분 말입니까?"

"네."

"여동생분이 안목이 높고 실력도 좋은 것 같습니다."

"네. 저보다는 훨씬 낫습니다. 뭐든지요."

겸손이 지나쳤다. 아침에 만나 본 바로 그녀의 여동생도 예쁘긴 했지만 양지유가 밋밋한 무채색이라면, 양지호는 눈에 번쩍이고 숨을 멎게 할 만한 강렬한 원색이었다. 하얀 도화지 위에서 제멋대로 빛이 날 정도였다.

"지호 씨는 잘 모르고 있군요."

"무엇을 말입니까?"

"스스로가 얼마나 빛나는 원석인지 말입니다."

지호는 눈살을 찌푸렸다. 자꾸 이 남자가 왜 이러지 하는 표정이었다.

"직접적으로 표현하면 불편하다고 하시니까 비유법을 사용했는데, 무슨 문제라도 있습니까?"

그는 교묘하게 잘도 빠져나갔다. 웃음을 머금은 그의 얼굴이 더는 낯설지 않았다. 오전 내내 잘 웃는 남자라는 걸 경험했으니까.

"왠지 제가 비싼 저녁을 사야 할 것 같아서요."

"그건 꽤 심각한 문제겠군요. 갈까요?"

지호는 그의 에스코트를 받고 차 앞에 섰다. 유결이 문을 열어 주자 닭살이 오르는 것 같았다. 아들 없이 딸만 셋인 집안에서 아들처럼 취급받으며 언니와 동생의 든든한 버팀목이 된 자신으로서는 숙녀 대접을 받는 것이 익숙하지 않았다. 몸에 맞지 않는 옷을 걸친 느낌이었다.

"이러시지 않아도 됩니다."

"뭐가요?"

"문 열어 주시는 것 말입니다."

"불편합니까?"

"네."

"알았습니다. 출발할 테니 벨트 확인해요."

"네."

유결의 차가 복잡한 도로로 달려 나갔다. 한강을 끼고 달리던 차가 30분 만에 멈춰 섰다. 한적한 동네 나지막한 언덕 위에 솟아오른 2층 건물 앞이었다. 세련하고 모던한 외관을 훑어보다 불빛이 들어온 간판을 읽었다. 뤽스. 파인 다이닝.

파인 다이닝은 유명한 셰프들이 자기의 이름을 내걸고 운영하는 레스토랑이었다. 한 끼에 10만 원은 훌쩍 뛰어넘는 가격에 특별한 기념일이 아니면 찾지 않는 음식점.

무슨 수를 써서라도 오전의 뼈다귀 해장국을 계산했어야 했다. 이렇게 비싼 곳에 올 줄은 짐작도 하지 못했다. 지호는 핸드백 안 지갑 속에 얌전히 꽂혀 있는 카드가 유난히 안심이 되었다.

창가의 자리로 안내받았다. 이런 곳은 예약하지 않으면 들어오지 못하는 곳인데, 거기에다 창가 자리라니. 강유결은 며칠 전부터 예약한 것이 틀림없었다. 오늘 저녁 약속은 갑작스럽게 잡은 것인데 예약이 되어 있다니 이상했다.

유결이 지배인에게 오늘의 셰프 추천 코스를 주문하고 괜찮냐고 물었다. 지호는 고개를 끄떡였다. 그러고는 일렁이는 주홍빛 촛불과 화병에 꽂힌 붉은 장미를 쳐다보았다. 테이블보도 예쁘고 어둠이 깔린 바깥의 풍광도 운치가 있는 곳인데 저만 물 위의 기름처럼 둥둥 뜬 느낌이 들었다.

"여기가 어색합니까?"

유결의 말에서 왠지 모를 반발심을 느꼈다. 그 말에는 당신은 어떤 곳이든, 무엇을 하든 불편해하고 어색해하는 사람이냐는 뉘앙스가 들어 있었다.

"조금이요."

지호는 장소와 분위기보다 강유결과 함께 이 자리에 있는 것이 불편하다는 것을 조금 전 그의 말로 깨달았다.

"사실 나도 좀 어색합니다."

"네?"

"어머니가 예약해 놓은 곳이라 어쩔 수 없이 오긴 했지만 내 스타일이 아니라서."

"영희 아주머니께서 예약한 곳이라고요?"

"오늘 아버지와 함께 모처럼 분위기를 내실 작정이었는데, 아들을 위해서 양보하셨습니다."

지호는 멍하니 '그렇군요'라고 말했다.

"알고 있죠? 우리 어머니가 지호 씨에게 격렬한 호감을 느끼고 계시다는 거."

"격렬한?"

"그것보다 더 강한 표현을 알고 있다면 좋을 텐데. 불행히도 어휘력이 짧아서."

"감사하다고 전해 주세요."

"그 말은 지호 씨가 직접 전하죠. 난 우리 어머니와 부딪치는 걸 심하게 꺼리니까."

그의 말에 동의할 수밖에 없었다. 짧은 시간이었지만 병원에서 본 그와 그의 어머니의 모습은 마치 쫓으려는 자와 도망치려는 자의 모습 같았다.

왜, 라는 질문을 하려는데 지배인이 음식을 하나씩 서빙해 대화는 일시적으로 중단되었다. 식전주와 함께 나온 입맛을 돋우어 주는 음식은 긴 접시에 달랑 하나 놓여 있었다.

한입 거리도 안 되겠다고 생각하고 입안에 넣는 순간, 거품 속에 가려진 고소한 빵이 상큼한 레몬 향기를 남기며 순식간에 식도로 넘어갔다.

맛은 있는데 뭔가 허전하다고 여길 즈음 두 번째 전채 요리가 나왔다. 차가운 연어와 관자를 먹고 또 얼마 기다리니 따뜻한 앙트레가 나왔다. 접시를 놓아줄 때마다 지배인이 식재료와 먹는 방법 등을 설명했지만 그다지 인상 깊지는 않았다.

메인 송아지 안심 요리에 칼을 댈 때 아침에 먹었던 뼈다귀 해장국 생각이 간절해졌다. 혀를 미혹시키는 요리가 위장까지 미혹하지는 못했다. 그리고 얼마 지나지 않아 혀마저도 백기를 들었다. 음식들이 뭔가 밍밍하고 느꼈했다.

지호의 포크와 나이프가 눈에 띄게 느려지는 반면 강유결은 능숙하게 고기를 썰어 나갔다. 어색하다고 말하지만 그는 이곳에 잘 어울리는 남자였다.

"근데 필명이 뭡니까?"

필명이 궁금한 이유가 따로 있나? BL 소설을 알기는 하고 묻는 걸까?

"로미오입니다."

"로미오? 줄리엣과 사랑하는 그 로미오 말입니까?"

"그 로미오 아닙니다."

"그럼요?"

유결이 나이프를 멈추고 지호를 바라보았다.

"〈로마의 휴일〉을 좋아하는 미대 오빠라는 말의 줄임말입니다."

"미대 오빠?"

"미술 대학 다닐 때 제 별명이거든요."

"혹시 키가 크다고 미대 오빠라고 불린 겁니까?"

"네. 동기, 선후배를 통틀어서 제일 컸어요. 후배들이 장난 삼아 부르기 시작한 걸 선배들이 줄여서 미오라고 부르더군요."

"싫지 않았어요? 미대 오빠라니."

"전혀요. 미오라는 어감이 예뻤거든요."

지호의 입가에 걸린 미소를 보고 유결은 그녀가 좋아하는 별명이라는 것을 알았다. 예쁜 걸 좋아하는 예쁜 여자가 예쁘다고 칭찬받는 것을 어색해하니 아이러니였다.

"〈로마의 휴일〉을 좋아하는 건 오드리 헵번 때문이에요?"

"그녀 때문이기도 하지만 실은……."

오드리 헵번을 '그녀'라고 지칭하는 지호의 어투가 신선했다. 어디서 불어오는지 알 바 없는 바람이 그의 가슴을 스치고 지나갔다.

"그레고리 펙?"

무언가를 생각하느라 말꼬리가 느려진 그녀를 대신해 재빨리
말을 이었다.

"젤라토를 먹어 보고 싶었어요."

"젤라토?"

"초등학교 때인가 교육 방송에서 해 주는 영화를 봤는데, 앤
공주가 계단 위에서 아이스크림 먹고 있는 장면이었어요. 흑백
영화지만 햇볕이 쨍쨍한 게 느껴졌어요. 하늘은 또 어찌나 티
한 점 없이 맑은지. 그렇게 더운 날에 먹는 젤라토는 얼마나 맛
있을까, 우리 집 앞 슈퍼에서 사 먹는 월드콘보다 더 맛있을까,
하는 생각이 들었어요."

그녀의 어투가 다나 까에서 해요체로 자연스럽게 변한 걸 알
아차린 심장이 주책없이 둥둥거렸다. 조금은 편해졌다는 뜻일까
싶어 기대감이 반짝였다.

"아이스크림 좋아해요?"

"네. 정말 좋아해요. 〈로마의 휴일〉만큼이나."

좋아하는 것을 좋아하는 것에 빗대어 말하는 그녀의 화법이
사랑스러웠다.

"로마에서 젤라토 먹어 봤어요?"

"물론입니다. 비록 스페인 계단에서는 못 먹었지만요."

"몇 년 전부터 금지되었죠. 계단이 아이스크림 때문에 너무
더러워져서 청소하는 게 골치를 앓았으니까요."

"가 보셨어요?"

"네. 몇 년 전에. 다시 가 보고 싶지만 한동안은 그럴 여유가
나지 않을 것 같군요."

"트레비 분수에 동전을 던졌다면 로마로 다시 돌아갈 수 있을

거예요."

"지호 씨는 로마로 돌아갈 수 있습니까?"

"네. 저도 동전을 던지면서 소원을 빌었으니까요."

"어떤 소원이죠?"

"소원은 입 밖으로 꺼내면 이루어지지 않습니다."

그녀가 어떤 소원을 빌었는지 몹시 궁금했다. 파란 하늘을 이고 물보라를 하얗게 일으키는 트레비 분수에 동전을 던지는 여자를 머릿속으로 그려 보았다. 상상만으로도 찡한 아픔 같은 것이 느껴졌다. 양지호라는 여자를 정말 놓치고 싶지 않았다.

겨우 며칠 만에 어쩜 이렇게까지 마음이 깊어져 버린 것일까.

"그거 아십니까?"

다시 돌아온 그녀의 다나 까체조차도 거리감 있게 느껴지지 않았다.

"뭘 말입니까?"

"트레비 분수에 동전을 두 번 던지면 사랑이 이루어지고 세 번 던지면 사랑하는 사람과 이별한다는 것을요."

"그런 말이 있습니까?"

"네."

지호는 꿈을 꾸는 듯 유결을 비껴 저 너머를 바라보며 은은한 미소를 띠웠다.

유결은 그녀가 저 멀리 시야에서 사라질 것 같은 불안감을 느꼈다. 그 느낌은 마치 처음 그녀를 엘리베이터 안에서 만났을 때와 같았다. 그때는 자유롭고 신비로운 분위기에 취했다면 지금은 지상에 발을 디디고 사는 사람이 아닌 것 같다는 느낌을 받았다.

이미 이렇게 마음을 열었는데 그녀가 사라진다면 너무 아플 것 같다. 지호가 어디를 바라보고 있는지 모르겠지만 그녀의 눈길이 향하는 곳이 자신이었으면 했다.

여자의 마음을 잡을 수 있는 방법.

도이의 말대로 그녀의 눈에 아른거리는 건 로마가 아니라 강유결이어야만 한다.

"지호 씨의 기준, 여전히 유효한가요?"

유결의 말에 지호의 머릿속 로마에서의 방울진 추억이 푸슬푸슬하게 가라앉았다.

"기준이라니요?"

"관심의 기준 말입니다."

더더욱 미궁 속으로 빠지는 느낌이었다. 관심의 기준이라니?

"사람에게는 각자의 기준이 있다고 말하지 않았습니까?"

그의 말뜻을 이해하는 순간 피가 뺨으로 쏠리는 느낌이 들었다. 지호는 당황해 그의 시선을 외면했다.

맞다. 분명 그렇게 말했다. 서한주에 대해 알고 싶어서 관심 있다는 말로 그의 걸음을 멈추게 하고, 그와 서한주를 구분하지 못한 상태에서 물은 말. '할 수 있으세요?'를 내뱉은 후 일말의 주저함 없이 뱉어 버리고 만 '섹스요'라는 말이 귓가에 맴돌았다.

부끄러움은 고스란히 그녀의 몫이었다. 그 말 때문에 강유결의 성 정체성을 알게 되었고 그 바람에 사과하지 않으면 안 되게 되었다. 그리고 지금이 사과할 적절한 타이밍이라는 것도 깨달았다.

"그건……."

"내가 지호 씨와 잔다면 지호 씨의 기준에 부합되는 겁니까?"

"네?"

30년을 살면서 이렇게 놀란 적도, 이렇게 큰 소리를 낸 적도 없었다. 조용한 레스토랑 안에 울리는 목소리에 저도 모르게 주변의 눈치를 봤다. 정작 폭탄을 투하한 남자는 우아하게 와인 잔을 입가에 가져갈 뿐이다.

"지호 씨가 그게 가장 중요한 기준이라고 하지 않았나요?"

내가 언제 저런 말을 했었나? 충격으로 사고 회로가 혼란스러웠다. 2주 전의 기억을 떠올려 보았다. 기억 속에 재생되는 목소리는 자신의 것이었다.

"제게는 그게 제일 중요했거든요."

그것은 서한주를 알고 싶은 것이 가장 중요하다는 의미였다. 그런데 강유결은 엉뚱하게 조합하고 있었다. 그로서는 당연히 그럴 수밖에 없었다. 그가 떠날까 다급한 나머지 앞뒤를 잘라 먹고 물은 건 바로 자신이었으니까.

어쩌지. 지호는 손가락으로 입술을 매만졌다. 30년 인생의 제일 큰 난관에 봉착하는 순간이었다. 아무리 생각해 봐도 결론은 솔직하게 상황을 설명하고 정중하게 사과하는 것이 최선이라는 것이었다.

"죄송합니다. 저, 그게……."

"자존심이 상했습니다. 지호 씨의 관심을 받지 못한다는 게."

"무슨 뜻입니까?"

"어디 가서 매력 없다는 말은 들어 보지 못했거든요. 지호 씨를 만나기 전까지는. 맞선 보는 것도 사실 내키지 않았습니다. 어머니의 성화만 없었더라면 절대 나가지 않았을 겁니다."

당연한 말이었다. 그에게는 이미 사랑하는 사람이 있었으니까. 동성 간의 결혼이 불법인 우리나라에서 결혼은 이성과의 결합일 뿐이다. 누구도 동성과의 결혼을 염두에 두지 않는다.

"그런데 지호 씨에게 싹 무시당했죠. 누구를 만나도 그 사람이 남자든 여자든 주목을 받아서 거기에 익숙해져 있었나 봅니다. 어렴풋이 맞선에서 거절하는 쪽은 나라고 오만한 생각을 했었어요."

아, 그랬었구나. 그제야 그가 이해가 갔다. 한국대 의대를 나온 명성대 병원 일반외과 레지던트 3년 차라면 엘리트 코스를 밟아 왔다고 해도 지나치지 않았다. 그런 그가 제아무리 성 소수자라고 해도 맞선에서 이성으로부터 조금도 관심을 받지 못하니 자존심이 단단히 상한 모양이었다.

"저, 강유결 씨. 제가 관심이 있다는 뜻은……."

"맞아요. 갑자기 지호 씨가 내게 관심이 있다고 했었죠. 그때까지 무관심으로 일관한 지호 씨였는데, 관심이 있다고 하니 놀란 건 사실입니다. 그런데 그 관심은 내가 예상하던 것과는 천양지차였죠. 처음이었습니다. 여자에게서 먼저 자자는 말을 들은 건……."

말을 가로챈 유결이 하는 말은 두 귀로 듣기에 굉장히 민망했다. 그의 입으로 남자에게 먼저 추파를 던진 여자로 회자되고 있으려니, 정말이지 쥐구멍이 있다면 기어들어 가고 싶은 심정이었다. 무슨 말을 해야 하는데 입이 얼어붙었는지 도무지 입술이 움직이지 않았다.

"그래서 놀림을 받고 있다는 생각이 들었죠."

그의 입장에서 본다면 적절한 사고의 흐름이었다. 본의는 아니었지만 결국 그를 놀린 꼴이 되어 난감해졌다. 맞선을 볼 때도 정직하게 감정을 표현하던 강유결이다.

지호가 제게 무관심했던 것도, 자신을 놀리는 듯했던 것도 자존심이 상했다고 고백하는 이 남자에게 지호는 아무 말도 할 수 없었다.

사실대로 당신을 소설 속의 인물로 착각해서 실수로 그런 질문을 한 것이고, 그 실수로 빚어진 그의 오해는 정말 말 그대로 오해에 불과한 것이라고 말한다면…….

지호의 눈이 저절로 찡그려졌다. 상상만 해도 또 다른 성질의 끔찍한 일이 벌어질 것 같은 기분이었다. 무엇보다 일련의 착각을 통해 그의 비밀까지 드러나 버렸고, 그걸 자신이 알고 있다고 말한다면, 사과가 아니라 우롱을 한다고 비난받을지도 몰랐다.

게다가 강유결은 엄마 친구 아들이고, 이미 이 남자의 어머니를 만났으며, 지호의 엄마는 이 남자와의 만남에 잔뜩 기대를 걸고 있었다. 솔직하게 잘못을 시인했을 때 벌어질 일이 눈앞에 선연했다.

차라리 만나자고 하지 말걸. 아니 자책감을 해결하려고 들지 말걸. 마음 편해지자는 욕심 때문에 일이 더욱 꼬이고 말았다. 그 욕심만 버렸다면 오늘의 세 번째 만남은 무산되었을 텐데. 병원에서 세 번째 만남을 거부하던 그가 생각났다.

결국 또 저의 실수였다. 비록 의도한 바는 아니었지만 결과적으로는 움쭉달싹하지 못하는 그물에 스스로 갇힌 셈이었다.

침착하자. 침착해. 양지호.

마음속으로 주문처럼 스스로를 다독였다.

"지호 씨는 양파 같은 사람입니다."

"양파라고요?"

"병원에서 그랬었죠? 내게 관심 있다고요. 아닙니까?"

그의 눈을 마주하며 전기에 감전된 듯 뻣뻣하게 고개를 끄떡였다.

"양파는 껍질을 까면 매운데 요리를 하면 단맛으로 혀를 유혹하죠. 내 예상을 비웃듯 지호 씨는 언제나 내게 예측 불허의 반전을 선보이는 사람입니다."

생전 처음 들어 보는 말이었다. 반전을 선보인다니. 그리고 양파가 반전이 있는 채소였다니. 칭찬은 아닌 것 같다. 생각이 뒤죽박죽으로 엉켜들었다.

"한 번도 지호 씨 같은 사람 만나 본 적이 없습니다."

"네."

도둑이 제 발 저린 것처럼 놀라 눈살을 찌푸렸다. 그는 마치 죄책감을 느끼는 지호의 마음속을 들여다보는 것처럼 말하고 있었다. 아무 생각 없이 맞선을 취재 삼아 나갔고, 강유결을 서한 주로 여겼고, 제 목적만 달성한 사람이 저였다. 양파로 비유하는 것도 그가 불편함을 돌려서 말하는 것이리라. 까면 깔수록 이상하다고.

"그래서 관심이 갑니다. 또 다른 반전의 매력은 무엇인가 하고요."

방금 먹은 고기가 명치에 얹히는 느낌이었다. 그의 말에서 진심이 느껴져 식욕이 완전히 달아났다. 나이프와 포크를 놓고 시선을 탁자 위로 내리깔았다.

어쩌지? 반전 있는 양파라는 말은 좋은 비유였구나. 그가 한 마디만 더하면 미안해서 마음이 바짝 말라 부서질 것만 같았다. 자신이 그에게 한 관심이 간다는 말은 얇은 포장지 같은 말이었는데, 이 남자의 관심이 있다는 말은 진심이라는 포장지로 싸여 있다.

그런데 왜 호감을 품는 걸까. 남자를 좋아하는 정체성을 가진 그가 이런 말을 하는 건 지극히 부자연스러운 일이었다. 신기한 동물을 보는 기분이 색달라서일까. 아니면……. 또 다른 생각이 떠오르자 그만 깜짝 놀라고 말았다.

지호는 내렸던 시선을 올려 그를 주시했다.

설마 바이섹슈얼?

"다시 한번 물을게요. 그때 그 기준 아직도 중요하다고 생각합니까?"

이 남자는 남자와도 여자와도 가능한 양성애자인가.

BL 소설에 간혹 나오는 캐릭터 특징 중의 하나였다. 수가 자신의 정체성을 깨닫지 못하다가 공을 만나 사랑에 빠지지만, 독자라는 가문의 중책을 감당하기 위해 여자와의 결혼을 선택하고 아이를 가진다는 설정.

그럴지도 몰라. 사람 일은 아무도 모르니까. 지호는 저도 모르게 고개를 끄떡였다.

"지호 씨의 기준을 비난할 의도는 전혀 없습니다. 다만 궁금했을 뿐이에요. 왜 그런 기준을 가지게 되었는지. 말해 줄 수 있습니까?"

그의 말에 퍼뜩 정신을 차린 지호는 낭패감을 느꼈다. 양성애자에 꽂혀 그의 질문에 긍정했음을 막 깨달은 것이다.

그 기준은 〈트라이앵글〉 캐릭터를 알기 위한 작가로서의 기준일 뿐, 현실의 자신의 기준이 아니라고 말해야 하는데, 혀가 굳어 있었다.

만약 자신이 서한주 캐릭터의 모델이 되었다는 것을 알게 된다면 그의 고요한 물 같은 눈동자가 화염에 휩싸인 듯 이글이글 불타오를 것이다. 그는 지호가 자신을 조롱했다고 느끼게 될 것이고, 화라도 내면 감당할 수 없을 것 같았다.

거기다 그 화가 부모님께로 영향을 미친다면 상상만으로도 끔찍한 귀결이었다. 난 또 죄책감에 짓눌려 괴로워하겠지.

어그러진 길을 더는 가면 안 된다고 이성이 부르짖었지만 용기가 나지 않았다. 지호는 이 순간만큼은 직설적일 정도로 솔직하다는 지유의 판단이 완벽한 오판이라고 생각했다. 실상은 비겁한 사람이 모양이다. 위기를 모면하려는 방어 기제는, 정직만이 능사가 아니라고 거짓과 손을 잡으라고 종용했다.

저도 모르게 조용히 한숨을 내쉬며 대답했다.

"말씀드릴 수 없습니다."

결국 거짓의 손을 잡고 말았다.

"그렇군요. 밝히고 싶지 않은 개인적인 이유일 수도 있다는 것을 잊었습니다. 미안해요."

"아, 아니요. 괜찮습니다."

식욕이 완전히 달아나 접시만 내려다보고 있는데, 그가 물었다.

"그만 먹으려고요?"

"네. 소화가 안 되네요."

유결이 지배인을 불러 디저트를 요청했다. 지배인이 가지고 온 라즈베리 소르베 아이스크림과 브라우니를 물끄러미 바라보았다. 단맛이라면 사족을 못 쓰는데 먹고 싶지가 않았다.

지호는 왜 일이 이 지경까지 되었는지 곰곰이 생각했다. 자신만의 잘못은 아니었다. 그가 바이라는 변수는 누구라도 떠올릴 수 없을 것이다. 지금이라도 사실대로 말하라고 마음속의 천사가 꿈틀거렸지만, 삼지창을 든 악마는 천사를 뭉개 버렸다.

그렇다면 앞으로 어떻게 되는 거지? 내게 관심 있다는 이 남자를 계속 만나야 하는 걸까.

객관적으로 봤을 때 강유결은 결혼 상대자로 손색없는 남자였다. 이런 남자로부터 관심을 받는다는 건 여자로서 기분이 우쭐할 일이었다. 하지만 강유결의 성 정체성은 일반적이지 않았다.

연아는 선본 남자와 세 번을 만나면 집안에서는 결혼을 기대한다고 말했다. 강유결을 만나면 만날수록 결혼에 한 발 더 가까이 다가가는 것인데.

결혼이라니. 탄식이 새어 나왔다. 전혀 예상치 못한 행성의 궤도 안으로 들어온 느낌이었다. 결혼은 안드로메다만큼 멀리 떨어진 말인데, 이러다가 블랙홀에 빠지는 것은 아닐까. 호랑이에게 물려 가도 정신만 바짝 차리면 산다고 했으니까, 이 위기를 타개할 사람은 그의 연인인 백결밖에 없었다.

"저에 대한 유결 씨의 관심, 백결 씨는 알고 있습니까?"

유결은 살짝 미간을 찌푸렸다. 왜 그들의 대화에 백결을 거론하는지 의아해하는 듯했다.

"물론 알고 있습니다."

그 말에 눈앞이 하얘지는 것 같았다.

아니, 백결은 어떤 사람이기에 제 연인이 다른 이에게 관심을 보이는데도 별다른 반응을 하지 않는 것일까. 얼굴이 알려진 연예인이라서 그런 것일까. 아무리 그렇다고 해도 BL 소설 속 공수들은 그들의 관계를 위협하는 존재가 나타나면 경계의 털을 바짝 세웠다.

잊고 있었다. BL 소설은 여자들의 판타지일 뿐 현실이 아니라는 것을. 그렇다면 실제 남남 커플들은 이렇게도 지극히 현실적인 걸까. 세상의 눈이 두려워 상대방의 결혼 상대자도 너그럽게 받아들이고 인정하는…….

이제는 현실에 기반을 둔 소설을 써야 하나. 생각의 공이 다른 곳으로 튀는 것을 깨닫고 황급히 제자리로 돌아왔다. 이런 면 때문에 일이 이 지경까지 되어 버렸는데, 또다시 글에 대한 호기심이 작동하고 말았다.

"유결 씨와 백결 씨의 관계는 제가 이해하기에는 어려운 부분이 너무 많습니다."

"그럴 겁니다. 아무리 가까워도 이름까지 같이 쓰지는 못할 테니까요."

"그만큼 백결 씨는 유결 씨를 특별하게 생각하나 봅니다."

"네. 저도 결이를 특별하게 여기고 있으니까요."

그런데 어떻게 여자에게 관심을 보일 수 있느냐고 시니컬하게 쏘아붙이고 싶었다. 자신답지 않은 격한 반응에 당황했다.

"백결 씨와의 관계는 지속하실 건가요?"

순수한 여자로서의 물음이었고, 저에게 관심이 있다는 남자의 잘못된 사생활에 대한 질타였다.

"네."

질문의 저의를 알고 있을 텐데도 강유결은 주저 없이 대답했다. 맞선에서 그는 지호가 그에게 관심이 없다는 것을 대번에 간파했다. 그런데 이렇게 대답한다는 건 모른 척하는 것일까. 양손의 떡을 모두 놓치지 않겠다는 이기심 때문에?

내가 사람을 잘못 봤나. 좀처럼 일지 않는 화가 일었다. 어쩌면 강유결은 상대방의 의사는 전혀 상관없이 자기 뜻이라면 무조건 독불장군처럼 몰아붙일 수 있는 사람일지도 모른다.

당신들의 관계를 다 알고 있습니다.

이 한마디면 명확히 교통정리가 될 텐데 좀처럼 입이 떨어지지 않았다. 그것은 그의 엄청난 비밀이었으므로 사방이 탁 트인 이곳에서 입에 올릴 만한 계제가 아니었다.

하지만 분노의 끓는점이 낮아져 저도 모르게 말이 불쑥 튀어나오고 말았다.

"저와 자고 나서도 백결 씨를 만나실 겁니까?"

입을 꾹 다문 유결을 바라보다 질문이 잘못되었음을 직감했다. 신경질적으로 입술을 만지작거렸다. 어째서 오늘은 뇌가 없는 벌레처럼 굴까. 직설적인 솔직함이 이런 식으로 표출되다니. 후회가 밀려왔다. 그러나 이미 엎어진 물이고 깨진 컵이었다.

그의 안색을 살펴보았다. 그의 얼굴에는 별다른 빛이 보이지 않았다. 설마 이런 질문을 받으리라 예측한 것일까.

"지호 씨의 기준을 받아들이기에는 난 고지식한 남자입니다."

뜸을 들이며 그가 말했다.

"그래서 저와 잘 생각이 없으십니까?"

빈정거림이 묻어 있었지만 이성은 발동한 혀의 본능을 제어할 수가 없었다. 양단간에 결정을 내리고 소리치고 싶은 심정을 가까스로 억눌러야만 했다. 강유결을 노려보았다. 특이하게도 이 남자는 화를 불러일으키는 재주가 있었다. 지호는 오랜만의 열기에 마음이 사나워졌다.

"없습니다."

"정말요?"

"네."

담백하고 깔끔한 대답에 얼떨떨해졌다. 백결과 저만 보기로 들어간 선택지에서 강유결은 고민 없이 백결을 선택한 것이다. 조금 전까지 관심이 있다고 말해 놓고 이런 결정을 내리다니. 앞뒤가 맞지 않았으나 한편으로는 안도감이 몰려들었다.

다행이다. 그나마 그에게는 백결에 대한 사랑의 추가 사회적 체면보다 더 무거운 듯했다. 만약 지호를 선택했다면 그녀는 코뚜레에 걸린 소처럼 끌려갈지도 모를 일이었다. 아무리 발버둥을 쳐도 그가 앞에서 끌고 엄마들이 뒤에서 민다면 결혼이라는 도살장에서 탈출하는 건 쉽지 않은 일이었다.

"내 기준을 아시지 않습니까?"

지호는 떨리는 가슴을 부여잡고 건조하게 말했다. 내 기준에 부합되지 않는 당신은, 비록 당신이 내게 관심이 있다고 해도 아무 의미가 없다는 것을 오금 박는 물음이었다. 쇠뿔도 단김에 빼라고 했으니 그가 빨리 포기하도록 만드는 게 나았다.

"압니다."

"앞으로 우리의 만남은 더 이상 의미가 없을 것 같습니다."

지호는 자신이 포커페이스를 잘 유지하고 있는지 궁금했다.

솔직한 심정을 말하자 심장이 둥둥거렸다. 그에게 사과해야 한다는 마음을 꾹 억누르며 이 상황을 모면하기 위해 최선을 다했다.

"지호 씨는 한 번의 만남으로 그 사람을 모두 알 수 있습니까?"

"알 수도 모를 수도 있을 겁니다. 사람에 따라 다르니까요."

"나는 전자에 해당합니까?"

"네?"

문득 한 발을 잘못 들였다는 싸한 느낌이 뒤통수를 쓰다듬었다.

"날 잘 아냐고요?"

어떤 대답을 해도 자가당착이었다.

"하지만 유결 씨는 제 기준을……."

지푸라기라도 잡는 심정이었다. 그러나 곧 그의 말에 가로막혔다.

"차차 알아 가죠. 사람을 아는 기준에는 그것만 있는 것이 아니니까."

"네?"

"더 만나고 싶다고요. 양지호 씨와. 그리고 인생에는 수많은 변수가 있으니까. 난 그걸 믿겠습니다."

역공을 당했다. 그의 정직이 지호의 거짓을 이기는 순간이었다.

차라리 도와 달라고 말을 했다면 어땠을까.

소설 속에 단골로 등장하는 소재가 있다. 진정한 사랑을 지키기 위해 집안 어른들의 눈을 속이느라 여자에게 잠깐 계약 연애를 제시하는 공. 그 과정에서 수가 여자와 공의 관계를 오해해 공을 떠난다는 설정. 그 설정은 독자들의 가슴을 아프게 한다고 하여 찌통물이라고 불렸다.

다른 이야기도 있다. 공이 오랫동안 바라보아 온 수에게 일시적으로 계약 연애를 제시함으로써 공에게 무심했던 수가 공을 사랑하게 된다는 설정. 이런 이야기는 가볍고 밝은 로코물이다.

하지만 지금 지호의 경우는 어느 이야기 구조에도 해당하지 않았다. 공인 줄 알았던 남자가 그의 사랑을 지키기 위해 여자에게 계약 연애를 제시하는 것이 아니라, 외려 여자에게 정말 호감이 생겨 계속 만나자고 요구하고 있고, 아울러 현재의 남자 연인과의 관계도 정리하지 않겠다고 공언한다. 거기다 가만히 들여다보니 남자는 바이였다.

그의 비밀을 알게 되었다고 양심의 가책을 느끼지 말걸. 정식으로 사과하겠다고 만나자고도 하지 말걸. 아니, 처음부터 맞선에 나가지 말걸.

후회 없이 즐겁게 인생을 살자, 가 모토인데. 지금은 후회가 몰려왔고 앞으로의 시간도 전혀 즐겁지 않았다. 짧은 인생을 살면서 이런 암담한 순간이 있었나 싶다.

걸을 때마다 한강이 따라왔다. 반짝이는 대교 밑으로 걸어가길 수 분째, 어느새 주차장에서 멀리 떨어졌다. 겨울바람에 맞서 한적한 공원을 거니는 사람들이 저 앞으로 드문드문 보였다.

그리고 곁에는 강유결이 따라 걷고 있었다. 저녁 식사를 마치고 야경을 보러 잠실 한강 공원에 도착했다. 한가로이 떠 있는 반짝이는 유람선도, 한강 너머 보이는 크리스마스트리 같은 불빛도 전혀 눈에 들어오지 않았다.

당면한 문제의 심각성을 고민하느라 하이힐을 신고 오래 걷고 있다는 것도 자각하지 못했다. 그러나 곧 발이 갈라지는 것 같이 아파 그 자리에 섰다.

"저기 앉을까요?"

강유결이 가리킨 곳은 벤치였다. 공원에 도착해 이따금 질문을 던지다 지호의 침묵에 함께 침묵을 유지하던 그가 다시 입을 뗐다. 발이 아파 도저히 걸을 수가 없었다. 벤치에 앉기 전 그가 코트를 벗어 벤치에 깔았다.

"아뇨. 이러지 마세요."

"여자는 차가운 곳에 앉는 게 아니라잖아요."

그가 씩 웃더니 지호를 앉게 하고 '잠시만요'라고 말하더니 어디론가 사라졌다.

칠흑 같은 어둠을 밝히는 건 주홍빛 나트륨등이었다. 경호원처럼 서 있는 가로등을 흘깃거리다 뒤를 쳐다보았다.

정말 여자가 된 기분이었다. 여자이면서 여자가 된 기분이라니. 실소가 터져 나왔다. 남자로부터 완벽하게 여자로 대우받는 것은 처음 있는 일이었다.

지호는 학창 시절 제게 호감을 보이는 남자가 있으면 십 리 밖으로 멀리 달아나 그 사람들이 호감을 표시하지 못하도록 만들었다.

친한 친구는 여자가 대부분이었고 같은 동기라도 남자와는 말을 섞지 않았다. 이성 친구라고는 유치원 들어가기 전부터 친했던 정우가 전부였다. 왜 그렇게 이성 만나는 것을 꺼렸는지. 진심으로 이성과 남자와 여자로서 만나는 건 어색했다.

아마도 주위의 여자 친구들이 가만히 놔두지 않은 것도 한몫한 듯싶었다. 사춘기 시절에는 키가 껑충 크는 바람에 중성적인 매력이 있다며 여자애들이 아이돌을 따라다니는 팬처럼 졸졸 따랐다.

중학교 시절 엄마의 성화에 교복 치마를 입고 학교에 간 날, 친구들이 지호에게 어울리지 않는다고 한목소리로 성토했다. 개중에는 이건 배신이라며 우는 친구도 있었다.

그 뒤로 일절 치마를 입지 않았다. 대학교에 가서도 비슷한 상황이 연출됐다. 아마도 스스로가 여자라는 인식을 잘 하지 못한 듯했다. 대학 친구들이 미팅에 나가자고 졸라도 도망치기 일쑤였다.

졸업을 하고 사회생활을 시작하면서 간혹 치마를 입은 적은 있었지만 그 횟수는 가뭄에 콩 나듯 드물었다. 그런 자신이 맞선을 보고 상대 남자를 만나기 위해 치마를 입고 화장을 한 건 정말이지 어색의 끝판왕이었다.

어쩌다가 일이 이렇게 된 것인지. 시간이 지날수록 머릿속은 더욱 엉켜들었다.

"마셔요."

눈앞에 유결이 커피 캔을 내밀었다. 그는 아마도 공원 매점에 다녀온 듯했다. 얼떨결에 건네받았는데 따뜻한 온도에 마음이 살짝 풀렸다.

"감사합니다."

"크리스마스이브에 뭐 해요?"

지호는 대답 대신 유결을 빤히 바라보았다. 그녀의 시선에도 아랑곳없이 유결은 강물을 쳐다보며 말을 이었다.

"주중에 12시간 오프가 3개, 2주마다 24시간 오프가 하나, 36시간 오프는 한 달에 한 번 올까 말까 합니다."

왜 내게 이런 말을 하는 거지?

"크리스마스이브가 2주 뒤니까, 내가 그날은 무조건 당직을 피하겠습니다."

"왜요?"

"같이 보냅시다. 크리스마스이브."

제대로 들은 것이 맞는지 먼저 귀를 의심했다. 크리스마스이브를 같이 보내자니. 나는 이 남자의 연인도 아닌데. 크리스마스이브는 백결과 보내야 하는 거 아닌가?

"이브가 될 때까지 2주 정도 남았으니까 우리, 여섯 번 정도는 볼 수 있겠네요. 내가 오프 때마다 지호 씨를 만나러 오죠. 그렇다면 이브 때까지 우리는 좀 더 친해져 있지 않을까요?"

"강유결 씨, 왜 제게 이런 말씀을 하시는 겁니까?"

"우리, 오늘부터 사귀는 거 아니었습니까?"

"사, 사귀는 거라고요?"

"앞으로 계속 만나면 그건 사귀는 거 아닙니까? 전 그렇게 알고 있는데요. 지호 씨도 내게 관심이 있고, 나도 지호 씨에게 관심이 있으니 당연한 귀결이죠."

액면 그대로만 보면 지당한 말이었다. 하지만 수면 밑은 얽히고설킨 진실로 복잡했다. 어쩌다가 호랑이 굴을 제 발로 들어왔을까. 어쩌자고 이 남자가 하자는 대로 한강으로 야경 구경을 하러 왔을까.

지호의 이래도, 저래도 상관없다는 태도에 대해 남들은 무관심에서 발로한다고 여겼지만 실은 선택 장애로 인한 우유부단함 때문이었다. 누구에게도 상처 주고 싶지 않다는 얼토당토않은 욕심 때문에 침묵하는 것을 모두들 무심함으로 오해한 것뿐이다. 지호는 거절하는 게 세상에서 제일 어려웠다.

하지만 이 순간만큼은 용감한 정직함이 절실했다.

"오해하신 것 같습니다. 강유결 씨. 저는 그럴 마음이 없습니다."

그의 표정에서 미소가 가라앉자 초조함이 몰려왔다. 정말 도망가고 싶었다. 어색한 마음을 꾹 누르고 일부러 쾌활하게 말했다.

"대신 친구 하지 않을래요? 유결 씨나 나 동갑이고 어머님들도 친구시니까, 편하게 가깝게 친분을 유지하면서 지내면 어떨까 싶습니다."

"싫습니다."

단번에 거절하는 그가 조금은 야속했다. 어떻게 낸 용기인데. '그럼 정말 사귀자고요?' 라는 말이 목구멍에 솟아올랐다. 강유결을 만나기 전까지 사소한 일에 울컥하는 건 드문 일이었는데, 오늘 밤만 하더라도 여러 번 감정이 요동쳤다.

이 남자와 나는 상극이 아닐까. 함께 있으면 마음의 평화가 깨지는 것 같았다.

"왜 싫습니까?"

"여자로 느껴지는 여자와 친구 하는 멍청한 남자는 없습니다."

"강유결 씨!"

저절로 음성이 올라갔다. 유결이 갑자기 웃었다. 그 미소에 얼떨떨해졌다.

"양지호 씨. 내게 꽂히면 안 되겠습니까?"

"무슨?"

"꽂히면 그것만 본다면서요?"

서한주가 아닌 강유결에 대한 무관심을 들킨 후, 둘러댄 말을 그는 기억하고 있었다.

"나만 보면 안 되겠습니까?"

좋아한다는 말보다 더욱 강력한 펀치를 날렸다. 남자로부터 처음 듣는 말이었다. 심장이 미친 듯 폭주하기 시작했다. 낯선 경험이라 그런 것이라고 되뇌었지만 진정이 되지 않았다.

사람이 사람을 순수하게 좋아한다는 건 막을 수 없는 강물의 흐름 같은 거다. 그 마음의 진실성을 알기에 함부로 입을 뗄 수가 없었다.

하지만 강유결이 이렇게 말하는 건 반칙이다. 그에게는 사랑하는 사람이 있으니까. 마음에 드는 여자를 만났다고 해서 현재의 연인을 버리는 건 잔인하고 비열한 짓이다.

"백결 씨는 어떡하고요?"

"백결이요?"

유결의 눈썹이 의아한 듯 꿈틀거렸다. 지호의 진의를 가늠하려는 듯 눈을 가늘게 뜨고 그녀를 주시했다.

"네. 강유결 씨의 연인 말입니다."

지호가 말을 끝맺는 순간 유결의 눈이 못마땅한 듯 찌그러졌다.

10
오늘부터 1일입니다

"아아악!"

침대 위에서 이불 킥을 하며 벌떡 일어난 사람은 지호였다. 집 업 후드를 뒤집어쓰고 얼굴만 쏙 내민 지호는 햄스터 같았다. 그녀는 맹수에게 잡아먹힐 것처럼 이불을 두르고 엎드려 벌벌 떨다가 머리를 쥐어뜯었다.

"미쳤나 봐. 내가 왜 그랬지?"

아무리 진정하려고 해도 진정이 되지 않았다. 본가로 귀가하지 않은 게 천만다행이었다. 만약 이 모습을 봤다면 천지가 개벽했다고 가족들이 기함할 게 뻔했다.

무덤덤, 무신경하다는 양씨 가문의 둘째 딸이 사실은 오해 잘하고, 그 오해에 빠진 것도 모자라 어마무시한 실례를 저지르기까지 했다는 걸 알게 되면 부모님의 눈이 초롱초롱 빛날지도 모른다. '어머, 지호 쟤도 나사가 왕창 빠질 수 있는 애였네요'라면서……

지호는 침대를 뛰쳐나와 작업실 안을 쏘다녔다. 촐랑대며 빙빙 원을 그리다 도저히 잊힐 것 같지 않아 농구공을 찾았다. 상실한 이성을 돌아오게 하는 데엔 몸을 괴롭게 하는 것이 최고였다.

벽에 걸린 시계를 쳐다보았다. 자정이 약간 지난 시각이었지만 오피스텔 주위는 상점이 들어선 번화가라 새벽 2시까지 문을 연 카페가 많았고, 그 뒤로는 가로등이 켜진 작은 농구장이 있었다. 마음을 굳히고 후다닥 오피스텔을 나와 농구장으로 휘적휘적 걸어갔다.

그러고는 결사적으로 농구공을 바닥에 튕겼다. 오밤중에 농구공이 바닥과 부딪치는 소리가 들렸다. 겨울바람을 가를 듯한 지호의 움직임은 무시무시할 정도였다.

하나, 둘, 셋……!

지호는 점프를 하며 백보드를 향해 힘껏 슛을 날렸다. 하지만 공은 야속하게도 림을 맞추고는 바닥으로 떨어졌다. 멍하니 골대를 주시했다. 던지기만 하면 3점 골을 넣는다고 정우로부터 질투 어린 시선을 받던 자신이다. 한데 이렇게 집중하면서 던졌는데도 명중하지 못했다. 신경질적으로 입술을 쥐어뜯었다.

정신이 흐트러졌다는 명백한 증거다. 그건 몸이 아직 혹사당하지 않았다는 뜻.

지호는 쉴 새 없이 드리블을 하며 골대에 슛을 날렸다. 겨우 골인이 되자 그나마 마음의 위안이 되었다. 잡념을 잊기 위해 공과 하나가 된 것처럼 정신없이 뛰었다.

하지만 몸이 힘들수록 몇 시간 전의 영상은 점점 더 또렷해졌다. 그렇다고 포기하기에는 아직 일렀다. 충분한 땀이 나지 않앗으니까. 지금보다 더 피곤한 몸으로 지쳐 잠에 빠진다면 끔찍한 실수를 잊을 수 있을 것이다.

땀이 이마에 송골송골 맺혔다. 그런데 희한하게도 오늘 밤은 피곤한 몸의 법칙이 말을 듣지 않으려는 모양이다. 황당하다는 듯 바라보는 그의 눈이 더욱 또렷하게 생각나고 만 것이다.

"아, 안 돼!"

지호는 자리에 주저앉아 두 손으로 얼굴을 가렸다. 갈 바를 잃은 농구공이 통통 소리를 내며 저만치 굴러갔다. 쥐구멍이 있으면 쥐에게 사정을 해서라도 구멍을 전세 내고픈 심정이었다.

"지금 뭐라고 했습니까?"

재차 묻는 그의 표정이 수상했지만 지호는 침착하게 대답했다.

"방금 말씀하신 건 못 들은 거로 하겠습니다. 백결 씨에 대한 예의가 아닌 것 같아서요. 아무리 백결 씨가 용납한 것이라고 해도 이건 아닌 것 같습니다."

"아니, 그거 말고 수를 내 뭐라고요?"

"연인이요?"

그 말에 강유결의 얼굴은 더욱 우락부락해졌다. 잠자는 사자의 코털을 건드린 느낌이 드는 건 왜일까.

"내가 알고 있는 의미의 연인 맞습니까? 사랑하는 사람?"

사랑하는 사람이면 사람이지, '같은 거'라고 말하는 건 또 뭐지. 본인 스스로 까발린 자기 연애가 타인의 입으로 회자되는 게 민망하기 한 모양이었다.

"네. 맞습니다."

유결은 골똘히 뭔가를 생각하는 얼굴이었다.

"정리하자면 지호 씨는 백결이 내 연인이라고 생각해서 날 밀어내는 겁니까?"

그것이 이유의 전부는 아니지만 그 이유가 제일 컸으므로 지호는 고개를 아래위로 까딱거렸다.

"내가 아니라고 한다면 내 고백을 받아 주는 거고요?"
"네?"
"나와 사귈 수 있는 거냐고요?"
"강유결 씨, 백결 씨가 연인이 아니라고 부인하시는 겁니까?"

유결은 그렇다는 의미로 고개를 끄떡거렸다.

"왜요?"

정말 나 때문에? 머리가 어지러웠다. 나에 대한 관심 때문에 애인까지 버리려는 것일까. 아니다. 이별이 그렇게 쉬운 것도 아니고, 빈말로 둘러댈 것도 아니었다.

"아니니까요."

그것은 이미 예상한 답이었다. 그는 거짓말을 하겠노라고 작정한 모양이다. 왠지 실망감이 들었다. 진심 어린 눈빛으로 정직하게 말하는 것이 강유결의 장점이라 여겼는데.

"못 믿겠다는 얼굴입니다."
"네. 믿지 못하겠습니다."
"내가 언제 내 입으로 수와 사랑하는 사이라고 말한 적 있습니까?"
"아뇨. 없습니다. 하지만 들어서 알고 있습니다."

그 대답에 유결의 고개가 갸웃거려졌다.

"그게 무슨 말입니까?"
"여자와는 못 잔다고 말했잖아요? 맞선 때."

갑작스럽게 유결의 얼굴에 미소가 피어났다. 왜 웃지.

"그래서 내가 남자를 좋아한다고 생각한 겁니까?"

여유로운 그의 웃음이 신경을 긁었다. 대답하기도 전에 그가 말을 덧붙였다.

"맞아요. 여자와는 못 잡니다."
"내 말이 맞……."
"단, 처음 보는 여자와 말이죠."

지호의 말을 가로채며 유결이 대답했다. 지호는 어안이 벙벙
했다.

"그때 지호 씨의 말에 당황해서 '처음 보는' 이라는 말을 빼먹
었습니다."
"여자와 잘 수 있다는 말인가요?"
"물론입니다."
"하긴 여자와 잘 수 있다는 건 조금 전에 알고 있었습니다. 내
게 관심 있다고 했으니까요."

그의 얼굴이 또다시 찌푸려졌다. 이게 아닌데, 하는 표정이었
다.

"그게 문제가 됩니까?"
"네. 아주 큰 문제죠. 유결 씨가 바이라는 걸 막 알게 됐으니까
요."
"바이?"
"바이섹슈얼. 양성애자."

갑자기 유결이 너털웃음을 터트렸다. 지호의 눈이 가늘어졌다.

"작가라서 그런지 지호 씨의 상상력은 도저히 못 따라가겠군요. 처음에는 남자를 좋아한다고 하더니, 이제는 내가 남자, 여자 가리지 않는다 이 말입니까?"

"그때 병원에서 백결 씨와 운명이라느니, 이름을 나누었다느니 하는 말을 들었습니다. 두 사람의 스스럼없는 모습에 확신하게 됐고요."

"그래서 내 파트너가 백수라고 생각했군요."

지호는 자동으로 고개를 끄떡였다.

"수는 절친한 고향 친구일 뿐입니다. 물론 어렸을 때부터 우정을 나눈 친구라서, 스스럼없는 행동도 잘하죠."

"핑계를 대시는 것 같습니다."

그의 입으로 듣고 보니 모두가 자신의 착각인 것만 같았다. 유결이 '처음 보는'이라는 말을 빠뜨렸다고 말했을 때부터 싸한 느낌이 들긴 했다. 하지만 2주간 양심의 가책을 느낀 것과 사과해야 한다고 고민한 시간을 생각하면 쉽게 인정하고 싶지 않았다.

착각을 한 쪽은 자신일 수 있다는 불길한 예감이 들 즈음 어디론가 전화를 거는 강유결이 눈에 들어왔다.

"백수, 네가 직접 해명 좀 해 줘."

휴대폰 너머에서 배우 백결의 목소리가 들렸다.

―내가 뭘 해명해? 누구한테?
"양지호 씨에게."
―지호 씨 만나고 있었어?
"응. 근데 지호 씨가 자꾸 오해하시는데?"
―무슨 오해?
"네가 내 연인이라고."
―뭐! 누가 그런 말도 안 되는 스캔들을! 내가 여자를 얼마나 좋아하는데. 소문의 진원지가 어디야? 설마 날 라이벌로 여기는 우신혁이냐?

백결의 목소리가 휴대폰을 뚫고 요란하게 들려오자 지호는 패배를 인정할 수밖에 없었다.

"지금 뭐 하시는 거예요?"

황당함에 지호는 유결에게 항의했다.

"지호 씨가 안 믿어 줘서 수에게 도움을 요청하는 겁니다. 수가 지호 씨 바꿔 달라는데요? 누가 그런 유언비어를 퍼뜨리냐고. 혹시 경쟁 배우의 팬 아니냐고 묻습니다."

창피함에 얼굴이 새빨개지는 것 같다. 분명 강둑으로 불어오는 건 냉기를 품은 바람인데 뜨거운 바람이 부는 것처럼 얼굴이 뜨끈뜨끈해졌다.

유결이 휴대폰을 내밀자 지호는 필사적으로 손을 내저었다.

"아뇨. 안 받겠습니다. 안 받을래요."
"이제 믿어 주는 겁니까? 내 결백을요?"
"네. 믿어요! 믿습니다."

칠색 팔색 하는 지호를 바라보던 유결이 악동 같은 미소를 지었다. 그는 백결에게 통화를 끊자고 말하고 전화를 끊었다.

어떡해! 어떡하지?

"수와 이름을 나누었다는 건 백결의 결이 내 이름에서 따온 거라서 한 말입니다. 수가 예전부터 데뷔하면 내 이름의 '결'을 예명으로 쓰겠다고 입버릇처럼 말했었거든요. 아무래도 본명인 백수로 활동하기에는 제약이 따르니까요. 백수 뜻 알죠?"
"알았어요! 알았다고요."

어쩔 수 없이 목소리가 높아졌다. 살면서 이렇게 난처한 적이 있는가 싶다. 강유결을 만난 이후로 평온한 일상이 흐트러진 느낌이었다. 왜 자꾸 나답지 않은 일들이 일어나는 것인지 알다가도 모를 일이었다. 살짝 짜증이 나는 것도 같다.

부끄러움을 온전히 느끼며 지호는 두 손으로 양 뺨을 감싸 쥐었다. 열감이 좀처럼 가시지 않았다. 얼음을 삼켜야 이 부끄러운 열기가 사라질까.

"이제 약속을 지키셔야죠."
"무슨 약속이요?"
"모른 척하는 겁니까?"

아무리 생각해도 그가 무엇을 말하는지 감을 잡을 수가 없었다.

"내가 뭘요?"

제 귀로 듣기에도 퉁명스러운 음성이었다. 그런데 유결은 계속 웃기만 했다.

"하긴 양지호 씨가 한 입으로 두말을 하실 분은 아니니까."
"네! 아닙니다. 아니에요!"
"그럼 우리, 오늘부터 1일입니다."

그가 삼지창을 든 악마처럼 사악한 웃음을 띠웠다. 지호는 꿀 먹은 벙어리처럼 아무 말도 하지 못했다.

'제가 언제 강유결 씨와 사귄다고 했습니까?' 라고 말을 해야 했었는데 결국 아무 말도 하지 못했다. 대신 머릿속은 고장 난 영사기처럼 그간의 착각과 실수를 반복해서 재생해 댔다. 오늘 저녁은 부처님 손바닥 안에서 놀아난 손오공처럼 정신없는 시간이었다.

이 모든 게 아침부터 홀연히 나타나 눈앞에 알짱거려 혼을 쏙 빼놓은 남자 탓이다. 하루에 두 번 만났으니 뇌의 주름이 스르르 펴진 모양이다. 아침을 얻어먹어 저녁 식사를 대접하기로 한 것도 까맣게 잊어버리고 있었다. 집으로 돌아와서야 저녁 식사도 그가 계산했다는 것이 떠올랐다.

유결의 저돌적인 대시 탓에 도깨비에 홀린 것처럼 머릿속에 '오늘부터 1일'이라는 말만 맴돌고 있었다. 숨이 턱 밑까지 차올랐다. 등은 땀으로 완전히 젖어 있었다. 몸이 피곤하면 지쳐 잠이 들 것이라 여겼지만 외려 정신은 말똥말똥해졌다.

농구를 포기하고 작업실로 올라왔다. 목이 굉장히 말랐다. 냉장고에서 생수 한 병을 꺼내 뚜껑을 땄다. 벌컥벌컥 마시고 탁자 위에 올려두었다. 차라리 잠을 포기하는 게 더 나았다. 어차피 벌어진 일이라면 정면 승부로 위기를 타개하는 것도 나쁘지 않으리라.

안경을 끼고 작업을 하기 위해 노트북을 켰다. 다시 생수병을 잡으려는 찰나 헛손질을 하며 놓쳐 버리고 말았다.

"앗!"

다행히 물은 노트북이 아니라 바닥으로 흘렀다. 부리나케 일어나 걸레로 닦는데 한 생각이 뇌리를 스쳤다.

이미 엎질러진 물. 엎어진 김에 쉬어 간다고 그래 볼까.

지호는 심각한 표정으로 바닥을 노려보았다.

"그래서 관심이 갑니다. 또 다른 반전의 매력은 무엇인가 하고요."

자존심 강한 그 남자의 입에서 그런 솔직 담백한 고백이 나오다니. 어떤 여자에게도 그런 말을 쉽게 해 본 적이 없을 것 같은데. 그의 진심이 꽤 무거워 심장이 쿵 하고 내려앉았다. 정말 내게 관심이 있는 걸까. 생애 처음 듣는 말이라 의심도 됐지만 그 말의 의미가 가슴 깊은 곳을 살랑살랑 터치했다.

"양지호 씨, 내게 꽂히면 안 되겠습니까?"

둘러댄 말을 잊지 않고 시의적절할 때 써먹는 남자라면 줄곧 나에 대한 생각을 멈추지 않았단 말인데. 열기가 뺨으로 올라갔는지 지호의 양 볼이 빨개졌다. 그 말은 자기를 좋아해 달라는 간접적인 말이었다.

"나만 바라보면 안 되겠습니까?"

자신의 관심을 간절히 바라는 남자의 고백에 심장이 제멋대로 뛰기 시작했다. 한 번도 남자로부터 이런 열렬한 고백을 받아 본 적이 없어 어떤 반응을 보여야 하는지 감을 잡을 수가 없었다. 얼굴의 열기를 식혀 보고자 차가운 생수병을 뺨에 대었다.

거울을 바라보니 홍조가 여전한 양지호가 서 있었다. 유결을 동성애자라고 착각하다 들켰을 때보다 더 부끄러워하는 모습이었다.

"우리, 오늘부터 1일입니다."

쿵. 쐐기를 박는 듯 그의 사귀자는 말이 귓가에 잔잔히 부서졌다. 소리에 빛깔이 있다면 햇볕에 반짝이는 모래알 같은 빛이다. 항상 어색하다고, 나와는 상관없는 일이라고 여겨 왔는데. 싫지 않았다. 잘생기고 깔끔한 서한주 같은 남자로부터 대시를 받는 건 가슴 떨리는 일이었다.

지호는 머리를 흔들었다. 서한주가 아니라 강유결이다. 이번에는 절대 헷갈리지도, 실수하지도 말아야 한다.

하지만 연애라니! 지호는 눈을 질끈 감았다. 한 번도 해 본 적이 없는 낯선 것인데. 내가 할 수 있을까. 내게 어울릴까.

촘촘한 그의 그물을 벗어나기란 여간 어려운 일이 아니다. 빠져나갈 데 한 군데도 없이 몰아치는 빈틈없는 언어의 마술사. 그의 말의 흐름을 곰곰이 따져 나가다 보면 어느 하나 허튼 말이 없었다. 언뜻 보이는 집요함까지 발동한다면 두 손은 물론 두 발까지 다 들어야 했다.

누군가 그랬다. 인생의 길을 걷다 힘든 순간이 닥치면 즐기라고, 그러다 마음대로 되지 않을 때 엎어진다면 넘어진 김에 쉬어 가라고. 살면서 남자와 연애 한 번 안 해 봤다면 그게 어디 여자의 인생이겠냐고. 진정한 사랑은 하나일 수 있지만 즐거운 연애는 몇 번이든 상관없다고. 그러고 보니 모두 연아가 해 준 말이었다.

연애 경험도 없으면서 어떻게 연애하는 글을 쓰냐고. 그건 독자를 우롱하는 것과 같다며 속을 헤집는 말을 적나라하게 쏟아낸 적이 있었다. 진지한 연애를 하라는 것이 아니라 연애를 알기 위해 사람을 만나라고. 뭘 그렇게 두려워하냐고. 진짜 연애가 힘들다면 연애를 연습하는 건 어떻겠냐고도 제안했다.

글을 쓴다고 하여 사람의 감정을 이용할 수는 없었다. 그래서 연애는 연습의 대상이 될 수 없는 것이라고 여겼다.

무엇보다 강유결의 진심 어린 그 눈을 떠올린다면 감히 연습이라는 말을 떠올릴 수가 없었다. 첫 연애가 그래서 다행이라는 생각이 설핏 들었다. 정중하고 정직한 그라면 연애의 끝도 담백하고 깔끔하지 않을까.

누가 가슴에 바람개비라도 매달아 놓았나. 자잘한 떨림이 가슴 전체로 퍼져 나간다.

〈뭐 해요?〉

유결은 출근 후 수술 방으로 들어가면서 톡을 보냈다. 톡 옆의 숫자 1은 금방 사라지지 않았다.

아침 6시. 어둠이 자작자작하게 깔린 새벽은 한창 꿈나라를 배회할 만한 시간이었다. 글을 쓰는 직업을 가진 지호이니 혹시 깨어 있을지도 몰랐다.

하지만 그녀도 다른 사람들처럼 단잠에 빠져 있는 모양이었다.

어젯밤 적잖이 놀란 그녀의 얼굴이 떠올라 혹시나 잠을 못 이룬 것은 아닐까 염려가 되었다. 웬만한 자극에는 끄떡없이 무심하더니 그때 그녀의 얼굴은 울긋불긋하게 물든 단풍잎처럼 변화무쌍했다.

단 한 순간 만에 허공에만 발을 디딘 것 같던 신비로운 여자가 지상으로 하강했다. 마치 자신이 선녀의 날개옷을 숨긴 나무꾼이 된 느낌이었다.

수의 전화를 한사코 거부하던 지호의 얼굴이 떠올랐다. 그녀의 얼굴에는 부끄러움이 가득했다. 먼저 말실수를 한 건 저의 잘못이었지만 아무리 그래도 처음부터 아무 의심도 없이 덜컥 자신을 동성애자라고 믿어 버리다니. 욕심 없고 잡념 없는 순수한 여자라서 그런 것일까.

누군가 자신에 대해 억측 신공을 펼친다면 찬바람 쌩쌩 날리며 무시하는데, 어제는 황당무계한 그녀의 오해에도 화도 나지 않았다. 오해를 이용해서라도 그녀의 마음을 얻고 싶다는 열망이 들 즈음, 이번에는 그녀가 느닷없이 양성애자라고 단정 지었다.

양성애자라니. 지금도 웃음이 나왔다.

그 순간의 지호는 범인을 잡은 형사처럼 제법 비장했었다. 득의양양한 것이 아니라 어쩔 수 없이 밝힌다는 듯 정중했다. 그녀는 저와 수가 애인 사이라고 확신하며, 줄기차게 그녀에게 관심이 있다고 한 저를 순식간에 몰염치한 사람으로 몰아갔다.

하긴 수는 그날 유난히 주위 이목을 아랑곳하지 않은 채 행동했다. 평소처럼 친구들끼리의 장난스러운 모습을 스스럼없이 보였으니 지호의 의심에 기름을 붓는 격이었을 것이다.

하지만 의외의 오해로 양지호를 구석으로 몰아넣어 날름 사귀게 되었으니 행운의 여신은 그의 편이었다. 모든 진실을 알게 됐을 때 얼굴이 붉어진 양지호는 범접할 수 없는 매력적인 여자에서 순식간에 귀여운 여자로 변해 버렸다.

일찍이 솔직한 여자라는 건 알고 있었지만 마음속으로 생각하는 것들이 그대로 얼굴에 드러나다니. 당황하면 건조한 포커페이스는 벗겨지는 모양이다.

그녀가 뺨을 부풀리고 짐짓 화난 척하는 모습을 상상하자 더할 나위 없이 유쾌해졌다. 언제쯤이면 그런 귀여운 모습을 자주볼 수가 있지. 아마 그 모습은 그들이 좀 더 친해지고 난 후 볼수 있을 것이다.

그런데 그녀는 정말 내게 관심이 있는 걸까. 처음 만났을 때의 관심은 무관심을 숨기려는 방편이었고, 병원에서 관심이 있다고 말한 건 진심이 묻어 있었지만 의혹이 진하게 풍겼다. 이미 그때부터 양지호는 자신이 게이라고 여기고 있었는데, 갑자기 관심을 보이다니.

혹시 직업적인 관심이었던 걸까. 그녀가 쓰는 소설의 장르가BL이라는 걸 고려하면 전혀 틀리지는 않는 추측이었다.

그건 좀 못마땅한데. 양지호 씨. 조만간 나를 더 알고 싶게 만들어 주겠습니다.

자발적 연애는 처음이라 유결은 마음이 붕 뜨고 있었다. 어린시절 유리알 같은 첫사랑과는 모양과 색깔이 다른 감정. 소유와집착이 강렬하게 마음을 조르고 있었다.

시시한 풋사과 같은 향기가 아니라 짙은 사향내를 풍기는 연애였다.

"강유결 선생, 지금 뭐 하는 겁니까?"

"네?"

김유신 교수의 매서운 눈이 유결에게 꽂혔다. 마스크 위로 보이는 부리부리한 눈에 유결은 즉각 모니터를 쳐다보았다.

스콥(Scope)*의 초점이 캘롯 삼각(Calot's triangle)*을 벗어나 담낭 저부를 잡고 있는 그래스퍼(Grasper)*에 맞춰져 있었다. 실수를 깨달은 유결은 얼른 스콥을 뒤로 당겨 수술 시야를 확보했다.

"수술 중에 딴생각했습니까?"

"죄송합니다. 교수님."

"강 선생의 죄송하다는 말만큼 환자에게 무책임하다는 말도 없는데. 강 선생은 그 말을 쉽게도 하는군요. 한국대에서 의사의 품격을 배우지 않았나 봅니다. 환자를 돌멩이처럼 취급하는 죄송하다는 말, 정말 불쾌하군요."

눈 깜짝할 새에 불과한 실수였지만 김유신 교수는 평소와 다름없는 매끄러운 목소리로 자존심에 치명타를 날리는 말을 내뱉었다. 그러면서도 그는 양손으로 그래스퍼와 디섹터(Dissector)*를 자유자재로 움직이며, 최대한 늘린 캘롯 삼각 부위에서 노출된 담낭관과 담낭 동맥을 박리하기 시작했다.

"집중하겠습니다. 교수님."

김 교수가 클립(Clip)*으로 결찰한 담낭 동맥을 훅 시저(Hook scissor)*로 잘라 냈다. 소량의 블리딩(Bleeding)*이 있자 유결은 조심스럽게 석션 했다.

---

*Scope:복강경.
*Calot's triangle:담낭관, 총간관, 담낭 동맥으로 이루어진 삼각 부위.
*Grasper:견인용 수술 기구.
*Dissector:절제용 수술 기구.
*Clip:지혈용 기구.
*Hook scissor:끝이 고리 모양으로 된 수술용 가위.
*Bleeding:출혈.

김유신 교수는 더 이상 입을 열지 않고 모니터에만 집중했다. 반대편에서 어시스트 하는 스크럽 간호사가 유결에게 안도의 눈짓을 보냈다. 유결은 민망해져 그녀에게도 미안하다는 듯 살짝 고갯짓했다.

그는 명슐랭 가이드 쓰리 스타에 빛나는, 간담췌외과 분야에서 출중한 실력을 보이는 교수였다. 36세의 나이에 일반외과로 유명한 명성대 교수로 스카우트되기까지 그의 이력은 눈이 부실 지경이었다.

유결이 명성대 병원에서 전공의 수련을 선택하게 된 계기도 김유신 때문이었다. 한국대 의대 재학 시절 유신은 예과는 물론 본과에서 단 한 번도 수석을 놓치지 않은 전설의 주인공이었다.

그는 인턴 과정은 명성대에서, 수련의는 뉴욕 컬럼비아 프레스비테리언 대학 병원에서 마쳤다. 뛰어난 수술 실력으로 프레스비테리언 대학 병원에서 교수직을 제안받았지만, 그는 한국으로 돌아왔다. 그리고 모교가 아닌 명성대의 일반외과의 교수로 부임했다.

평소 존경해마지 않는 선배로부터 의술을 배울 수 있다는 기대가 유결을 명성대로 이끌었다.

"이리게이션(Irrigation)*."

담낭을 간장면에서 절제하는 과정에서 천공으로 인한 담즙이 소량 묻어 나왔다. 유결은 즉시 식염수로 담즙을 씻어 내고 흡입기로 빨아들였다. 김 교수는 능숙하게 천공 부위를 헤모클립(Hemoclip)으로 비껴 잡았다. 결찰 후 담낭을 다시 절제하기 시작

---

*Irrigation:세척.

했다. 완전히 잘라 낸 담낭을 비닐 주머니에 담아 배꼽 투관구로 빼내었다. 적출물을 스크럽 간호사가 곡반에 담아냈다.

"수술 부위 확인합니다."

유결은 김 교수의 말에 눈을 부릅뜨고 모니터를 살펴보았다. 결찰 부위에 출혈은 없는지 주변 조직의 허혈과 오염은 없는지 확인했다. 수술을 마무리할 때 김 교수는 어시스트의 판단을 중요하게 듣는 편이었다. 차갑지만 오만하지도 독선적이지 않은 김 교수의 수술에 유결은 존경심을 품었다.

"없습니다."

"그럼 마무리하죠."

복강경을 빼내고 김 교수가 유결을 힐끗 쳐다보았다.

"강 선생이 마무리하세요."

"제가요?"

"네. 강 선생이 수처(Suture)*하세요."

완벽주의자 김유신은 그동안 어시스턴트에게 봉합을 맡기지 않고 모두 자신이 처리했다. 김유신 교수의 수술에 참여한 전공의들은 그런 김 교수의 행동에 불만을 표시하곤 했다.

봉합은 집도의들이 레지던트들에게 맡기고 수술을 마치는 것이 다반사였기 때문이다. 그런 김 교수가 유결에게 마무리를 맡겼으니 유결도 적잖이 놀라 되물은 것이다.

김 교수가 수술실을 나가자 스크럽 간호사가 눈을 동그랗게 뜨고 입을 열었다.

"처음이에요. 김 교수님이 전공의 선생님들에게 마무리를 맡

---

*Suture:봉합.

기신 건. 축하드려요."

"축하는요? 아까 실수한 거 보셨잖아요."

"에이, 그게 뭐가 실수라고. 물론 김 교수님 입장에서는 실수이긴 하지만요. 그래도 마무리를 맡기신 걸 보면 교수님이 강 선생님을 믿으신다는 뜻인데요?"

"그런가요?"

"그렇죠. 그동안 김 교수님으로부터 마무리 받으신 분은 아무도 없잖아요. 다른 교수님 같으면 피부 봉합 정도는 레지던트 선생님들이 알아서 하도록 두시는데."

"선생님, 바이크릴(Vicryl)* 1번 주세요."

간호사가 실을 건네고 눈을 반짝이며 말을 이었다.

"아무래도 교수님이 조만간에 강 선생님에게 수술을 맡기시려나 봐요."

"그럴 리가요."

"왠지 그런 촉이 와요. 강 선생님 답변이 다른 선생님들과 달랐거든요."

"제 답변이 다르다니요?"

"김 교수님이 실수를 지적하실 때 다른 선생님들은 보통 아니라고 하시는데, 강 선생님은 죄송하다고 먼저 말씀하셨잖아요."

"그건 제가 실수를 했으니까요."

"그래도 사소한 실수를 정직하게 시인하시는 분은 잘 없으니까요. 아마 그래서 김 교수님이 마무리를 맡기신 게 아닐까 싶어요. 제 추측으로는 곧 수술 받으실 것 같은데."

---

*Vicryl:흡수성 봉합사.

"수술은 받고 싶지만 김칫국은 사절입니다."

"호호. 김칫국을 먼저 마시면 소화가 얼마나 잘되는데요."

유결은 간호사의 말에 웃음으로 대꾸하며 실로 복막과 근막을 함께 봉합하기 시작했다.

깔끔하게 봉합을 마무리했다. 마취과 의사가 환자를 깨우자 환자의 의식이 돌아왔다.

환자를 회복실로 옮기고 포스트 오피 오더를 낸 후 수술 방 전공의 라운지로 발길을 돌렸다. 점심시간이 훌쩍 지나 있었다.

다음 수술까지 30여 분의 시간이 있었다. 짧았지만 요기를 하고 잠깐의 피로를 풀기에는 황금 같은 시간이었다.

라운지의 문을 열고 들어가자 수술 캡을 쓴 동훈이 햄버거를 우적우적 먹고 있었다.

"왔냐? 점심도 못 먹고 뭐 하는 짓인지. 무슨 영화를 누리겠다고."

"지금 먹는 건 점심 아냐?"

"이게 뭔 점심이야? 간식이지."

동훈의 말을 흘려들으며 유결은 톡을 확인했다. 지호에게 보낸 톡의 1이 여전히 사라지지 않아 미간을 찡그렸다. 아직 자는 건가. 문자를 찍었다.

〈바빠요?〉

〈우리 오늘 2일입니다.〉

"2일이라고? 너! 연애하냐?"

등 뒤에서 동훈이 고함쳤다. 얼굴에 소스를 묻힌 채 어깨너머

240

로 유결의 휴대폰을 훔쳐보고 있었다.

"예쁜 지호 씨이?"

유결의 대화 상대 닉네임을 보고 더 크게 소리 질렀다.

"남의 휴대폰을 훔쳐보는 건 매너 없는 짓이야."

"아니, 수술할 때는 개인 휴대폰을 꺼 놓는 네가 문자를 하고 있으니까, 무슨 일이 있는 줄 알았지! 말 돌리지 말고 말해. 이 여자 누구야?"

"연애하냐며?"

"진짜 연애하는 여자야? 너 여자 없잖아. 언제 만났는데? 나 몰래 소개팅이라도 했냐? 몇 주 전까지만 해도 맞선에서 차이고 다니던 네가 갑자기 연애라니!"

"언제는 연애하라며?"

"그래도 이렇게 느닷없이 연애하면 내가 놀라잖아."

"네가 왜 놀라? 누가 들으면 너랑 내가 사귀고 있는 줄 알겠다."

"야! 예진이 들으면 나 죽어. 누구야, 말 좀 해 봐?"

"나중에. 오늘 오피(OP)* 스케줄 만만치 않아."

"난 네가 연애하는 게 더 만만치가 않아."

동훈의 격한 반응에 유결은 그동안 너무 연애와 담을 쌓았나 생각했다. 내 심장이 돌덩이로 만들어진 것도 아닌데. 아니, 이 녀석은 그간 날 남자라고 생각하지 않은 건가. 자신도 심장이 뜨거운 남자였다.

그는 동훈의 호들갑을 무시하고 햄버거의 포장지를 벗겼다.

---

*OP: 'Operation' 의 약자.

그때 라운지의 문이 열렸다. 수술실 서큘레이팅 간호사였다.

"강 선생님, 보험심사팀에서 스테이션으로 전화 왔어요. 김유신 교수님과 연락이 안 된다고 레지던트 선생님 바꿔 달라는데요."

"네. 제가 받아 보죠."

스테이션으로 간 유결은 진료비 삭감에 관한 대화를 마치고 인사말을 건넸다.

"차강주 선생님도 수고하십시오."

전화를 끊자 어느새 따라온 동훈이 유령처럼 스윽 고개를 내밀었다.

"통화한 사람이 차강주 간호사였어?"

"응."

"너 그거 아냐?"

"뭘?"

"차강주 간호사님 상냥하고 친절한데 능력도 많은 거."

"알아."

"전화해서 물어보면 심사팀 다른 간호사와 비교될 정도로 엄청나게 빠르고 정확하게 답을 해 줘서 내가 저번에 얼마나 감동했는지."

"그래서?"

"게다가 얼굴은 좀 예뻐? 목소리도 쟁반에 옥구슬이 굴러갈 정도로 낭랑하잖아."

"하고 싶은 말이 뭔데?"

동훈이 주위를 살펴보다가 귓가에 속삭였다.

"차 간호사가 우리보다 연상이래."

유결은 눈살을 찌푸렸다. 그게 그렇게도 놀랄 일인가.

"왜 안 놀라? 내가 그 말을 듣고 얼마나 놀랐는데."

"놀라야 하는 거야?"

"놀랍잖아. 자그마치 우리보다 네 살 연상이라고. 그 얼굴이 어떻게 서른넷이야? 스물넷이라고 해도 믿겠다. 난 당연히 우리보다 어린 줄 알았지! 날마다 방부제를 먹나? 어떻게 그 나이에 그런 동안일 수 있냐고. 그 방부제 진심 우리 예진이에게 먹이고 싶다."

"예진이가 배신이라고 하겠는데?"

"배신은 무슨. 난 객관적이라 사실은 사실대로 말한다고. 그나저나 차 간호사 알고 보니 누님이셨어. 차 간호사한테 관심 있는 전공의가 한둘인 줄 알아? NS 2년 차가 얼마 전에 차강주 간호사한테 고백했는데 차 간호사가 연하는 싫다고 했다는 거야. 그 녀석 완전 실의에 빠져서 병든 닭처럼 원내를 돌아다니고 있다고. 아니 근데 차 간호사는 그 미모에 그 능력에 왜 애인이 없는 거야?"

역시 병원 가십에서는 마당발 소식통인 동훈이었다.

"그 2년 차가 누구냐?"

낮은 목소리가 들려 유결과 동훈은 뒤를 돌아보았다. 신경외과 부교수 백강이 빙그레 미소를 띠고 그들을 쳐다보고 있었다. 그는 명슐랭 가이드 투 스타의 주인공이었다.

"교수님, 안녕하십니까?"

유결과 동훈이 폴더 인사를 했다.

"안녕 못 하겠는데? GS가 우리 NS 레지던트 험담이나 하고 말이지."

"에이, 그게 뭐가 험담입니까? 사실을 사실대로 말했을 뿐입니다. 교수님은 이제 수술 들어가십니까?"

동훈이 넉살 좋게 백강의 말을 받았다. 강은 동훈의 익살맞은 표정에 웃음을 흘리다 유결을 쳐다보았다.

"유결이 너, 차였다면서?"

유결이 당황하며 동훈을 쳐다보자 동훈이 아니라는 듯 손사래를 쳤다.

"수가 그러더라."

백강은 백수, 백원 이란성 쌍둥이의 형들 혹은 오빠들 중의 한 명이었다. 또 다른 이란성 쌍둥이 형, 백건은 서울 중앙 지검 특수부 검사다. 그리고 강 때문에 유결은 의대 공부에 호기심을 가지게 되었다. 비록 동문은 아니었지만 그는 유결이 명성대에서 전공의 수련을 하게 되면서 여러모로 도움을 주었다.

"불가사의한 일이 일어났다고. 녀석이 얼마나 호들갑을 떨던지."

유결은 '끙' 하고 탄식했다. 병원 안에는 동훈이, 밖에는 수가 자신의 근황을 떠들고 다녔다. 조만간 수가 그의 형들에게 자신의 연애 사실도 제비처럼 물어다 줄 것이라는 걸 직감했다.

"김 교수."

백강이 지나가는 김유신을 불러 세웠다. 김유신이 무뚝뚝한 얼굴로 강을 쳐다보았다. 유신과 강은 인턴 시절 동기였다. 두 사람이 이야기하는 것을 바라보던 동훈이 유결을 힐긋거렸다.

"뭔 일이래? 명슐랭 가이드 원, 투, 쓰리가 한곳에 다 모였네. 너도 저쪽으로 가. 명슐랭 가이드 차트에 이름을 올리신 분이잖아. 아, 그렇지? 넌 급이 안 되지. 두 분은 하늘 같은 교수님, 넌

땅 같은 레지던트. 근데 어째서 네가 스타냐고. 아직 하늘에 오르지도 못했구만."

동훈의 질투 어린 유치한 말에 유결은 실소를 터트렸다. 명슐랭 가이드의 별이 정말 부러운 듯했다. 입으로는 유치한 차트라고 비하하면서도 어지간히 그 위에 오르고 싶은 모양이었다. 여직원들의 심심풀이용 차트일 뿐인데. 다음 해엔 무조건 빼 달라고 해야지. 동훈의 등쌀에 귀찮아 죽을 것 같았다.

"어? 흑성(黑星) 출동이다."

동훈의 조용한 말에 유결은 스테이션으로 들어오는 한재준 교수를 바라보았다. 그는 일반외과 간담췌외과 교수 중 한 명이었다. 재준은 딱딱한 얼굴로 백강과 김유신을 일별하지도 않고 노트북 모니터 안 차트를 확인했다.

"한재준 교수님은 대단한 능력자야. 어떻게 매일 봐도 날마다 무섭냐? 김유신 교수님도 무섭지만 차원이 달라. 비유하자면 김유신 교수님은 킹스맨 같고, 한재준 교수님은 엑스맨 같단 말이지."

동훈은 비유의 마법사였다. 한쪽은 신사, 한쪽은 돌연변이 엑스. 둘 다 악당으로부터 지구의 평화를 지키는 히어로지만, 구하는 방식과 태도가 전혀 달랐다. 적절한 표현에 유결은 고개를 끄떡이며 한재준 교수를 바라보았다.

"나 지금 떨고 있니?"

"그래 보인다."

"으으. 진짜네. 소름 돋았어. 볼래?"

심약한 척하며 동훈이 팔뚝을 가리키자 유결은 친구를 한심하게 바라보았다.

흑성, 블랙 스타는 명슐랭 가이드에 들어가지 못한 한재준을 지칭하는 또 다른 별명이었다. 명슐랭 가이드에 오를 만한 외모와 실력 조건이 되지만 인성이 개차반이라 여 직원들이 그의 얼굴에 혹했다가 뒤돌아서기 일쑤였다.

차가운 성격으로 둘째가라면 서러워할 쓰리 스타 김유신 교수는 무뚝뚝하고 정중한 반면 한재준 교수는 무섭고 독한 말을 포악하게 쏟아 내곤 했다. 그럴 때마다 하늘에서 차가운 불이 떨어지는 것 같다고 사람들은 말했다.

그래서 그는 블랙 스타, 검은 별, 혹은 흑성이 되었다.

투 스타인 백강 교수는 두 사람과 전혀 판판으로 성격이 온화하고 쾌활하여 사람들을 기분 좋게 만들었다. 공교롭게도 김유신, 백강, 한재준은 모두 동갑이었고 직급도 교수로 같았다.

수련을 받을 때 교집합 되는 시간도 분명 있었을 터인데 김유신과 한재준은 그다지 친해 보이지 않았다. 같은 전공을 하고 있으면서도 좀처럼 말을 섞지 않았다. 아니, 백강이 아니면 누구랄 것도 없이 먼저 아는 척하지 않았다.

유결은 동훈의 호들갑에도 아랑곳하지 않고 교수들에게 묵례하며 라운지로 들어갔다. 다음 수술 준비를 하려면 빨리 배를 채워야 했다.

휴대폰에 과연 그녀로부터 답이 와 있을까. 햄버거보다 지호의 문자가 더 신경이 쓰였다.

11

힘내십시오. 예쁜 작가님

〈뭐 해요?〉

〈바빠요?〉

〈우리 오늘 2일입니다.〉

지호는 톡을 가만히 내려다보고만 있었다. 문자를 확인한 것은 10분 전. 그런데 아직도 답을 보내지 못하고 있다. 어젯밤 갑작스러운 농구의 여파로 밤을 꼴딱 새웠다. 물론 농구를 하게 만든 원인도 바로 이 남자였지만, 강유결 때문에 잠을 못 잔 것이라고 말하고 싶지는 않았다.

그걸 인정하게 되면 이 남자를 꽹장히 의식하고 있다는 뜻이 되니까. 맞아. 신경 쓰여. 아무리 아니라고 해도 심장이 자꾸 쿵쾅거렸다.

밤새 글 작업을 했다. 눈과 손가락을 혹사하며 〈트라이앵글〉의 연재 비축분을 착실히 쌓아 가고 있었다. 그런데 고요한 아침 6시에 띠링, 하는 톡 소리가 들렸다.

미리 보기 창에 보인 건 '뭐 해요?' 라는 물음. 그 간단한 물음에 강유결의 목소리가 생각나고 말았다. 그것도 엄청 다정한 목소리가……. '뭐 합니까?' 와는 전혀 다른 느낌이라 이 남자와 사귀기로 했다는 것이 실감 났다.

연애를 하면 이 남자는 상냥해지는구나. 서한주처럼.

불현듯 든 생각이 글로 또 방향을 틀어서 놀라며 휴대폰을 뒤집어 놓았다. 문자를 안 본 거라고 되뇌고 모니터로 눈을 돌렸지만 '뭐 해요?' 라는 물음이 자꾸 뭉게구름을 만들어 냈다.

결국 글 쓰는 것을 포기하고 휴대폰을 무음으로 바꿔 놓은 후 잠에 빠져들었다. 혹사당한 정신과 육체는 꿀잠을 불렀고, 깨고 나니 시간은 오후 3시가 넘어 있었다. 이렇게 많이 자 본 적은 없었는데.

배가 고파 라면을 삶다 무심코 휴대폰을 쳐다보았다. 여전히 톡 알림은 그대로 떠 있었다. 앱으로 들어가 보니 세 개의 알림 표시가 떠 있었다.

하나가 아니었어. 화면을 터치하는 손가락이 미세하게 떨렸다. 뭐 해요? 바빠요? 우리 오늘부터 2일입니다. 무려 세 개의 문자가 와 있었다. 아침 6시에 한 개, 오후 3시 30분에 두 개.

뭐라고 답해야 하지? 더구나 첫 문자와 다른 문자와의 시간 간격은 꽤 있었다. 글 작업 때문에 잤다고 이야기해야 하나? 그래서 제때 답장을 보내지 못했다고. 근데 이건 너무 변명인 거 같은데. 마치 내가 안달하는 것 같은 느낌이 들어.

머릿속만 복잡할 뿐 갈 곳을 잃은 손가락은 계속 탁자만 두드렸다.

라면은 다 끓였지만 답톡을 보내지 않고서는 먹을 엄두가 나지 않았다. 담임 선생님으로부터 숙제를 받은 초등학생이 된 기분이었다.

고민 끝에 라면 끓인다는 톡을 보내고 나서야 아침 6시에 뭐 하냐는 물음이라는 걸 깨달았다. 지호는 눈을 질끈 감고 가슴을 부여잡았다. 처음부터 차근차근 대답하자는 마음에 첫 질문에 순수하게 대답한 거였는데. 연애 초보 티가 팍팍 났겠지.

〈라면 다 끓였어요?〉

〈네.〉

〈그럼 지금 먹어야겠네요?〉

〈네.〉

〈난 지호 씨와 연락돼서 반가운데, 지호 씨는 라면이 더 반가울 테죠?〉

〈네?〉

〈내 눈치 보지 말고 먹으라고요.〉

〈감사합니다.〉

〈감사하다는 인사를 듣는 게 서운하긴 한데, 어서 먹어요. 라면은 불으면 맛없으니까.〉

〈전 꼬들꼬들한 면보다 불은 걸 더 좋아합니다.〉

〈좋은데요?〉

〈뭐가 말입니까?〉

〈지호 씨에 대해 하나씩 알아 가는 거요.〉

기분 좋은 찌르르함에 당황했다. 이런 느낌은 수가 공에게 사랑을 받는 장면을 쓸 때 받는 느낌인데. 퍼뜩 그에 대해서 아무 것도 묻지 않은 게 생각났다.

〈유결 씨는 점심은 드셨어요?〉
〈이제 햄버거 먹으려고요.〉
〈늦은 점심이네요.〉
〈아침부터 지금까지 수술이 빡빡해서 오늘은 식당 갈 시간이 없었어요.〉
〈이제부터 점심시간인가요?〉
〈아뇨. 또 수술이 있습니다. 다음 수술까지 5분 정도?〉
〈의사는 정말 힘든 직업이군요.〉
〈힘들어도 기분이 아주 좋습니다.〉
〈네. 생명을 살리는 직업이니 보람을 느끼실 것 같습니다.〉
〈아니, 그것보다 지호 씨가 내게 관심을 주는 것 같아서 좋다고요.〉

허를 찌르는 대답에 손가락으로 입술을 매만졌다.

〈이만 수술실 들어가야 합니다. 또 연락하죠.〉
〈네. 수고하세요.〉

휴대폰을 내려놓고 불어 터진 라면을 내려다보았다. 아무리 불은 면을 좋아하는 편이지만 톡을 주고받느라 불어도 너무 불었다. 그래도 허겁지겁 먹는 햄버거보다는 낫겠지. 지호는 묵묵히 젓가락을 놀렸다.

또 연락한다면 언제 한다는 걸까. 오늘처럼 뜬금없이 연락하려나. 그러고 보니 어제도 뜬금없이 나타나 뜬금없이 비밀을 밝히더니 뜬금없이 사귀자고 했다. 정황상 어쩔 수 없이 사귀기로 동조는 했지만 미래는 알 수 없으니까.

채팅 창에 떠 있는 이름을 보다가 휴대폰을 들었다. 이제는 비밀을 지켜 줘야 하는 지하남이 아니니까. 지호는 연락처에 그의 이름을 다시 저장했다.

당사남 강유결. 당분간은 사귀어야 하는 남자, 강유결이었다.

라면을 다 먹고 설거지까지 마쳤다. 안경을 쓰고 오후 작업을 위해 자리에 앉았다. 휴대폰이 조용히 울렸다. 출판사였다.

—작가님!

"응. 다정아."

—아마조네스 들어가 보셨어요?

"아니."

—지금 댓글 창 난리 났어요. 확인하면 상처 받으실지도 몰라요.

"무슨 일이야?"

—새벽에 업로드 세 개 했는데 그 이후로 댓글이 수백 개나 달렸어요.

"왜?"

—당연히 리버스(Reverse) 때문이죠! 한주 팬들이 지금 멘붕에 빠져서 아우성이에요.

"걔들은 엄밀히 말하면 리버스가 아닌데? 태경이 메인 공이잖아."

—작가님! 그렇게 태연히 말할 계제가 아니라고요. 그동안의

한주 이미지가 훈훈하고 다정한 데다 능력 있는 전문직이라서 독자들이 메인 공을 바꾸랄 만큼 흠뻑 빠져 있었다고요. 한주라면 은우의 처음을 가져도 된다고 태경 팬들도 이해하는 분위기였어요. 근데 한주가 탑(Top)이 아니라 바텀(Bottom)이라니!

"리버스는 스토리 전개상 꼭 필요한 설정이었어. 은우의 상처를 한주가 감싸 주는 한주식의 사랑 표현이니까."

―언니! 물론 의도는 그렇지만 그동안 한주를 응원하던 독자들은 리버스 인정할 수 없다고 피를 토하고 있다고요. 게다가 리버스가 있는 줄 알았다면 연재 따라가지도 않았다! 왜 키워드에 리버스가 없었냐! 독자 우롱하냐고 난리예요.

생각보다 독자들은 은우와 한주의 사랑에 감정 이입을 많이 한 모양이었다. 감정선을 설득력 있게 표현했다고 여겼는데 부족한 모양이다.

"다음 편이 올라가면 한주와 은우를 이해할 수 있을 거야."

―다음 편 언제까지 돼요?

"오늘 작업 마쳤으니까 곧 보내 줄게."

―언니, 바로 보내 주셔야 해요. 댓글 창이 피범벅이 돼서 차마 두 눈 뜨고 못 보겠어요. 이르긴 하지만 빨리 업로드해서 독자들 이탈을 막아야 해요. 전화로 항의까지 하면 우리 출판사는 그땐 정말 현망진창이라고요.

공전의 히트작 〈두 남자〉가 새드엔딩으로 끝났을 때 실제로 출판사까지 찾아와 항의하는 독자들이 있었다. 그들은 적극적으로 자신들의 의견을 개진했고, 출판사 대표인 연아가 앞에 나서서 그들을 달래 돌려보냈었다.

하지만 〈두 남자〉의 새드엔딩은 많은 독자에게 깊은 인상을 남겼다. 새드가 아니었다면 두 남자의 절절한 사랑은 금방 잊혔을 거라는 것을 그제야 독자들도 수긍했다. 당시에는 충격이었지만 이후로 몇 년간 슬픈 엔딩이 BL계에서 두고두고 회자되었고 〈두 남자〉는 스테디셀러가 되었다.

"알았어. 지금 보낼게."

─언니, 이번 일로 의기소침해지는 건 아니죠? 물론 언니의 의도를 우리는 충분히 이해하지만, 독자들이 느끼고 이해하는 다양한 관점도 받아들여야 하니까요. 은우가 또 워낙 미인수니까 그래요. 그렇게 예쁘고 야리야리한 애가 유독 한주에게만 못되게 굴어서 은우 싫어하는 독자들도 꽤 있었는데, 리버스까지 감행한 걸 알면 은우는 아웃 오브 안중 메인 수가 된다고요. 은우가 요단강을 건너는 것만큼은 막아야 하지 않겠어요?

지호는 다정의 말을 충분히 이해했다. 그녀는 지금 자신의 기분이 저조할까 나름대로 타당하고 객관적인 근거를 대며 조심스럽게 이야기하고 있었다.

"알아. 기분 안 상했어."

─말은 그렇게 해도 엄청 화가 났을지도 모르잖아요. 편집자도 작가 의도를 못 믿는다고.

"그래서 얼굴 안 보고 말하려고 전화한 거 아니야?"

─하하. 들켰네. 이번 건은 진짜 어마무시한 사안이니까 부처 같은 언니도 화를 낼지도 모른다고 생각했어요. 너네들이 뭔데 내 글에 이러쿵저러쿵하느냐, 이건 작가의 고유 권한이다. 그러니 너네들 월권할 생각 말고 내 글에서 하차해라. 이렇게 언짢게 생각할 수 있으니까요. 작가님들 예민한 감수성을 출판사 편집자가 알아주지 않으면 누가 알아주나요?

"다정아, 난 무디잖아."

—예?

"그러니까 걱정 안 해도 된다고."

—멘탈 부서진 건 언니가 아니라 저였네요. 편집자가 작가님으로부터 위안의 말을 듣다니. 고마워요. 언니.

"내가 쓰고 싶은 대로 썼으니까 괜찮아. 독자님들이 이해를 못 해 주는 건 아쉽지만 사람들의 생각은 정말 다양하니까."

—그래도 이번 연재 글 댓글은 읽지 마세요. 멘탈 나갈 수도 있으니까. 알았죠?

정말 심한 모양이었다. 지호는 알았다고 대답하고 전화를 끊었다. 다정의 신신당부가 있어도 댓글을 안 읽어 볼 수는 없다. 글을 쓰고 세상에 내놓은 사람은 바로 자신이었으니까. 어떤 평가든 비난이든 책임을 져야 했다.

댓글은 폭발적이었다. 그리고 다정의 말대로 악플의 비율이 상대적으로 높았다. 리버스에 충격받은 독자 중 몇몇은 작가에게 강도 높은 실망감을 표출했다.

반면 작가 의도는 독자 입맛대로 바꿀 수 없는 것이라며 반격하는 의견도 적잖게 보였다. 즐기기 위한 글에서 스트레스를 받다니. 작가를 비난하는 양상에서 이제는 독자들끼리 서로 물고 뜯는 형국에 책임감이 느껴졌다.

지호는 차분한 어조로 공지를 눌러 글을 쓰기 시작했다.

로미오입니다.

저녁 식사 후 아래 연차의 전공의들과 회진을 돌았다. 김유신 교수님의 회진은 빡빡한 것으로 유명해 각종 랩(Lap)* 수치와 하루 동안의 환자 상태를 잘 숙지하고 있어야 했다. 1, 2년 차를 데리고 라운딩을 하면서, 수술 후 환자의 상태를 살피고 환자의 불편한 점을 귀담아들으며 앞으로의 치료 계획을 세웠다.

회진을 마치고 스태프 회진을 돌았다. 김유신 교수의 꼼꼼한 질문에 유결조차도 긴장을 놓치지 않았다. 전문의 자격 시험으로 4년 차 치프가 병동을 비운 시기에는 3년 차가 그 역할을 대신해야 했다.

김 교수와의 깐깐한 회진을 끝내고 병동 스테이션으로 돌아왔다. 벌써 9시가 다 되어 갔다. 의자에 앉자마자 2년 차가 한숨을 푹 내쉬었다.

"선생님, 우리 김유신 교수님 장가보내기 프로젝트 돌입해야 하는 거 아니에요?"

"그건 또 무슨 소리야?"

"가정이 없으니 퇴근을 하시지 않잖아요. 다른 교수님들 벌써 다 퇴근하셨는데, 저녁 이후까지 남아서 회진 도시고, 그 이후로도 교수실에 틀어박혀 연구하시는 거 병원 안에 소문이 자자합니다. 애인 없어 저런다고, 노총각의 비애가 느껴진다고 수군거리는 게 어제오늘 일이 아니라고요."

"윤 선생님, 말씀에 깊이 공감합니다. 다른 교수님 파트 도는

---

*Lap: 검사.

전공의들은 벌써 오더는 물론 내일 수술 스케줄도 마취과에 다 내고 숙소에서 쉬고 있다고 합니다.”

곰 같은 덩치의 성민이 거들자 2년 차가 긍정의 뜻으로 고개를 힘차게 끄떡거렸다.

“김유신 교수님의 열정은 우리도 본받고 배워야 해.”

유결의 말에 1년 차 장성민이 불쌍한 표정으로 푸념을 했다.

“강 선생님, 너무 교과서적인 말이세요.”

“그래? 난 정말 교과서만 보고 한국대에 들어갔는데.”

“으으. 지금 대학 부심 부리신 거죠?”

유결의 말에 성민은 도와 달라는 듯 2년 차 선배를 쳐다보았다.

“왜 날 보냐? 우린 같은 동문도 아닌데.”

“학연, 지연, 혈연 없는 곳에서 전공의 생활 하고 싶습니다.”

“성민아, 다행히도 우린 네가 말한 세 개의 연 중에 아무것도 없구나. 그러니까 너만 전공의 생활 잘하면 된단다.”

유결은 윤 선생의 너스레에 웃음을 입가에 물었다.

“어쨌거나 이러다 김유신 교수님의 열정을 배우기도 전에 제가 먼저 스트레처 카에 실려 갈까 봐 걱정이라고요!”

“장성민 선생, 말은 바로 하자. 실려 나가는 건 사고 전문인 네가 아니라 그 사고를 수습하는 나거든?”

성민의 항변에 2년 차가 또 구박을 했다.

“선생님!”

“오더 내시죠. 선생님들?”

유결의 말에 장난을 치던 그들을 일제히 모니터로 시선을 옮겼다.

"선생님들, 배 안 고프세요?"

양선민 간호사가 친절한 목소리로 운을 떼자 성민이 손을 번쩍 들었다.

"고픕니다. 선생님. 뭐 먹을 거 있습니까?"

"수간호사 선생님이 퇴원하시면서 스테이션으로 케이크 사주시고 가셨어요. 준비실에 있는데 들어가서 드시고 오실래요?"

합창하듯 '네'라고 대답한 2년 차와 1년 차가 유결의 눈치를 봤다.

"먹고 와."

유결의 허락이 떨어지자 두 사람은 냉큼 간호사 준비실로 들어갔다.

"선생님은 안 드세요?"

"배가 안 고프네요."

"선생님이 배 안 고픈 이유 알 만해요. 오늘 김 교수님께서 마무리 맡기셨다면서요?"

"그걸 어떻게?"

"박 선생님이 선생님들 회진 도실 때 한차례 썰을 풀고 갔죠. 박 선생님이 뛰어난 동기 덕택에 우쭐해진다고 자랑스러워하시더라고요. 조만간 수술 받을지도 모른다고. 김유신 교수님께 인정받으면 게임 끝이잖아요."

유결은 김유신 교수 수술에서 자신이 마무리한 것을 동훈이 알고 불같이 질투한 것을 떠올렸다. 시기한 것치고는 언행일치가 상당히 불일치하는 좋은 녀석이었다.

"아직 교수님의 기대에는 훨씬 못 미치는 수준입니다. 박 선생이 괜히 그러는 거예요."

"역시 강 선생님은 교과서적이에요."

"네?"

"너무 정직하게 겸손을 실천하셔서 겸손도 책으로 배우신 것 같다니까요."

유결은 양 간호사의 말에 웃음을 터트렸다. 친절하고 싹싹한 양 간호사는 전공의 1년 차 때부터 알아본 간호사였는데, 10년이 넘는 병동 경험으로 어려움이 있을 때마다 넌지시 나타나 도움을 주곤 했다. 그녀에게 고마운 마음에 스테이션으로 자주 간식을 쏘기도 했다. 그럴 때마다 그녀 또한 배고픈 전공의들을 잘 챙겨 주었다.

9시가 넘어가는 병동은 어둠과 잠에 묻혀 조용했다. 복닥거리던 낮 동안 분주했던 의료진들이 숨을 고르는 시간이었다.

"어머, 로미오 님이 공지를 올리셨네."

차트를 확인하며 내일 수술할 환자의 수술 과정을 머릿속으로 그려 보는데, 양 간호사의 말이 귀에 벼락처럼 꽂혔다. 양 간호사는 휴대폰을 뚫어지게 내려다보고 있었다. 그녀는 집중한 듯 유결이 다가가도 알아차리지 못했다.

"역시 로미오 님이네. 자기 탓만 하라니. 작가가 웬만한 자신감이 없으면 이런 말 못 하지."

"로미오 님에게 무슨 일이 있습니까?"

"이번에 올린 회차 글이 리버스였잖아요. 독자들이 어찌나 큰 충격을 받았는지 난리도 아니에요."

"리버스가 뭔데요?"

"리버스가 뭐냐면……. 강 선생님!"

고개를 숙여 설명하던 양 간호사는 그제야 대화의 상대가 누구인지 깨닫고 후다닥 휴대폰을 뒤로 숨겼다.

"지금 뭘 물으신 거예요?"

"리버스에 관해 물었는데요."

"아니, 그게 아니라 왜 갑자기 나타나셔서는……. 뭘 알고서 물으시는 거예요?"

"로미오 작가님이 공지를 올렸다고 해서요."

유결의 말에 양 간호사의 눈이 똥그래졌다.

"강 선생님이 로미오 작가님을 어떻게 아시고요? 진짜 아세요?"

여전히 유결을 미심쩍은 눈으로 바라보며 양 간호사는 이내 경계 태세를 갖추었다.

"BL을 쓰는 작가님이시잖아요."

"B, BL을 아세요?"

"네. 여성들의 특정 판타지를 충족시켜 주는 남남 커플 장르라고 알고 있습니다."

양 간호사는 깜짝 놀라며 주위를 두리번거리다 유결을 향해 목소리를 낮추라고 손짓했다.

"그렇게 크게 말씀하시면 어떡해요? 전 아직 제 취미가 BL 소설 읽는 것이라고 주위에 커밍아웃 하지 않았단 말이에요!"

"네?"

"쉽게 밝힐 수 없는 취미 생활이죠. 단지 취미일 뿐인데도 사람들은 이성애가 아닌 동성애 소설은 색안경을 끼고 바라보니까요."

양 간호사의 말이 이해가 갔다. 대부분의 사람은 그들과 다른 시선을 배척하곤 하니까.

문득 지호가 맞선에서 BL을 쓴다고 자연스럽게 말하던 것이 떠올랐다. 당황하지도 부끄럽게 여기지도 않고 담담히 말했다.

BL이 무엇인지 물을 생각이 없었지만 만약 물었다고 해도 지호는 숨기지 않고 당당하게 설명했을 것이다. 유결은 지호가 멋진 여자라는 것을 새삼 깨달았다.

"아무튼 강 선생님이 BL을 아신다니 신기한 일이에요. 남자들은 보통 BL물 싫어해서 안 읽는데. 언제부터 읽으셨어요?"

"이제 입문 단계입니다."

"누가 BL의 세계로 초대한 모양이군요. 그렇다면 여자? 사귀시는 분?"

양 간호사의 예리한 촉에 유결은 웃기만 했다.

"사귀시는 분 맞네. 강 선생님은 역시 좋은 애인의 자세를 가졌네요. 우리 남편은 내가 BL 읽을 때마다 이상한 눈으로 쳐다보거든요. 결혼한 지 오래돼서 사랑이 식어서 그런가. 암튼 강 선생님 연애 사실 병원에 퍼지면 아쉬워할 여직원들 많겠어요."

"양 선생님, 로미오 님이 유명한 작가입니까?"

"물론이죠. BL계의 거목이자 아마조네스 유료 연재의 선구자잖아요. 로미오 작가님의 네임드는 이 세계에서 어마어마해요."

"아마조네스는 뭡니까? 조금 전에 로미오 님이 공지를 올렸다고 한 말은 또 뭐죠?"

"여기, 장르 소설 플랫폼인데 BL 연재처로 가장 유명한 사이트예요."

양 간호사는 휴대폰을 내밀어 오렌지색으로 꾸며진 사이트를 보여 주었다.

"지금 〈트라이앵글〉이라는 글을 연재하고 계시는데 메인 수가 서브 공과 리버스를 했거든요."

"메인 수, 서브 공은 또 뭡니까?"

"그게 뭐냐면. 음, 강 선생님. 전문 용어는 차차 알아 가시고요. 제가 다 설명해 드리기엔 아무래도 장벽이 있네요. 여긴 근무지이기도 하고."

"네."

"아무튼 오늘 올라온 연재 글 때문에 독자들이 멘붕에 빠지는 사건이 발생했거든요. 작가님 인신공격은 기본에다 독자들끼리 서로 헐뜯고 있는데, 독자인 제가 봐도 저절로 눈살이 찌푸려져요. 근데 조금 전에 작가님이 직접 공지를 올리셨어요. 이렇게요."

유결은 양 간호사가 내민 공지 글을 읽었다.

로미오입니다.

심려를 끼쳐서 죄송합니다. 은우와 한주의 관계를 독자님들이 충분히 이해하실 수 있도록 글을 써야 했는데 그러지 못했습니다. 부족한 제 필력을 탓하시고 독자님들의 다양한 의견에는 너그러운 포용과 배려만 보여 주시길 부탁드립니다.

두 사람의 이야기는 원래 이렇게 정해진 것이라 독자님들의 의견을 수용해 드릴 수는 없지만, 앞으로 더욱 설득력 있게 두 사람의 관계를 그릴 것을 약속드립니다. 제 글로 인해 불편하셨던 마음이 다시 행복해지길 바랍니다. 감사합니다.

─로미오 올림.

군더더기 없는 깔끔한 공지였다.

"우리 로미오 님 멋있죠? 구구절절하게 변명하는 것도 아니고, 이건 작가 의도이므로 글을 수정할 수 없다. 하지만 실망하신 분들에게는 사과의 말을 전한다. 앞으로 개연성 있게 두 사람의 이야기를 풀어 갈 테니 지켜봐 달라. 독자들에게 섭섭할 만도 한데 그런 말은 일절 없고 외려 독자들 사이를 걱정하고 있잖아요. 제가 이래서 우리 로미오 님을 좋아한다니까요."

"로미오 님 팬이세요?"

"네. 저 로미오 님이 음지에서 활동할 때부터 열렬하게 좋아했어요. 음지 모르시죠? 지금은 BL 소설이 전자책으로 상업 출간을 많이 하지만 몇 년 전만 해도 사이트상에서만 연재하고 독자들은 숨어서 읽었거든요. 소장본으로 출간되는 거 알음알음 사 모을 뿐이었는데, 그 음지에서 양지로 BL 소설을 끌어내신 분이 로미오 님이세요. 뚝심 있게 자기 스타일대로 스토리를 풀어내시는데 업계에서는 보기 드물게 멋진 작가님이시죠."

양 간호사는 로미오의 진정한 팬인 모양이었다. 왠지 유결의 가슴이 뿌듯해졌다.

"그러네요. 멋있습니다."

유결은 어제 만난 지호를 떠올렸다. 멋있고 섹시하고 청순하기도 한데, 어제는 무척 귀엽기도 한 여자였다.

"간호사 선생님. 링거 좀 봐 주세요. 잘 안 들어가고 팔이 아파요."

폴대를 끌고 병실을 나온 환자가 양 간호사에게 도움을 구하자 그녀는 '네'라고 대답하고는 발딱 일어서서 환자를 돌보았다.

자리로 돌아온 유결은 양 간호사가 알려 준 사이트의 어플을 깔았다. 회원 가입을 하고 지호의 글을 찾았다.

〈트라이앵글〉의 최신 화의 댓글 창에는 양 간호사의 말대로 독자들이 싸움판을 벌이고 있었다. 작가 편과 독자 편으로 나뉘어 저마다의 의견을 내세우며 열띤 토론을 펼쳤다.

이 모습을 보고 마음이 쓰여서일까. 담담한 공지 글 행간에서 읽어 낸 그녀의 마음이 느껴져서일까. 유결은 지호를 위로하고 싶었다.

힘내십시오. 예쁜 작가님.

댓글을 남기고 톡을 열었다. 10시가 넘은 시간에 그녀는 무엇을 하고 있을까. 오늘 사태 때문에 잠을 이루지 못하는 것은 아닌지 염려가 되었다.

〈수고했습니다. 아주 많이.〉

뭘 알고 보낸 걸까.

지호는 노트북에서 눈을 떼고 톡을 확인했다. 수고했다는 간결한 말에서 따스함과 위로를 읽어 냈다. 강유결은 하루의 끝에서 잘 견뎠다는 표현에 불과하겠지만 그 말의 힘은 강력했다. 단순한 말이었지만 움츠러들었던 마음이 펴지는 느낌이었다.

그리고 그와 비슷한 댓글을 쳐다보았다. '예쁜 작가님'이라니. 댓글에서 한 번도 들어 본 적이 없는 말이었다. 로미오 작가의 본명이 양지호라는 것도 모르는 독자들이 수두룩한데. 갑자기 예쁘다는 말을 들으니 강유결이 떠올라 이상한 기분이 들었다. 그가 '예쁜 지호 씨'라고 부른 것을 귀는 똑똑히 기억하고 있었다.

설마? 아니야. 아니겠지. 그 남자가 어떻게 알고.

게다가 댓글을 단 사람의 닉네임은 '쌍둥이들의 노예'였다. 아마도 육아에 지친 쌍둥이 엄마의 처지를 대변하는 닉네임 같았다.

우연일 뿐이라고 치부하며 모니터로 눈을 돌렸다. 공지 글을 올리고 난 후 독자들의 싸움 양상이 진정되기를 바랐다. 어느 정도 진정이 되자 조금 전 올라온 댓글을 기화로 댓글 창은 훈훈한 댓글로 도배되기 시작했다. 작가를 걱정하는 독자들이 응원의 글을 올린 것이다. '힘내십시오. 예쁜 작가님'이라는 댓글 하나가 달린 후로 벌어진 일이었다.

힘내십시오. 예쁜 작가님2222.
작가님 마음 상하지 않으셨으면 좋겠습니다. 멋진 작가님!
오늘 일은 신경 쓰지 말고 열심히 〈트라이앵글〉 써 주세요! 좋은 작가님!
사랑해요. 사랑스러운 작가님!
공지 글 감사합니다. 고마운 작가님!
힘내십시오. 예쁜 작가님33333333.

첫 번째 댓글을 써 준 독자에게 댓글을 달아 주고 싶을 정도로 고마움을 느꼈다. 자기 생각에만 빠져 있던 독자들이 이제야 행복해지기 위해 글을 읽는다는 걸 새삼 깨달은 모양이었다. 지호는 마지막으로 댓글을 달았다.

모두 고맙습니다. 예쁜 독자님들!

〈잘 자요. 내일 봅시다.〉

그때 다시 띠링, 하고 톡이 들어왔다. 마음이 훈훈해져 있어서인지 문자를 누르는 손이 날아갈 듯했다.

〈네. 내일 봐요.〉
〈^^〉

딩동, 딩동.

벨 누르는 소리에 지호는 이모티콘에서 눈을 뗐다. 현관으로 걸어가 인터폰 화면을 쳐다보았다. 연아였다.

문을 열자 얼굴이 빨개진 연아가 들어왔다.

"너무 추워서 동태가 될 것 같아."

"이렇게 늦게 웬일이야?"

"우리 작가님, 혹시 혼자 울면서 술 마실지 몰라 친구 해 주려고 왔지."

연아는 비닐봉지에 든 초록색 병을 들어 보였다.

"울기는 누가?"

"그러게. 오는 길에 보니까 상황이 훈훈하게 종료됐던데? 누구인지 정말 알고 싶더라. 그 사람 댓글 하나에 훈훈한 댓글 잔치가 벌어졌잖아. 그럼 이 술은 축하주다?"

연아는 식탁 위에 사 온 소주와 안주를 세팅했다.

"자, 한 잔 받아."

소주잔을 내밀자 연아가 술을 따라 주었다. 지호도 연아의 잔에 술을 채워 주었다.

"우리 로미오 작가님의 〈트라이앵글〉 대박을 위해서! 건배!"

거창한 건배사였다. 원 샷을 하고 연아가 매운 낙지볶음 안주를 하나 집어 지호의 입으로 내밀었다.

"매운 거 못 먹는 거 알잖아."

"잘 알지. 그래도 사 온 사람 성의를 봐서라도 한번 먹어 주라. 끝내주게 매운 집 찾느라 얼마나 힘들었는데."

마지못해 입을 벌려 낙지를 먹었다. 그 불타는 매운맛이 혀를 마비시키자 지호는 물을 벌컥벌컥 들이켰다. 그 모습에 연아가 손뼉까지 치며 깔깔거렸다.

"예쁜 작가님, 방금 못생겨지셨어요."

"기분 안 좋은 일이라도 있었어? 그날 집에 잘 들어간 거야, 어머니께 혼 많이 안 났고?"

연아는 기분이 안 좋을 때마다 지호에게 매운 음식을 먹였다. 매운 것을 먹고 얼굴이 일그러지는 게 그렇게 귀여울 수 없다면서. 언니 같고 오빠 같은 지호의 얼굴이 망가지는 걸 보면 연아는 기분이 풀어지곤 했다.

"오늘 그 남자한테 확실하게 말했어. 좋아하는 남자 있다고."

어머니에게 정면으로 맞서기로 한 연아의 결정에 놀라 그녀를 빤히 바라보았다.

"다행히 쿨한 남자더라. 자기는 여자가 아무리 마음에 들어도 다른 남자 바라보는 여자에게는 관심 없대. 우리 집에 잘 말해 주겠다고도 하더라."

"잘됐다."

"그렇지, 잘됐지?"

말은 그렇게 하면서도 연아의 얼굴은 그리 편해 보이지 않았다. 아마도 어머니의 반응이 걱정되는 모양이었다.

"넌 어때? 그 맞선남 만나 봤어?"

갑자기 대화의 화살이 자신에게 꽂혀 지호는 무심결에 고개를 끄떡였다.

"어땠어, 그 남자?"

"좋은 사람인 것 같아."

"어떻게 좋은데?"

'다정하고 따뜻하고 날 좋아해 주는 것 같아' 라는 말이 혀끝에 맴돌았지만, '그래서 넌 어떡할 건데?' 라고 연아가 묻는다면 어떻게 답할지 몰라 그저 웃기만 했다.

"정말 내게 비밀이 생긴 거야?"

"아니야. 딱 꼬집어서 말할 수가 없어서 그래."

"진짜 좋은 사람인 모양이구나."

"응."

"계속 만나 볼 거야?"

"당분간은."

"그 사람이 감정이 깊어져서 결혼이라도 하자고 하면 어쩔 건데?"

"결혼이 그렇게 쉽나? 어떤 사람인지도 아직 잘 모르는데."

"맞선이잖아. 집안에서 검증한 사람이라면 부모님이 서두르실 거야."

"그건 그때 가서 생각해 봐야지."

"안 할 거라는 말은 안 하네. 그만큼 좋은 사람이야?"

"어?"

연아의 말에 한동안 머뭇거렸다. 강유결이 좋은 남자인 것은 분명하다. 같이 있으면 아늑한 느낌과 함께 스스로가 여자라는 느낌이 든다.

하지만 그와의 결혼은 한 번도 생각해 보지 않았다. 유예 기간이 있는 연애라고 생각했고, 시작할 때부터 끝을 먼저 그려 보았는데, 연아의 '결혼'이라는 말에 단번에 부인하지 않은 건 대체 어떤 마음 때문인 건지 자신도 헷갈렸다.

"결혼은 생각해 본 적이 없어서 그래."

그 말은 스스로를 설득하는 말과 진배없었다.

"난 하고 싶어."

"어?"

연아의 눈물이 술잔에 떨어졌다.

"결혼하고 싶다고. 정우랑……."

무슨 말을 어떻게 해 줘야 하는 걸까.

"넌 왜 말 안 해 줘?"

물기가 어린 연아의 눈동자에 원망의 빛이 묻어 있어 멈칫했다. 무슨 말이냐고 되묻기도 전에 연아가 입을 열었다.

"불가능한 꿈이라도 꿈이니까. 잘될 거야, 언젠가는 정우가 널 바라볼 거야, 결혼할 수 있을 거야, 그러니까 포기하지 마, 하고 빈말이라도 해 줘야 하는 거 아니야?"

생각하지도 못한 연아의 말에 입이 얼어붙었다. 그러고 보니 한 번도 그런 위로를 해 본 적이 없다. 왜 그랬던 걸까. 나는……

"네가 나한테 해 주는 말이라곤 괜찮아, 괜찮아질 거야, 라는 말뿐이었어. 그 말의 진짜 의미는 뭐야?"

"진짜 의미?"

"그래. 내게 하고픈 진짜 말."

"그런 거 없어. 난 단지……."

"때론 난 네게 뭘까, 하는 생각이 들어. 난 네게 친구이기는 할까? 아니면 널 힘들게 하는 존재일 뿐일까?"

연아의 말이 이해가 안 돼 지호는 눈을 찌푸렸다.

"그게 무슨 말이야? 네가 날 힘들게 하다니. 말도 안 돼."

"정말 말이 안 돼? 넌 나 때문에 힘든 적 없었니?"

지호는 머릿속이 멍해진 느낌이 들었다.

"난 있었는데?"

"내가 널 힘들게 했어?"

그 말에 연아의 표정은 무미건조해졌다.

"네 앞에서 진짜 네 모습을 보여 달라고 떼를 썼다가 진짜 네 모습을 알게 되면 내가 감당할 수 있을까, 두려워."

"네가 무슨 말을 하는지 모르겠어. 진짜 내 모습이라니? 내가 알지 못하는 내 모습이 있다는 거야?"

"그래."

"그게 뭔데?"

"그건 네가 알아내. 나도 망치지 않으려고 노력하고 있으니까."

연아의 노력이라는 말이 귀에 꽂혔다. 무엇을 망치지 않으려고 노력하는 것일까. 지호는 묻기가 두려워졌다. 설마 정우에 대한 마음을 들킨 걸까? 그렇지 않다. 연아 앞에서는 한 번도 티를 내지 않았으니까.

이따금 연아의 눈동자에서 차가운 빛을 읽을 때면 막막한 안개 속에 갇힌 느낌이 들었다. 그러다 아무 일도 없다는 듯 명랑한 얼굴을 하면 안심이 됐다.

하지만 지금 연아는 그 어느 때보다 절망스러워 보였다. 초조해진 지호는 재빨리 입을 열었다.

"괜찮다고 말한 건, 널 위로해 주고 싶어서였어. 친구니까."

"친구니까?"

연아의 되물음이 날카로운 가시처럼 마음에 박혔다.

"응. 친구. 내 제일 소중한 친구."

"넌 정말 냉정해."

지호는 연아의 눈을 똑바로 응시했다.

"그리고 무심해."

"나도 알아."

"그것도 아니? 넌 내게도 그렇지만 너 자신에게도 한없이 냉정하고 무심하다는 걸."

연아가 무슨 말을 하는지 갈피를 잡을 수 없었다.

"넌 왜 한 번도 내게 묻지 않아?"

"내가 뭘 물어야 하는데?"

"됐어."

연아의 담담한 말에 마음이 아팠다.

"내가 냉정하고 무심해서 미안하다."

그 말에 줄곧 시선을 회피하던 연아가 지호를 마주 보았다.

"미안하다고? 네가 뭐가 미안한데! 그 말은 지금 이런 추태를 부리는 내가 할 말이야!"

격앙된 연아의 말에 지호는 꾹 입을 다물었다. 연아 앞에서 무엇을 어떻게 행동하고 말해야 할지 알 수 없었다.

답답하다는 듯 입술을 깨물던 그녀는 결국 눈물을 터트렸다. 지호는 담담한 눈으로 연아가 우는 모습을 바라보았다.

지난 10년간 연아가 흘린 눈물에 가슴이 아팠다. 그 통증은 여전히 무뎌지지 않았다. 바늘에 찔리는 것처럼 따끔거렸다. 연아가 우는 이유는 항상 갈망하던 정우가 그녀를 외면했기 때문이다. 연아가 울 때면 지호는 정우가 미워졌다. 왜 그녀의 마음을 받아 주지 않는지 이해가 되지 않았다.

그런데 오늘의 눈물은 정우가 아니라 자신 때문에 흘리는 눈물이었다. 그녀는 이유를 말하지 않았지만 명백한 자신의 탓이라는 걸 알자 핏속까지 얼어붙는 느낌이었다.

내가 정말 무엇을 잘못한 거지. 지금 연아를 위해 할 수 있는 것은 무엇일까.

지호는 매운 낙지를 한 점 입에 넣고 말했다.

"나 봐. 낙지 먹었어."

그 말에 고개를 든 연아는 얼굴이 찌그러진 지호를 바라보았지만 웃지 않았다. 매운 걸 못 참아 물을 들이켤 때까지 그녀는 아무 말도 하지 않았다.

"정우 2주 뒤에 귀국한다고 하더라. 알고 있었어?"

"응."

"언제?"

"토요일에. 정우가 너한테 먼저 연락한 거야?"

연아는 더 이상 눈물을 흘리지 않았다. 대신 자리에서 일어나 현관으로 걸어갔다.

"가려고?"

"응."

"대리 불러 줄게. 술 마셨잖아."

"괜찮아. 택시 타고 왔어."

지호는 연아의 뒤를 따라 나갔다.

"됐어. 나오지 마."

"택시 잡아 줄게."

"나도 잡을 수 있어. 언니처럼 그만 굴어. 너, 내 언니 아니잖아."

연아의 음성이 냉랭해졌다.

"그게 편하다면 그렇게 해."

문이 닫혔다가 다시 열렸다. 연아의 차가운 얼굴이 보였다.

"지호야. 나 호주 가."

"호주?"

"응. 정우에게. 이번엔 확실하게 매듭지을 거야."

"그래. 그렇게 해."

"난 분명히 너한테 말했어."

"그래."

연아가 지호의 눈을 마주쳤다. 아무것도 읽어 낼 수 없는 흐릿한 눈동자였다. 연아는 어떤 결심을 하듯 입술을 꾹 깨물었다가 뗐다.

"그리고 정우, 나한테 연락 안 했어."

지호는 멍하니 그녀를 쳐다보았다.

"정우 인스타 보고 안 거야. 2주 뒤에 귀국한다고 인스타에 올렸더라고."

그 말을 끝으로 연아는 도망치듯 오피스텔을 떠났다. 지호는 한동안 그 자리에 서서 그녀가 느꼈을 소외감을 곱씹었다. 그러지 말라고 언질을 줬는데도 기정우는 기정우답게 행동했다.

나쁜 자식.

12

연애 고수이신 것 같습니다

그녀가 작업하고 있는 오피스텔이 잠실에 있다는 것이 아주 흡족했다. 명성대 병원과는 15분밖에 떨어져 있지 않았다. 같은 하늘 아래 이토록 가까운 곳에 그녀가 살고 있었다니. 가슴이 벅차올랐다. 그녀를 알기 전까지 이렇게 행복한 적이 있었나. 지호 생각만으로도 발에 날개가 돋아 헤르메스처럼 그녀에게 도착할 것만 같았다.

운전대를 잡은 손가락이 톡톡 리듬을 탔다. 마이클 잭슨이 라디오에서 '사랑이 이렇게 좋았던 적은 없었어'라고 노래하고 있었다. 지호가 마이클 잭슨의 '스릴러'를 듣고 있던 그 순간을 잊어버릴 수가 없었다. 그 이후로 마이클의 노래를 습관적으로 들어 왔는데, 오늘은 그의 기분을 꼭 대변하는 노래를 해 댔다.

좋았어. 마이클. 계속 노래해 줘. '사랑이 이렇게 달콤한 거였구나'라고.

불현듯 든 생각에 유결은 만감이 교차하는 것 같았다. 다시 사랑이라니. 첫사랑을 겪으며 사랑은 아프기만 한 건 줄 알았는데, 사랑은 달콤하고 행복하고 떨리고 긴장되는 순간의 스펙트럼. 하늘에서 무지갯빛으로 반짝이는 오로라 같았다.

지호 씨를 많이 좋아하는구나. 벌써 이만큼 마음이 깊어졌구나.

언제 이렇게 되었을까. 아마도 처음 엘리베이터 문을 열고 들어온 그때부터가 아닐까.

그 순간이 바로 운명의 순간이었으리라. 만약 그녀도 자신과 같다면 운명을 시험해 볼 수도 있지 않을까 하는 생각이 들었다.

어느새 시간은 10시를 넘어가고 있었다. 응급 수술 탓에 퇴근이 몹시 늦어졌다.

* **.** +

눈이 침침했고 목도 말랐고 배도 고팠다. 지호는 저녁도 거르고 〈트라이앵글〉 집필에만 열중했다. 어젯밤 연아가 눈물을 보이며 떠난 후 무엇이 문제일까 곰곰이 생각했다. 괜찮다는 말에서 연아가 서운함을 느꼈으리라고는 전혀 예측하지 못했다.

친구란 힘들 때 같이 있어 주는 존재인데.

인디언 말로 친구란 '내 슬픔을 등에 지고 가는 자'라고 한다. 연아의 슬픔을 이해는 하지만 짊어지지는 못했던 걸까. 차라리 정우에게 에둘러 표현하지 말고 단도직입적으로 말을 했었어야 할까. 연아를 사랑해 주라고. 지호는 차마 그 말은 하지 못했다. 아마도 가라앉은 불순한 마음의 찌꺼기 때문일 테지.

연아는 내게 무슨 말을 기대한 것이었을까. 아무리 생각해 봐도 명쾌한 답이 떠오르지 않았다. 이럴 줄 알았으면 듣고 싶어 하는 말을 실컷 해 주었으면 좋았을 텐데. 결국 욕심을 부린 건 두 사람을 모두 놓치기 싫다는 어리석은 마음 때문인지도 모른다.

지호는 아침 일찍 연아에게 전화를 걸어 보았다. 그녀와 통화가 되면 태연히 밝게 인사하려고 했는데, 연아는 전화를 받지 않았다.

언제 호주에 가느냐고. 호주에서 꼭 정우와 해피엔딩이 되길 바란다고 말을 할 작정이었다. 그것이 현실과는 다를지라도 연아가 꿈꾸는 결말이니 꼭 그 말이라도 해 주고 싶었다.

더 작업하는 건 무리였다. 머릿속은 생각으로 복잡해졌고 손목도 아프고 위장도 쓰렸다. 벌써 시간은 11시가 다 되어 가고 있었다.

냉장고를 열어 보니 어제 연아가 사 온 낙지볶음이 다였다. 밥솥은 텅 비어 있었다. 라면을 먹자니 내키지 않았다. 지금이라도 귀가해 저녁을 차려 먹을까 싶었지만, 끼니를 거르고 작업만 한다고 걱정할 것 같아 그만두었다.

24시간 해장국집을 떠올리고 휴대폰을 챙겼다.

그러다 문득 유결로부터 아무 연락이 없었다는 걸 기억해 냈다. 연아와의 일로 신경이 곤두서 그를 신경 쓸 틈이 없었다. 그런데 화면 알림 창에 톡이 뜨지 않자 허전함이 밀려왔다. 내일 보자고 말해서 알겠다고 대답했는데. 그는 종일 감감무소식이었다.

바쁜가. 의사니까 많이 바쁠 테지. 연락해 볼까 하다가 시간을 확인하고 그만두었다. 이렇게 늦은 시간에 연락하기에는 아직 그렇게까지 가까운 사이가 아니었다. 명색이 사귀는 사이라고 해도 어색함이 사라지지 않았다.

강유결 씨를 만나고 싶은 건가. 아니면 겨우 하루뿐이었는데도 쉴 새 없이 울리는 톡 소리에 길든 것인가. 그에 대한 생각의 물꼬를 트자 멈출 수가 없었다. 물밀 듯 쏟아지는 추측에 머리가 아팠다.

무념무상으로 산다고 동생 지유가 핀잔을 주곤 했는데, 요즘에는 스스로 판 생각의 무덤에 갇혀 사는 것 같았다.

에너지가 소진되는 느낌에 즉시 점퍼를 걸쳐 입고 밖으로 나갔다. 엘리베이터에서 내려 터벅터벅 걸어가고 있는데 익숙한 실루엣이 눈길을 사로잡았다. 뚝, 하고 걸음을 멈췄다.

강유결 씨다.

머플러를 하고 모직 코트를 휘날리며 하늘을 보고 있던 그가 뒤를 돌았다. 유결과 눈이 마주쳤다. 놀라운 빛이 스민 눈이 환하게 웃는다. 가슴에 찌르르, 전기가 돌았다. 당황해서 시선을 그의 어깨너머로 처리했다. 왜 이런 느낌이 들까.

"우리 만났네요."

"네?"

저벅저벅 걸어 가까이 다가온 그를 올려다보았다.

"운명을 시험했거든요."

"무슨?"

"만날 수 있을까, 없을까?"

"왜 여기에 있습니까?"

"방금 말했잖아요. 시험했다고."

"그게 아니라 왔으면 왔다고 연락을 하셨어야죠."

"너무 늦었잖아요. 11시가 넘었습니다."

"그럼 왜 여기에 왔습니까?"

"보고 싶어서요."

가슴에만 돌던 전기가 머리까지 감전시키는 듯했다.

"근데 지호 씨는 이 시간에 왜 나왔습니까?"

"해장국집에 가려고요."

"저녁을 못 먹었어요?"

"네."

"얼른 가죠."

유결이 지호의 손을 잡고 성큼성큼 걸어가기 시작했다. 느닷없이 그에게 손목이 잡혀 끌려가는데 심장이 쿵쾅거리기 시작했다. 전기가 손목까지 내려온 모양이다.

"먹어요."

"네."

해장국은 김이 무럭무럭 날 정도로 뜨거웠다. 안경이 김 때문에 뿌옇게 흐려지자 그제야 안경을 쓰고 밖으로 나왔다는 걸 깨달았다. 지호는 안경을 벗어 두고 숟가락을 들었다.

"귀여웠는데."

"네?"

"안경을 쓴 지호 씨가 아주 귀엽다고요."

"아, 작업할 때 쓰는 안경이에요. 쓰고 나온 줄 몰랐습니다."

"아리 같습니다."

"아리라면 〈닥터 슬럼프〉?"

"지호 씨도 어렸을 때 즐겨 본 모양이군요? 거기 나오는 아리가 쓴 안경 같다고요."

지호는 알이 동그란 안경을 내려다보았다. 다정은 이 안경을 보고 작가들이 쓰는 전형적인 스타일이라고 그랬는데. 유결은 귀엽다고 한다. 친하지 않은 남자에게서 귀엽다는 말은 들어 본 적이 없었다. 하긴 이 남자는 예쁘다는 말도 서슴지 않았으니까.

"까면 깔수록 기대가 됩니다."

"네?"

"또 어떤 매력이 튀어나올지. 양파처럼."

잠시 그의 입을 주시했다. 지호 역시 저 입에서 또 어떤 말이 튀어나올지 저도 모르게 기대하게 됐다.

"얼마나 기다리신 거예요?"

"한 시간 정도?"

입으로 가져가려던 숟가락을 제자리에 놓으며 그를 쳐다보았다.

"그렇게 오래나요?"

"재미있었습니다."

"뭐가요?"

"학창 시절 때도 해 보지 않은 일을 해 봤으니까요. 좋아하는 여학생 집 앞에서 가슴 졸이며 서성대는 거. 이제야 왜 그렇게 하는지 이해가 가더군요."

좋아하는, 이라고 말했다. 앉아 있는 곳이 바닥으로 꺼지는 아득한 느낌이 든다. 귀가 빨개지는 것 같아 서둘러 숟가락으로 해장국을 저었다. 아마도 뜨거운 해장국 김이 귀까지 올라간 모양이다.

"추우시겠습니다. 유결 씨도 얼른 드세요."

"그러죠."

지호는 유결이 해장국을 순식간에 해치우는 걸 지켜보았다. 밥을 뜨는 숟가락질이 장난 아니게 빨랐다. 그저께 못 먹은 건 정말 배가 불러서 그런 것이었구나.

"식사를 못 하셨습니까?"

"저녁을 먹었는데도 배가 고프네요."

"추위에 떨어서 그러실 겁니다. 더 드실래요?"

제 뚝배기에 있는 고기를 가리켰다. 유결이 고개를 끄떡이자 지호는 살짝 미소 지으며 큰 덩어리의 고기를 그의 뚝배기에 올려다 줬다. 그리고 밥을 먹으려는데 그의 목소리가 들렸다.

"한 번 주면 정이 없다면서요?"

무슨 소리지, 하는 눈으로 쳐다보았더니 그가 건네받은 고기를 가리켰다.

"지난번 병원에서."

"이건 고기인데요?"

"하하하. 하하하."

참 듣기 좋은 웃음소리였다. 유결은 진심으로 즐거워 보였다.

"고기는 두 번 주면 안 되는 거였습니까?"

"네."

솔직하게 말하고 해장국을 먹었다. 구겨졌던 위장과 마음이 따뜻한 국물에 스르르 펴지는 것 같았다. 부지런히 수저질하는데 빤히 쳐다보는 그의 시선이 느껴져 따가웠다.

"고기 좋아하는 양지호 씨는 뭐든 잘 먹습니까?"

"네. 가리는 거 없이 잘 먹습니다."

"못 먹는 것이 전혀 없어요?"

"매운 건 잘 못 먹습니다."

"매운 닭발은 못 먹겠네요."

"그렇죠. 근데 그건 왜 물으시는 겁니까?"

"다음 데이트 때 참고하려고요."

"네."

조그맣게 대답하고는 얼른 고개를 숙였다. 부끄러워하는 모습을 들키고 싶지 않았다. 연애는 글로만 써서 실제론 아무것도 모른다는 걸 들키면, 돌이킬 수 없는 부끄러움의 강을 건너게 될 것 같았다.

계산대 앞에 서자 지난번에 계산을 도와준 사장님이 난감하게 쳐다보았다. 계산서를 들고 내민 유결과 카드를 들고 있는 지호를 번갈아 바라보며 어떻게 해야 할지 고민하는 것 같았다.

"어느 분이 계산을?"

"오늘은 제가 하겠습니다. 사장님."

지호가 대답하자 유결이 그녀의 손을 가로막으며 품에서 지갑을 꺼냈다.

"카드 받으세요. 사장님."

"유결 씨, 지난번 저녁 식사도 내셨잖아요. 이번에는 제가……."

유결은 그녀를 쳐다보지 않고 주인 사장님에게 시선을 주었다. 사장은 사느냐, 죽느냐의 고민을 하는 햄릿 같은 표정이었다.

"사장님, 남자와 여자가 데이트할 때 보통 데이트 비용은 누가 냅니까?"

"그거야 보통 남자가 내지요."

"그럼 제 카드를 받으셔야 할 것 같습니다."

"네?"

"오늘 저희, 데이트 중이었거든요."

"아! 네."

그제야 10년 묵은 체증이 가신 얼굴을 하며 사장이 유결의 카드를 받고 계산을 했다.

"두 분 잘 어울리십니다. 그저께 아침에는 아니라고 하셔서 실수했나 했는데, 결국 사귀기로 하신 모양이네요."

"네. 오늘 3일째입니다."

"축하합니다. 우리 집 단골손님의 경사에 제가 빠질 수 없지요. 여기 무료 쿠폰. 다음에 오시면 해장국 두 그릇 무료 서비스해 드리겠습니다."

"감사합니다."

지호는 사장이 건넨 무료 쿠폰 두 장을 받았다.

가게 밖을 나와 유결에게 쿠폰 한 장을 내밀었다.

"여기."

"지호 씨가 보관하세요."

"네?"

"어차피 이곳은 지호 씨와 올 테니까요."

"네."

그와 함께 오피스텔로 걸었다. 쌀쌀한 밤바람에도 춥기는커녕 외려 덥게 느껴졌다. 해장국의 영향인가. 자꾸 얻어먹기만 해서 큰일이네. 대머리가 되겠다.

"차라도 한잔하시겠습니까?"

"좋죠."

"요 앞에 늦게까지 하는 제 단골 카페가 있거든요."

"갈까요?"

인도를 걸어가는데 유결이 차도 쪽으로 위치를 바꿔 서며 걸었다. 보호받는 느낌이었고 여자가 된 느낌이었다.

"절 못 만났으면 어떻게 하시려고 했습니까?"

문득 궁금해져 그에게 물었다.

"운명이 아니구나 생각하면서 돌아갔겠죠."

지호는 걸음을 멈췄다. 왜 이 남자는 우연한 만남에 운명을 거는 걸까. 오늘 밤의 만남이 없었다면 운명이 아니라고 생각했을까. 앞으로 만나지 않겠다고 결심하면서. 왜 나는 이 장난 같은 말 하나에도 신경이 쓰이는 것일까. 짚고 넘어가야 할 것은 확실히 짚고 넘어가야만 한다.

"무슨 운명이 이렇게 가볍습니까?"

유결이 물끄러미 바라보자 부끄러운 마음도 어느새 자취를 감췄다. 이 남자의 얼굴은 되게 깨끗하고 눈빛은 풍부하구나. 멋지다.

"서운합니까?"

"조금이요."

그 말에 그가 환하게 웃었다. 그 웃음에서 반짝반짝 빛이 난다는 생각이 들었다.

"한국말은 끝까지 들어야죠. 양지호 씨."

"네?"

"오늘은 아니구나, 운명이. 어쩌면 내일이 운명일 수도 있겠다."

　여자의 마음을 들었다 났다 하는 솜씨가 보통 수준이 아니었
다. 남자가 이렇게 여심을 잘 헤아린다는 건, 연애 경험이 풍부
하다는 건데. 그는 어떤 여자와 어떤 연애를 했을까.

　"운명이 하루 단위로 계산되는 건 처음 들어 봅니다."

　"내 운명은 갱신되는 운명이거든요."

　말을 정말 잘하는 남자였다. 머리가 좋아서 그럴까. 이 연애
에서 고수는 강유결, 하수는 양지호다. 연애 무경험자이지만 연
애하는 글은 제법 써 왔다고 자부했는데 현실과 이론은 전혀 달
랐다. 이 남자와의 연애는 앞으로 어떻게 진행될까 궁금했다.

　"저기가 제가 자주 가는 커피숍이에요."

　"나쁜 남자 커피?"

　커피숍의 간판을 읽어 보던 유결의 얼굴이 찡그려졌다.

　"혹시 주인이 남자입니까?"

　"네."

　"잘생겼습니까?"

　잘생겼나? 그런 생각은 해 본 적이 없는데. 그래서 여자 손님
들이 많았나?

　"네. 그런 것 같습니다."

　"나쁜 곳이네요."

　"무슨?"

　"카페 이름도 별로인데 잘생기기까지 하니까."

　"그래도 커피 맛은 좋은 곳입니다. 아, 참 커피는 제가 사겠
습니다. 유결 씨가 계산하려고 하신다면 전 안 들어가겠습니
다."

"왜요?"

"줄곧 제가 얻어먹었잖아요?"

제법 단호한 말에 유결은 싱긋 웃었다.

"지호 씨, 기억 안 나나 보네요?"

"무슨 기억이요?"

"우리 처음 만났을 때, 음료값을 지호 씨가 계산했잖아요?"

"네, 그……렇죠."

"내게 감사하다면서. 난 지호 씨한테 감사 인사받을 일 한 적 없는데. 아, 있구나. 차여 줬으니까."

"내가 찼다고요?"

"그럼요. 지호 씨가 얼마나 날 깔끔하게 찼는데. 아직도 눈에 선합니다. 등을 보이고 계산하러 가던 당당한 모습이. 덕분에 내 가슴에 스크래치가 생겼죠."

"그건 정말 고마워서."

"뭐가 고마웠던 건데요?"

지호는 유결 덕분에 한주에 대한 의문점이 풀렸다는 걸 말할 수 없어 입을 닫았다.

"내가 질척이지 않아서 고마웠던 거 아닙니까?"

"자존심이 많이 상하셨던 모양입니다."

지호는 난처한 미소를 입가에 머금고 말했다.

"많이는 아니고, 조금이요."

조금이라고 치기에는 그가 계산한 음식값이 너무 많았다. 어쩌지? 지호가 고민하는 걸 발견한 유결은 장난스럽게 말했다.

"잘 마시겠습니다."

그제야 지호의 얼굴이 밝아졌다.

카페의 분위기는 제목과는 다르게 정적인 느낌이었다. 책과 화분으로 둘러싸인 곳이었고, 복층 구조의 2층 다락방에는 몇몇 손님들이 책을 보며 도란도란 담소를 나누고 있었다.

"전 아이스 캐러멜 마키아토 주시고요. 유결 씨는 뭐로 하실래요?"

"유자차 주세요. 자리를 잡고 있겠습니다."

지호는 주문하고 알뜰하게 쿠폰에 도장까지 찍었다. 그가 어디에 앉아 있는지 실내를 휙 돌아보니 창가 한구석에 자리를 잡고 있었다.

감색 코트에 잘 어울리는 베이지색 머플러를 옆에 놓아둔 채 책을 읽고 있었다. 화보 같다는 생각이 들었다. 짙은 어둠 때문에 창가에 어린 그의 모습에서 지적인 매력이 물씬 풍겼다. 안팎으로 굉장히 잘생긴 남자였구나.

"애인이에요? 남자와는 처음 오시는 것 같은데."

주인은 구레나룻가 멋지고 잘생긴 중년이었다. 그는 호기심 어린 목소리로 물었다.

"……네."

제삼자로부터 애인이냐는 물음을 들으니 그가 정말 애인인 것만 같았다. 사귀고 있는 사이니까 애인 사이가 맞지만, 그녀가 알고 있는 애인이란 말은 좀 더 친밀하고 가까운 사이를 내포하고 있었다. 유결과는 끝이 보이는 사이니까.

가만, 난 이 남자를 잘 알지도 못하면서 왜 끝을 먼저 생각하고 있는 거지? 내가 독신주의자라고 선언한 것도 아닌데. 단순히 연애가 어색해서 그런 것일까.

"선남선녀가 따로 없네요. 자리에 앉아 계시면 음료는 가져다

드리겠습니다."

"감사합니다."

지호는 유결 앞에 앉아 바깥을 우두커니 쳐다보았다. 머리에 맴돌고 있는 물음에 답을 말할 수가 없었다. 서한주라고 생각해서일까.

하지만 이제 서한주보다는 강유결이라는 남자 그 자체가 먼저 눈에 들어온다. 그것도 이유가 안 된다면 결혼 때문일까. 맞선에서 만났으니까. 연아는 맞선 세 번이면 결혼이라는 말도 했었다.

어쩌면 맞선에 대한 두려움 때문인지도 몰랐다. 집안끼리의 소개니까 마음에 든다고 하면 서로를 제대로 알기도 전에 부모님이 결혼을 재촉할까 봐. 그래서 끝을 먼저 생각한 것일까. 떠밀리듯 결혼하는 건 싫었다. 결혼이라니. 언제 결혼에 대해 이토록 오래 생각한 적이 있었나 싶었다.

"유결 씨."

"네."

유결이 고개를 들어 지호를 쳐다보았다. 이제는 뺨과 심장이 자동 시스템이다. 보기만 해도 열이 오르고 박자를 놓친다.

"우리 사귀는 거 부모님들께는 당분간 비밀로 해 주셨으면 좋겠습니다."

혹 그가 마음 상해할지 모른다는 생각에 '당분간'이라는 말을 힘주어 발음했다.

"그러죠."

아무것도 묻지 않고 그러마고 대답하는 그가 신기했다. 입을 떼려는데 사장님이 차를 가져왔다. 아이스 캐러멜 마키아토의 달큼함이 혀를 꼬집었다.

"지호 씨는 차가운 음료를 좋아하는 모양입니다. 저번에도 사이다를 시켰잖아요."

"맞선에서 사이다를 시킨 여자는 처음 보셨을 거예요."

"네. 처음 봤습니다. 맞선이 처음이었거든요."

그의 장난스러운 웃음이 눈에 자꾸 매달렸다. 황급히 시선을 내리고 덧붙였다.

"뜨거운 건 잘 못 먹습니다. 식사 종류는 잘 먹는데 차는 시원한 것을 주로 마셔요. 몸에 열이 많아서요."

"난 혹시 내가 마음에 안 들어서 답답한 마음에 시킨 건 아닐까 생각했습니다."

"그러실 만합니다."

"그럼 지금은 내가 마음에 듭니까?"

그가 웃으며 훅 치고 들어왔다. 머뭇거리다 도깨비에 홀린 것처럼 순순히 대답했다.

"네."

그의 눈이 놀란 듯 약간 커졌다. 장난 반 진심 반인 질문에 진심으로 답한 게 뜻밖으로 느껴진 모양이다. 머쓱함을 깨고 그가 말을 이었다.

"지호 씨는 솔직한 사람이니까."

"네?"

"그 솔직함을 믿는다고요."

"네."

그는 더 이상 묻지 않았다. 마음을 들여다보는 질문으로 긴장시켜 원하는 답을 얻어 내고는 아무 일도 없다는 듯 평온하게 굴었다. 강유결은 사람과 사람의 관계에서 완급 조절을 잘하는 남자였다.

역시 연애 고수인 걸까. 거품 위에 별처럼 수놓인 캐러멜 시럽을 물끄러미 바라보며 생각에 빠져들었다. 물어볼까 하는…….

"유결 씨는 지금까지 연애를 많이 해 보셨어요?"

결국 혀끝에 맴돌던 질문이 밖으로 튀어나왔다.

"어떨 것 같습니까?"

"연애 고수이신 것 같습니다."

"네?"

그의 유쾌한 웃음소리가 다시 들렸다. 내가 말을 잘못했나.

"선수 아니고요?"

"선수세요?"

"아뇨. 아뇨."

유결은 손을 내저으며 웃음을 갈무리했다.

"지호 씨는 무엇을 말하든 항상 상상 그 이상이네요. 왜 내가 고수 같습니까?"

"여심을 잘 아시는 것 같아서요."

"칭찬으로 들어도 되겠습니까?"

"네."

그는 칭찬받은 아이처럼 정말 기쁜 표정이었다.

"연애 고수라기보다는 쌍둥이 오빠라서 그럴 겁니다."

"쌍둥이 오빠라니요?"

"여동생이 둘 있는데 일란성 쌍둥이입니다. 어머니와 함께 진정한 우리 집의 실세들이죠."

"실세라고요?"

"네. 30년간 여동생들의 노예로 살았습니다."

여동생을 살뜰히 챙기는 다정다감한 오빠라는 말을 저런 식으로도 표현하는구나. 노예라는 표현에 설핏 웃음을 흘렸다.

"생각하시는 것처럼 아름다운 거 아닙니다."

"무슨?"

"정말 노예로 살아왔다고요."

지호는 그의 말을 가늠하기 위해 눈을 찌푸렸다.

"우리 집에는 보이지 않는 카스트 제도가 존재합니다. 제일 꼭대기의 브라만은 어머니, 통치 계급인 크샤트리아는 아버지, 상인 계급인 바이샤는 바로 우리 쌍둥이들이죠."

"그럼 유결 씨는 수드라 계급인가요?"

"아니요. 수드라 계급에도 끼지 못하는 최하위 계층인 불가촉천민이죠."

"풋."

불가촉천민을 말할 때 유결이 장난스럽게 나라를 잃은 것 같은 표정을 연출해, 지호는 저도 모르게 웃음이 터져 나왔다. 의외로 유쾌하고 재미있는 사람이구나. 강유결 씨는…….

"어머니는 딸을 몹시 갖고 싶어 하셨어요. 그런데 첫 번째 태어난 아이는 아들이었죠. 우리 집 쌍둥이들이 태어나기 전까지 제 짧은 12년 인생은 참 멀고도 험난했습니다."

"어떻게요?"

"이 노래 압니까? 신데렐라는 어려서 부모님을 잃고요. 계모와 언니들에게…….'"

"구박을 받았습니까?"

"네. 샤바샤바 아이샤바. 얼마나 울었을까요?"

그가 진지한 표정으로 코믹한 노래를 읊조렸다. 지호는 황당한 눈으로 그를 쳐다보았다.

"지금 농담하신 거죠?"

"아뇨. 진담입니다. 다만 지호 씨가 꽤 몰입한 듯하셔서."

"재미있게 말씀하시니까 훅 빨려 들어가네요."

"그 말을 백수가 들어야 하는데."

"네?"

"친구들 중에서 내가 제일 재미없다고 백수가 종종 말하거든요."

"그럴 리가. 이렇게 재미있으신데."

"연애 고수라는 말도 지호 씨에게 처음 들었습니다. 아마 수가 이 말을 들으면 분명 비웃을 겁니다."

"유결 씨는 친절하고 다정하신 데다 여자의 마음을 잘 헤아려 주시는 분 같습니다."

"내가 지호 씨의 마음을 헤아려 줬습니까?"

"네. 조금 전에 사귀는 거 비밀로 하자는 제안도 두말하지 않고 동의해 주셨잖아요."

"맞선을 보고 호감이 있다고 하면 부모님들은 단박에 결혼 날짜를 잡자고 하시니까요. 지호 씨만의 염려가 아니었습니다. 서로를 아직 잘 알지 못하는데 등 떠밀리듯 부모님의 뜻대로 움직이는 건 저도 피하고 싶었거든요."

쑥떡이라고 말해도 찰떡같이 알아먹는 섬세한 남자다. 사람에 대한 관심과 배려가 없다면 하지 못할 말들이었다. 강유결이란 남자는 정말 괜찮은 남자였다. 커피가 더욱 달게 느껴졌다.

"지호 씨는 예쁘다는 말을 왜 어색해합니까?"

입안의 빨대를 뱉어 내며 유결을 쳐다보았다.

"예쁘지 않다는 말은 안 통하니까 하지 말아요. 내 눈엔 그 누구보다도 지호 씨가 예뻐 보입니다."

그의 말을 듣고 얼떨떨했다. 농담할 때와는 다른 진지한 눈빛에 그가 진실을 이야기하고 있다는 것을 깨달았다. 처음에 그 말을 들었을 때는 어쩌면 놀리는 건지도 모른다고 생각했다. 하지만 아니었다.

왜 이 남자는 그 누구도 물어보지 않는 말을 하는 것일까.

"나는 남자 같으니까요."

지호는 담담한 어조로 대답했다.

"키만 덜렁 크고 애교도 없고 성격은 무심하니까. 모두가 그렇게 말했어요."

예전부터 아버지는 남들에게 지호를 소개할 때면 자부심 가득한 목소리로 말했다.

"우리 지호는 아들 같은 둘째 딸입니다. 사내아이보다 더 듬직하고 진중해서 세 여식 중에서 제가 제일 믿는 아이랍니다."

중학교 때 비공식 양지호 팬클럽 회장을 자처한 친구는 이렇게 부탁했었다.

"양지호! 넌 우리의 우상이야! 치마는 절대 안 돼! 절대 남자 친구도 사귀지 마. 네가 바로 우리의 남자 친구니까."

미술 학원에서 친구가 된 연아는 자신을 볼 때면 눈을 반짝였다.

"지호야. 팔짱 껴도 돼? 난 네가 정말 내 남자 친구였으면 좋겠어."

그리고 무엇보다 어느 날 술에 취한 정우가 내뱉은 그 말이 가슴속에 깊이 박혀 있었다.

"네가 진짜 남자였다면 좋았을 텐데."

그들이 원하는 진짜 남자가 될 수는 없지만, 그들이 원하는 대로 과묵하고 무던하게 남자처럼 살아갈 수는 있었다. 자신은 남자 같으니까.

"누가 그런 말을 했습니까? 지호 씨가 키가 크고 진지하고 정중한 성격이라 그런 말을 한 것이라면 그 사람들 모두 엉터리입니다."

지호는 큰소리에 퍼뜩 상념에서 벗어났다. 강유결의 눈동자는 화가 난 듯 보였다.

"정말 그 말을 믿습니까?"

뭐라고 대답해야 할지 알 수 없었다.

"남들이 지호 씨를 어떻게 보고 말하든 그것은 중요하지 않습니다. 그 사람들의 생각에 지호 씨를 맞출 필요도 없습니다. 그 사람들의 눈은 죄다 틀렸으니까요. 지호 씨는 내가 여태껏 만난 여자 중에서 제일 섹시하고 아름다워요. 이렇게 예쁜 여자가 남자 같다는 말에 스스로를 가둬 버리다니."

"내가요?"

"네. 그것도 지독할 정도로 치명적인 여자죠."

그러면서 그는 차가운 물을 벌컥벌컥 마셨다. 뜨거운 무언가가 배 속을 조이며 목구멍으로 치밀어 올랐다. 그의 말에 울컥했던 가슴이 뻥 뚫리는 느낌이 들었다.

지호는 그에게 환한 미소를 보이며 말했다.

"강유결 씨. 농구 보러 가실래요?"

생전 처음으로 남자에게 데이트 신청을 했다.

13
키스할까요?

불타는 금요일이다.

지호는 청바지에 두툼한 분홍색 후드 티를 입고 파카를 걸쳤다. 브라운 색 크로스 백을 어깨에 메고 거울에 비춰 보다 허전함을 느꼈다. 화장대 서랍 속에 나뒹구는 핫핑크 립스틱을 꺼내 입술에 발랐다. 고운 색깔이 진하게 입술에 번졌다. 윗입술과 아랫입술을 소리 나게 맞물려 보곤 만족한 웃음을 지었다.

방을 나와 아래층으로 내려왔다. 지유가 마스크 팩을 붙인 채 깔깔거리고 있었다.

"언니, 어디 가?"

"약속 있어."

"누구? 연아 언니는 어제 호주 갔다며?"

"어제?"

"몰랐어?"

지호는 고개를 끄떡였다. 그 만남 이후로 두어 번 더 연락을 했지만 연아는 전화를 받지 않았다.

"오늘 다정 씨 보러 출판사 갔다가 들었어."

오늘은 정우를 만났을지도 모른다. 둘의 이야기가 잘 풀리기를 바랐다.

"다정이한테는 그러지 마."

"뭐?"

"머리 연습하지 말라고."

"이미 했어. 연아 언니한테 해 보려고 했는데, 어떻게 알았는지 외국으로 토꼈더라고."

"엄마에게 늦는다고 전해 줘."

"연아 언니 아니면 누구 만나러 가는 건데?"

"친구."

"어떤 친구."

"있어. 네가 모르는 친구."

"언니, 잠깐. 그러고 나가게?"

지호는 걸음을 멈춰 멀뚱멀뚱한 얼굴로 지유를 쳐다보았다.

"뭐가?"

"쥐 잡아먹었어? 화장한 건 좋은데, 이렇게 뻘겋게 바르면 어떡해. 오는 남자도 막을 입술이잖아. 약속이 데이트가 아닌 게 다행이지."

"이상해?"

"티슈로 찍어 내. 조금만 닦아 내도 블링블링 예뻐지니까."

지유는 티슈로 지호의 입술을 만져 주었다.

"근데 언니, 형부 안 만나?"

"형부라니?"

"응. 우리 의사 형부. 엄마가 언니가 형부 언제 만나는지 알아보라던데. 이래서 의사 직업인 남자는 별로라니까. 바빠도 너무 바쁘잖아. 하지만 형부로서는 괜찮아. 언니, 형부한테 넌지시 어느 성형외과가 좋으냐고 물어봐 주면 안 돼?"

"성형외과는 왜?"

"쌍꺼풀 다시 하려고. 매몰법은 너무 잘 풀려."

"만나면 물어볼게."

"언니야, 날 위해서 그냥 오늘 만나면 안 되겠니?"

"나간다."

지유의 깜찍한 술수를 눈치채지 못할 만큼 둔하지는 않았다. 동생은 엄마의 지령을 받고 지호를 떠보고 있는 것이었다.

크리스마스가 얼마 남지 않았다. 거리 곳곳에서 캐럴 음악 소리가 흘러나오고 군고구마 굽는 고소한 냄새가 풍겼다. 잠실 학생 체육관으로 향하는 버스에 올라탔다.

화요일에 유결에게 데이트 신청을 하고 이틀이 지나는 동안 전화와 톡으로 대화를 나누었다. 일주일에 세 번은 만날 수 있다는 그의 예측은 처음부터 빗나갔다. 돌발적인 수술이 발생하기도 하고 근무 시간이 수시로 연장되었기 때문이다.

애초부터 주 3회 데이트를 하자는 제안은 순수한 그의 바람일 뿐이었다. 지난 화요일에도 그는 새벽 1시가 될 때까지 대화를 나누다 갔는데, 꽤 피곤한 얼굴이었다. 다음 날 아침에 수술이 있다는 말에 자신이 벌떡 일어서지 않았다면 그는 카페가 문을 닫을 때까지 앉아 있을 태세였다.

유결과 이야기를 나누고 있으면 시간이 눈 깜짝할 새 지나가 버렸다. 그 힘들다는 전공의 3년 차가 정치, 경제, 교양, 연예 할

것 없이 다방면으로 출중한 지식을 자랑하는 게 신기했다. 재미
와 두근거림이 있는 대화였다.

톡을 하다 1이 사라지지 않으면 바쁜가 보다 하고 자연스럽게
생각할 만큼 부쩍 친해져 있었다. 어젯밤에는 여느 연인들처럼
새벽에 통화했다. 까만 밤에 걸린 유난히 환하던 달을 바라보며
그의 전화를 받았다.

—깨웠다면 미안해요.

"아뇨. 안 잤어요. 글 쓰고 있었어요. 유결 씨는 뭐 하셨어요?"

—응급실에서 콜이 와 내려왔다가 지호 씨가 생각났어요.

"환자는요?"

—괜찮아졌습니다.

"다행이네요."

—네. 커피 많이 마시지 마요. 속 버리니까.

"저녁 먹기 전에 한 잔 마신 게 다예요."

—잘했어요. 그럼 작업 계속해요.

"유결 씨."

—네.

"이 시간에 자주 깨어 있으니까 전화하셔도 됩니다."

—고마워요.

"저도요."

—잘 자요.

"유결 씨도요."

특별할 것 없는 대화를 나누었을 뿐인데도 심장은 정신없이

뛰었다. 입술을 매만지다 열기를 식힐 수 없어 냉수를 마셔야만
했다.

그리고 지금도 심장은 여전히 어제의 시간을 기억하고 있었
다.

정류장에서 내려 잠실 학생 체육관으로 10분 정도 걸어갔다.
유결과는 경기 시작 시각인 7시에 티켓 판매소 앞에서 만나기로
했다.

명성대 병원은 잠실과 가까웠다. 분주한 그가 일이 마치는 대
로 도착하기에 적절한 장소였다. 티켓팅을 해 놓아야겠다고 생
각하고 판매소로 찾아갔는데, 파카를 입은 큰 키의 남자가 지호
를 향해 반갑게 손을 흔들었다.

"유결 씨?"

오전에 그와 주고받은 톡의 내용이 기억났다.

〈농구 경기 관람하러 가려면 옷차림이 편해야겠죠? 처음 가
보는 거라서.〉

〈아무래도. 정장은 안 어울릴 것 같습니다.〉

〈청바지, 후드 티 정도면 되겠습니까?〉

〈네.〉

〈지호 씨는 어떻게 입을 건데요?〉

〈유결 씨가 말한 대로요. :))〉

〈구체적으로 어떤 색깔?〉

〈청바지, 분홍색 후드 티, 흰 파카.〉

〈꼭 분홍색이어야 합니까?〉

〈네?〉

〈좀 이따 봅시다.^^〉

유결은 톡의 내용을 그대로 실천하는 옷차림이었다. 짙은 청바지, 흰 파카, 그리고 언뜻 보이는 분홍색 후드 티. 분홍색이라? 그의 옷차림은 지호와 커플 룩으로 보이게 했다.

"이래서 톡으로 물어본 거였어요?"

"물론이죠. 지호 씨와 난생처음 농구 데이트를 하니까. 오프인 동기 여자 친구에게 분홍색 후드 티 사 오라고 심부름까지 시켰습니다."

"왜 그렇게까지?"

"다른 사람들이 한눈에 봐도 내가 지호 씨 남자로 보이고 싶으니까요."

언제부터 그런 예쁜 말을 잘하냐고 묻고 싶었다. 아니면 본체가 바람개비가 아니냐고. 무슨 말만 하면 가슴에 그 말이 바람처럼 빙글빙글 맴돌았다.

"얼른 들어가요. 표는 내가 끊어 놨어요."

"농구 보자고 한 사람은 저라고요."

"대신 간식 사요. 배가 무척 고픕니다."

경기장 안은 난방과 경기에 관한 기대감으로 후끈 달아올라 있었다. 2층 매점에서 핫도그와 팝콘을 사서 2층에 자리를 잡았다. 그는 배가 고팠는지 허겁지겁 제 몫의 핫도그를 먹었다. 지호가 반을 남기자 그것까지 모조리 흡입하고 나서야 만족한 웃음을 보였다.

"농구 관람도 식후경이죠."

"네."

오랜만의 농구장 분위기에 들떠 있었다. 몇 년간 생업에 바빠 케이블 TV로만 경기를 시청했다. 현장의 뜨거움을 느끼는 것은 학창 시절 이후 처음이었다.

"농구를 좋아합니까?"

"네. 하는 것도 보는 것도 아주 좋아합니다."

"농구를 할 수 있다고요?"

유결의 놀란 듯한 질문에 지호는 그깟 쯤이야 하는 표정으로 대답했다.

"네. 중학교 때까지 농구를 즐겨 했습니다. 초등학교 때는 남자애들과 학교 대표로 경기에도 나가기도 했고요."

"정말입니까?"

"네."

눈이 커진 유결이 호쾌하게 웃었다.

"지호 씨는 역시 반전 매력이 넘칩니다."

"이런 반응은 유결 씨가 처음이에요. 농구를 한다고 하면 다들 수긍해요. 키가 커서 잘하겠다는 말도 들었는걸요?"

"그 사람들 죄다 시력 검사 다시 해 보라고 말해 주고 싶네요. 내 눈에는 그렇게 안 보입니다."

"그럼 내가 어떻게 보이는데요?"

그 물음에 순간 유결의 표정이 당혹스럽게 변했다. 무슨 생각을 하기에 저런 표정을 짓지. 의아해져서 눈을 가늘게 떴다.

"내가 이상하게 보이나요?"

"아, 아뇨."

말까지 더듬으니 더욱 이상하게 느껴진다.

"그럼요?"

"말 못 하겠습니다."

"말 안 하시면 이상하게 보인다고 여기……."

"팜므파탈이요."

유결이 다급히 내뱉으며 지호의 말을 가로막았다. 그러자 이번에는 지호의 얼굴이 붉게 변했다.

"경기 시작합니다."

그가 머쓱하게 말했다.

오래간만의 농구 경기는 가슴이 터질 듯 재미있었다. 웅장한 음악과 체육관이 떠나갈 듯한 환호성 소리에 동화되어 갔다. 응원하는 서울 팀의 맹공에 인천 팀의 디펜스가 무너질 때면 목소리는 더욱 커졌다. 고득점의 경기가 이어지는 가운데, 4쿼터가 끝날 때까지도 점수가 1, 2점 차이밖에 나지 않아 손에 땀을 쥐게 했다.

종료 휘슬이 울리기 전 서울 팀의 에이스가 2점 슛으로 1점 차이의 승리를 거두었다. 서울 팀의 응원석은 열광의 도가니였다. 지호와 유결도 응원 막대기를 집어 던지고 누가 먼저랄 것도 없이 서로를 껴안았다.

"이겼어요. 유결 씨! 서울이 이겼다고요!"

"네, 우리가 이겼어요! 지호 씨."

서로를 끌어안은 채 제자리에서 방방 뛰며 승리의 기쁨을 나누었다.

둥둥. 뛰는 심장은 자신의 심장이 아니었다. 그의 심장이 가슴속으로 들어온 것처럼 요란하게 박동했다. 주위의 시끄러운 함성이 한순간에 사라지고 그곳에는 유결과 지호만이 존재했다.

지호는 유결의 눈과 눈을 마주했다.

이 눈이다. 이 세상에 나만 존재하는 것처럼 바라봐 주는 눈. 동공에 어린 열렬한 빛은 그의 마음이었다. 그것을 깨닫는 순간 심장이 미친 듯 시끄러운 소리를 냈다. 아무리 억눌러도 치솟아 오르는 떨림은 도저히 막아 낼 수가 없었다.

잡아먹힐 것 같은 눈동자에 지호는 그만 눈을 감았다. 그의 온기를 느끼고 싶다.

띠리리리. 띠리리리.

휴대폰 소리에 퍼뜩 현실로 돌아왔다. 지호는 눈을 떠 소리가 나는 곳을 두리번거렸다. 그의 휴대폰에서 나는 소리였다. 유결은 미간을 찡그리며 전화를 받았다.

"지금? 병원 아니야. 다쳤다고? 알았어. 금방 갈게."

"무슨 일 있어요?"

"수가 병원에 와 있대요."

"백결 씨가요?"

"촬영하다가 작은 사고가 있었나 봐요. 잠깐 와 달라고 하는데요."

"그럼 가셔야죠. 얼른 가 보세요."

유결은 찌푸린 미간을 풀지 않았다. 뭔가가 몹시도 마음에 들지 않는 듯한 표정이었다.

"지호 씨도 같이 가요."

"나도요?"

"배고프잖아요. 저녁도 안 먹고 경기부터 봤는데. 그리고 지호 씨와 데이트하는 날에 끼어든 불청객은 수라고요. 주객전도가 되면 안 되잖아요. 병원에서 수 상태 잠깐만 보고 우리 같이 밥 먹어요."

"내가 방해가 되지 않을까요?"

"방해는 이미 수가 하고 있어요."

"백결 씨가 들으면 섭섭해하겠어요."

"섭섭한 사람은 수가 아니라 수를 친구로 둔 나죠. 그러니까 같이 가는 겁니다."

"네, 그래요."

지호의 대답에 유결의 안색이 환해졌다.

택시는 명성대 병원 응급실 앞에 도착했다. 유결은 계산을 하고 지호가 택시에서 내리는 것을 도와주었다. 응급실로 들어가려던 유결은 지호에게 바깥에서 잠시 기다려 달라고 부탁했다. 수의 상태를 보고 금방 나오겠다고 말한 뒤 응급실로 들어섰다.

응급실 안은 여전히 응급 환자들로 북적였다. 수의 모습이 보이지 않았다. 연예인이기에 관계자는 물론 혹여 기자라도 있지 않을까 생각했는데 아무도 없었다. 주위를 살펴보고 하이브리드룸까지 뒤졌지만 그림자도 찾을 수 없었다.

"백결 환자 응급실로 내원하지 않았습니까?"

간호사가 유결을 알아보고 살갑게 대답했다.

"아, 맞다. 백결 씨가 강 선생님 친구분이시죠? 조금 전에 치료 다 마치고 저쪽으로 나가셨는데."

"많이 다쳤습니까? 촬영 중 사고라고 하던데."

"아뇨. 경미한 상처였어요. 연기 중 메스에 베이셨대요. 너무 걱정하지 마세요."

그녀는 싱긋 웃고는 다른 응급 환자를 처치하러 자리를 떴다.

유결은 백수에게 속았다는 걸 감지하고 미간을 찌푸렸다. 가는 날이 장날이라고 하더니. 어떻게 알고 지호와의 첫 데이트를 장렬하게 망치는 건지 알다가도 모를 일이었다.

휴대폰이 울렸다. 백수였다. 유결은 급히 휴대폰을 무음으로 처리한 후 서둘러 응급실을 벗어났다. 그가 봐 줄 정도로 큰 사고는 아닌 것 같으니 이대로 수의 레이더에서 벗어나는 것이 현명했다.

지호가 있는 응급실 복도로 코너를 성큼성큼 돌았다. 바닥을 내려다보고 있는 지호를 발견했다. 그를 기다리는 여자. 치명적인 매력을 내뿜는 팜므파탈이자 요물. 캐주얼 차림이 그녀의 매력을 더욱 빛나게 만들었다. 무심한 듯 차려입은 커다란 옷 안에는 얼마나 섹시한 몸이 숨겨져 있을까.

내가 지금 무슨 생각을 하는 거야.

유결은 민망한 생각을 떨치려고 고개를 숙이며 눈을 꾹 감았다. 조금 전 농구장에서의 열기가 몸속에 고스란히 남아 있었다. 뜨거운 함성이 멈추고 주위의 소란스러움이 멎은 것처럼 느껴졌을 때 정말 그녀에게 키스하고 싶었다. 수의 전화만 아니었다면 주위의 이목은 가뿐히 무시하고 그녀의 입술을 맛보았을 텐데.

눈을 뜨고 그녀에게 걸어갔다. 바닥을 보고 있던 지호는 고개를 들어 유결을 쳐다보았다. 지호의 눈동자가 서서히 커졌다.

"지호 씨……."

"안녕하세요!"

지호가 허리를 90도로 꺾어 인사를 했다. 그녀의 영문 모를 모습에 유결은 얼떨떨해졌다.

"지호 씨? 갑자기 왜……."

누군가가 자신의 어깨를 짚었다.

"여기서 또 보니 반가워요. 어이, 레지던트 강."

익숙한 음성이 등 뒤에서 들렸다. 그 목소리를 알아들은 유결은 미간을 찌푸렸다. 조금만 더 빨랐어야 했다.

"베스트 프렌드가 전화를 하는데도 받지 않고 어디를 그렇게 급히 가시나?"

뒤를 돌아보니 수가 눈을 찡그리며 휴대폰을 들어 보였다. 수의 휴대폰은 열심히 자신에게 전화를 걸어 대고 있었다.

"많이 안 다쳤다면서?"

"그래서 이렇게 꽁무니를 내빼시나?"

"내가 없어도 되는데 왜 불렀어?"

"어? 이놈 봐라? 의지야, 유결이 지금 나한테 정색했지?"

유결은 그제야 수의 뒤에 가려져 있던 의지를 알아보았다.

"오랜만에 보는 예민한 반응인데?"

뿔테를 밀어 올리며 의지가 신기한 듯 말했다.

"넌 왜 여기에 있어?"

"수 촬영 현장 구경 왔다가 수가 난리 치는 현장을 목격했지."

"내가 언제 난리를 쳤다고?"

"어리광도 그런 어리광이 없었어. 밴드 하나면 충분한데. 메스에 베였다고 응급실 가야 한다고 매니저 엄청 닦달했다니까. 그러니 널 호출하는 건 당연한 거지."

"아니, 난 촬영 끝나고 명성대 병원에서 불철주야 일하는 유결이를 격려해 주려고 그랬지. 근데 퇴근을 했더라고. 섭섭하게. 유결이가 그럴 만한 이유가 있었네. 지호 씨, 감사합니다. 내 부족한 친구를 다시 만나 줘서."

수가 달콤한 미소를 지으며 지호에게 손을 흔들어 보였다. 그때까지 유결과 그의 친구들의 대화를 듣고만 있던 지호가 그들의 대화에 호출되었다.

"이분이 지호 씨?"

지호는 호기심 어린 눈빛의 귀여운 여자를 내려다보았다. 검은 뿔테 안경을 끼고 똥머리를 한 여자의 얼굴은 무척 하얀 편이었다.

"안녕하십니까? 양지호입니다."

정중한 지호의 인사에 여자의 얼굴이 활짝 피어났다.

"안녕하세요. 전 앞으로 해도 지의지, 거꾸로 해도 지의지입니다. 유결이 친구예요. 만나서 반갑습니다."

"네. 저도요."

"근데 유결이 너, 옷차림이 어째?"

수가 수상한 빛을 가득 담고 유결의 옷과 지호의 옷을 번갈아 쳐다보았다.

"커플 룩? 두 사람 데이트 중이었어요?"

수의 끊어진 말을 이은 건 의지였다.

"어머, 이건 찍어 놓아야 해. 두 사람 얼른 같이 서 봐요."

난데없는 의지의 주문에 지호는 유결 옆에 바짝 붙어 섰다. 어느새 의지는 휴대폰 카메라를 두 사람에게 들이대고 있었다.

"커플인데 왜 이렇게 안 친해 보이지?"

"그러게. 정말 어색해 보이네."

수의 맞장구에 유결은 슬그머니 지호의 손을 꽉 잡았다. 따뜻한 온기가 손을 타고 올라오자 유결은 입꼬리를 슬며시 올렸다.

지호는 떨리는 것을 들키지 않으려 심호흡을 했다.

"오케이. 찍습니다. 하나, 둘, 셋."

의지가 휴대폰으로 사진을 찍은 후 수와 함께 내려다보고 있었다.

"근데 왜 우리가 이러고 서 있는 거죠?"

지호는 유결의 속삭임에 모르겠다는 뜻으로 고개를 가로저었다. 여전히 손은 그에게 잡혀 있었다. 박동이 손에서 느껴지는 듯했다.

"우리 이대로 도망칠까요?"

"네."

수와 유지가 사진에 정신 팔린 틈을 타 유결은 지호의 손을 잡고 재빠르게 걸어가기 시작했다.

"스톱! 강유결. 도망을 불허한다."

유결은 수를 노려봤다.

"우리 데이트 중이었어. 너 때문에 밥도 못 먹고 불려 온 거야. 꼭 꼬집어서 말하면 네가 방해했다고."

"내가 그렇게 심한 짓을 했단 말이야?"

"그래. 반성해. 이만 간다."

"지호 씨, 사과의 의미로 밥 쏘겠습니다."

"밥이라고요?"

지호는 놀란 눈으로 백결을 바라보았다. 백결이 매력적인 미소를 입가에 걸고 다가왔다.

"어때요, 백결과 함께하는 저녁 식사?"

백결의 얼굴에서 빛이 났다. 연예인 화보를 가까이에서 보는 느낌이었다. 어느 누가 백수의 미소를 거부할 수 있을까.

"좋습니다."

얼떨결에 대답하고 말았다. 연예인 백결의 영향력을 새삼 확인하는 순간이었다.

"그럼 갈까요? 의지야, 가자."

여자들을 에스코트하던 수가 유결을 향해 씨익 웃어 보였다. 그 웃음에는 '네가 안 따라오고 배겨?'라는 의미가 강하게 담겨 있었다.

유결은 어쩔 수 없이 수의 뒤를 따랐다.

수가 안내한 곳은 병원 뒤 한적한 골목 안에 있는 포장마차였다. 그가 명성대 병원에서 촬영하다 발견한, 따뜻한 잔치 국수가 맛있는 곳이라고 했다.

"한잔 받으세요. 지호 씨."

지호는 수가 따라 주는 소주를 잔에 받았다. 그에게 술을 따라 주려고 하자 의지가 제지했다.

"지호 씨, 얘는 술을 못 마셔요. 집안 내력이라. 사이다로 주세요."

또 다른 초록의 병을 건네받고 지호는 수에게 음료를 따라 주었다. 옆에 앉아 있는 유결에게는 소주를 따라 주려고 하자 그가 고개를 내저었다.

"나도 사이다 주십시오."

"사이다요?"

"네. 얼음 동동 띄운 사이다."

지호는 유결과 의미 있는 눈 맞춤을 하며 그의 소주잔에 사이다를 따라 주었다. 두 사람만 공유할 수 있는 기억에 괜히 웃음이 나왔다.

"지호 씨, 모델 같다는 이야기 많이 들으시죠?"

의지의 물음에 지호가 '네'라고 대답했다.

"너무 분위기 있으세요. 예쁘신데 수 말대로 그냥 예쁘기만 하신 분이 아니네요. 아까 지호 씨 처음 볼 때 깜짝 놀랐잖아요. 모델 같으셔서."

"꽃미남인 줄 알았지?"

수의 말에 의지가 '무슨 소리래?'라는 표정으로 수를 바라보았다.

"얘 말은 잊어 주세요. 눈은 장식으로 달고 다니거든요."

스스럼없는 의지와 수가 보기 좋았다.

"감사합니다. 근데 과찬이세요."

"겸손하기까지. 정말 멋져요. 이래서 까다로운 유결이가 지호 씨에게 빠졌구나. 나도 빠지고 싶어요."

"그럼 나도 빠지는 거로."

유결의 친구들은 아주 유쾌한 사람들이었다. 어렸을 때부터 절친한 사이라는 그들은 도원결의라는 모임으로 어른이 되어서도 정기적으로 만나고 있다고 했다. 원래 정식 멤버는 네 명인데 백수가 곁가지로 끼어들었다고 유결이 알려 주었다.

유결과 백수가 화장실 간 틈을 타 의지가 지호에게 물어 왔다.

"근데 궁금한 게 있는데. 유결이 처음에 왜 차셨어요?"

"네?"

"유결이가 그랬거든요. 맞선 보고 왔는데 장렬하게 차였다고. 내 친구라서 하는 말은 아니지만 어디 가서 차이고 다닐 애가 아니거든요."

그때는 맞선을 인연을 만나는 과정이 아니라 취재로만 여겼다. 강유결을 만난 것이 아니라 서한주의 모델을 만났을 뿐이었고, 그래서 결혼이니 인연이니 하는 것들이 중요하지 않았다. 그런데 그는 그때부터 그녀에게 호감이 있던 모양이다. 자존심 강한 남자가 차였다고 표현하는 건 쉽지 않은 일이니까. 지호는 마음이 몽글몽글해지는 것 같았다.

"그냥 저와 어울리지 않는 분 같아서요. 잘생기시고 멋지시고 능력 있으시고."

"잘생기고 멋지고 능력 있어서 차였다니. 지호 씨는 역시 비범한 분이세요. 유결이 맞선 결과 전해 듣고 우리 세 명은 이해를 못 했거든요."

"세 명이라니요?"

"도이와 원이, 그리고 저요. 도원결의 멤버들이죠. 참, 원이는 수의 쌍둥이 여동생이에요. 도원결의의 숨어 있는 핵심 세력이랍니다. 중학교 때 원이가 우리를 다 불러 모았어요. 유결이가 우리 학교로 전학 왔는데 성격이 장난 아니었어요. 저 혼자 세상 사는 것처럼 날마다 찬바람 쌩쌩 일으키며 다니더라고요. 알고 보니 그게 다 쌍둥이들 뒷바라지하느라 힘들어서 그런 거였고요."

"네. 들었습니다. 노예로 사셨다고."

"유결이가 여동생들 이야기를 하던가요?"

"네."

지호의 말에 의지는 마음을 완전히 연 듯 허심탄회하게 이야기했다.

"그럼 유결이는 지호 씨를 특별하게 생각하는 거네요. 걔는 어디 가서 자기 이야기는 잘 안 하거든요. 우리한테도 우리가 넘겨짚지 않으면 좀처럼 자기 마음 잘 표현 안 해요. 어떤 땐 속에 뭐가 들어 있는지 알 수 없다니까요."

의지가 이야기하는 강유결과 지호가 알고 있는 강유결은 다른 남자인 것 같았다.

"아무튼 그런 유결이를 마음 좋은 원이가 불쌍히 여겨서 친구 하자고 했는데 유결이가 단박에 거절하는 거예요. 그렇다고 포기할 원이가 아니죠. 결국 유결이도 원이에게 두 손 두 발 다 들어서 우리와 친구가 됐어요. 그래서 원이가 유결이의 첫사랑이 됐나 봐요."

지호는 잘못 들었나 싶어 의지를 빤히 쳐다보았다. 지호의 시선을 느낀 의지가 눈을 동그랗게 뜨며 손으로 입을 가렸다.

"방금 들은 말은 못 들은 거로 해 주세요."

"원이 씨가 유결 씨의 첫사랑이신가요?"

"기분 나빠지시라고 한 말은 아닌데. 죄송해요. 만나고 있는 남자의 과거지사를 알게 되셨으니. 근데 신경 안 쓰셔도 돼요. 원이는 유부녀거든요. 그것도 10년 전에 결혼했고 중간에 이혼은 했지만, 전남편과 올해 다시 결혼했어요. 어휴. 내가 지금 뭐라고 횡설수설하는 거지. 도이가 어디 가서 말 많이 하지 말라고 그랬는데. 아무튼 이 입이 방정이네요."

"괜찮습니다. 예쁜 첫사랑이었나 보네요. 누구나 첫사랑 하나쯤은 가지고 있으니까요."

"이해해 주셔서 고마워요. 그러니까 유결이가 차였다고 말하면서도 지호 씨에게 한 번 더 대시해 보겠다고 마음먹은 거군요."

"유결 씨가 그렇게 말했나요?"

"네. 우리가 알고 있는 유결이라면 깔끔하게 미련 없이 뒤도 안 돌아보고 훌훌 털어 버릴 텐데, 노력해 보겠다고 해서 깜짝 놀랐잖아요. 아마 그건 지호 씨이기에 가능한 것 같네요. 오늘만 해도 유결이가 커플 룩을 입을지는 꿈에도 생각하지 못했거든요. 그것도 분홍색이라니. 원이와 도이도 이 사실을 알면 정말 깜짝 놀랄 거예요."

"왜요?"

"쌍둥이들 때문에 유결이는 핑크 포비아가 있거든요."

"유결 씨에게 핑크 포비아가 있다고요?"

"네. 완전 중증이죠. 어렸을 때 집 안이 온통 핑크핑크 했거든요. 지금도 아주 질색해요. 심지어 유결이 신발주머니도 핑크여서 우리도 얼마나 놀랐는데요? 근데 그렇게 질색하는 색깔로 커플 룩을 선보이다니, 이건 태양이 지구를 도는 것과 맞먹는 충격적인 사건이라고요. 예전에 유결이 연애할 때도 이런 적이 한 번도 없었거든요. 헉! 방금 이 말도 잊어 주세요!"

의지는 당황한 얼굴로 안절부절못했다.

지호는 본의 아니게 유결의 첫사랑과 연애를 알아 버리고 말았다. 강유결 같은 남자가 연애를 한 번도 하지 않았다면 그게 더 이상한 일이었다. 머리로는 그건 과거의 일일 뿐이라고 생각하면서도, 이성적인 사고와는 달리 감정은 과히 유쾌하지 않았다. 그저께 밤에는 저가 먼저 유결에게 연애를 많이 해 봤느냐고 질문까지 해 놓고서.

쌍둥이의 오빠라서 그럴 수도 있지만, 연애를 해 보았기에 여자의 마음을 더 잘 아는 것은 아닐까. 그 여자와는 얼마간 사귀었을까. 글을 쓰면서 연인의 과거를 안 주인공이 된 기분이었다.

"화나셨어요?"

"아니에요."

"정말 미안해요. 이러려고 한 것은 아닌데. 지호 씨가 오래 알아 온 친구처럼 편해서. 저 어디 가서 이렇게 말 많이 하는 사람 아닌데."

"괜찮으니까 염려 마세요. 한잔 주실래요?"

의지의 미안한 표정에 지호는 소주잔을 내밀었다. 의지는 쭈뼛쭈뼛 소주를 따라 주었다. 지호는 단숨에 마셨다. 의지는 여전히 본인의 실수에 미련을 두고 있는 표정이었다. 다른 사람의 마음을 불편하게 하는 건 성미에 맞지 않아 지호는 그녀에게 생긋 웃어 보였다. 그러자 의지는 안심하는 듯했다.

자리를 잠시 비웠던 남자들이 돌아왔다. 유결은 소주를 마시고 있는 지호를 쳐다보다 그녀가 다시 잔을 입에 가져가자 가로챘다.

"그만 마셔요. 취합니다."

"취하고 싶어서요."

"무슨 일이 있었어요?"

"아뇨. 아무 일도 없었어요. 근데 술이 달아요."

지호는 유결을 향해 방긋 웃어 보였다. 그 미소를 바라보는 유결의 눈빛에 다정함이 물씬 풍겼다.

"술 좋아하는 예쁜 지호 씨."

지호의 귀에만 들릴락 말락 한 목소리로 유결이 속삭였다.

"고수님은 안 좋아하세요?"

유결이 지호의 말뜻을 파악하고자 잠시 뜸을 들이던 그때 수가 크게 외쳤다.

"고수? 잔치 국수 시킨 거라 고수 필요 없어요."

마침 포장마차 이모가 잔치 국수 네 그릇을 내어 왔다.

"대신 청양고추를 넣어 먹으면 국수 국물 맛이 정말 끝내줍니다. 청양고추 다진 거 여기 있는데, 넣어서 드시겠어요?"

"아니, 됐어. 지호 씨는 매운 거 잘 못 먹어."

"벌써 지호 씨 식성까지 알아?"

백수의 놀란 음성이 들렸다. 수와 의지는 지호를 챙겨 주는 유결을 놀란 눈으로 멍하니 바라보았다. 지호는 유결의 친절에 가슴이 뿌듯해졌다. 간질간질 웃음이 새어 나왔다.

"BL 소설을 쓰는 작가님이시라고요?"

"네."

수의 물음에 지호는 그가 어떻게 BL을 알고 있는지 궁금해 수를 물끄러미 쳐다보았다.

"필명이 어떻게 되세요? 제가 의지한테 BL 장르를 배운 지 얼마 안 돼서 정말 유명한 분밖에 모르지만, 지호 씨 작품도 읽어 보고 싶습니다. 의지가 권해 준 〈두 남자〉라는 유명한 BL 소설을 읽었는데, 남남 커플이긴 하지만 감정선이 꽤 훌륭하더라고요."

지호의 입가에 미소가 어렸다.

"제 필명은 로미오입니다."

"로미오라면 〈두 남자〉의 작가님이신데……."

"꺄악!"

백수가 곰곰이 생각하는 그때 의지의 비명이 포장마차 안에 울렸다. 자리에서 벌떡 일어날 정도로 깜짝 놀란 의지는 두 손으로 입을 가리고 지호를 뚫어지게 쳐다보았다.

그녀에게 미소를 보이며 지호는 유결의 잔에 소주잔을 부딪쳤다.

"오늘 술이 정말 다네요."

쌀쌀한 겨울바람도 술기운은 꿰뚫지 못했다. 12시가 넘은 시각이라 본가로 귀가하지 못했다. 택시를 잡아타고 오피스텔로 향하다가, 한 정거장 전에 내려 반대편으로 기울기 시작한 달을 바라보며 걸었다.

술의 기운이 모두 뺨으로 올라갔는지 뜨겁기만 했다. 지호는 평소 술이 약하지는 않은데, 오늘은 술이 너무 달콤하게 느껴져 주량이 넘는 줄도 모르고 마셨다. 최근에 이렇게 즐거운 적이 있었나 싶었다.

"머리 아픕니까?"

지호가 두 눈을 찡그리는 것을 보고 그가 걱정스러운 듯 물었다. 그래서 환한 웃음을 얼굴에 가득 그렸다. 즐거운 이유가 모두 이 남자 때문이었구나. 경기장에서 뜨거운 함성을 같이 지르고, 병원에서 그의 친구들이 강요한 것이긴 했지만 손도 잡았다. 그리고 뜨뜻하고 맛있는 국수에 소주잔을 기울이며 대화를 하고 살뜰하게 보살핌까지 받았다. 행복했다.

"아뇨. 안 아픕니다."

"혹 머리 아프다고 타이레놀 먹으면 안 됩니다."

"네. 의사 선생님."

지호는 배시시 웃으며 앞으로 휘적휘적 걸어갔다. 어둠이 깔

316

린 밤을 용감하게 걸어갈 수 있는 것도 모두 이 남자 덕분이다. 두어 발짝 뒤에서 걸어 주는 강유결이란 남자 때문에.

오피스텔 앞에 도착했다. 유결과 곧 헤어져야 한다는 것이 아쉬웠다.

"오늘 즐거웠습니다."

"나도요."

"두 분 모두 정말 재미있으셔서 유쾌했어요. 유결 씨 주위엔 좋은 친구분들만 계시네요."

"우리 시간을 방해한 것만 빼면 좋은 녀석들이죠. 불편하지는 않았어요?"

"전혀요. 재미있는 분들이셨어요."

"의지가 지호 씨를 정말 좋아하더군요."

지호는 자신이 로미오라는 것을 알게 된 의지가 찬탄 어린 시선으로 바라보는 게 쑥스러웠지만 싫지는 않았다.

의지는 로미오의 골수팬이었다. 과거작 〈두 남자〉에서부터 최근작 〈트라이앵글〉까지 평소 로미오에 대해 궁금해하던 것들을 모두 물어 댔다. 급기야 그녀가 가지고 있던 노트에 로미오의 사인을 받자 흐뭇한 웃음을 띠기까지 했다.

헤어질 시간이 되었을 때 의지는 지호에게 아쉬움을 표하며 도원결의 모임에 언제 한번 나오라고 강력히 요청도 했다.

"너무 늦었습니다. 이제 가 보셔야죠."

"그래야죠."

말과는 다르게 유결은 움직이지 않았다.

"내일도 출근하려면 피곤하실 텐데. 얼른 가 보세요. 데려다주셔서 감사합니다."

"내일은 오후에 출근합니다."

"그래도…… 되는 겁니까?"

"수요일에 제가 초과 근무를 해서 과장님이 배려해 주셨거든
요. 이만 들어가요. 지호 씨, 잘 자요."

유결은 지호에게 빙그레 미소를 지어 보이고 뒤를 돌아 걸어
가기 시작했다.

감당할 수 없는 전율이 가슴으로 몰려왔다. 스릴러, 스릴러
나이트. 마이클 잭슨의 음성이 뇌리에 맴돌았다. 지호는 두 번
생각하지 않고 외쳤다.

"유결 씨! 잠깐만요."

지호는 한걸음에 뛰어가 그를 붙들었다. 그의 눈동자가 '왜?'
라고 물었다. 지호는 환한 웃음을 매달고 말했다.

"농구 하실래요?"

가로등이 드문드문 켜진 작은 농구장에 공이 통통 튀는 소리
가 들렸다.

"첫 경험입니다."

"농구 자체가 처음이라는 거예요, 아니면 '달밤에' 농구 하는
게 처음이라는 거예요?"

"둘 다요."

지호와 유결은 파카를 벗고 분홍 후드 티 차림이었다.

"색깔로 보면 우린 같은 편인데."

"일대일 농구에서는 서로가 서로를 이겨야 하는 적수일 뿐입
니다."

지호는 능숙하게 드리블하며 유결의 말에 대답했다.

"농구에서는 드리블을 해야 움직일 수 있어요. 드리블할 때는 두 손을 사용하시면 반칙이고요. 공을 들고 세 걸음 이상 걸으시면 안 돼요. 슛을 할 때는 무릎을 살짝 구부렸다가 점프 하면서 백보드를 향해 이렇게……."

지호가 설명하면서 슛을 하는 장면을 유결은 팔짱을 끼고 쳐다보았다.

"하시면 됩니다."

공이 깔끔하게 림을 통과했다.

"지호 씨, 농구의 규칙 정도는 나도 압니다."

"한 번도 해 본 적 없다면서요?"

"책으로 배웠죠."

"책이요?"

"〈슬램덩크〉. 왼손은 거들 뿐."

유결은 점프를 하며 슛을 쏘는 흉내를 냈다.

"왼손잡이시잖아요."

"네?"

"강백호는 오른손잡이니까 왼손이 거들어야 하지만 유결 씨는 오른손이 거들어야 할 것 같은데요?"

"그러네요. 그렇다고 그런 눈으로 욕하지 마세요. 난 아무것도 망치지 않으니까요."

유결의 말에 지호가 깔깔거렸다.

"네. 이적이 알아줘서 고맙다고 할 거예요. 난 왼손잡이야."

지호의 노래 부르는 목소리가 정말 듣기 좋았다.

"그럼 시작할까요?"

유결은 드리블하고 있는 지호의 손에서 공을 가로채며 가볍게 지호를 따돌리고 레이어 숏을 했다. 공이 정확하게 림 안으로 쏙 들어갔다. 지호의 눈이 휘둥그레졌다.

"농구는 처음이라면서요?"

"운동 신경은 꽤 좋은 편이라서요."

"그렇다면 봐주지 않겠습니다."

지호는 현란한 드리블을 시전하며 디펜스 하는 유결의 몸을 돌아 점프했다. 림이 출렁거렸다. 현재 스코어. 1 대 1.

"몇 점 내기입니까?"

"15점이요."

"내기엔 뭘 걸어야죠?"

"아이스크림 어떻습니까?"

"좋습니다."

지호는 유결의 운동 신경이 정말 뛰어나다는 것을 알 수 있었다. 자신은 종종 농구를 해 와 감각을 잃지 않았는데, 유결은 처음 하는 사람답지 않게 움직임이 재빨랐다. 쉬는 날도 많이 없는 전공의면서. 달이 비추는 적막한 농구장에 한동안 열정적인 호흡과 격렬한 몸놀림, 바닥을 울리는 농구공 소리만 가득했다.

지호가 왼쪽으로 공을 들었다가 오른쪽으로 몸을 돌려 페이드어웨이 숏을 쏘았다. 깨끗하게 공이 들어갔다. 15 대 12.

심장 소리가 둥둥 들렸다. 가쁜 숨을 몰아쉬었다. 겨울밤을 무색하게 할 만큼 얼굴이 달아올랐다. 한껏 끌어 올린 체온 때문에 이마에 땀이 송골송골 맺혔다.

"내가 이겼습니다."

뜨거운 온도를 감당할 길이 없어 지호는 바닥에 드러누웠다. 시원한 사이다 같은 찬기가 등에서 느껴졌다. 하늘은 콜라 같은 색깔이고 모양이 이지러진 달은 한 스푼 뜬 바닐라 아이스크림 같다. 그리고 시야에 강유결의 얼굴이 나타났다.

"지호 씨. 힘들어요?"

네. 힘들어요. 당신 때문에 내 심장이……

밑에서 바라보는 그의 얼굴은 매력적이었다. 날렵한 입술에 눈이 혹했다. 지호는 나직하게 속삭였다.

"키스할까요?"

유결의 눈에 반짝이는 별이 어리었다.

14
좋아합니다. 정말 좋아해요

눈을 감았다. 그러자 새로운 세계가 몸속으로 들어왔다.

남자의 단단한 입술이 맞물리고 촉촉한 혀가 입술을 집요하게 쓰다듬었다. 그러다 그의 입안으로 들어가 빨리고 깨물렸다. 무엇을 어떻게 하는 건지 알 수 없었다. 키스는 처음이었으니까. 주먹을 꼭 말아 쥐었다.

아이스크림이 먹고 싶었는데 아이스크림이 된 것 같았다. 유결의 혀가 핥아 대는 그 감촉이 너무 간지러워 입을 벌렸다. 어떻게든 피하려고 한 것이었는데, 단단하고 까슬한 혀가 안으로 몰려들었다. 거칠게 사납게 밀려오는 것 같더니 부드럽게 혀를 감싸 안는다. 그러고는 다시 미묘하게 핥아 댔다.

입안의 구석구석 돌아다니는 그로 인해 숨쉬기가 힘들어졌다. 이럴 때는 어떻게 해야 하지? 답답함을 알아차렸는지 그의 입술이 떨어져 갔다.

"하아, 하."

잠깐뿐이었다. 다음 숨을 들이쉬는데 그의 입술이 입술을 덮었다. 이번에는 다른 각도였다. 빨렸다가 비벼졌다가 살짝 물어뜯겼다. 정중하기만 한 줄 알았는데 그는 야만적인 키스를 하고 있었다. 입술에서 파생된 야릇하고 아찔한 감각이 꼬물꼬물 기어 머리로 뱃속으로 발끝까지 몰려갔다.

그러다 세차게 흡입하는 바람에 떠밀려 입안은 물기 하나 없이 부들부들해졌다. 그의 목울대가 울리는 소리가 들렸다. 촉촉한 감촉을 더 느끼고 싶어 살며시 전진했다. 그의 안으로 들어가 단단한 혀를 부드럽게 건드렸다. 미세한 터치에 흥분했는지 그의 혀가 광폭하게 움직였다. 잡아먹힐 것만 같다.

지호는 그를 더 느끼고 싶다는 갈망에 허덕였다. 으스러지게 쥐었던 손을 풀어 유결의 목을 끌어안았다. 어둠이 두 사람의 촉촉한 열기를 감당할 수 없을 즈음 유결이 고개를 뗐다.

"숨 쉬어요."

그의 말에 가쁜 숨을 내쉬었다. 가슴뼈가 오르락내리락했다.

"눈도 뜨고."

그의 눈동자에서 벼락같은 흥분의 잔재를 발견했다. 민망해진 지호는 조용히 웃어 보였다.

"역시 고수십니다."

"네?"

"연애 고수답게 키스를 아주 잘하신다고요."

비교 대상이 없는데 그가 키스를 잘하는 걸 난 어떻게 아는 거지. 답은 간단했다. 그에게 이성을 잃고 온몸이 흐물흐물 녹아내렸으니까.

유결이 빙긋 웃으며 속삭였다.

"아이스크림 먹으러 갈까요?"

"네."

지호는 유결의 손을 잡았다.

"맛있어요?"

"네."

맛있는 건 저 입술인데. 그녀의 입속으로 들어가는 아이스크림을 훔쳐보았다. 유결은 남은 멜론 맛 아이스크림을 입안에 몽땅 집어넣었다. 달콤했다. 지호의 입술보다는 못했지만. 그녀의 감촉이 여전히 입술에 남아 있었다.

"왜 그렇게 봐요?"

"아이스크림 많이 남았네요."

"한 입만 찬스는 없습니다."

"안 빼앗아 먹을 테니 염려 말아요."

싱긋 웃는 그녀의 입가에 아이스크림이 묻어 있었다. 손을 뻗어 엄지로 닦아 냈다.

"이건 내가 먹어도 되죠?"

유결은 지호의 입에서 훔친 아이스크림을 날름 핥았다. 동그 랬던 그녀의 눈이 가늘어졌다.

"다른 여자에게도 이랬나 의심이 됩니까?"

"네."

"내가 연애 고수라서요?"

"네."

지호의 말에 유결은 열없이 웃었다.

"첫사랑은 원래 이루어지지 않는다잖아요. 그리고 첫사랑이긴 하지만 짝사랑이었습니다."

지호는 놀란 듯 그를 바라보았다.

"연애 고수라고 하기엔 6개월 남짓 사귀었을 뿐이고, 게다가 그 연애도 상대방이 다른 사람이 더 좋다고 해서 자연스럽게 끝 났습니다. 겉으로 보기에 차인 쪽은 나지만 실은 그렇지 않아 요. 짝사랑할 때보다 더 마음을 주지 않았거든요."

"왜 그런 이야기를 하십니까?"

"의지가 문자를 보냈더군요. 자기가 실수한 것 같다고."

"의지 씨가요?"

"괜찮다고 말하는 지호 씨 얼굴이 괜찮아 보이지 않았답니다. 그래서 난 지금 지호 씨에게 과거의 연애를 고해 성사 하고 있 는 거고요."

"하실 필요 없어요. 내가 유결 씨 지난 연애사에 관여할 권리 가 있는 것도 아니고."

"왜 없어요? 우린 벌써 키스도 했는데. 충분한 권리가 있습니 다."

그 말에 지호의 뺨과 귀가 붉게 물들었다.

"지호 씨, 난 지호 씨가 날 연애 고수라고 말하면서 질투해 주는 게 좋았어요."

"질투한 게 아니었어요. 그냥……."

유쾌하지 않은 마음이 질투였던 걸까. 지호는 곰곰이 생각했 다.

"질투든 아니든, 난 그 마음이 좋습니다. 지호 씨가 내게 진 심으로 관심을 보여 준 것 같아서요."

유결의 달콤한 목소리가 귀에 달착지근하게 달라붙었다. 지호는 쳐다볼 수가 없었다. 눈을 마주한 순간 다시 키스할 것만 같아서.

"궁금한 건 있습니다. 처음 만났을 때 내가 물었었죠. 사랑할 수 없다고 생각한 사람이 계속 눈에 들어오면 어떻게 할 거냐고. 그때 유결 씨는 그 사람을 외면하지 않고 끝까지 사랑하겠다고 말했어요. 어쩌면 그때까지의 인생을 송두리째 바꿀 수 있는 사랑인데도요."

"기억나요."

"근데 그다음 유결 씨 말이 더 인상적이었어요. 단순히 가정해서 대답한 게 아니라 직접 겪어 보고 대답한 거라고."

지호는 그를 가만히 쳐다보았다.

"유결 씨에게 그런 사랑을 가르쳐 준 한 사람이 누굴까 궁금해졌어요."

"그건 좀 위험한 질문인데요? 답을 안 해도 이미 답을 알고 있는 것 같고."

"이해가 안 돼요. 그분은 왜 강유결 씨를 사랑하지 않은 거죠?"

"모두가 날 사랑할 수는 없잖아요. 그렇게 되면 난 마성의 남자가 되는 거니까."

"네?"

"누군가를 사랑하고 사랑하지 않는 데 무슨 이유가 있겠습니까? 그건 그냥 마음이 시키는 대로 하는 겁니다. 누구도 자기 마음을 마음대로 할 수는 없으니까요. 그냥 그 순간이 좋았어요. 내게 사랑을 돌려주지 않아도, 내 옆에 그 사람이 없어도 내 마음은 여전히 그 자리에 있고 싶어 하더군요."

"마음이 시키는 대로?"

난 그런 적이 있었나. 마음을 숨기느라 급급했는데. 혹시나 들킬까 봐. 이 남자처럼 정직하게 마음을 인정한 적은 한 번도 없었다. 상처 받고 상처 주기 싫었으니까.

유결은 표정이 굳어지는 지호를 물끄러미 바라보다 난처한 듯 덧붙였다.

"지호 씨, 여기서 중요한 건 지금까지 내가 말한 '사랑' 앞에는 모두 '짝'이라는 말이 빠져 있다는 거예요. 그 점 잊으시면 안 됩니다."

지호는 유결을 우두커니 쳐다보다 입을 열었다.

"난 첫 키스입니다."

유결의 눈동자에 기쁨이 물결쳤다.

"첫 연애고요."

유결은 손을 뻗어 지호의 손을 잡았다. 지호는 그 손의 온기를 놓치고 싶지 않았다.

"하지만 유결 씨가 첫사랑은 아닙니다."

하지만 지금은 당신을 좋아하고 있습니다. 비록 아직은 말로 표현하는 게 자신 없지만, 당신은 내 마음을 이미 알아차리고 있을 겁니다. 내 심장이 당신 곁에서 격렬하게 뛰고 있다는 것을요.

"다행이네요."

"무슨?"

"첫사랑은 원래 이루어지지 않으니까요."

지호는 유결의 미소에 마음이 따뜻해졌다.

"대신 예약을 하죠."

"예약이요?"

"지호 씨 마지막 사랑으로요. 그래도 되겠습니까?"

지호는 그의 재치 있는 말에 활짝 웃어 보였다. 정중한 어투로, 진지한 표정으로 유쾌한 말을 잘하는 멋진 남자였다.

"왜 대답이 없어요? 설마 예약 안 받는 겁니까?"

"닭살이 좀 돋아서."

지호의 팔을 미는 시늉에 유결은 그만 웃어 버리고 말았다. 까만 밤을 울리는 듣기 좋은 웃음소리였다.

지호는 노트북 모니터에서 눈을 뗐다. 맹렬하고 격렬한 작업이었다. 저녁 먹는 것도 잊어버리고 태경과 은우가 사랑을 확인하는 장면을 끝마쳤다. 실상 〈트라이앵글〉의 절정 부분이었다.

돌고 돌아온 그들의 사랑이 완성되는 순간 한주의 외사랑은 완전히 끝이 났다.

한주를 떠나보내는 것이 안타까웠지만 이 글의 주인공들은 최태경과 이은우였다. 이제 결말 부분을 쓰면 〈트라이앵글〉은 완결이 난다.

짧은 분량으로 가볍게 시작한 글이었다. 주로 긴 호흡으로 장편을 쓰던 지호에게도 색다른 도전이었다. 전자책으로 출간된다면 두 권으로도 나올 수 있는 분량이었다. 유달리 시작이 어려웠다.

그러나 유결로 인해 제대로 캐릭터의 성격을 잡았고, 한주는 적절한 조연의 역할을 해내며 독자들의 사랑을 받았다. 구상 때부터 은우의 사랑은 태경으로 정해져 있었기에, 한주를 좋아하는 독자들의 아쉬움을 이해 못 할 바는 아니었지만, 집필 의도대로 글을 써 내려간 것은 스스로에게 박수를 보내고 싶었다.

시각은 11시가 조금 넘어 있었다. 꺼 놓았던 휴대폰의 전원 버튼을 눌렀다. 맑은 소리와 함께 휴대폰은 살아났다. 얼른 톡을 열어 문자를 확인했다. 마지막 문자 이후로 그의 연락은 없었다.

약속을 잘 지키는 사람이구나. 태경과 은우의 중요 장면 때문에 어젯밤에 휴대폰을 꺼 놓겠다고 미리 알려 주었다. 그는 흔쾌히 이해하며 성공을 빌었다. 하지만 왠지 약간 섭섭했다.

아니면 종일 일하느라 정신이 없었을까. 전공의 3년 차라도 여전히 바빠서 밥을 먹을 때조차 놓친다고 했으니까.

어쨌든 내일은 크리스마스이브이고 온종일 같이 보낼 수 있을 것이다. 2주 전 유결이 크리스마스이브 때까지 친해지자고 했는데, 그의 바람대로 아주 친한 사이가 되었다. 비록 그가 장담한 대로 여섯 번까지는 만나지 못했지만 단 네 번 만에 관계는 급물살을 탔다.

함께 식사를 하고 차를 마시고 도란도란 이야기를 나누다 헤어질 때면 입술을 나눴다. 촉촉하고 격렬하고 부드럽고 애가 타는……. 그들이 나눈 키스의 모든 것이었다. 짧은 부딪침이 긴 시간을 잡아먹고, 아찔한 감각이 전신을 휩쓸 때면 먼저 이성을 되찾은 유결이 항상 몸을 떼곤 했다. 그럴 때마다 음욕에 불타는 쪽은 저인 것만 같아 지호는 부끄러워졌다. 대신 태경과 은우의 러브신을 쓸 때 손가락이 키보드 위를 마구 날아다녔다.

영화를 보고 근사한 레스토랑에서 식사를 하고 남산을 걷자고 할까. 크리스마스이브 데이트 코스를 확인하는 그때 휴대폰이 울렸다. 기꺼운 마음에 발신자를 확인하니 유결이 아니라 연아였다. 그녀가 호주로 떠난 후 처음 하는 연락이었다.

"여보세요."

―지호야.

연아의 목소리는 울음으로 젖어 있었다.

"무슨 일 있어? 목소리가 왜 이래?"

―난 네가 부러워.

"그게 무슨 말이야?"

―항상 네가 부러웠어.

연아의 목소리가 술에 젖어 있다는 것도 알았다.

"혼자 있는 거야, 정우는?"

―정우는 없어.

"무슨?"

―없어. 사라졌어.

"너 지금 어디야?"

―호주.

"정우를 만나지 못했단 말이야?"

―만났어.

"근데 왜 정우가 없어?"

―완전히 끝났으니까.

끝났다는 연아의 음성은 나락을 걷는 듯했다. 무슨 말을 어떻게 해야 할지 몰랐다. 머뭇거리는 사이 연아가 말을 내뱉었다.

―아니, 이 말은 틀렸다. 정우는 시작한 적도 없으니까. 아니야, 맞아. 10년 동안 정우를 사랑한 내 마음은 이제야 끝을 봤으

니까.

"연아야."

연아의 아픔이 전해져 와 안타깝게 친구의 이름을 불렀다.

—괜찮을 거라는 말은 하지 마! 난 괜찮지 않아.

"……."

—용감하게 직면하면 정우도 어쩔 수 없을 거라고 생각했는데 아니었어.

마음이 착잡해졌다. 이런 걸 원한 게 아니었는데. 다 같이 행복해지길 바랐는데.

—잤어. 정우랑…….

"뭐……?"

순간 귀를 의심했다.

—정우랑 잤다고.

아무 말도 할 수 없었다. 심장이 숨을 쉴 수 없을 정도로 조여들었다. 아슬아슬한 관계의 트라이앵글이 요란하게 소리를 낸다. 왜 그렇게까지…….

"왜……?"

딩동, 딩동. 작업실의 벨이 다급하게 울렸다.

—너도 정우를 갖지 못할 테니까.

시끄러운 소리 때문에 연아의 말을 제대로 듣지 못했다. 지호는 현관문을 바라보았다. 이 늦은 시간에 누가 찾아왔을까. 유결 씨?

—누가 왔어?

연아의 날 선 목소리가 휴대폰 너머 들려와 지호는 정신을 차렸다.

아무 말도 못 하고 무거운 걸음으로 걸어가 인터폰 화면을 쳐다보았다. 숨이 턱 막혔다. 인터폰 화면에는 정우가 보였다. 언제 호주에서 돌아온 걸까. 휴대폰을 들고 있던 팔을 떨어뜨렸다.

"정우야."

─정우?

연아의 목소리가 더욱 날카롭게 들렸다.

"지호야! 나야, 문 열어. 열라고!"

급기야 정우가 현관문을 쿵쾅거리며 치기 시작했다. 그 소리가 물속에 있던 지호를 현실로 끄집어냈다. 지호는 문을 열었다. 정우는 말도 없이 안으로 들어왔다.

"누구와 통화 중이었어?"

"연아……."

그 한마디에 정우가 성큼 다가와 휴대폰을 뺏어 들었다. 그러고는 바로 통화 종료 버튼을 눌렀다. 전화가 다시 울렸다.

"받지 마."

지호는 휴대폰으로 향하던 손을 멈추었다. 전화가 계속 울리자 정우는 전원을 아예 꺼 버렸다. 난폭한 정우의 행동에, 연아의 말에 흐트러졌던 이성이 제자리를 찾았다.

"왜 이렇게 화가 났어?"

그 말에 정우가 원망 어린 눈으로 지호를 쳐다보았다.

"선봤다면서?"

"응."

"내게 할 말이 그게 다야?"

"내가 무슨 말을 해야 하는데?"

정우의 잘생긴 얼굴이 일그러졌다. 사납기도 한 그 얼굴에서 아픔이 느껴졌다.

"겨우 두 달이었어. 내가 한국을 떠나 있는 그 두 달 안에 네가 어떻게 이럴 수 있어?"

"뭐가?"

"그 남자와 잘해 볼 거라는 거 진심이야?"

지호는 말에 막막하게 그를 쳐다보았다. 화를 내는 정우가 낯설게 느껴졌다.

"그래."

"양지호! 제발 한 번만이라도 스스로에게 솔직해져 봐."

정우의 핏발 선 눈과 마주했다. 그의 시선을 외면하자 정우는 지호의 얼굴을 돌려 그를 바라보게 했다.

"내가 그렇게 많은 사인을 줬는데도. 넌 어떻게 그걸 몰라볼 수가 있어?"

정우의 말이 지호의 안으로 들어와 숨겼던 찌꺼기를 아프게 건드렸다.

"사랑을 깨달았다고 했잖아. 네게 할 말이 있다고 했잖아!"

지호는 멍하니 정우를 올려다보았다.

"너잖아! 그 사람이 바로 너라고!"

감정이 격해진 정우는 지호를 안았다. 둥둥 뛰는 심장은 그녀의 것이 아니라 정우의 것이었다.

"바보야. 어떻게 그걸 몰라? 10년 동안이나 널 좋아하고 기다렸는데!"

"나라고?"

"그래, 너, 양지호! 처음부터 너밖에 없었어. 근데 어떻게 다른 남자를 만나겠다는 말을 할 수 있는 거야?"

정우의 격한 말에 가라앉은 진심이 기지개를 켰다. 그 날카로
운 움직임에 가슴이 베이는 것 같았다.

"지호야. 좋아해. 아니 사랑해. 한순간도 널 좋아하지 않은 적
이 없었어. 오래전 우리가 신랑 신부 놀이 할 때부터 널 좋아했
어."

정우의 고백에 저도 모르게 눈시울이 뜨거워졌다. 그랬구나.
정우도 날 좋아했구나. 혹시 좋아할지도 모른다는 생각은 내 바
람만이 아니었구나.

"너도 날 좋아하잖아. 그렇지?"

정우는 확신을 얻으려는 듯 연거푸 말을 뱉어 냈다.

"그렇다고 말해. 네가 날 좋아해도 말할 수 없었던 건 연아
때문이잖아. 연아와의 우정을 망치기 싫어서, 연아에게 상처 주
기 싫어서. 네 마음을 접고 날 연아에게로 밀어 낸 걸 내가 모를
줄 알았어?"

"네가 어떻게 그걸……?"

"어떻게 몰라? 10년간 네 옆에서 날 봐 달라고 널 괴롭혔는
데."

"괴롭히다니?"

"기억나? 내가 연아와 소개팅하기 전날 밤에 고백했던 거."

고백이라니?

―나 정말 소개팅해도 돼?

그 말이 고백이었구나. 눈가에 가득 고여 있던 눈물이 주르르

흘러내렸다.

"넌 상관없다고 말했어. 날 좋아하지 않는다는 사실에 자존심이 상해서 연아와 소개팅을 했어. 연아를 만나면서도 난 네 생각만 났다고. 우리 셋이 만날 때 어쩌면 너도 날 좋아할지 모른다는 생각이 어렴풋이 들기 시작했어. 하지만 내 알량한 자존심 때문에 네게 다시 고백하고 싶지 않았어."

정우의 눈동자가 후회로 얼룩졌다.

"어쩌면 내가 만나고 있는 여자들을 네가 질투해 줄지 모른다는 생각도 했어. 수많은 힌트를 줬는데도 넌 알아차리지 못하더라. 차라리 네가 남자였으면 좋을 뻔했다고 생각했을 정도였어. 하지만 지금은 그 모든 걸 후회해."

그의 목소리가 낮아졌다.

"널 좋아한다고 고백했어야 했는데, 그랬다면 10년을 허비하지도 않았을 테고. 넌 다른 남자를 만나지도 않았을 테니까."

그의 말이 모두 맞았다. 사실 정우의 마음과 자신의 마음을 알고 있었다. 하지만 이미 만들어진 트라이앵글의 불안한 행복을 망치고 싶지 않다는 이유로 그 마음을 외면했었다. 오늘 정우가 말하지 않았다면 지호는 평생 인정하지 않았을 마음이다.

하지만 정우의 고백에 흔들리던 찌꺼기는 이제 스스로 가라앉기 시작했다. 찌꺼기가 만든 상처에서도 더 이상 피가 나지 않았다.

눈물은 하염없이 볼을 타고 흘러내렸지만 찢어지게 아프던 심장은 잠잠해졌다. 지호는 정우를 밀어 내고 한결 평안한 눈으로 그를 올려다보았다.

"정우야. 고마워."

정우의 눈동자에 불안이 스쳤다.

"넌 내 첫사랑이었어."

"…… '이었다' 고?"

"용기가 없어 한 번도 인정하지 못했던 내 첫사랑."

지호는 눈물을 닦고 미소를 지었다.

"널 많이 좋아했어. 그리고 고마워. 날 좋아한다고 말해 줘서."

"양지호. 지금 무슨 말을 하는 거야? 이젠 아니라는 거야?"

정우의 물음에 고개를 끄떡였다.

"연아 때문에 널 밀어 낸 거 맞아. 연아가 아파하는 거 보기 힘들었거든. 그 모습을 볼 바엔 차라리 널 향한 내 마음을 숨기는 게 나았어. 그렇다고 안 아팠다는 건 아니야. 많이 아팠지만 난 참을 수 있었어. 그래서 미안해."

"뭐가 미안한데? 다른 사람 생각하지 말고 너와 나만 생각하면 되잖아!"

"그럴 수 없어. 그때도 지금도 내 결정은 똑같다는 거야."

"어째서? 아직도 연아 때문이야?"

"아니야. 새로운 트라이앵글 때문이야."

"새로운 트라이앵글? 그게 무슨 말이야?"

"지금의 난 그 사람이 너무 좋으니까."

"그 사람이라니?"

"강유결 씨가 내 마음에 들어와 버렸어."

정우의 얼굴에 고통이 서렸다.

"네가 어떻게, 어떻게 내게 이럴 수 있어?"

"미안해. 이것밖에 안 돼서 정말 미안해. 하지만 이제 나도 내 마음이 시키는 대로 해 볼래."

"마음이 시키는 대로?"

"처음이야. 마음을 숨기지 않고 네 앞에 꺼내 놓는 건."

"지호야."

정우의 슬픈 눈을 외면하지 않았다. 그것이 정우를 위해 해줄 수 있는 일이었다.

"정우야. 어쩌면 내 사랑은 연아의 사랑에 비할 바가 못 된다는 걸 알아서 네게 다가가지 않은 것인지도 몰라. 널 사랑할 자신이 없어서, 연아에게 미움받을 용기가 없어서 포기한 것인지도. 널 생각하면 아프고 괴로운데, 그 사람만 생각하면 가슴이 벅차올라. 내가 사랑받고 있다는 게 느껴져서 정말 행복해. 이런 말을 하는 게 네게 잔인한 짓이라는 걸 아는데, 그래도 단 한 번만이라도 네 앞에서 솔직해지고 싶어."

정우의 눈동자에 물기가 스며들었다.

"내가 그렇게 널 힘들게 만들었구나."

지호는 아프도록 입술을 깨물었다.

"그 남자 사랑해?"

지호는 정우의 말에 천천히 고개를 끄떡이며 대답했다.

"사랑하는 거 같아."

정우가 마른세수를 했다. 눈물을 들키기 싫어 숨기려는 행동임을 직감했다.

"내가 그때 돌아왔어야 했는데. 내 진심을 깨달았을 때 널 만나러 왔어야 했는데. 넌 언제나 그 자리에 있을 거라고 생각했어. 내가 고백하기만 하면 내 사랑을 받아 줄 거라고 자만했었어. 한데 넌 이제 아니구나. 그 누구보다도 솔직하고 용감하게 네 사랑을 이야기하는구나. 그건 결코 내가 하지 못한 일이야."

"미안해. 정말……."

"됐어. 그만해. 날 사랑해 주지 않는다고 해서 네가 잘못한 것은 아니니까."

정우는 건조하게 말한 후 등을 돌렸다.

"정우야?"

"이만 간다. 내 감정은 내가 추스를게. 당분간은 못 보겠다. 나중에, 감정이 정리되면 그때 친구로서 다시 만나자."

그가 현관문을 걸어가자 물었다.

"연아는?"

"연아는 이제 나와 상관없어."

"어째서?"

"확실하게 말했어. 친구로도 만나고 싶지 않다고."

정우의 단호한 말에 지호는 말을 잇지 못했다.

"견디지 못할 거야. 연아가 추스를 수 있게 조금이라도 시간을……."

"그 시간이 10년이었어. 그런데도 연아의 집착은 나아지지 않고 도리어 심해졌지. 이제 연아도 냉정한 현실을 받아들여야 할 때야. 언제까지 네 뒤에 숨어서 제멋대로 굴게 놔둘 거야?"

"내 뒤에 숨은 적 없어. 연아는 누구보다도 널 사랑해."

"연아는 처음부터 널 이용했어. 내가 널 사랑하는 줄 알면서도 널 빌미 삼아서 내 곁에 있었고, 네겐 우정을 들먹여서 네가 내게 솔직하지 못하게 만들었지."

"아니야, 그렇지 않아."

"네가 아무리 아니라고 해도 연아에 대한 내 생각은 변함이 없어."

"하지만 넌……."

—정우와 잤어.

연아의 말이 지호의 뇌리에 맴돌았다. 아무리 연아를 위해서
라지만 그 말은 자신이 해서는 안 될 말이었다. 두 사람만의 문
제였으니까.

"이제 그만해. 연아 이야기는 두 번 다시 듣고 싶지 않아."

정우는 문밖으로 나가 버렸다. 지호는 울고 있을 연아의 얼굴
을 떠올렸다.

우정이란 이름으로 빛나던, 위태위태하던, 그들의 엇갈린 트
라이앵글은 완전히 박살이 났다.

우두커니 앉아 있었다. 눈물이 멈추지 않았다. 친구란 이름으
로 억지로 엮은 관계가 결국 끊어지고 말았다. 모두를 지키고자
한 욕심이 잘못된 것일까. 솔직하지 못한 마음이 잘못된 것일
까. 용감했다면 지금의 우린 많이 달라졌을까.

벨이 울렸다. 멍하니 현관을 쳐다보았다.

"지호 씨, 안에 있어요? 지호 씨?"

문밖에 있는 사람은 유결이었다. 천천히 걸음을 떼 인터폰을
쳐다보았다. 그의 걱정스러운 얼굴이 화면에 보였다.

왜 이렇게 안심이 되는 걸까.

문을 열었다. 그의 피곤한 얼굴이 보였다.

"전화했는데 받지 않아서. 걱정이 돼서……."

"유결 씨."

"울었어요?"

그제야 현실로 돌아오는 느낌이었다. 아니라고 고개를 내저으며 눈가를 훔쳤다.

"무슨 일이 있었습니까? 설마……?"

오피스텔 안으로 들어온 유결은 다급히 주위를 살펴보았다. 혹 나쁜 일을 당한 것은 아닐까 염려가 됐었다.

다행히 집 안은 어질러지지 않았다. 일을 마치고 지호에게 연락을 했다. 휴대폰이 꺼져 있다는 말에 가슴이 선득해졌다. 부랴부랴 지호의 작업실로 찾아와 벨을 누를 때까지 내려앉은 가슴은 제자리로 돌아오지 않았다. 그녀가 작업실에 있다는 것을 알고 나서야 진정할 수 있었다.

하지만 지호는 울고 있었다. 초췌한 얼굴이 안쓰러웠다.

"지호 씨, 그만 울어요."

그 한마디에 지호는 무너졌다. 유결은 지호를 부축해 침대로 데리고 갔다. 그녀를 앉게 하고 자리에 일어서자 지호가 속삭였다.

"가지 말아요."

"안 갑니다. 지호 씨가 가라고 해도 안 갈 거예요."

유결은 그 말을 증명하듯 입고 온 코트를 한쪽에 벗어 두었다. 그러고는 싱크대로 가서 물을 끓였다. 싱크대 수납장에서 꺼낸 코코아 하나를 컵에 탔다.

"마셔요."

지호는 그가 내민 머그잔을 쳐다보았다.

"지호 씨가 찬 음료만 마시는 걸 알지만 지금은 따뜻한 음료가 필요해요. 마음을 안아 줄 겁니다."

"고맙습니다."

지호는 코코아를 건네받고 한 모금 마셨다. 따뜻한 기운이 몸속으로 퍼지자 절망이 한쪽으로 밀려나는 것 같았다. 유결이 빤히 쳐다보자 지호는 고개를 돌렸다.

"보지 마세요. 부끄러우니까."

"우는 게 뭐가 부끄러워요? 울지 못하는 게 부끄러운 거죠."

솔직하게 마음을 보였다면 일이 이렇게까지 엉망진창이 되었을까.

"자책하지 말아요."

"네?"

"얼굴에 다 쓰여 있네요. 모든 게 내 잘못이라고."

지호는 고개를 숙였다.

"무슨 일이 있었는지 이야기 안 해 줄 겁니까?"

"정우가 왔었어요."

"정우?"

유결의 의아한 빛이 가득한 눈을 보고 싶지 않았다.

"내 첫사랑이요."

"그 사람이 왜 왔습니까?"

"처음으로 좋아하는 감정이 뭔지 깨닫게 해 준 친구였어요. 하지만 좋아하는 마음을 숨길 수밖에 없었어요. 또 다른 내 친구가 정우를 사랑했거든요. 10년간 그렇게 내 마음은 존재하지 않는 것처럼 여기고 살아왔어요. 숨기고 숨겨야 모두 같이 있을 수 있다고 생각했습니다. 그런데……."

"지호 씨를 흔들었습니까? 사랑한다고."

유결이 말을 가로채자 지호는 놀란 눈으로 그를 쳐다보았다. 유결의 눈에서 상처를 읽었다. 이 남자 두려워하고 있구나.

"네."

"그래서 지호 씨는 뭐라고 대답했는데요?"

"처음으로 마음이 시키는 대로 했어요."

"마음이 시키는 대로?"

지호는 유결의 손에 손깍지를 꼈다.

"유결 씨를 좋아한다고 말했습니다."

굳었던 유결의 눈매가 풀어지며 지호를 거리낌 없이 주시했다.

"무슨 말을 하고 있는지 알고 있습니까?"

"네. 잘 알고 있어요. 강유결 씨. 좋아합니다. 정말 좋아해요."

유결은 놀란 듯 말을 잇지 못했다. 대신 그의 손에서 전해지는 축축한 열기와 떨림으로 그의 마음을 읽어 낼 수 있었다.

"10년 동안 정우에 대한 마음으로 괴로웠어요. 다 잊었다고 여긴 순간마다 숨겨진 진심 한 조각이 내 가슴을 찔러서, 뭐가 내 진심인지 알 수 없었습니다. 내겐 연아도 정우도 버릴 수 없는 친구니까요. 트라이앵글 관계에서 우정이 아닌 사랑이 끼어들면 반드시 누군가는 상처를 받으니까, 그 상처 내가 받는 것이 낫다고 여겼어요."

"지호 씨."

그 부름 하나에 들어간 위로와 공감이면 충분했다.

"아마도 난 정우를 사랑하는 것보다 불안한 공존을 더 원했는지 모릅니다. 내 마음만 속이면 아무 문제가 없을 거라고 생각했으니까요. 하지만 결국 이렇게 되고 말았어요. 10년 동안 마음을 숨긴 바람에 정우도 연아도 나도 모두가 상처를 받게 되었어요."

"지호 씨 잘못이 아니에요. 트라이앵글은 한 사람만이 원한다고 해서 이루어지는 형태가 아니니까요."

"고마워요. 내 잘못이 아니라고 말해 줘서."

유결은 지호의 손을 잡은 손에 힘을 줬다. 그의 격려에 마음이 안온해졌다.

"정우가 내게 사랑한다고 말했을 때, 그제야 알게 됐어요. 숨은 감정이 더 이상 날 흔들 수 없다는 것을요. 처음으로 정우에게 좋아했었다고, 네가 첫사랑이었다고 고백했을 때 아프기만 하던 그 감정이 어느새 잠잠해졌다는 것도 알았습니다. 그리고 그 순간 유결 씨만 생각났어요. 계속 내 눈앞에 아른거렸어요. 당신이⋯⋯."

"미안합니다."

"뭐가요?"

"지호 씨가 먼저 말하게 해서⋯⋯."

"유결 씨."

"좋아한다는 말은 내가 먼저 하고 싶었습니다. 크리스마스이브 때 고백하려고 벼르고 있었는데."

지호의 눈에서 눈물이 흘러내렸다. 자책과 후회, 슬픔이 아닌 기쁨의 눈물이었다.

"유결 씨밖에 없었어요. 날 떨리게 하고 행복하게 하는 사람은 강유결 씨 당신밖에⋯⋯."

"좋아합니다. 양지호 씨. 그리고 사랑합니다."

지호는 말을 이을 수가 없었다. 유결의 입술이 입술을 덮어 버렸기 때문이다. 그가 떨어지지 못하도록 아랫입술을 물었다. 그의 윗입술이 또 지호의 입술을 물었다. 완전히 포개진 채로 그에게로 빨려 들어갔다. 아무리 입술을 비비고 혀를 얽고 입술을 깨물어도 허기가 메워지지 않았다.

지호는 유결의 목에 팔을 감아 자신에게로 끌어당겼다. 그가 어디론가 사라지지 못하도록 팔에 힘을 주었다. 유결의 키스로 헐떡이는 제 숨소리조차 꿈인 듯 느껴졌다. 부드럽고 단단한 입술이 떨어졌다. 그의 체온이 사라지는 것이 무척 아쉬웠다.

"12시가 넘었어요."

"네."

"오늘 하루 고되었을 테니까 이만 가 보겠습니다."

같이 있고 싶은데. 그는 여지없이 선을 분명하게 지키고 있었다. 격렬한 키스에 흥분한 사람은 나밖에 없는 걸까. 하지만 유결의 얼굴도 열에 들떠 벌겋게 달아올라 있었다. 그런데도 선을 넘지 않으려 하다니, 그의 자제력은 얼음으로 만든 칼인 모양이었다.

그와 키스를 하면 진짜 여자가 된다. 마음속 깊이 여자가 되고 싶다는 갈망이 심각하게 울렸다. 지호는 눈을 감고 저도 모르게 불쑥 내뱉었다.

"유결 씨와 같이 있고 싶어요."

쥐구멍이라도 있다면, 아니 없어도 돼. 진심이니까. 그는 잠잠했다.

"자고 싶습니다. 유결 씨와……."

아무 말도 들려오지 않았다. 누구의 숨소리인지 알 수 없는 숨소리를 제외하고는……

"지호 씨, 눈 좀 떠 봐요."

"싫어요."

"정말 나 안 보기입니까?"

"네. 안 보겠습니다. 부끄러우니까요."

"미안합니다."

그 말에 지호는 눈을 떠 그를 쳐다보았다. 여자가 이렇게까지 했는데도 이대로 가 버리는 건 아니라고 말하고 싶었다. 그런데 눈을 떠 보니 그의 얼굴이 바로 코앞에 있었다. 은근한 열기가 가깝게 느껴졌다.

"또 지호 씨가 먼저 말하게 해서……"

"무슨 말입니까?"

"지호 씨의 제안을 받아들이지 않을 만큼 고지식한 남자 아니라고요."

유결이 씩 웃었다. 그 말뜻을 알아들은 지호의 눈이 휘둥그레졌다.

갑자기 그가 몸을 뗐다. 어리둥절해진 지호가 물었다.

"왜?"

"준비를 해야죠. 준비 없이 할 수는 없으니까. 편의점에 다녀올게요."

"아, 네."

그제야 뜻을 알아차린 지호의 얼굴이 발그레해졌다.

15
미안합니다. 서한주 씨

키싱구라미처럼 한참 동안 입술을 떼지 않았다. 촉촉한 소리만 공간을 떠돌았다. 유결에게서 자신이 쓰고 있는 보디클렌저의 향기가 풍기자 지호는 기분이 오묘해졌다. 방금 샤워를 마친 유결의 머리카락은 젖어 있었고 반들반들 윤이 났다.

침대에 나란히 앉아 키스만 하길 15분 째. 물론 그의 키스는 훌륭하고 더할 나위 없이 좋았다. 키스만으로도 감각은 민감함의 최고조를 향해 내달렸다. 하지만 계속 키스만 하고 있을 건가. 지호가 먼저 입술을 뗐다.

"유결 씨."

"네."

"안 해요?"

이제는 부끄럽지도 않다. 한참을 뜸 들이는 그 때문에 안달이 나서.

"준비를 좀 하고 있었습니다."

"준비는 아까 하셨잖아요."

지호는 그가 사 온 것들을 향해 눈짓했다.

"마음의 준비요."

"무슨 마음의 준비요?"

지호는 이해가 가지 않아 손가락으로 입술을 매만졌다. 그러자 유결이 지호의 손을 잡아 내렸다.

"손가락으로 괴롭히지 말아요. 지호 씨 입술 괴롭힐 건 내 입술밖에 없으니까."

간지러운 그의 말에 지호는 눈을 동그랗게 떴다.

"지호 씨의 손가락이 되고 싶었던 적이 많았습니다."

"그건 또 무슨 말이에요?"

"지호 씨가 곰곰이 생각할 때면 입술을 매만지더라고요. 그럴 때마다 키스하고 싶었어요. 지금처럼."

유결의 입술이 다시 지호의 입술을 삼켰다. 짜릿함이 정수리로 밀려 올라갔다. 뱀처럼 날름거리는 혀들이 누구의 입안에 갇혀 있는지 모를 즈음, 지호가 목을 비스듬히 꺾었다. 입술에 머물던 유결의 입술이 구름처럼 그녀의 목에 머물렀다. 혀를 미끄러뜨리며 입술로 짧게 빨아들여 흔적을 남겼다.

간지러운 감촉이 어느새 야릇하게 변해 지호는 입술을 깨물었다. 하마터면 신음을 낼 뻔했다.

"처음 볼 때부터 이러고 싶었다면 날 이상하게 생각할 겁니까?"

"처음부터요?"

그 말에 깜짝 놀라 지호는 유결에게서 떨어졌다.

"그렇게 놀라면 내가 진짜 이상한 사람이 되잖아요."

"아, 아니 이상해서 그런 게 아니라 놀라서. 처음부터 반했던 거예요?"

지호의 순진한 모습에 장난기가 올라 유결은 입꼬리를 하늘로 늘였다.

"반하면 안 됩니까?"

"그게 정말이라고요? 그건 소설에서만 일어나는 일인데."

"실제로도 일어날 수 있어요. 날 찬 여자는 지호 씨가 처음이었거든요."

"그건 드라마 대산데."

"그러니까요."

그제야 유결이 장난친 걸 깨달은 지호는 겸연쩍게 웃어 버리고 말았다.

"근데 유결 씨. 우리 계속 이러고 있을 거예요? 샤워도 했고 옷도 나눠 입었고 키스도 했는데. 여전히 제자리만 돌고 있는 것 같아서요."

"신기하게도 지호 씨 트레이닝복이 내 옷처럼 꼭 맞네요. 지호 씨 키가 커서 그런가?"

"오버 핏으로 사서 그래요. 그래도 바지는 좀 짧습니다."

유결이 자신보다 키가 크다는 걸 알고 있지만, 왠지 그로부터 키가 크다는 말을 들으니 중성적으로 보인다는 말처럼 느껴져서 지호는 새치름해졌다.

"삐쳤어요?"

"네. 아, 아뇨."

지호의 빠른 부인에 유결은 미소 지었다.

"고마워요. 날 편하게 여겨 줘서. 지호 씨의 이런 모습 이렇게 빨리 볼 줄은 몰랐는데."

"알몸을 말입니까?"

"네? 하하. 하하하."

토끼처럼 눈을 동그랗게 뜬 지호를 바라보며 유결은 눈을 가리고 웃었다. 공중에 발을 딛고 사는 여자에게 지상에서 사는 남자가 어떻게 관심을 받을까 고민한 적이 있었다. 하지만 지호는 무심하고 건조하다 해도 영락없는 여자였다. 오해와 착각을 하는 데는 선수였고, 그 모습이 매우 귀여웠다.

"이제 시작합니다."

"유결 씨. 그런 건 미리 말할 필요가 없어요."

"첫 연애라면서 어떻게 그걸 압니까?"

"경험이 없어도 소설 쓸 때 러브신은 쓰니까요."

"아!"

유결은 멍하니 지호를 바라보다 문득 생각나는 게 있어 물었다.

"근데 왜 자는 게 관심의 기준이라고 말한 거죠? 그 기준을 통과하지 못하면 사귀지 않는다고 말했잖아요. 하지만 실제로 지호 씨는……."

서한주의 캐릭터를 잡아내려고 우발적으로 질문한 것이었다. 괜한 오해가 이 순간에 끼어드는 것을 원하지 않아 지호는 서둘러 둘러댔다.

"그건 유결 씨라 그런 거예요."

"나여서요?"

"유결 씨를 놓치고 싶지 않아서."

지호의 바라보는 유결의 눈빛이 수상쩍게 변했다.

"아닌 것 같은데. 지호 씨는 내게 관심이 없었잖아요."

"아니에요! 관심 있었어요. 계속 이러고 있을 겁니까? 시작한 다면서요?"

얼굴이 빨개진 지호는 입을 봉할 수밖에 없었다. 유결이 다시 키스하며 두꺼운 니트 속으로 손을 넣었기 때문이다. 그의 서늘한 손이 시원한 감촉을 선사했다. 혀로 아랫입술을 할짝대다 안으로 파고들 때 그의 손이 브래지어 안으로 들어왔다.

놀란 감촉에 몸을 떨다 그의 힘에 떠밀려 침대 위로 쓰러졌다. 키스하며 유결은 지호의 니트를 위로 올려 벗겨 버렸다. 옷을 벗길 때를 제외하고는 입술을 떼지 않았다. 물속에서 헤엄치는 물고기처럼 유결은 각도를 달리하며 키스해 댔다.

"으응."

지호는 탄식하듯 신음을 내뱉었다.

"따뜻해요."

유결이 속삭였다.

"열이 많아서."

"내가 시원하게 해 줄게요. 내 몸이 좀 차서. 등 좀 들어 볼래요?"

지호는 대답 대신 등을 올렸다. 그러자 그가 브래지어 훅을 손쉽게 풀었다. 지호의 상체를 가리고 있는 것은 아무것도 없었다. 유결의 두 손밖에는. 시원함이 가슴 위에서 느껴졌다. 작은 가슴이 그의 손바닥에 완전히 가려졌다.

유결은 말랑말랑하고 부드러운 젖가슴을 쥐어 보았다. 지호에게 키스하며 작게 고개를 내민 유두를 엄지로 쓸어 보았다. 순간 지호의 키스가 적극적으로 변했다. 손바닥으로 둥글게 애무하다 애를 태우듯 유두를 살짝 꼬집었다. 그러자 지호가 허리를 비틀었다.

"지호 씨, 예뻐요."

"하."

유결은 입술을 내려 목선을 흡입했다. 쇄골 위 움푹 파인 곳에 혀를 대어 빙그르르 돌렸다. 지호의 온몸에 자신의 체취를 남기고 싶었다. 봉긋한 가슴에 도착한 유결의 입술이 동산의 주변을 지분거렸다. 여린 살을 빨 때마다 지호의 신음이 소리를 높였다.

한참 둥근 가슴을 애무하다 작은 정점을 혀로 톡, 건드렸다. 지호는 기묘한 흥분감이 척추를 타고 아래로 내려가는 것을 느꼈다. 유결의 혀가 뱀처럼 날름날름 젖꼭지를 핥아 댔다. 뱀이 된 것처럼 몸이 꿀렁거렸다.

본능적으로 좀 더 강한 자극을 원한 지호는 유결의 머릿속에 손가락을 밀어 넣었다. 물에 빠진 사람처럼 지푸라기라도 잡고 싶은 심정이었다. 그가 유두를 입안으로 삼키자 지호는 고개를 뒤로 젖혔다.

"으읏!"

부드러운 압력이 강하게 변질되었다. 살짝 내뱉었다가 다시 삼키는 행위가 반복되자 지호의 뺨은 더욱 붉어졌다.

"유결 씨."

그가 젖가슴을 애무하면 할수록 찌릿찌릿하고 간질간질한 느낌이 중심부에서 느껴졌다. 생경한 느낌에 하체를 비비 꼬는데 유결의 단단한 허리가 다리 사이로 훅 들어왔다. 자연스럽게 지호의 다리가 활짝 벌어졌다.

유결은 쾌감을 가감 없이 느끼는 지호의 순수함에 고무되었다. 입술을 위로 올려 지호의 입을 틀어막자 지호의 혀가 꼬물꼬물 파고들었다. 뒤섞인 타액이 입술을 젖게 만들 즈음 유결은 손을 아래로 내려 바지 안으로 밀어 넣었다. 팬티 위에서 치골을 더듬었다.

짜릿한 전율이 두 다리 사이에서 느껴져 지호는 유결의 팔을 붙잡았다. 그만하라는 듯 힘을 줬지만 유결의 손에 가로막히고 말았다. 유결이 멈추지 않자 지호는 그의 손길을 피해 침대 끝으로 몸을 옮겼다. 곧 벽이 등에 느껴졌다.

작은 싱글 침대 위에서 도망쳐 봤자 유결에게 금방 잡혀 버리고 말았다. 유결은 거친 숨을 몰아쉬며 상의를 벗었다. 지호는 그의 따뜻한 체온을 느끼며 속삭였다.

"차다면서요? 이렇게 따뜻한데."

"지호 씨가 날 뜨겁게 만들었으니까."

몸으로 느껴지는 애무와 비견할 수 있을 만큼 에로틱한 말의 애무였다. 유결은 지호의 바지를 벗겨 내고 그의 하의도 벗었다. 아랫도리 속옷만 입은 남자와 여자의 몸이 한 몸인 듯 겹쳐졌다.

그는 황홀한 눈으로 지호의 늘씬하고 매끈한 다리를 쳐다보았다. 헐렁한 옷에 가려졌던 그녀의 몸매는 예상한 대로 한껏 섹시했다. 동그란 어깨와 잘록한 허리, 그리고 긴 다리. 저 다리로 그의 허리를 감싸 준다면. 생각만으로도 가 버릴 것 같아 유결은 겨우 자제력을 발휘했다.

지호의 몸은 자신의 몸에 꼭 맞았다. 만지는 족족 쾌감을 흡수했다. 유결은 동그란 젖꼭지를 살짝 잡아당겼다가 놓으며 문

질렀다.

그러면서 다른 한 손으로 지호의 팬티를 말아 내렸다. 우거진 수풀이 단비를 맞은 것처럼 젖어 있었다. 그녀가 느낀 쾌감이 만들어 낸 증거였다.

그는 길쭉한 지호의 중심부를 손끝으로 조심스럽게 탐색하다 비밀의 꽃술을 발견했다. 엄지로 리드미컬하게 쓸자 예민한 감촉을 견디지 못한 지호가 엉덩이를 옆으로 뺐다. 유결은 움직이지 못하게 풍성한 엉덩이를 와락 움켜쥐었다.

"피하지 말고 느껴요."

"아웃, 유결 씨."

지호는 유결의 목을 끌어안았다.

그녀를 행복하게 했다는 자부심이 들었다. 유결은 키스하며 지호의 깊은 곳을 애무했다. 손가락으로 화원을 탐색하며 비가 내리도록 유혹했다. 진한 여자의 향기가 풍겨 왔다. 유결은 그것을 맛보고 싶다는 강한 충동에 휩싸였다.

"안 돼요."

지호는 유결의 입술이 떠나가자 항의하듯 속삭였다. 하지만 곧 후회했다. 강렬한 쾌감이 찌르듯 몸에 꽂혔기 때문이다. 그녀의 배를 타고 내려온 유결은 검은 수풀에 얼굴을 묻었다. 단단한 혀를 세우고 클리토리스를 찍어 눌렀다가 아래위로 터치했다.

"아흣."

지호는 강하게 전율하며 베개를 움켜쥐었다. 유결은 부드럽게 문지르다 더욱 깊은 곳으로 나아갔다. 좁은 곳에 혀를 밀어 넣고 쭉 핥아 올렸다. 정성껏 핥고 빨아 당기며 그녀를 쾌락의 정점으로 인도했다.

"아, 제발! 제발!"

갈 길을 잃은 애원이 유결의 귀에 착 달라붙어 기쁘게 했다.

일순 지호의 몸이 자잘하게 떨리는 것을 느낀 유결은 위로 올라가 지호를 쳐다보았다. 그의 품에서 여자가 된 그녀가 너무 사랑스러웠다. 땀에 젖은 지호가 겨우 눈을 떠 유결과 눈 맞춤했다.

"키스할까요?"

"네."

유결의 말에 지호는 고개를 끄떡이며 그의 입술을 찾았다. 조금 전 느꼈던 쾌감은 말로 형용할 수 없었다. 유결은 집요하게 에로틱하게 지호의 입술을 공략했다.

서서히 지호의 몸이 다시 달아오르기 시작했다. 이제 그의 욕망을 풀어야 할 때였다. 속옷 안에서 뻐근하게 느껴지는 욕망을 참아 내는 것도 한계에 다다랐다.

지호는 아랫배에서 느껴지는 육중한 단단함에 몸을 떨었다. 그가 몸을 떼고 준비를 했다. 잠시라도 그에게서 떨어지고 싶지 않았다. 준비를 끝낸 유결은 지호의 다리를 넓게 벌리게 했다. 짙은 사타구니가 활짝 벌려져 눈을 자극했다. 아름다웠다.

"아플 거예요."

"참을 수 있어요."

유결은 정성껏 지호의 젖가슴을 애무하며 그의 페니스를 붙잡아 계곡에 가져다 댔다. 성급히 들어가지 않고 귀두로 클리토리스를 문질렀다. 지호의 얼굴이 쾌락으로 찡그려지는 것을 눈에 담으며 오직 감각만으로 깊은 곳에 몸을 묻었다.

"아!"

지호가 짧게 통증을 호소하자 그는 그대로 멈췄다. 빡빡한 그녀의 몸이 페니스의 말단을 압박해 숨조차 쉴 수가 없었다. 까딱하다가는 금방 끝나 버릴 것 같아 고개를 숙여 지호의 유두를 핥았다.

"힘을 빼요. 지호 씨. 응?"

애원하는 그의 목소리는 또 다른 흥분제였다. 지호는 스르르 다리에 힘을 풀었다. 그가 좀 더 깊숙이 들어왔다. 지호는 헉, 하고 숨을 들이켰다. 몸 안에서 받아들이는 또 다른 유결은 눈앞이 아득할 정도로 굵고 단단했다.

"다 된 거예요?"

"아직 반이나 남았는데?"

"네?"

그가 한 번 더 출렁거리자 두 다리 사이가 완전히 결합했다. 지호는 눈을 찌푸리다 그가 잠잠하다는 것을 깨닫고 눈을 떴다. 왜 움직이지 않는 걸까?

그의 참는 얼굴과 마주한 지호는 손을 들어 유결을 매만졌다.

"이제 괜찮아요."

"지호 씨가 아플까 봐."

"아파도 참을게요. 유결 씨를 완전히 느낄 수 있다면 참을 수 있어요."

"사랑해요."

"나도 사랑해요."

유결은 지호에게 키스하며 몸을 뺐다 다시 밀어 넣었다. 지호에게 들어가는 그 찰나의 느낌은, 우주가 폭발하는 느낌이었다.

지호의 몸에서 나갈 때면 속살이 아쉬운 비명을 지르며 흡반처럼 달라붙었다. 그러다 순간적으로 치고 들어갈 때면 금지된 비밀의 숲길을 마구 헤쳐 들어가는 느낌이 들었다.

"으윽!"

저절로 신음이 터져 나왔다. 느릿하게 움직이던 유결의 허리가 제동 장치가 고장 난 열차처럼 폭주했다. 힘껏 치고 빠지는 과정에 중독된 그는 지호의 반응을 살필 틈 없이 미친 듯 허리를 움직였다.

"지호 씨, 나는, 나는……."

그의 강력한 힘에 밀쳐지면서도 지호는 그의 몸에 바짝 밀착되길 원했다. 두 다리로 그의 허리를 감싸 발목을 걸었다.

"유결 씨!"

처음인데도 이렇게 좋을 수 있다니. 지호는 부끄러웠지만 터지는 교성을 막을 수 없었다. 뜨겁고 야릇한 쾌감이 점점 몸집을 불려 눈앞으로 몰려들었다. 비현실적인 쾌감을 현실적인 것으로 만드는 유혹의 소리가 계속 울려 퍼졌다.

그의 거친 숨소리, 자신의 교성, 침대가 흔들리는 소리가 잡힐 듯 잡히지 않는 쾌감을 서서히 증폭시켰다. 격한 움직임의 끝은 어디일까. 찰박거리는 몸은 이제 한 몸인 듯 움직였다. 마찰로 인해 더 뜨거워질 수 없다고 생각했을 때 지호는 하얗게 부서지는 희열을 느꼈다.

"아!"

온몸이, 마음이 소용돌이에 빨려 가는 느낌이었다. 멈출 수 없는 전율이 밀려왔다. 곧이어 유결의 탄성이 들리고 그가 지호 안에서 몸을 떨었다. 그의 전율에 지호는 다시 한번 절정에 올랐고 열락의 세계로 빠져들었다.

감당할 수 없는 전율이 몰아치는 밤.

스릴러, 스릴러 나이트.

따뜻한 손이 머리를 쓰다듬었다. 곧이어 촉촉한 입맞춤이 이마와 뺨과 입술에 느껴졌다. 눈을 뜰 수가 없었다. 전신이 물을 잔뜩 빨아 당긴 솜뭉치가 된 느낌이었다. 가까스로 눈꺼풀을 뜨자 장난꾸러기 같은 미소를 띤 유결의 얼굴이 눈에 들어왔다.

"더 자요."

"하지만 유결 씨가……."

"귀찮게 안 할게요."

겨우 고개를 들어 시계를 쳐다보았다. 10시가 훌쩍 넘어 있었다. 하지만 도저히 일어날 수가 없었다. 새벽녘이 되어서야 잠을 이룰 수 있었다.

어젯밤 나눈 사랑의 횟수는 한두 번이 아니었다. 지호는 지칠 줄 모르는 유결의 정력에 녹다운이 되어 버렸다. 욕망에 휩쓸려 그의 위에서 허리를 돌린 장면이 떠오르자 얼굴이 빨갛게 물들었다. 슬그머니 베개에 얼굴을 묻었다. 내가 그걸 하다니. 글로만 묘사한 체위였는데.

부스럭거리는 소리에 눈을 떠 유결을 바라보았다.

"어디 가요?"

"밥 먹어야죠."

"밥?"

"찾아보니 아침 준비할 재료들이 없더라고요. 나가서 사 올게요."

"안 먹어도 되는데."

"먹어야 해요."

선생님처럼 말하는 그의 어투에 웃어 버렸다.

"난 더 잘래요."

"밥 먹고 더 자요."

"밥 먹고요?"

"내가 하루 내내 지호 씨 침대에서 못 나가게 할 거니까."

"유결 씨!"

성적인 농담에 지호는 어쩔 줄을 몰랐다. 그 모습이 귀엽다는 듯 유결은 지호의 벗은 어깨에 뽀뽀하고 코트를 챙겼다.

그가 나간 후 지호는 이불 안으로 쏙 머리를 집어넣었다. 여전히 알몸인 상태로 유결과 천연덕스럽게 대화를 나누었다. 게다가 눈곱도 떼지 않고 민낯을 스스럼없이 그에게 보여 주었다. 화장을 잘 안 하긴 하지만 세수조차 안 하고 유결과 이야기를 나누다니!

하룻밤에 만리장성을 쌓는다는 속담은 진리였다. 하룻밤 만에 유결과는 그 누구보다 친밀해져 있었다.

오피스텔을 나온 유결은 주저 없이 해장국집으로 발길을 돌렸다. 겨울의 따사로운 햇살이 들뜬 그의 마음과 같은 온도로 느껴졌다. 청량한 공기를 한껏 들이켜며 가볍게 걸어갔다.

해장국집 문을 여니 구수한 냄새가 코를 찔렀다. 군침이 저절로 돌았다.

"어서 오세요. 손님."

"사장님, 여기 포장됩니까?"

"물론이죠. 근데 오늘은 애인분과 같이 안 오셨네요?"

"포장해 가려고요."

"두 분 사이가 좋아 보였습니다. 잘 어울리세요."

"감사합니다. 해장국 2인분과……."

벽면에 붙은 메뉴를 훑어보던 유결의 눈에 '수육'이라는 글자가 들어왔다.

"수육 중(中) 자 하나 포장해 주십시오."

"네. 모두 해서 4만 5천 원입니다. 수육은 조금 시간이 걸리나 기다려 주세요."

카드를 건네고 주위를 둘러보았다. 아침 식사 시간이 지난 터라 식사하는 사람은 서너 명 정도가 있을 뿐이었다. 전기난로에 몸을 녹이며 주문한 음식이 어서 빨리 나오기를 기다렸다. 어젯밤 혹사당한 지호를 몸보신시켜야겠다는 생각에 마음이 급해졌다.

보양식을 해 먹여야겠어. 글 쓰느라 끼니를 잘 챙기지 않은 탓인지 싱크대 찬장에는 라면만 쌓여 있었다. 날씬한 지호의 몸도 좋았지만 건강을 위해서는 적절한 체중 유지도 중요하다. 무엇보다 글 쓰는 것은 체력전이다.

어젯밤에 내가 너무 심하게 굴었나. 유결은 도둑이 제 발 저리듯 멋쩍어졌다.

해장국집 주인이 안겨 준 포장 음식을 들고 가게 밖으로 나왔다. 오피스텔로 걸어가는데 누군가가 앞을 막았다.

"혹시 지호와 맞선 본 분이세요?"

아담하고 이목구비가 또렷한 미인이다. 유결은 미간을 찌푸리며 여자를 관찰했다. 아름다운 얼굴을 망칠 정도로 안색이 유달리 창백했다. 값비싼 코트를 입고 밍크 목도리를 둘렀는데도 전혀 따뜻해 보이지 않았다. 종일 한기를 맞은 사람처럼 추워 보였다.

"그렇습니다만."

"저와 이야기 좀 나누시겠어요?"

"누구십니까?"

"지호 친구 이연아라고 합니다."

연아? 어젯밤 지호가 눈물을 흘리며 말하던 친구들의 이름 중 하나였다. 또 다른 하나는 지호에게 사랑을 고백한 정우라는 남자의 이름이었다. 지호가 자신의 감정을 숨겨서 간신히 유지한 친구 관계라고 했다. 사랑이 껴들면 우정은 망가진다고. 지호가 말한 트라이앵글은 삼각관계였다.

"난 그쪽과 나눌 이야기가 없는데요."

유결이 자리를 뜨려고 하자 연아가 다급히 그를 불러 세웠다.

"꼭 해야 할 이야기가 있어요. 그쪽이 아까 지호 작업실에서 나오는 걸 봤거든요."

"그래서요? 이연아 씨가 왈가왈부할 일이 아닌 것 같은데요?"

"하지만 앞으로 내가 할 이야기는 그쪽에게 아주 중요한 내용이 될 거예요."

유결은 이연아를 쳐다보았다. 툭 치면 금방이라도 눈물을 터트릴 것 같은 모습인데, 눈빛은 결연한 의지로 똘똘 뭉쳐 있었다. 지호의 친구가 자신에게 할 중요한 이야기가 뭘까.

"저쪽으로 가면 문을 연 카페가 있어요."

이연아가 손으로 오피스텔 상가 안쪽을 가리켰다. 유결은 고개를 끄떡였다.

카페는 오전 시간대라 한산했다. 유결은 맞은편에 앉은 여자가 쓰디쓴 커피를 마시는 것을 지켜보았다.

"지호와 결혼하실 거예요?"

유결은 연아의 질문에 대답하지 않았다.

"한 번도 남자와 같이 있는 걸 본 적이 없는데, 오늘 아침엔 그쪽이 지호 작업실에서 나와 정말 놀랐어요."

그 말은 이연아라는 여자가 이른 아침부터 오피스텔 앞에 와 있었다는 뜻이었다.

"강유결입니다."

"네. 강유결 씨."

"하실 말씀이 무엇입니까?"

"지호를 사랑하세요?"

"이연아 씨에게 대답할 의무는 없습니다."

"네. 중요한 건 그쪽의 마음이 아니라 지호의 마음이니까요."

연아가 잠시 유결을 정면으로 쳐다보았다.

"이제 이연아 씨가 하고 싶은 중요한 이야기를 들어 볼까 하는데요."

연아는 커피를 한 모금 마시고 뭔가를 결심하듯 입을 열었다.

"지호는 강유결 씨를 사랑하지 않습니다."

유결은 정지된 시공간에 있는 듯 연아를 빤히 바라보았다. 그녀는 유결의 시선에도 아랑곳없이 격앙된 어조로 말을 재빠르게 내뱉었다.

"강유결 씨는 지금 지호에게 이용당하고 있어요."

수초 간 침묵을 흘려보낸 후 유결이 말문을 뗐다.

"그래서요?"

연아는 눈을 살짝 찡그렸다. 유결은 그녀가 지호에게 어떤 의미의 친구일까 궁금해졌다. 제 감정을 감추고서라도 유지할 관계였는지 묻고 싶었다. 눈앞의 여자는 지호에게 생채기 내고 싶어 안달인 것 같았다.

"내가 지호 씨에게 이용당하든 말든 이연아 씨가 무슨 상관이죠?"

"믿지 않으시는군요."

"상식적으로 누가 처음 보는 사람 말을 믿겠습니까? 사랑하는 사람의 말을 믿죠."

"사랑하는…… 사람이라고요?"

"네. 문제가 됩니까?"

"지호는 맞선을 볼 때부터 강유결 씨에게 관심이 없었어요. 그러니까 강유결 씨가 말하는 사랑은 처음부터 실체가 없었다고 할 수 있죠."

"사람의 마음이 변할 수 있다는 변수를 빠뜨린 결론이군요."

"변할 수 없어요. 지호는……. 변할 사람이었다면 10년을 그렇게 살 수는 없었을 테니까."

"지호 씨가 어떻게 살았는데요?"

"자기가 더 힘들면서 안 힘든 척했어요. 심장이 갈가리 찢기는 아픔을 느꼈을 텐데도 남을 더 위로하기 바빴다고요. 끝끝내 제 욕심 한번 부리지 않았어요."

"지호 씨가 그런 식으로 이연아 씨를 위로했습니까?"

순간 연아의 안색이 어두워졌다. 하지만 그녀의 표정은 곧 야멸차졌다.

"지호는 강유결 씨가 아니라 서한주에게 관심이 있었어요. 맞선을 보러 간 것도 서한주 때문이었어요. 서한주를 알고 싶어서 그 맞선에 나간 거예요."

유결은 처음 들어 보는 남자의 이름에 미간을 찌푸렸다.

"서한주가 누구죠?"

"지호가 현재 쓰고 있는 글의 조연이에요. 한주 캐릭터가 안 잡혀서 고민하고 있었는데, 강유결 씨 사진을 보는 순간 서한주에 대한 영감을 받았다고 했어요."

"이연아 씨가 하고 싶은 말이 정확히 뭡니까?"

"지호가 강유결 씨에게 실수를 했다고 말하더군요. 무슨 실수인지는 말하지 않았지만, 좋은 분이신데 실수를 했기 때문에 어쩔 수 없이 당분간은 만나야 한다고."

유결의 눈매가 날카로워졌다.

"그래서요?"

"내 말을 전혀 믿지 않으시네요."

연아는 숄더백에서 태블릿 PC를 꺼냈다. 아마조네스 앱을 열어 놓고 유결에게 PC를 건넸다.

"읽어 보세요. 〈트라이앵글〉 56화. 거기에 지호의 진심이 숨어 있어요."

유결은 태블릿 PC를 내려다보았다. 눈으로 대강 글을 훑어 내렸다. 이연아가 〈트라이앵글〉의 내용을 간략하게 읊어 댔다.

"글 속에서 서한주는 능력 있는 의사이고 정중한 성격에 냉정한 성품을 가진 캐릭터입니다. 은우를 만나기 전까지는 말수가 적은 지극히 평범한 남자였어요. 하지만 은우를 만나고 나서 서한주의 세계관은 완전히 바뀌었죠. 남자가 남자를 사랑할 수 있고, 남자와 잘 수도 있다는 것을 알게 되었으니까요. 한주는 은우를 운명적으로 사랑하게 되지만 은우는 한주를 태경을 잊으려는 방편으로 삼았어요. 아무리 사랑을 속삭여도 은우의 본심은 한주가 아니라 태경을 향해 있었죠. 56화는 은우가 한주에게 이별을 고하는 장면이에요. 거기서 은우는……."

더 이상 여자의 말소리가 들리지 않았다.

"미안합니다. 난 당신을 사랑하지 않았습니다. 당신을 사랑한다고 생각한 순간조차 사랑하지 않았습니다. 정말 미안합니다. 서한주 씨."

은우가 내뱉은 그 대사는 마치 지호가 말하는 것처럼 들렸다.

"서한주는 강유결 씨, 은우는 지호, 그리고 은우가 한주를 통해 잊으려고 한 태경은 지호가 오랫동안 사랑한 정우죠."

유결은 잠자코 연아를 주시했다.

"단순한 소설이라고 치부하지 마세요. 소설가는 소설에 자신의 진짜 마음을 불어넣으니까. 이 글이 지호가 강유결 씨를 이용했다는 증거가 될 거예요. 지호가 강유결 씨를 사랑한다고 말했다면 그건 진심이 아닐 겁니다. 믿지 마세요. 진심이라고 착각하는 걸 거예요. 〈트라이앵글〉의 이은우처럼. 지호는 기정우만 사랑할 수 있는 여자니까요."

"왜 내게 이런 말을 하는 겁니까? 조금 전에도 말했지만 내가 이용당하든 말든 그건 어디까지나 내 문제이고 이연아 씨와는 상관없는 것인데."

"단 한 번만이라도 양지호가 가면을 벗고 솔직해지길 바라니까요. 가식과 이중성으로 무장한 모습이 아니라 진짜 사람다운 진실한 모습을 원해요. 난 지호가 내가 그랬던 것처럼 절망하고 아팠으면 좋겠어요. 아픈 건만큼 솔직한 것도 없으니까요."

이연아의 눈동자에 미움의 빛이 서렸다.

유결은 세 사람 간에 얽힌 관계의 연결 고리가 이지러지고 틀어졌다는 것을 알 수 있었다. 해묵은 감정들이 본모습을 감추고 시간 밑을 흐르다 보니 오해는 물론 불신, 원망이라는 비수까지 품게 된 모양이다. 복잡한 고리였다.

서한주의 모델이라? 의사라는 직업, 냉정한 성격, 말수가 적은 것까지. 영락없는 저였다.

실수 때문에 당분간 만난다고 했었나. 실수라면 게이라고 오해한 것이겠지.

양지호 같은 여자라면 충분히 그런 결정을 내릴 수도 있을 것이다.

유결은 눈앞의 여자에게 시선을 주었다. 여자의 얼굴은 불안한 감정의 노도에 휩싸여 있었다. 오직 한 목표에만 눈이 꽂혀 스스로가 무슨 짓을 하고 있는지 모르는 듯했다.

유결은 자리에서 일어났다. 연아의 눈빛에는 의문이 가득했다.

"이렇게까지 말했는데도 지호에게 가겠다는 말인가요?"

실소가 터져 나왔다. 자기가 만들어 놓은 편협한 세계에서 움직이지 않으려는 아이와 다를 바 없었다.

"이연아 씨. 이런 생각은 안 해 봤습니까?"

그녀가 눈을 찡그렸다.

"만약 지호 씨가 솔직한 모습을 보였다면 이연아 씨는 감당할 수 있었겠습니까?"

"뭐라고요?"

"또 하나, 지호 씨가 가식적이라고 그랬죠? 가면을 쓰고 이중적으로 살고 있다고. 그 가면을 쓴 이유가 무엇이라고 생각합니까? 그리고 그 가면 때문에 이연아 씨가 안심한 적은 과연 한 번도 없었을까요?"

여자의 얼굴에 어리는 복잡한 감정은 알고 싶지 않았다. 듣기만 하고 나갈 수 있었지만, 여자의 이기심에 화가 나서 한마디 하지 않을 수 없었다. 그때 여자의 목소리가 귀를 잡아챘다.

"강유결 씨, 틀렸어요. 지호의 가면에 속고 있는 사람은 바로 당신이니까요. 그 〈트라이앵글〉 소설이나 제대로 다 읽어 보고 내게 이래라저래라 말씀하시죠? 내 말이 틀리길 바라고 있겠지만 안타깝게도 틀린 건 당신일 겁니다. 진실이 바로 그 글에 숨어 있거든요."

유결은 이연아의 말을 무시하고 카페 밖으로 나왔다. 손에 든 해장국을 일별하고 오피스텔 엘리베이터 쪽으로 걸어갔다.

갑자기 휴대폰이 울려 품에서 꺼내 화면을 쳐다보았다. 병원이었다.

"강유결입니다."

—강 선생.

전화의 주인공은 김유신 교수였다.

"네. 교수님."

―오프인 건 알지만 부탁 좀 해도 되겠습니까?

김 교수와 통화를 하는 유결의 얼굴이 굳어졌다.

"네. 알겠습니다. 지금 곧 병원으로 가겠습니다. 15분이면 됩니다."

전화를 끊고 유결은 손에 든 해장국을 바라보았다. 지호에게 빨리 먹이고 싶었는데. 급한 마음에 전화를 걸었지만 그녀의 휴대폰은 여전히 꺼져 있었다. 낭패감에 눈을 질끈 감았다가 뜨고는 성큼성큼 앞으로 걸어가기 시작했다. 해장국집이 보이자 얼른 문을 열고 들어갔다. 유결을 알아본 주인 사장님의 얼굴에 미소가 걸렸다.

"사장님, 죄송합니다만 포장한 해장국 배달 가능할까요? 제가 급한 일이 생겨서요."

"아, 예. 가능합니다. 어디로 배달해 드릴까요?"

"저기 오피스텔 506호입니다. 배달료는……."

"아뇨. 됐습니다. 우리 집 단골손님 애인이신데. 제가 잘 배달하도록 하겠습니다."

"감사합니다."

유결은 한결 편해진 얼굴로 가게 밖을 나왔다. 그러고는 곧장 택시를 잡아탔다.

그가 떠나고 난 뒤 연아는 해장국 집으로 들어갔다.

"어서 오세요."

"안녕하세요. 사장님."

"오랜만에 오셨네요. 단골손님 친구분이시죠?"

"네. 기억하시네요. 이거 혹시 방금 나간 남자가 맡기고 간 건가요?"

"예. 배달 좀 부탁한다고. 손님도 아시는 분이세요?"

"네. 마침 제가 친구 만나러 506호로 가는데, 대신 가져갈까요?"

연아가 포장 음식을 가리키자 주인 사장이 반색했다.

"그래 주시면 고맙죠."

"제가 들고 갈게요."

포장 음식을 들고 나온 연아는 오피스텔로 향했다. 그러고는 관리실 앞에 멈춰 생글거렸다.

"수고 많으세요. 이거 드시겠어요?"

"예?"

"고생하시잖아요."

경비원에게 포장 음식을 건네준 연아는 무표정한 얼굴로 엘리베이터 앞에 섰다.

16
사랑하는 당신을 믿습니다

지호는 유결이 나간 후 침대에서 뭉그적거리다 겨우 눈을 뜨고 자리에서 일어났다. 평소에는 쓰지 않던 근육을 과도하게 사용한 탓인지 온몸이 쑤셨다.

욕실로 들어가 거울에 비친 키스 마크를 발견하곤 깜짝 놀랐다. 부랴부랴 샤워를 마치고 목덜미가 보이지 않는 니트 티를 입으며 흔적을 가렸다. 헐렁한 바지를 걸치고 냉장고에서 생수를 꺼내 목을 축였다.

나도 여자였구나. 지난밤의 영상이 뇌리에 떠오르자 자부심이 느껴졌다. 유결이 만질 때마다 여자라는 사실이 행복했다.

배가 고팠다. 밥보다는 잠이 더 고프다고 했는데 그가 맞았다. 어서 그가 돌아오길 기다렸다. 밤을 보내고 마주한 유결이 더 이상 낯설게 느껴지지 않아 신기했다. 그동안의 거리감이 먼지처럼 날아갔다. 좋아하면, 사랑하면 한순간에 가까워지는 건 사실인 모양이었다.

종일 침대에서 나가지 못하게 하겠다는 말은 농담이겠지?

하지만 오늘은 크리스마스이브. 연인들의 날이었다. 설마…….

지호의 얼굴에 붉은 물이 스며들었다.

벨이 울렸다. 지호는 인터폰을 보지도 않고 기쁜 마음으로 문을 열었다. 연아의 얼굴이 보이자 눈을 휘둥그레졌다.

"연아야, 네가 어떻게 여길?"

어젯밤 전화로 호주에 있다고 말한 연아가 오늘 집 앞에 나타난 것이 믿기지 않았다.

"언제 왔어?"

"아침에."

연아는 찬바람을 일으키며 안으로 들어왔다.

"부모님은 아셔?"

"아니, 갑자기 돌아왔으니까."

"갑자기? 짐은?"

"다른 곳에 맡겼어."

연아는 탁자 앞에 말없이 앉았다. 지호는 커피포트에 생수를 붓고 전원을 켰다.

"피곤해 보여."

"잠을 못 잤으니까."

어젯밤 유결이 타 준 코코아를 떠올리며 코코아 가루에 뜨거운 물을 부었다. 잘 녹은 것을 연아 앞에 놔두고 맞은편에 앉았다.

"네 건?"

"난 잘 안 마시잖아. 얼굴이 왜 이렇게 안 좋아? 아, 잠을 못 잤다고 그랬지?"

'여기서 좀 잘래'라는 말이 혀끝까지 올라왔지만 꿀꺽 삼켰다. 유결과 함께 누웠던 침대의 패드를 아직 갈지 않은 것이 생각났기 때문이다. 서둘러 화제를 바꿨다.

"밥은 먹었어?"

"아니."

"밥 먹으러 나갈래?"

"내게 할 말 없니?"

"무슨 말?"

연아의 얼굴이 굳어지는 것을 보고 지호는 정우를 까맣게 잊고 있었다는 걸 깨달았다. 어젯밤 유결의 품에서 행복을 만끽하느라 연아의 괴로움을 잊고 있었다.

"전화가 안 되더라."

"그건……."

"정우가 뭐라고 했는데."

지호는 말없이 연아를 바라보았다. 앙상한 가지처럼 꼿꼿하게 앉아 있는 연아가 안쓰러웠다.

"아무 말도 안 했어."

그 말에 연아의 눈동자에 이채가 발했다.

"아무 말도 안 했다고?"

"응."

"그 말을 나더러 믿으라고? 내가 너인 줄 알아?"

연아의 격앙된 음성에 놀라 지호는 연아를 멍하니 바라보았다.

"연아야?"

"정우가 사랑한다고 말했을 거잖아. 10년 동안 한 번도 변함

없이 사랑해 왔다고. 이제 더는 못 견디겠으니까 제발 자길 좀
봐 달라고 고백했을 거잖아!"

연아의 말이 귀를 때리는 순간 아무 말도 할 수 없었다.

"날 바보로 아니? 내가 눈과 귀가 없는 줄 알아? 기정우는 분
명 이렇게 말했겠지. 내가 너희 둘 사이를 방해해 왔다고. 내 눈
치 보느라 지호 네가 진짜 네 마음을 외면해 왔다고. 이제 귀찮
은 이연아는 없으니까 우리 둘이 사랑하자고!"

"진정해. 연아야."

"진정? 내가 이 상황에서 어떻게 진정할 수 있겠어? 그동안
착한 척, 너그러운 척, 배려하는 척해 놓고선, 결국 넌 날 속였
는데."

"내가 뭘 속였다는 거야?"

"기정우를 뼛속까지 사랑하면서 사랑하지 않는 척했잖아. 이
렇게 내게서 정우를 빼앗아 갈 거면서."

연아의 억지가 전혀 이해가 되지 않았다.

"난 정우를 사랑하지 않아. 정우를 사랑하는 사람은 너야."

"그래. 항상 정우를 해바라기한 사람은 나지. 근데 정우가 해
바라기한 사람은 너야. 넌 정우를 마음에 두고 있으면서 아닌
척했고. 네 첫사랑이 정우라는 거 다 아는데, 내가 정우로 힘들
어할 때마다 넌 너보다 날 더 챙겼어!"

"그게 잘못이야?"

"잘못이야! 네가 단 한 번만이라도 정우를 좋아한다고 말했다
면, 내게 정우를 좋아하는 그 마음을 멈추라고 말했다면, 내가
정우에게 집착하는 이 거지 같은 지경까지 오지 않았을 거라고!
난 네게 진실을 말할 마지막 기회까지 줬어. 내가 호주에 간다

고 말하러 왔을 때 그때만이라도 네가 내게 솔직하게 말했다면, 우리는 지금 이런 식으로 마주하지는 않았을 거야."

지호는 도무지 이해가 되지 않았다. 갑자기 연아가 나타나 모든 것이 제 잘못이라 하다니. 마른하늘에 날벼락을 맞는 기분이었다.

"네 말대로면 네가 정우에게 첫눈에 반한 것도 내 잘못이고, 너희 둘을 만나게 한 것도 내 잘못인 거야?"

어떻게든 연아의 말이 앞뒤가 맞지 않는다는 걸 이해시키고자 차분히 말했다. 그런데 연아가 두 눈을 부릅뜨며 자리에서 일어났다.

"그만!"

지호는 고함에 놀라 뚫어지게 연아를 쳐다보았다.

"그만해! 그런 식으로 언니처럼 모든 것을 안다는 어조로 말하지 말라고!"

연아의 몸이 부들부들 떨렸다. 그 모습이 낯설어 지호는 충격을 받았다. 마음이 거친 파도로 요동쳤다.

"난 그런 적 없어."

"지금도 그러고 있잖아!"

"연아야, 너 대체 왜 이래?"

"왜 이러냐고? 내가 아무리 간절히 원해도 가질 수 없는데, 넌 가질 수 있으면서도 날 위하는 척하면서 정우에 대한 네 마음을 숨겼어. 그게 얼마나 날 조마조마하게 만들었는지 알아? 언젠가는 네가 정우를 뺏어 갈 거라는 생각에 네 심기를 상하지 않게 하려고, 네 비위를 맞추려고 내가 어떻게 노력했는데!"

"뭐?"

연아의 말에 머릿속이 아득해졌다. 한 번도 상상하지 못한 말들이 연아의 입에서, 그것이 마치 진실인 것처럼 쏟아지고 있었다.

"결국은 정우를 선택할 거면서! 내가 아무리 울어도, 내가 아무리 널 부러워한다고 해도 정우를 놔주지 않을 거면서."

"무슨 소리를 하는 거야?"

"넌 정우를 흔들었어."

"흔든 적 없어."

"흔들었어! 다른 남자를 만나면서까지."

"뭐?"

숨이 턱 막혀 머릿속은 암전이 되었다. 그게 왜 정우를 흔든 게 되는 거야.

"네가 다른 남자를 만난다는 말을 듣지 않았다면 정우는 이렇게 갑자기 서울로 돌아오지 않았을 거야."

"정우가 그걸 어떻게 알아?"

"내가 말했으니까."

"왜?"

"정우가 날 바라봐 주길 원했으니까! 근데 네가 다른 남자를 좋아한다고 말했는데도, 정우는 포기하지 않았어. 나랑 자고 난 후에도 이성을 잃고 서울로 떠나 버렸다고."

기어이 연아의 눈에서 눈물이 흘러내렸다.

"바보같이 왜 그랬어?"

"인스타에 올린 정우의 글. 그건 새로운 여자가 생겼다는 뜻이 아니라, 이제는 너 없이는 안 된다는 뜻이었대. 자존심 따윈 다 버리고 널 잡겠다고 그랬어. 그런 말을 들었는데, 내가 무슨 말이든, 무슨 짓이든 못 할 것 같아?"

지호는 눈을 감았다. 연아는 언제부터 이런 말도 안 되는 생각을 한 것일까. 어렵고 힘든 순간에 생각나는 친구였는데, 그 모습들이 모두 거짓이었다니 믿을 수 없었다. 눈앞이 뱅뱅거렸다. 아니야. 거짓이 아닐 거야. 지금은 화가 나서 저러는 걸 거야. 화가 나서…….

"다시 한번 말하지만 난 정우를 사랑하지 않아. 네게서 정우를 뺏을 마음 전혀 없어. 그러니까 그런 말도 안 되는 오해는 제발 그만둬. 어젯밤 정우가 날 찾아온 것 때문에 네가 화가 난 건 충분히 이해해. 하지만 난 정우에게 내 진짜 마음을 말했어. 사랑하지 않는다고 그랬어. 그러니까 제발 좀 믿어. 그동안 내가 가졌던 정우에 대한 미련도 벌써 훌훌 털어 버렸다고."

"나더러 그 말을 믿으라고?"

"그래."

"네 이중성은 정말 신물이 나. 겉으로는 세상에 둘도 없는 친구인 척하지만 속으로는 결국 네 것만 챙기는, 뼛속까지 이기적인 사람이 너야."

"이연아!"

참을 수 없어 소리를 질렀다.

"이제 좀 사람 같아 보인다? 10년 동안 지긋지긋할 정도로 착한 척하더니, 이제 더는 냉정하고 무신경하다고 핑계 댈 수 없을 것 같네."

포악한 연아의 말에 지호의 얼굴에서 핏기가 가셨다. 자신은 지금 친구가 아니라 연아의 연적에 불과했다. 무슨 말을 해도 믿지 않을 것이다. 대체 연아에게 저토록 확신을 갖게 하는 건 무엇일까.

"왜 내 말을 믿지 않는 건데? 나는 모르고 네가 아는 진실이라도 있는 거야?"

"넌 변하지 않으니까."

"내가 변하지 않는다고?"

"〈트라이앵글〉이 내 말을 뒷받침해 주는 증거니까. 글에서 은우가 선택한 사람은 태경이었어. 한주의 절대적인 사랑을 받고도 은우는 태경의 고백에 한주를 버리고 태경에게 갔어."

"그건 소설이잖아."

"그래. 소설이지. 하지만 그건 네 이야기니까. 이은우는 너고, 태경은 정우, 서한주는 네가 지금 만나고 있는 남자. 아니야?"

자신들의 관계에서 모티브를 얻었지만 그건 어디까지나 모티브일 뿐 사실과는 완전히 달랐다.

"네가 창조한 이은우는 바로 너야. 속으로 끙끙 앓기만 하고 정작 당사자 앞에서는 아무런 내색도 하지 못하다가 자기를 사랑해 주는 사람 앞에서는 오만할 정도로 당당하지. 한주와 자고 있으면서도 태경을 떠올렸잖아. 태경이와 사랑할 수 있다면 무슨 짓이든 하겠노라고."

"난 이은우가 아니야."

"아니라고 말하고 싶겠지. 근데 자기가 쓴 글은 자기가 제일 못 알아보는 법이거든. 〈트라이앵글〉 이은우가 바로 너라는 걸 난 1편을 읽을 때부터 알았어. 항상 자신보다 남을 먼저 배려하고 생각해 주는 척하지만 그건 진짜가 아니라 가식에 불과하다는 걸. 넌 한결같은 소나무 취향이잖아. 네 주인공은 항상 이은우 같고 결말도 항상 같지. 한번 사랑한 사람은 끝까지 사랑해.

왜냐면 네 사랑은 절대 변하지 않으니까."

확신하는 연아의 얼굴에서 절망을 느꼈다. 그동안 함께한 시간의 눈은 서로 다른 곳을 쳐다보고 있었고, 켜켜이 쌓은 그 무게는 한 사람의 어깨만 짊어지고 있던 모양이다. 심장이 점점 굳어 갔다.

"그래. 네 말대로 내가 여전히 정우를 사랑한다고 쳐. 그렇다면 넌 감당할 수 있겠어?"

"무슨 소리야?"

"네 사랑은 결코 이루어지지 못한다는 소리야. 그리고 넌 널 사랑하는 친구도 잃게 되겠지."

그 말에 연아의 입이 조가비처럼 꽉 다물어졌다.

"지금의 넌 내가 안중에도 없겠지만 이 말은 꼭 하고 싶어. 네 사랑이 이루어지지 않은 게 내 탓이라고 하지 마. 네 사랑의 몫은 네가 오롯이 책임져야 하는 거야. 남에게 잘못을 전가할 게 아니라고. 고작 이런 마음이라면 하지 마라. 그런 사랑. 너무 이기적이니까."

"양지호!"

"날 비난해서 찢어진 네 마음을 달랠 수 있다면 얼마든지 그렇게 해. 넌 다시 이런 날 욕하겠지만 어쩔 수 없는 내 스타일이니까 받아들여. 네가 가식적이라느니 이기적이라느니 비난해도 내 마음은 그게 아니니까 난 떳떳해."

"끝까지 착한 척이구나."

연아의 말에 굳어졌던 심장이 쩍 갈라졌다. 더는 친구가 아니니까. 상처 받지 말아야겠다. 벽에다 고함치는 이 꼴이 허무하고 우스웠다. 사람이 사람을 아는 건 시간만 같이해서 되는 게 아니었구나. 하지만 그 시간 동안 함께 울고 함께 기뻐했는데, 그것만으로는 부족한 모양이었다. 사랑하는 친구 사이라고 여겼는데, 어쩌면 그 사랑은 일방통행이었을지도 몰랐다.

어느새 눈물이 눈가에 고이기 시작했다.

"내가 정우에 대한 마음을 숨긴 건, 너를 사랑하는 마음 때문이었어. 내게 사랑과 우정은 똑같은 무게니까. 난 정우 때문에 널 잃는 게 두려웠어. 널 정우만큼 사랑했다고. 근데 넌 아닌 모양이구나. 되돌려 받지 못하는 사랑에 화풀이할 상대로 날 보아 왔구나."

연아의 눈동자에 서슬 퍼런 불꽃이 어른거렸다. 그 눈을 보면서 이미 되돌리기에는 너무 멀리 와 버렸다는 걸 직감했다. 그런데도 미련은 지긋지긋하게 달라붙었다. 어쩔 수 없는 양지호니까. 그래서 내색도 못 하고 10년간 마음을 숨겨 왔겠지.

"네 마음대로 생각해."

연아는 쌀쌀맞게 말하고 등을 돌렸다. 지호는 산산이 부서져 가루가 될 것 같은 심정이었지만 입을 달싹거렸다. 마지막으로 확인하고 싶었다. 그래야 잘라 내기 쉬우니까.

"마지막으로 물을게."

그 말에 연아가 뒤를 돌았다.

"넌 정말 날 잃는 게 무섭지 않아?"

연아의 눈동자에서 흔들리는 작은 눈빛이라도 발견하고 싶었지만, 그 눈빛은 오직 자신의 마음 안에만 있는 듯했다. 지호는 마음속에 타고 있는 촛불이 스르르 크기를 줄이는 것을 느꼈다. 연아는 지호를 일별하고 현관문으로 걸어 나갔다. 그녀가 문고리를 잡아 돌리다 지호를 향해 입을 열었다.

"그 남자 안 올 거야."

그 남자?

머릿속이 복잡하게 얽히는 사이 연아가 야릇한 미소를 띠었다.

"어젯밤 너랑 잔 남자 말이야. 아침에 오피스텔에서 나오는 거 봤어."

지호의 눈동자가 커다랗게 떠졌다.

"솔직히 좀 놀랐어. 함께 밤을 보내다니. 그 남자를 이용한 일말의 죄책감이라도 덜고 싶었던 거니?"

공허한 가슴에 연아가 내뿜는 지독한 한기가 스며들었다.

"넌 나뿐만이 아니라 그 남자에게도 상처를 줬어. 아쉬울 때 이용하다가 진짜 제 사랑이 나타나면 가차 없이 버릴 거잖아. 정말 영락없는 이은우라니까. 그래서 내가 알려 줬지. 네게 말한 사랑은 진짜가 아니니까 이용당하지 말라고. 당신은 서한주의 모델일 뿐이었다고. 근데 안 믿더라? 그래서 네가 쓴 〈트라이앵글〉을 읽어 보라고 했어. 그게 진실이라고."

친구가 아니었다. 연아는 그저 사랑에 미친 여자일 뿐이다.

"왜 이렇게까지 하는 거야?"

"너도 아파 보라고. 그동안 내가 아팠던 만큼. 단 한 번만이라도 아파 보라고."

"정우에 대한 솔직하지 못했던 내 마음이 이렇게 비난받을 일이었던 거니? 더구나 지금은 아니라는데!"

"넌 언제나 솔직하지 못하니까. 하니 지금 네 마음도 솔직하지 않은 걸 거야. 날 믿지 않은 것도 너고, 내가 널 불신하게 만든 것도 결국 너야."

연아의 말은 절망 자체였다. 지호는 눈을 감았다.

"나가 줘. 내 인생에서."

그 말에 연아가 움찔했다. 그녀의 얼굴에 언뜻 후회가 깔린 듯도 했지만 지호는 감았던 눈을 뜨고 단호하게 말했다.

"나가!"

작업실에 지호의 고함이 울렸다. 연아의 얼굴에 놀란 빛이 어렸다. 지호에게서 뿜어 나오는 분노의 기운에 움찔하더니 연아는 곧장 밖으로 나가 버렸다.

쾅, 문이 닫혔다. 지호는 어지러운 몸을 가눌 길 없어 의자에 털썩 주저앉았다. 연아에게 받은 충격을 감당할 여력도 없는데, 또 다른 위기감이 마음에 들어찼다.

유결 씨에게 〈트라이앵글〉을 알려 줬다고? 서한주의 모델로 이용당했다는 걸 알려 줬다단 말이야? 〈트라이앵글〉의 결말을 읽고 오해하면 어쩌나 하는 생각에 눈앞이 캄캄해졌다.

격하게 숨을 들이쉬다 지호는 휴대폰을 찾았다. 화면을 터치했지만 여전히 화면은 까맸다. 그제야 어젯밤부터 전화가 꺼져 있었다는 걸 기억해 냈다. 얼른 전화를 켜고 유결에게 전화를 걸었다.

뚜르르르. 신호만 갈 뿐, 그는 전화를 받지 않았다. 그에게서 연락이 온 게 있나 싶어 통화 기록을 확인했지만 연아와 엄마만 보일 뿐 유결은 보이지 않았다.

진짜 글을 읽고 연아의 거짓말을 믿어 버린 걸까.

초조함에 입술을 쥐어뜯으며 전화를 걸고 걸었다. 하지만 그와는 연결이 되지 않았다.

김유신 교수와 손발을 맞춘 수술은 성공적으로 끝이 났다. 마무리를 하고 환자를 깨운 뒤 수술 방을 나오는데 동훈이 감격한 표정으로 유결을 맞이했다.

"동기야. 정말 사랑한다."

"미친놈."

"그래, 그래. 나 미친놈이야. 미친놈 중에서도 상 미친놈."

환자를 회복실로 보내고 스테이션으로 가 컴퓨터 앞에 앉았다.

"오더는 내가 낼게."

"오더에까지 술 냄새 풍기게?"

"깼어. 깼다고."

동훈은 비 맞은 쥐처럼 불쌍하게 쪼그려 있다가 유결이 라운지로 걸어가자 졸졸 따라갔다.

"네가 나라면 술 안 마시고 배기겠냐?"

"어. 안 마셔."

"너도 연애하잖아."

"연애해도 난 의사니까."

"예진이 집에서 선보라고 했다니까. 상대가 누구인 줄 알아? 자그마치……!"

"톱스타 백결이라고 해도 안 놀라."

"백결이면 다행이게?"

"누군데?"

"블랙 스타."

유결은 동훈의 말에 눈썹을 까딱거렸다. 블랙 스타라면 흑성, 한재준 교수? 예진의 집안이 대대로 의사 집안이라는 건 알고 있었지만, 명성대 이사장의 아들인 한재준 교수에게 연을 댈 정도의 집안이라는 건 알지 못했다. 동훈이 밤새 내내 술을 마시고 아침까지 늘어져 출근하지 못한 게 이해가 됐다.

"한재준 그 자식이 예진이 집안에서 만나 보라고 한 남자라고! 왜 안 놀라?"

"놀랐어."

"그렇지? 너도 놀랐지! 내가 그놈 때문에 내 속이 속이 아니야. 썩어 문드러지고 있다고. 예진이가 선보기 싫다고 얼마나 울었는데. 너도 그 소리 들었으면 술 마시고 우느라 출근 못 했어."

"아무리 그래도 네가 한 행동이 정당화되지는 않아. 그리고 한 교수님 없다고 함부로 말하지 마. 그러다 실수하면 너만 손해야. 전문의 따기 전까지는 얌전히 엎드리는 게 좋을 거야."

"냉정한 놈. 이성이 무한대인 놈."

동훈은 씩씩거리다가 문 열리는 소리에 움찔거렸다. 1년 차 성민이 들어오자 안도의 한숨을 내쉬었다.

"교수님 화 많이 나셨지?"

"많이 나셨죠. 강 선생님 안 오셨으면 박 선생님은 그날로 황천행이셨을 겁니다."

"황천행? 설마 김 교수님이?"

"눈빛만으로도 사람을 죽일 수 있다는 걸 제가 현장에서 목격했잖아요. 한마디도 하지 않으시는데 어찌나 무섭던지. 환자는 응급 수술 들어가야 하는데 크리스마스이브라 다른 과 인턴도 지원받을 수 있는 상황이 아니었다고요. 강 선생님마저 교수님 전화 안 받으셨다면, 으으으. 생각만 해도 끔찍해요."

교통사고로 위중한 환자였다. 비장 파열에 간 손상으로 혈복강까지 있는 남자의 응급 수술을 감당할 의료진은 턱없이 부족했었다.

그나마 교수 연구실을 집으로 알고 있는 김유신 교수가 있어 응급 수술을 집도할 스태프는 있는데, 어시스트 스태프가 한 명도 보이지 않았다. 1년 차 성민은 응급의학과 교수와 수술에 들어가야 해서, 김유신 교수가 연락이 되지 않는 동훈 대신 유결에게 직접 전화까지 한 것이다.

"오늘은 교수님 눈에 안 띄는 게 내 명줄을 보존하는 거겠지?"

"당근이죠."

"아, 나 당근 싫어하는데. 당근이라니."

농담인지 진담인지 알 수 없는 동훈의 말을 흘려들으며 유결은 시계를 쳐다보았다. 벌써 오후 4시가 훌쩍 넘어 있었다. 문자를 보내긴 했지만 지호가 궁금하게 여길 것 같아 가운 주머니 속 휴대폰을 찾았다. 병원으로 택시를 타고 오면서 전화하려다, 어제부터 지호의 휴대폰이 꺼져 있다는 걸 기억하고 문자를 보냈다. 그녀가 휴대폰을 켜면 바로 볼 수 있도록.

오피스텔에 들렀어야 했나. 응급이라는 김유신 교수의 말에 마음이 다급해져 미처 그 생각을 하지 못했다. 열정적인 밤을 보내고 난 후 일하러 나오다니. 더구나 크리스마스이브에. 식사는 제대로 했는지 궁금해졌다. 휴대폰을 열어 보려는 찰나 라운지의 문이 열렸다.

"박 선생님, 김 교수님이 당장 ICU*로 오시랍니다."

"왜?"

동훈의 물음에 인턴이 고개를 절레절레 흔들었다.

"유결아. 같이 가 줘."

"내가 왜?"

"동기 사랑은 나라 사랑이잖아. 지금 나 혼자 가면 무슨 일을 당할지 몰라."

"너 때문에 병동에 나가서 해야 할 일이 산더미야."

"나랑 같이 가 주면 연초까지 네 주말 당직 내가 다 할게."

혹하는 제안이었다.

"예진이에게 안 물어보고 막 던져도 되는 거냐?"

"김유신 교수님한테 찍혔다는 거 병원에 소문나 봐. 가뜩이나 못마땅하게 여기시는데, 예진이 부모님 귀에 들어가는 날이면 그날로 난 진짜 끝이야."

휴일이라 병동 입원 환자만 서둘러 둘러보고 퇴근하려던 유결은 동훈의 말에 잠시 고민했다. 주말 오프면 앞으로 연말까지 지호와 같이 있을 수 있고, 어쩌면 1월 1일 새해를 함께 바라보며 한 해를 시작할 수 있을지도 몰랐다.

"제발 유결아! 네가 곁에 있으면 김 교수님도 날 막 태우지는 못하실 거야."

유결은 한심한 듯 동훈을 바라보았다.

"1분 같이 있어 줄 때마다 맥주 한 캔 조공한다. 응?"

---

*중환자실.

동훈이 파리처럼 두 손을 비벼 대는 통에 유결은 어쩔 수 없이 고개를 끄덕였다.

"강유결 선생님, 수술 끝나셨습니까?"
"아뇨. 아직."
"끝나시면 연락 주십시오."
"네."
"감사합니다."

양선민 간호사는 깍듯한 그녀의 인사에 미안한 웃음을 보였다. 말투가 정중하기도 하지. 키는 또 얼마나 큰지. 모델인가? 머리 색깔도 묘하고, 외꺼풀 눈동자는 아주 크고, 얼굴은 되게 하얗잖아. 뭐 하는 여자기에 강 선생님을 찾을까.

키가 큰 여자는 등을 돌려 다시 환자 휴게실로 향했다. 이브닝 근무 인계를 받을 때 그녀에 관해서도 인계를 받았다. 강유결 전공의와 아는 사람인데 연락이 되지 않아 병원으로 찾아왔다고 했다. 무슨 급한 일인지는 말하지 않았지만 양지호라는 그녀의 이름과 연락처를 일반외과 병동 스테이션에 남겼다.

나와 성이 같네. 왠지 양 간호사는 강유결 선생을 찾는 여자에게서 친밀감이 느껴졌다.

데이 근무 간호사가 의국, 전공의 숙소, 수술장까지 전화한 결과 강유결 선생이 응급 수술에 들어갔다는 것을 알게 되어 양 간호사에게 인계를 줬고, 휴게실에서 계속 기다린 모양인지 양지호라는 여자는 양 간호사에게 찾아와 강유결 선생의 거취를 물었다.

강유결 선생과 여자가 무슨 사이인지 무척 궁금해진 양 간호사는 뒤돌아 가는 그녀를 쳐다보았다. 전화를 다시 해 봐야 하나. 양 간호사는 시계를 쳐다보았다. 오후 4시가 넘었다. 아직도 수술 중인가. 응급 수술은 12시에 들어갔다고 했는데. 시간을 확인한 양 간호사는 수술장 스테이션으로 전화를 했다.

"최 선생, 나야. GS 강유결 선생님 수술 아직 안 끝났어? 끝났다고? 근데 왜 콜폰을 안 받으셔? 뭐, 김유신 교수님에게? 알았어. 그럼 ICU로 가셨단 말이지. 알았어. 고마워."

양 간호사는 전화를 끊고 ICU에 전화를 걸었다. 그러나 중환자실 간호사도 김유신 교수와 강유결, 박동훈이 중환자실에서 환자를 보다 어디론가 가 버렸다고 알려 주었다.

대체 어디 있는 거지? 교수 연구실?

박동훈 선생의 실수는 오늘 하루 병동을 발칵 뒤집어 놓은 큰 사건이었다. 본격적으로 김 교수가 박 선생을 태우기 시작할 텐데. 근데 왜 강 선생님은 박 선생님을 따라간 거야? 같이 가서 같이 불꽃같이 타려고 그러나? 에효. 동기 사랑도 정도껏 해야지.

그나저나 저 여자분의 정체가 밝혀지려면 한두 시간은 더 기다려야 할 것 같았다. 5시에 저녁 식사 이후로 스태프 회진이 예정되어 있으니 그때는 강 선생이 병동으로 나올 것이다.

지호는 터덜터덜 환자 휴게실로 걸어왔다. 연아와의 일이 있고 난 뒤 옷을 걸쳐 입고 무작정 병원으로 뛰어왔다. 그에게 계속 전화를 했지만 연락이 되지 않았다.

유결이 서한주 일로 오해하지는 않을 것이라고 되뇌었지만 초조한 마음을 억누를 수는 없었다. 병원에 도착해 그의 행방을 찾았다. 일반외과 병동에 와서야 그가 응급 수술에 참여한다는 말을 듣고 안도했다.

연아가 어떻게 말했는지 짐작이 갔다. 마음을 후벼 파려고 작정했다면 거짓말도 서슴지 않았을 것이다. 그렇다면 유결은 배신감에 사로잡혀 연락도 없이 병원으로 향했을지도 모른다.

자존심이 강한 남자니까. 소설의 캐릭터 때문에 이용당했다는 걸 알게 된다면 화가 날지도. 그가 화를 낸다고 생각하니 몸이 떨렸다. 유결의 일거수일투족에 마음이 쓰였다. 사랑한다고 속삭인 지 불과 하루도 채 지나지 않았는데, 오해로 그와의 사이에 틈이 생기는 것을 받아들일 수가 없었다. 빨리 그에게 모든 걸 설명해야겠다는 간절함만 가득했다.

종일 유결에 대한 생각으로 머리가 터질 것만 같았다. 반면 아침에 있었던 연아와의 일은 충격도 잠시, 이젠 뇌리의 한 귀퉁이만 차지하고 있을 뿐이었다. 그녀로 인한 상처는 분명 깊고 깊은데, 유결이 상처를 받았을까 염려되어, 저가 받은 상처는 전혀 아프지도 않았다.

지호의 마음같이 병원 밖 하늘도 어둠에 물들었다. 저녁때가 되어 휴게실에 있던 환자들은 모두 병실로 돌아갔다. 고소한 밥 냄새가 나자 지호는 그제야 종일 아무것도 먹지 못했다는 게 떠올랐다. 아니 배고픔을 느낄 여유조차도 없었다.

저녁 식사가 끝난 병동에 도착한 유결은 회진 준비를 했다. 동훈이 김유신 교수에게 영혼까지 탈탈 털리는 현장을 목격해서 퇴근하겠다는 말은 입 밖으로 꺼내지도 못했다.

김 교수의 살벌함에 녹초가 된 동훈은 병동 스테이션에 도착하자마자 책상에 엎드렸다. 도저히 앉아 있을 기운이 없다며, 김유신 교수는 쓰리 스타가 아니라 블랙 스타 브라더라고 한탄했다.

유결은 저녁 회진 준비를 재촉했지만 동훈은 이왕 버린 몸, 장렬히 전사하겠다며 꼬장을 부렸다. 절망에 빠진 남자를 나락에 빠뜨렸다고, 회진에 불참하겠다고 말해 동훈은 결국 유결에게 뒤통수를 얻어맞아야만 했다.

동훈에게 혀를 차 보인 그는 인턴을 불러 드레싱 여부를 확인하고 오늘 수술한 환자의 출혈량을 기억하기 위해 진료 사항을 확인했다. 꼼꼼한 김유신 교수라면 필시 확인할 사항이었다.

마침 저녁 투약을 마치고 온 양선민 간호사가 반색하며 유결에게 다가왔다.

"강 선생님! 지금 오시면 어떡해요?"

"무슨 일이 있었습니까?"

"당연히 무슨 일이 있었죠. 그분이 얼마나 기다렸는데!"

"그분이라뇨?"

"키가 크고……."

"교수님 오십니다!"

헐레벌떡 뛰어온 성민이 김 교수의 등장을 예고하자, 테이블에 널브러져 있던 동훈이 부리나케 일어나 컴퓨터 앞으로 돌진했다. 그 모습을 본 양 간호사가 얼른 휴대폰을 꺼내 어디론가 전화를 걸었다.

김유신 교수가 나타나자 유결과 동훈, 성민이 그를 에워쌌다.

"회진에 왜 나왔습니까?"

"네?"

동훈은 눈을 둥그렇게 떴다가 김 교수가 매섭게 노려보는 통에 눈을 슬그머니 바닥으로 깔았다.

"제가 오늘 근무라서……."

"근무 안 하기로 한 거 아닙니까?"

"교수님! 정말 죄송합니다."

"그런 말 필요 없다고 말했을 텐데요. 내 눈에 더 이상 띄지 않기를 바랍니다."

"교수님!"

동훈의 간절한 목소리에도 김유신 교수의 눈매는 풀어지지 않았다.

"강 선생, 가죠."

동훈은 얼굴을 일그러뜨리며 어떡해야 하냐고 유결을 쳐다보았다. 유결은 동훈에게 따라오라고 눈짓을 했다. 여기서 포기하면 진짜 김 교수의 눈 밖에 나는 것이라고 신호를 보냈다. 동훈은 성민의 두서너 걸음 뒤에서 따라갔다. 찍소리도 못 하고 눈치만 보던 성민은 곧장 김 교수 앞으로 뛰쳐나가 병실의 문을 열었다.

"……씨!"

난데없이 복도를 울리는 소리에 회진을 가던 스태프들의 발길이 멈칫했다.

"누구 찾아왔나 봐. 스테이션에 물으면 될 것을."

어느새 유결에게 바짝 다가온 동훈이 속삭였다.

"회진에 집중하지."

유결이 동훈의 허리를 툭 쳤다. 잠시 멈췄던 발길이 병실로 향하려는 찰나였다.

"강유결 씨!"

"널 찾는 모양인데?"

유결은 김유신 교수를 바라보던 눈을 떼어 자신을 부르는 곳을 쳐다보았다.

"유결 씨!"

"교수님, 누군가가 강 선생을 찾나 봅니다."

찌그러져 있어야 할 동훈이 분위기 파악 못 하고 냉큼 나섰다. 김 교수와 동훈, 성민의 몸도 반대편 복도 쪽으로 틀어졌다.

유결은 눈을 가늘게 뜨며 저 멀리서 걸어오는 형체를 확인했다. 키가 크고 하얀 얼굴, 겨울의 색과 같은 머리 색깔, 몸을 휘감는 긴 패딩을 입고 있는 사람은……

지호 씨.

유결의 입가에 저도 모르게 미소가 피어났다. 겨우 반나절 정도 떨어져 있었을 뿐인데, 오랫동안 떨어져 있던 것처럼 반갑고 반가웠다. 찌릿, 전율이 가슴을 통과했다.

그녀는 길쭉길쭉한 팔다리를 흔들며 당당하게 걸어오고 있었다. 마치 병원 복도가 런 웨이라도 되는 것처럼 자신만만하게.

병실 안에 있던 사람들과 스테이션에 있던 의료진들의 눈길이 모두 그녀에게로 향했다.

성큼성큼 걸어온 지호가 유결 앞에 섰다. 호기심 어린 두 쌍의 눈과 상황을 파악하고자 하는 날카로운 눈에도 그녀는 일절 신경 쓰지 않았다.

"유결 씨, 괜찮아요?"

수상한 여자가 내뱉은 '괜찮아요?'라는 말이 어떤 의미인지 세 사람은 전혀 이해되지 않았다. 김 교수와 동훈, 성민은 우두커니 두 사람을 바라보았다.

유결은 지호의 눈가에 어린 물기를 발견했다.

"울었어요?"

"아뇨."

"울었는데?"

"네. 오늘 종일 유결 씨가 연락이 없어서. 그리고 내 곁에 없어서. 이곳에서 한참을 기다렸습니다."

지호의 말에 동훈의 눈이 번쩍 띄었다. 그러다 도둑이 제 발 저리듯 동훈의 얼굴에 난처함이 어렸다.

"지호 씨, 미안해요. 근데 조금만 더 기다려 줄래요? 회진 중이라."

그제야 지호는 자신을 바라보는 남자들을 발견하고 놀란 얼굴을 했다.

"죄송합니다."

지호가 허리를 숙여 90도로 인사하자 동훈과 성민이 덩달아 인사했다. 김 교수도 묵례하고는 유결과 그녀를 번갈아 쳐다보았다.

"그럼 휴게실에서 기다릴게요."

지호가 뒤돌아서자 김 교수가 입을 뗐다.

"강 선생, 가 봐요."

"네?"

"회진은 박동훈 선생과 돌겠습니다."

"네?"

이번에 놀란 사람은 동훈이었다.

"박동훈 선생만 아니었다면 저분을 울게 하지 않았을 텐데.

이게 모두 다 박 선생, 잘못입니다."

"네. 반성하고 있습니다."

"교수님, 괜찮습니다. 회진 마치고 가 보겠습니다."

"내가 안 괜찮습니다. 여자가 우는데도 당장 따라가지 않는 남자는 진짜 남자가 아닙니다."

"교수님, 저도 제 여자 친구가 밤새도록 울어서 술을 마셨을 뿐이거든요!"

동훈이 억울하다는 듯 항변하자 김 교수가 매섭게 노려보며 덧붙였다.

"박 선생님은 오프가 아니지 않습니까?"

그 말에 동훈은 다시 꼬리를 내렸다.

유결은 감사하다고 말하고 지호에게 걸어갔다. 지호의 손을 잡고 활짝 웃는 유결의 모습을 보고 병동 사람들의 얼굴에 놀라운 빛이 어렸다. 명성대 병원 원 스타 전공의가 여자 친구와 공개적으로 손을 잡는 장면은 두고두고 인구에 회자될 사건 중의 사건이었다.

"먼저 해야 할 말이 있어요."

"나도요. 의국으로 갑시다."

유결은 지호의 손을 잡고 의국으로 갔다. 빈 의국실의 문을 열고 들어가자마자 지호를 껴안았다.

"보고 싶었어요. 지호 씨."

지호는 그의 따뜻하고 단단한 품에 얼굴을 묻으며 그의 체취를 흠뻑 맡았다.

"유결 씨 기다리면서 너무 불안했어요."

"왜요?"

"연아 만났다면서요?"

"네."

"연아의 말을 믿을까 봐 걱정이 됐습니다."

"이연아 씨의 말을 내가 왜 믿습니까?"

"연아가 〈트라이앵글〉에 대해 유결 씨에게 말했다고 했으니까요."

지호는 유결의 품에서 몸을 떼고 간절한 눈으로 그를 바라보았다. 그의 눈동자에 있을지도 모르는 의혹을 찾아 없애 버리고 싶었다.

"미안해요. 유결 씨. 함부로 당신을 모델로 활용했어요. 맞선을 취재의 일환으로 생각하긴 했지만, 글을 쓰기 위해 유결 씨를 이용하려고만 한 것은 절대 아닙니다."

"그건 내가 잘 압니다. 지호 씨는 날 사랑하잖아요."

유결은 불안해하는 지호에게 미소를 보여 주었다.

"내 말을 믿습니까?"

"그럼요. 내가 사랑하는 당신인데."

'당신'이라는 다정한 말에 눈물이 날 것 같았다. 한결 마음이 편해진 지호는 두서없이 말을 늘어놓았다.

"〈트라이앵글〉을 읽게 되면 서한주가 유결 씨라는 것을 알게 될 테고, 그 글에서 서한주는 이은우에게 버림을 받으니까. 유결 씨가 내 마음을 오해할지도 모른다고 생각했어요."

"내가 왜 오해합니까? 소설은 소설일 뿐 현실이 아닌데."

그 말에 지호가 투정을 부리듯 입을 쭉 내밀었다.

"근데 왜, 왜? 병원에 가면 간다고 말은 하고 가지, 왜 아무 말도 없이 가 버렸어요? 유결 씨가 안 돌아와서 난 연아의 말을 믿고 가 버렸다고 생각했단 말이에요!"

지호의 스스럼없는 태도에 유결은 기꺼워졌다. 그녀는 이제 정말 저를 편하게 생각하는 것 같았다. 다나 까 어투도 가끔만 나오고 말이다.

"문자 보냈는데."

"문자?"

"안 들어갔어요? 지호 씨 휴대폰 꺼져 있다는 게 생각나서, 병원에 급한 수술이 있어서 들어간다고, 기다려 달라고 문자 보냈는데. 문자는 전화가 꺼져 있어도 받을 수 있잖아요."

"안 왔어요! 못 받았다고요!"

지호는 증명하듯 자신의 휴대폰을 그의 눈앞에 들이밀었다. 확인하던 유결이 얼굴을 찡그렸다. 그러더니 가운 안에 넣어 두었던 자신의 휴대폰을 켰다. 휴대폰을 확인하는 그의 손짓이 바빠졌다.

"여기 봐요. 내가 보냈잖아."

지호는 그의 휴대폰을 쳐다보다가 외쳤다.

"이건 임시 저장 문자잖아요! 보내기 버튼을 안 눌렀어."

"보내기를 안 눌렀다고요?"

유결은 휴대폰을 확인했다. 문자를 보내면 내용이 노란 바탕색으로 보이는데, 그 문자는 회색을 유지하고 있었다.

"어, 진짜네."

"내가 이거 때문에 얼마나 마음을 졸였는데. 으으흑."

지호가 억울하다는 듯 닭똥 같은 눈물을 흘리자 당황한 유결이 그녀를 껴안았다.

"미, 미안해요. 지호 씨, 내가 다 잘못했어요."

"진짜 잘못했죠?"

"네. 정말 잘못했어요."

지호는 그의 품에서 한참을 어리광 부리다 감정이 진정되자 품 안에서 벗어났다.

"근데 우리 지호 씨, 얼마나 날 기다렸어요?"

"온종일. 연락이 안 돼서 병원에서 무작정 기다렸어요. 그 시간 동안 내 몸의 피란 피는 모조리 마르는 것 같았어요. 아까 간호사님 전화가 안 왔다면 기절했을지도 몰라요."

"미안, 미안해요. 근데 얼굴이 왜 이렇게 안 좋아요? 밥은 먹었어요?"

"어떻게 먹어요? 유결 씨가 아무 연락이 없는데."

그 말에 유결의 표정에 의문이 떠올랐다.

"잠깐, 해장국 못 받았어요?"

"해장국이라뇨?"

"내가 해장국과 수육 포장해서 사장님께 오피스텔로 배달해 달라고 부탁드렸는데. 문자 안 간 건 어쩔 수 없는 거지만 내가 보낸 음식 받았으면 지호 씨가 이렇게 가슴 졸일 일도 없었잖아."

"배달을 시켰다고요? 하지만 나는 아무것도 받지 못했……."

말을 끊은 지호가 무언가 생각난 듯 유결에게 물었다.

"연아 만났을 때 음식 들고 있었어요?"

"네."

"그럼 그것도 연아 짓이네요. 해장국집 사장님이 연아 얼굴 알거든요. 연아는 날 단단히 오해하고 있었어요. 내가 아무리 아니라고 말해도 믿지 않고요."

지호의 눈가에 물기가 어리자 유결이 손으로 닦아 주었다.

"울지 말아요. 지호 씨, 내가 있잖아요."

"유결 씨가요?"

"네. 지호 씨 마음이 아무는 동안 친구가 되어 드리죠."

"친구?"

"물론 연인도……."

그의 말이 너무 고마워서 지호는 다시 울먹였다.

"우리 예쁜 지호 씨, 알고 보니 완전 울보네."

"네. 안 울게요. 유결 씨 같은 좋은 연인, 좋은 친구가 있으니까."

지호는 유결의 목에 팔을 걸어 그를 안았다. 유결은 마음과 마음이 닿게, 지호를 안은 팔에 힘을 주었다.

의국에서 나온 유결과 지호는 병동 쪽으로 발길을 옮겼다. 회진을 마치고 난 동훈이 반갑게 인사를 했다.

"유결이와 사귀는 분이시죠? 박동훈입니다."

"양지호입니다."

"정말 궁금했습니다. 어느 고마운 분이 연애 고자인 우리 강 선생을 거둬 주셨을까 하는……, 앗!"

동훈은 결국 유결에게 뒤통수를 얻어맞았다.

"연애 고자요? 고수 아니고요?"

"우리 강 선생님, 연애 고수 아니세요. 제가 오래 알고 지내 왔는데 찾아온 여성분은 양지호 씨가 처음이거든요. 명슐랭 가이드에서 원 스타 받은 강 선생님이 연애하는 건 정말 이번에 처음 봐요."

양 간호사가 생글생글 웃으며 다가왔다.

"아까 연락 주셔서 감사했습니다. 근데 원 스타가 뭔가요?"

"명슐랭 가이드라고, 우리 병원 여직원들이 미혼 남자 직원을 대상으로 인기투표를 하는 게 있거든요. 거기서 강 선생님이 원 스타를 받으셨어요."

"원 스타라면?"

"인기남이라는 객관적인 증거죠."

"유결 씨는 대단한 남자였군요?"

지호가 감탄한 눈으로 새삼스럽게 유결을 바라보자 유결은 웃음을 참으려고 입술을 지그시 깨물었다. 그건 그렇게 대단한 척도가 아니라고 말하고 싶었지만 당분간은 지호가 우러러보는 시선을 느끼고 싶었다.

"네. 그런 강 선생님을 지호 씨가 잡으셨어요. 강 선생님이 어떤 여성분을 사귈까 너무 궁금했는데. 만나서 반갑습니다. 저도 성이 양씨랍니다. 양선민이에요."

지호는 양 간호사가 반갑게 내미는 손을 맞잡았다.

"근데 강 선생님께 BL을 알려 주신 패기는 어디에서 나온 거예요? 사귀는 단계에서는 보통 숨기잖아요. 아무리 애인이라도 이상한 눈으로 쳐다보는데."

"BL이요?"

지호는 양 간호사에게서 시선을 떼 유결을 쳐다보았다.

"그럼 연아가 말하기 전부터 〈트라이앵글〉을 읽은 거예요?"

"아니, 〈트라이앵글〉을 읽은 건 아니고……."

유결이 난처한 듯 머뭇거리자 동훈이 고개를 갸웃하며 유결에게 'BL이 뭐냐?' 라고 물었다.

"어머, 지호 씨도 〈트라이앵글〉 팬이세요?"

양 간호사가 반가운 기색을 띠자 유결이 자부심 어린 얼굴로 양 간호사에게 넌지시 말했다.

"양 선생님, 로미오 작가님 팬이라고 하셨죠?"

"네."

그걸 왜 묻냐는 눈으로 양 간호사가 유결을 쳐다보았다. 유결이 뿌듯한 웃음을 보이며 대답했다.

"지호 씨가 바로 로미오 작가님이십니다."

"지호 씨가 로미오 작가님이시라고요?"

양 간호사가 눈을 똥그랗게 뜨며 지호를 바라보자 지호가 부끄러워하며 '네'라고 대답했다.

"세상에 이런 일이!"

양 간호사의 감탄사가 병동 복도에 울려 퍼졌다.

17
로미오의 남자입니다

　지호는 감기려는 눈을 다시 떴다. 느끼지 않으려고 해도 느낄 수밖에 없는 감촉. 아니 느끼지 않으려 하기엔 틀렸다. 잠이 쏟아졌지만 날카로운 쾌감은 잠을 쫓는 창이었다.

　"읏."

　여지없이 입술 밖으로 신음이 흘러나왔고 강렬한 전율에 몸을 떨어야 했다.

　이불이 꿈틀거릴 때마다 지호의 고개도 이리저리 꿈틀거렸다. 살을 빠는 소리가 아주 적나라해 몰려오던 잠이 저만치 달아났다. 도저히 참을 수가 없었다. 아무래도 오늘 밤은 잠을 포기해야 하는가 보다. 벽시계를 확인하니 새벽 3시가 다 되어 가고 있었다.

　유결과 밖에서 저녁을 먹고 영화를 보고 들어오자 크리스마스이브가 지나가 버렸다. 두런두런 이야기를 나누다 함께 침대에 누운 시간이 1시. 그 이후로는 향락의 시간이었다. 벌써 몇 번을 한지 모른다. 지칠 줄 모르는 유결의 체력을 따라가느라 헐떡이다. 그가 잠시 놓아준 틈을 타 잠 좀 자 보려고 했다. 그런데 언제 그랬냐는 듯 유결은 다시금 체력을 회복해 몸을 조몰락거렸다.

지호는 와락 이불을 젖혔다. 그리고 이불 안에서 젖가슴을 탐하던 그와 눈을 마주쳤다.

"안 잤어요?"

"어떻게 자요? 유결 씨가 자꾸……."

"나는 지호 씨 자는 데 방해될까 봐 살짝살짝 키스했는데."

"안 피곤해요?"

"전혀. 지호 씨는 힘드니까 자요."

"내가 어떻게 자요?"

"응?"

"키스하고 싶은데."

유결이 씩 웃으며 지호의 입술로 달려들었다. 얽히고설킨 입술 안에서 혀들이 경계를 넘나들었다. 지호는 황홀한 감촉을 만끽하며 과감하게 그를 공략했다. 그러자 유결이 얌전히 입술을 넘겨주었다.

지호가 키스를 멈추고 눈을 샐쭉하게 뜨며 그를 바라보았다.

"너무해. 나만 하잖아요."

"지호 씨 키스가 너무 좋아서."

"그럼 어쩔 수 없죠."

생긋 웃으며 지호는 그의 얼굴에 키스를 퍼부었다. 입술뿐만이 아니라 눈과 턱, 뺨에도 열렬하게 흔적을 남겼다. 지호의 키스를 받으며 유결이 위치를 바꾸었다. 여태껏 지호의 위에서 그녀의 몸을 물고 빨고 핥던 유결이 아래로 내려갔다.

"침대가 좁아."

"혼자 쓰기엔 괜찮은데."

"이제 나와 같이 쓸 거잖아."

자연스러운 반말이 귀에 듣기 좋았다. 지호는 그에게 눈을 흘겼다.

"침대 못 바꿔요. 갑자기 바꾸면 엄마가 이상하게 생각하실 거야."

"좋은 방법이 있는데."

"뭐예요?"

"내 아파트로 가요."

"지금요?"

"아니, 내일부터."

유결은 눈을 찡긋거리며 손으로 지호의 등을 쓸었다.

"지호 씨가 해 볼래요?"

"네?"

"여기."

유결이 상체를 일으켜 등을 침대 헤드에 갖다 대었다. 지호는 홍당무가 된 채 그의 꼿꼿한 몸에 덮어씌우는 안전한 준비를 했다.

"날 잡아먹어 봐요."

"유결 씨!"

"난 지호 씨에게 먹혔으면 좋겠는데."

짓궂은 그의 말에 지호는 난감하게 바라보다 엉거주춤 그의 중심부에 내려앉았다. 실패였다.

"내 어깨에 손을 올리고 다시."

지호는 유결과 눈 맞춤을 하다 스르르 엉덩이를 내렸다. 그의 것이 들어오는 게 느껴졌다. 미끄러지듯 들어와 자신의 몸을 꽉 채우자 지호는 저도 모르게 한숨을 내쉬었다.

"힘들어요?"

"조금."

"더 힘들 건데?"

"네?"

"달려요. 지호 씨."

유결의 말뜻을 이해한 지호가 허리를 서서히 움직였다. 그러자 유결의 얼굴이 조금씩 일그러졌다. 자신의 몸짓 하나하나에 반응하는 유결의 얼굴이 보기 좋아서 두 다리에 잔뜩 힘을 주었다.

"윽. 지호 씨."

왠지 역전된 상황이 재미있었다. 유결의 커다란 손이 지호의 늘씬한 허벅지를 쓰다듬었다.

"너무 섹시해."

"내가요?"

"그럼 누구겠어요? 내가 이래서 지호 씨 잠을 안 재우잖아."

유결은 상체를 지호에게 갖다 붙이며 그녀의 잘록한 허리를 두 팔로 감싸 안았다. 지호는 그의 목을 꼭 껴안고 아래위로 엉덩이를 들썩였다. 그럴 때마다 그가 자신을 꿰뚫는 느낌이 아찔해 미간을 찌푸렸다. 하지만 신음이 먼저 터진 쪽은 유결이었다.

"흐윽. 지호 씨!"

"좋아요?"

"미칠 만큼 좋아요."

"더 좋게 해 줄게요."

그의 넓은 가슴팍에 젖가슴을 비비다 어깨를 부여잡고 날아오르기 시작했다. 그를 기쁘게 하려고 시작한 움직임이 어느새 지호를 쾌락의 꼭대기로 인도했다. 그에게로 내려올 때마다 단단한 뼈가 수풀에 숨은 수줍은 열매를 건드렸다. 그 아찔한 자극에 지호는 눈을 감았다.

"아흣! 유결 씨."

"지호 씨가 느끼는 게 너무 좋아."

유결은 고개를 숙여 지호의 흔들리는 젖가슴을 움켜잡았다. 앙증맞은 유두를 찾아 입안에 삼키고 강하게 흡입했다.

"아!"

유결이 불을 지핀 야릇한 감각이 지호의 정수리를 치고 올라왔다. 조금만 더 올라가면 환희의 별을 딸 수 있을 것이다. 지호는 무아지경으로 엉덩이를 내리다 이번에는 앞뒤로 흔들었다. 유결이 그녀의 목덜미에 키스하며 작은 엉덩이를 부여잡고 그녀의 움직임과는 반대로 자신의 몸을 돌렸다. 교묘하게 엇갈리는 몸의 합이 아찔했다.

그러다 유결이 허리를 위로 튕기며 몸을 찔러 넣자 지호는 쾌감에 겨운 비명을 내뱉었다.

"앗!"

쾌락의 전율이 지호의 떨리는 몸에서 유결에게로 퍼져 나갔다. 유결은 거칠게 서너 번 더 깊게 들어간 후 얼굴을 찡그리며 거친 숨을 몰아쉬었다. 지호는 유결의 어깨에 고개를 묻고 널브러졌다.

"이제 더는 못 해요."

"알았어. 그만 괴롭힐게."

"잘래요."

유결은 결합을 푸는 지호의 몸이 아쉽게 느껴졌다. 따뜻한 몽글함이 사라졌다. 유결은 지호를 눕히고, 눈을 감는 그녀의 얼굴을 쓰다듬어 주었다.

"잘 자요."

'네'라고 말하고 싶은데 말할 기운이 없었다. 지호는 노곤한 잠 속으로 헤엄쳐 들어갔다.

퉁탕 퉁탕, 치이이익, 달그락 달그락.

정체 모를 소리가 귀를 잡아챘다. 그러나 눈을 뜰 수가 없었다. 눈꺼풀이 천근만근이었다. 밥 냄새가 코를 자극했고 군침이 돌았다. 하지만 도저히 일어날 수가 없었다. 눈을 감고 있었지만 훤한 주변 탓에 아침이 왔다는 것을 알 수 있었다.

따뜻한 이불 속에 누에고치처럼 폭 싸인 채로 지호는 현실의 경계까지 왔지만 다시 잠의 세계로 빠져들었다.

"지호 씨."

유결이 머리카락을 쓰다듬었다. 그의 섬세한 손길이 귀밑머리를 귀 뒤로 넘겨 주고 이마를 쓸어 주었다.

"미인은 잠꾸러기라더니."

낯간지러운 말에 그만 눈을 번쩍 뜨고 말았다. 눈을 찡그리며 그를 올려다보고 말했다.

"어디 가서 그런 말 하지 말아요. 돌 맞을지도 몰라요."

"내 눈에 미인인 걸 어떡해."

"제발 부탁해요."

"알았어요. 근데 내 휴대폰에는 '예쁜 지호 씨' 라고 저장되어 있는걸요?"

"잘못했어요. 유결 씨."

그 말에 유결은 배꼽을 잡고 웃기 시작했다. 지호는 알몸에 이불만 두르고 침대 위에 앉았다.

"옷 입어야 하니까 눈 좀 감아 봐요."

"싫은데요?"

"제발요."

"이미 다 봤잖아."

"훤한 아침에 보면 유결 씨 환상이 깨어질지 모르니까."

"아닐걸? 난 계속 반할걸?"

지호는 이불을 두르고 침대에서 내려왔다. 그러자 유결이 그녀에게 옷가지를 내밀고 말했다.

"욕실 말고 여기서 갈아입어요. 난 저쪽에 있을 테니까."

"씻어야 하는데."

"밥 먹고 씻어요."

"네."

지호는 투룸을 구분하는 방문을 닫았다. 안쪽엔 침실과 작업실, 바깥쪽엔 주방과 욕실이 있었다.

"지금 몇 시예요?"

속옷을 입고 머리를 티셔츠 구멍에 밀어 넣으며 물었다.

"10시 안 됐어요."

"유결 씨, 되게 일찍 일어났네요."

"누구 때문에 가슴이 떨려서 잠이 안 오더라고요."

"그 사람이 누군데요? 내가 아는 사람인가?"

옷을 입은 지호는 농담을 하며 문을 열고 식탁 앞으로 나왔다. 차려져 있는 음식을 보자마자 깜짝 놀라 순간 얼음이 되었다.

"이걸 유결 씨가 다 한 거예요?"

"네."

식탁 위에 차려진 건 된장찌개, 계란말이, 김치 볶음, 불고기였다.

"하지만 재료가 없었을 텐데."

"일찍 마트 갔다 왔지. 요 뒤에 있는 마트는 7시 되니까 문 열던데요."

"그렇게 일찍이요!"

"감탄은 그만하고 먹어요. 어제 고생했잖아. 내가 한 건 별로 없어요. 된장찌개와 계란말이는 데우기만 했고, 김치는 볶은 걸 샀고, 불고기도 양념이 되어 있는 거 볶기만 했을 뿐이니까."

아무리 불 위에 올려놓은 것뿐이라고 해도 된장찌개의 우아한 자태와 계란말이의 화려하고 정갈한 형태는 어떻게 유지했느냐 말인가.

유결은 지호를 의자에 앉히고 수저를 쥐여 주었다.

"잘 먹겠습니다."

발랄하게 인사하고 지호는 된장찌개의 맛을 보았다. 그리고 그 순간 심 봉사가 광명을 찾은 듯 눈을 휘둥그레 떴다.

"맛있어요!"

"그럴 거예요."

"어떻게 이렇게 맛있을 수가……."

식욕을 느낀 지호는 허겁지겁 밥을 입에 떠 넣었다. 꿀을 넣어 밥을 지은 듯 맛이 꿀맛이었다.

"혹시 우렁이 각시?"

"그건 아니고 노예."

"노예요?"

"내가 말했잖아요. 우리 어머니가 날 종 부리듯 부렸다고."

"설마 유결 씨에게 밥까지 하라고 한 거예요?"

"어렸을 때부터 특훈을 받았죠. 어머니는 남자가 어디 가서 대접만 받는 꼴을 못 보시는 분이거든요. 싫다고 하는데도 요리할 때마다 보조를 시키셨어요. 그러다가 어느새 정신 차려 보니 프라이팬을 잡고 있는 사람이 나더라고요."

"영희 아줌마는요?"

"우아한 공작 부인이셨죠."

"공작 부인?"

"손 하나 까딱하지 않으셨어요. 결국 어머니는 우리 쌍둥이들 간식까지 만들라고 그러셨다니까요. 요리책 하나 던져 주고."

"하긴 유결 씨는 똑똑하니까 요리도 금방 배웠을 것 같아요."

"아무리 그래도 고3 아들에게 쌍둥이 동생들 맡기고 여행을 가시면 안 되죠."

"정말요?"

"그랬다니까. 그래서 결심했죠. 무조건 파주를 떠나서 서울로 유학 가리라. 어떻게든 한국대 의대에 입학해서 어머니와 오랫동안 떨어져 지내리라."

"그런 사연이 있는 줄은 몰랐어요."

"그런데 지금은 우리 어머니에게 감사하다고 말씀드리고 싶어요."

"왜요?"

"우리 예쁜 지호 씨에게 내 손으로 맛있는 걸 해 먹일 수 있으니까."

유결의 달콤한 말에 지호는 스멀스멀 올라가는 입꼬리를 막을 수가 없었다.

"메리 크리스마스, 지호 씨."

"메리 크리스마스. 유결 씨."

유결의 인사에 지호가 인사했다.

"산타가 내게 지호 씨를 선물로 줘서, 교회에 나갈까 봐요."

귀가 간지러운 말이지만 듣고 있노라면 어느새 버터 그 자체가 되는 것 같았다.

"그리고 고마워요."

"뭐가요?"

"날 아주 멋진 조연으로 그려 줬던데요?"

"읽었어요, 〈트라이앵글〉?"

"네. 지호 씨 자고 있을 때 오늘 올라온 회차까지 모조리 다. 닥터 서한주가 무척 쿨하고 다정한 남자던데. 인기가 상당하더라고요."

"네."

"근데 한주가 은우에게 한 말 있잖아요. '못 잡니다. 이은우 씨와는……' 이요."

"네?"

"그거 내가 한 말이잖아요. 지호 씨가 맞선 때 잘 수 있냐고 물었을 때."

지호는 유결이 뭘 물을지 예측이 됐다.

"된장찌개 정말 맛있네요."

"근데 은우가 한주에게 묻더라고요. 자기와 섹스 할 수 있냐고. 그때 지호 씨는 지호 씨와 할 수 있냐고 물은 게 아니라 남자와 할 수 있냐고 물었던 거죠?"

"쿨럭!"

지호는 사레가 들려 기침을 해 댔다. 유결이 물컵을 내밀자 지호는 다급히 물을 마시고는 그를 쳐다보았다. 역시 머리가 좋은 남자다. 소설만 보고 그 실수를 알아채다니.

"맞나 보네."

"유결 씨. 그게……."

"내가 지호 씨 말에 얼마나 긴장한 줄 알아요? 어머니들 통해서 우리가 다시 만나기 전까지 지호 씨한테 차인 충격 때문에 폐인이 될 정도로 일만 했는데. 나와 자자고 해 놓고서 내게 전혀 관심 없는 지호 씨의 행동이 신경 쓰여서 막 꿈까지 꿀 정도였다니까. 내가 그렇게 별로였나 싶어서."

"아니, 그런 게 아니라. 그때는 내가 취재할 욕심에 말이 헛나와서……."

"아, 그러네. 그게 남자와 할 수 있냐는 뜻이었구나. 난 그런 줄도 모르고 가슴 떨렸어. 이렇게 대담한 여자는 처음 본다고 감탄까지 했는걸?"

"미안해요."

지호는 고개를 숙이며 자책했다. 그 모습에 유결은 웃지 않으려고 애를 썼다.

"어쩐지 이상하더라. 자고 나니까 자는 게 관계의 기준이라고 말한 여자가 수상해졌어."

"정말 미안합니다. 강유결 씨."

"내가 한소리 했다고 금방 다나 까로 올려 말하면 어떡합니까? 섭섭하게."

"유결 씨도 그러고 있잖아요."

"그럼 이참에 우리 말 놓을까? 동갑인데."

"네?"

지호는 유결과 스스럼없이 말하는 게 상상이 되지 않았다. 동갑이기도 하고, 어젯밤 잘 때는 반말을 섞어 말하긴 했지만 일상생활에서도 반말이라니! 해도 될까? 문득 뺨이 붉어졌다.

"부담스러우면 하지 말까요?"

"아니, 조, 좋아."

"좀 어색하긴 하네."

"그럼 우리 차차 말 놓아요!"

단박에 고개를 든 지호가 귀여워 유결은 고개를 끄덕였다.

"네. 그래요. 우리."

"어서 드세요. 유결 씨도. 정말 맛있어요."

유결은 맛있게 먹는 지호를 바라보다 다시 입을 열었다.

"참, 나 지호 씨한테 물은 게 있는데. 답은 언제까지 해 줄래요?"

"뭘 물었는데요?"

들은 기억이 없어 되물었지만 유결은 미소만 보이다가 덧붙였다.

"그건 내가 말해 줄 수 없고, 내가 뭘 물었는지 찾아봐요. 그리고 그 답도 해 주고."

"네?"

지호의 찡그려진 미간을 유결이 손가락으로 펴 주었다.

"주름 생깁니다. 난 우리 예쁜 지호 씨에게 하나의 주름도 용납 못 해요."

"아참, 유결 씨, 쌍꺼풀 수술 잘하는 의사 선생님 알아요?"

그 말에 유결의 눈이 퉁방울처럼 커졌다.

"쌍꺼풀이라고요? 지호 씨 눈이 얼마나 크고 예쁜데, 절대 안 돼요! 쌍꺼풀!"

지호는 유결의 반응에 웃음이 나왔다.

"그게 아니라……."

"모릅니다. 그 누구도 모르니까 절대 할 생각 말아요."

"지유가 알아봐 달라고 그랬는데."

"여동생이요?"

"네. 지유 쌍꺼풀이 수술한 거거든요. 잘 풀린다고 다시 수술하겠다고 해서."

"아. 그럼 알아봐 줄게요. 우리 선배 중에 실력 좋은 분 많으십니다."

"아까는 모른다더니?"

"상황이 달라졌으니까."

유결은 멋쩍은 듯 웃었다.

띠띠띠띠. 갑자기 현관문이 벌컥 열렸다.

"지호야?"

"언니!"

난데없는 엄마와 지유의 목소리에 지호는 돌덩이처럼 굳었다. 유결도 깜짝 놀란 얼굴로 현관을 쳐다보았다.

"아직 자나? 오늘 크리스마스인데. 교회 가서 예배드려야지."

침대가 있는 방으로 들어가려던 박정숙 여사가 뚝 걸음을 멈췄다. 그녀는 뜨악한 표정으로 돌이 되어 있는 지호와 유결을 쳐다보았다.

"엄마, 언니 일어났어?"

지유가 들어오려고 하자 박정숙 여사가 고함쳤다.

"스톱! 지유 니는 얼른 밖으로 나가라."

"엄마, 왜? 언니가 교회 안 간대?"

"니 안으로 한 발짝이라도 들이면 그땐 엄마 화낸다!"

"알았어! 알았다고! 대체 무슨 일이래?"

놀란 지유가 오피스텔 밖으로 재빨리 나갔다.

"내가 지금 헛것을 봤나?"

엄마의 말에 유결이 벌떡 일어나 허리를 굽혔다.

"죄송합니다. 어머니."

"어머니? 지금 닥터 강이 나더러 어머니라고 그랬어요?"

"네."

"근데 왜 내게 죄송할까?"

"엄마, 그게요……."

엄마의 눈이 부리부리해져 지호가 황급히 나섰다.

"양지호, 니! 닥터 강이랑 사귀고 있었으면서 여태까지 한마디도 안 했던 기가?"

"그게 내가 비밀로 하자고……."

"비밀? 니는 가만있어 봐라. 닥터 강, 내가 본 게 이게 정확히 뭘까요?"

"예?"

"아침부터 닥터 강이 우리 지호 작업실에 와 있네. 밥도 같이 먹고. 뭔가 두 사람 편안해 보이고."

"예. 그러니까……."

유결이 당황해 말을 제대로 잇지 못하자 정숙의 눈이 더욱 커졌다.

"내 눈에는 두 사람 이미 만리장성도 쌓은 거 같은데, 아닌가?"

유결이 우물쭈물하자 정숙의 눈초리가 더욱 유결을 조여들었다.

"맞는 거 같은데, 아니라고 할 건가?"

"아닙니다!"

얼결에 고백한 후 유결은 깜짝 놀라 제 입을 막았다. 지호의 얼굴에 '망했어요!' 라는 빛이 떠올랐다.

"그렇지! 맞지?"

"네. 죄송합니다."

"죄송하긴 뭐가? 오케이! 지호, 니 강 서방이랑 교회로 11시까지 나온나."

"엄마?"

호된 꾸지람을 들을 줄 알았던 지호는 어벙한 얼굴로 엄마를 지켜보았다.

"얼른!"

"네. 그러겠습니다."

유결이 대신 대답을 했다. 그는 후다닥 옷가지를 챙겨 현관 밖으로 나가려고 했다.

"강 서방, 니 어데 가노?"

"집에 가라고……."

"내가 언제? 교회로 오랬지. 양지호, 강 서방 단디 챙기라이."

"네. 엄마."

호호 아줌마처럼 웃음을 걸던 엄마는 휴대폰을 들어 누군가에게 전화를 걸었다.

"어, 영희야!"

영희? 그 말에 유결과 지호가 서로를 바라보았다.

"아니네. 사돈! 호호호. 내 할 말 있다 아이가? 오늘 좀 보자. 거서. 오이야."

엄마가 위풍당당하게 밖으로 사라졌다. 마치 폭풍우가 한바탕 휩쓸고 간 것 같았다.

"지호 씨."

"네."

"방금……."

"나도 모르겠어요. 무슨 일이 일어났는지. 정신이 없어서."

"방금 나, 별로였죠?"

"네?"

"언제나 지호 씨에게는 멋있게 보이고 싶었는데. 어머니 앞이라 당황했어요."

그 말을 하는 유결은 깨물어 주고 싶을 만큼 귀여웠다. 지호는 깨물어 주는 대신 그의 입술에 쪽, 하고 뽀뽀했다. 유결의 눈이 다른 의미로 또 당황했다.

"빨리 준비해야겠어요. 교회 가려면. 크리스마스니까."

사람들의 마음을 순수하게 만드는 목사님의 설교 말씀이 끝난 후 지호와 유결은 예배당을 나왔다. 교회 사람들과 인사하던 엄마는 두 사람을 사람들에게 소개했다.

"우리 둘째 사위예요."

"어머, 둘째 따님이 벌써 결혼을 했어요?"

"아니, 곧 할 거예요. 인사드리렴."

엄마의 말에 지호와 유결은 엉겁결에 고개를 숙였다. 엄마가 뿌듯한 얼굴로 지호와 유결을 바라보았다. 아름다운 한 쌍이었다. 그 모습을 지유도 바라보고 있었다.

"우리 집안의 어린 양이 드디어 구세주를 만났네."

지유가 혼잣말을 하자 지수가 옆에 다가왔다.

"잘 어울리네."

"그지? 근데 엄마가 아까 둘째가 먼저 시집가는, 질서를 어기는 혼사는 없을 거라고 하시더라?"

"그게 무슨 소리야?"

"지호 언니 결혼하려면 큰언니가 먼저 시집가야 한다는 뜻이지. 아무래도 큰언니 때문에 저렇게 멋진 짝이 있는 작은언니는 몇 년을 기다려야 할지도 몰라. 작은언니 안됐어."

"누가 몇 년이래?"

"어?"

지수의 말에 지유가 황급히 큰언니를 쳐다보았다.

"남자 친구가 있었어?"

"난 누구처럼 위기를 모면하려고 없는 남자 친구 있다고 거짓말은 안 해."

"언니! 진짜 있는 거야? 그럼 남자가 있어서 선을 안 본 거야?"

"글쎄."

"정말 있구나. 누구야? 누군데?"

지유의 끈질긴 물음에도 지수는 의미심장한 미소만 지을 뿐이었다.

"제발 가르쳐 줘라. 성격 더러운 우리 언니 만나 줘서 고맙다고 절이라도 하게."

"요게!"

지수가 지유에게 꿀밤을 먹였다.

인사를 마친 지호는 유결의 손을 잡고 교회 계단을 내려가다 걸음을 멈췄다.

"아, 맞다."

"왜요?"

"휴대폰을 놔두고 왔어요."

"찾으러 갑시다."

"네."

예배당에 도착한 지호는 두리번거렸다. 이곳에 둔 것 같은데. 휴대폰은 그 자리에 없었다.

"내가 전화해 볼게요."

"네."

휴대폰 진동 소리가 멀리서 윙윙댔다. 지호는 소리가 나는 곳으로 한 발씩 뗐다. 유결 근처에서 소리가 났다. 유결이 바닥을 내려다보다 허리를 굽혔다.

"여기 떨어져 있었네."

휴대폰 화면을 바라보던 유결이 미간을 찌푸렸다.

"왜요?"

"지호 씨 휴대폰에 왜 내가 '당사남, 강유결'로 저장되어 있어요?"

아, 당분간 사귀어야 하는 남자의 줄임말로 입력해 놓은 걸 깜빡했다. 그 이름을 입력할 때는 잠깐 만나다 헤어질 거라고 여겼으니까.

"당사남 뜻이 뭐예요?"

유결의 질문에 무슨 뜻이라고 대답할까? 하고 잠깐 고민했다.

"아! 알았다. '당연히 사랑하는 남자'라는 뜻이죠?"

"네? 네."

지호가 긍정하자 유결이 환하게 웃으며 말했다.

"나도 지호 씨를 '당사녀, 지호 씨'라고 입력해 놓을게요."

"아, 아뇨! 그냥 지금이 좋아요."

"'예쁜 지호 씨'가요?"

"네. 유결 씨 아니면 누가 날 예쁜이로 저장해 주겠어요?"

"부끄러워하지만 지호 씨도 실은 그 별명이 좋았죠?"

"네."

지호는 어색한 미소를 시전했다.

띠링, 하고 문자가 들어왔다. 발신자는 다정이었다.

〈작가님, 아니 언니! 무슨 일 있어요? 마지막 회차 댓글이 완전 재미있어요. 아 참! 메리 크리스마스입니다. 쭉 행복하시길!〉

문자에서 다정의 발랄한 분위기를 읽은 지호는 잠시 한숨을 쉬었다. 다정은 아직 연아와 자신이 틀어진 것을 모르는 모양이었다.

연아와의 관계 회복이 어려울 것이라는 건 예상하고 있었다. 넘지 말아야 할 선까지 넘어 버린 연아를 쉽게 용서할 수도 없었다. 무엇보다 그녀가 용서를 구할 의향이 없어 보였다.

이제 연아가 운영하는 퓨어 출판사와도 더는 일을 같이할 수 없었다. 기존에 계약한, 아직 완성되지 않은 글들의 계약도 해지할까 싶었다.

문제가 생긴 두 사람 사이에서 다정이 쩔쩔맬 것 같아 걱정되었지만 어쩔 수 없는 상황이었다. 일단 오늘은 크리스마스이니까 다정에게 걱정을 끼칠 수는 없었다.

〈메리 크리스마스! 다정아, 오늘 하루 잘 쉬고 내일 만나. 맛있는 거 사 줄게.〉
〈네! 기대 막 해도 돼요?〉
〈응 :)〉

이모티콘을 보내고, 지호는 다정이 알려 준 가장 최근 회차 글을 클릭했다. 댓글이 수백 개나 달려 있어 깜짝 놀랐다. 무슨 일이지? 화면을 내려 댓글을 읽어 보았다.

작가님, 저와 밥 먹어 주시겠습니까?

저와 춤추시겠습니까, 작가님?

작가님, 저와 태경이 혼내 주러 가시겠습니까?

작가님, 은우에게 한주 버리면 진짜 후회한다고 말해 주시겠습니까?

작가님, 찾아가면 만나 주시는 겁니까?

댓글 창은 '작가님, ~~해 주시겠습니까?' 놀이가 한창 진행 중이었다. 재치 있는 독자들의 댓글 잔치가 재미있다는 소문에, 놀러 와 댓글만 투척하고 가 버리는 다른 독자들도 있었다. 댓글 놀이가 어디에서부터 시작되었는지 그 기원을 찾아가다 한 댓글을 발견했다.

작가님, 저와 결혼해 주시겠습니까?

'결혼'이라는 말에 지호는 눈을 가늘게 떴다. 댓글을 단 독자의 닉네임은 '쌍둥이들의 노예'였다. '쌍둥이들의 노예'라는 독자님은 2주 전에 은우와 한주의 리버스에 대해 흥분한 독자들을 진정시켜 준 장본인이었다.

쌍둥이? 노예? 라는 말이 눈에 확 들어왔다. 그때는 육아에 지친 엄마라고 생각했는데……. 지호는 유결을 쳐다보았다. 어쩌면 이 독자님은 쌍둥이 여동생들의 뒤치다꺼리에 지친 사람일지도 모른다. 그리고 그 독자님은 오늘 아침에 애인에게 자기가 남긴 질문을 찾고 답을 하라고 말했을지도…….

지호는 자신을 향해 웃고 있는 유결에게 환하게 웃어 주었다.

"무슨 내용인데요? 얼굴을 보니 즐거운 문자인 거 같은데?"

"네. 아주 즐거워요. 크리스마스이니까."

"가요."

"네."

지호는 쌍둥이들의 노예 님의 댓글에 대댓글을 달았다.

네. 쌍둥이들의 노예 님과 결혼하겠습니다. :) 무르기 없기예요.

유결은 지호의 손을 꼭 잡고 그의 주머니 속에 손을 집어넣었다.

"신혼여행은 로마가 어떨까요?"

유결이 걸음을 멈추고 지호를 바라보았다.

"대답한 거예요?"

"확실한 대답은 유결 씨도 찾아보세요."

"못 무르겠네. 만인들에게 공개됐으니까."

유결의 말에 지호의 눈이 둥그레졌다.

"왜 놀라요?"

"방금 소름 돋았어."

"소름? 뭔데요?"

"그것도 나중에 확인해 봐요."

"알았어요."

지호는 유결과 보조를 맞추며 걸었다.

"유결 씨와 로마에 갈 생각을 하니까 가슴이 뛰어요. 시내도 구경하고 젤라토도 먹고. 무엇보다 트레비 분수에 가서 꼭 동전을 던질 거예요."

"나도 지호 씨와 함께 소원을 빌면서 동전 던질게요."

"유결 씨, 몇 년 전에 로마에 갔다고 했죠? 트레비 분수에서 동전 던졌어요?"

"네."

"몇 번 던졌어요?"

"두 번이었나? 아마 두 번 맞을 거예요. 수가 소리쳤던 기억이 나요."

"백결 씨와 같이 로마에 가셨던 거예요?"

"도원결의 친구들과요."

"그랬구나. 그럼 유결 씨는 동전을 더 던지면 안 돼요!"

"왜?"

"지난번에 트레비 분수에 동전을 세 번 던지면 사랑하는 사람과 이별한다고 말한 것 같은데?"

"아, 맞다. 그랬죠? 근데 지호 씨는 로마에 누구와 갔었어요?"

그의 질문에 지호의 얼굴에 근심이 어렸다.

"연아와 갔었어요."

"미안해요. 괜한 걸 물었네요."

"아니에요. 어차피 일어난 일이니까. 연아가 그런 오해를 하는 줄은 꿈에도 몰랐어요. 어디에서부터 잘못됐을까 고민은 당분간 하지 않으려고요. 둘 다 깊은 상처를 입었으니까. 지금은 자기 상처를 돌보는 것만 해도 벅차고 힘들 거예요."

"난 지호 씨가 힘든 거 싫습니다."

"그래도 내겐 유결 씨가 있는데, 연아에게는……."

지호가 말을 잇지 못하자 유결은 차분하게 말했다.

"이연아 씨가 선택한 인생이니까 우리가 왈가왈부할 수 없죠. 너무 마음 쓰지 말아요."

"그럴게요."

"나중에 지호 씨가 여력이 되면 그때 생각해도 늦지 않을 겁니다."

"네."

지호는 고개를 끄떡이며 맑은 하늘을 바라보았다. 연아의 불안한 마음을 이해하자면 못 할 바 아니지만 사람과 사람의 관계는 일방적인 것이 아니니까. 시간이 흘러가는 대로 지켜볼 생각이었다.

"〈트라이앵글〉 완결편만 올라가면 당분간 BL 소설을 쓰지 않으려고요."

"왜요?"

"BL 소설은 연아가 경영하는 출판사와 모두 계약이 되어 있어서. 계약 해지하는 데도 시간이 걸릴 것 같아요. 연아 출판사와 깨끗이 정리하면 그때 다시 쓰고 싶어요."

"그래요."

"그리고 로맨스 소설이 쓰고 싶어졌어요."

"로맨스 소설?"

유결의 얼굴에 물음표가 떠오르자 지호는 살짝 미소 지었다.

"여자들의 연애와 사랑의 로망을 그린 소설이에요. 장르 소설의 한 종류죠."

"내가 모르는 장르가 많네요."

"유결 씨는 로맨스 소설도 금방 알 것 같은데요?"

"날 너무 추어주지 말아요. 코가 하늘을 찌를지도 모르니까."

지호는 그의 너스레에 깔깔 웃음을 터트렸다.

"어젯밤에 문득 영감이 떠올랐어요. 한 여자가 한 남자를 맞선에서 처음 만나는데, 두 사람이 첫눈에 호감을 느끼는 거예요. 물론 겉으로는 아니지만. 근데 알고 보니 두 사람은 만나서는 안 되는 집안의 사람이었던 거죠."

"〈로미오와 줄리엣〉처럼?"

"맞선을 주선한 사람이 실수한 거였어요. 철천지원수인 노씨 가문과 주씨 가문의 두 연인을 주인공으로 해서 유쾌, 상쾌, 통쾌한 로맨틱코미디를 쓸 거예요. 제목도 이미 정한걸요?"

"제목이 뭔데요?"

"글 속 여자 주인공의 이름을 땄어요. 〈노미오의 남자〉."

"그거 내 이야기잖아요?"

"유결 씨 이야기라고요?"

"네."

지호가 고개를 갸웃거리자 유결은 눈을 빛내며 속삭였다.

"내가 바로 로미오의 남자이니까요."

유결의 말에 지호의 얼굴에 환한 미소가 걸렸다.

—fin

신혼 일기 I

지호는 탁 트인 창 너머로 하늘을 올려다보았다. 알록달록한 꽃들과 초록의 나무를 굽어보는 시원한 하늘이다. 웃음이 지호의 입가에 매달렸다.

"주문하신 아이스 캐러멜 마키아토입니다."

지호는 다정의 목소리에 뒤를 돌아보았다.

"고마워."

다정이 사 온 커피를 테이블 위에 올려놓았다. 지호는 성큼 걸어가 소파에 앉았다.

"사무실이 어수선하죠?"

"좋은데?"

"에이, 좋긴 뭐가 좋아요? 예전 사무실에 비하면 여긴 창고와 다름없죠."

"주위 경치가 좋잖아."

"내세울 게 그거밖에 없어요. 흐흐."

지호가 스트로를 빨았다. 달콤하고 시원한 커피가 식도로 넘어갔다. 언제 먹어도 맛있었다.

"강남을 조금만 벗어나도 이렇게 멋진 곳이 있구나. 여기는 어떻게 발견했어?"

"발견한 게 아니라 돈 없어서 떠밀려 왔죠, 뭐."

다정의 볼멘소리에 지호는 엷게 웃었다.

나지막한 집들이 이마를 맞대고 있는 한적한 동네에 다정은 출판사 '곰 미디어'를 차렸다.

2주일 전, 정식으로 사업등록증을 내고 출판사 간판을 달았다. 지호와 연아의 관계가 악화된 후, 연아는 출판사를 다정에게 양도하고자 했다. 당황한 다정은 명목뿐인 회사 대표로라도 남아 달라고 부탁했지만, 연아는 완전히 손 떼고 싶어 했다.

연아는 다정에게 계약 기간이 2년 남은 강남 사무실을 무상으로 사용하라고 말했다.

하지만 다정은 그녀의 제안을 사양하고 새 출판사를 꾸리기로 했다. 퓨어 출판사는 계약된 작가를 곰 미디어에 승계하고 정식으로 폐업 절차를 밟았다.

"연아 언니가……."

다정은 지호의 눈치를 보며 입을 다물었다. 지호와 연아 사이 일어난 일을 자세히는 몰랐지만 대충은 짐작하고 있었다.

"괜찮아."

"정말 괜찮아요?"

"응."

"연아 언니가 소파와 사무실 집기를 사 주고 갔어요. 예전 사무실에서 쓰던 것은 너무 커서 여기에 들여놓을 수가 없어서."

"그래."

"그날 연아 언니가 날 붙들고 엄청 울었어요."

지호는 담담하게 다정을 응시했다.

"언제?"

"언니 결혼식 날."

한 달 전이었다. 지호는 5월의 신부가 되었다. 부모님의 재촉으로 유결과 번갯불에 콩 구워 먹듯 결혼식을 올렸다.

"연아가 온 줄 몰랐는데."

"먼발치서 신부 입장만 지켜보고 갔어요."

"그랬구나."

"언니는 연아 언니가 다시 손을 내밀면 잡아 줄 거예요?"

"난……."

지호는 말을 삼키고 사이가 틀어진 후 관계에 대해 생각했다. 두 사람 모두 일방적이었다. 연아는 속내를 밝히지 않는 지호를 일방적으로 참아 왔다고 말했고, 지호는 끝끝내 정우에 대한 마음을 숨겼다. 그래서 둘 다 상처를 받았다.

10년이 넘게 알아 온 사이가 실제로는 제 속마음을 솔직하게 말하지 못하는 관계였다. 그 관계에서 화해는 또 다른 가식이 아닐까.

함께한 시간이 아까워 아물지 않은 상처를 괜찮다고, 또다시 솔직하지 못한 말을 하고 싶지는 않았다.

지호는 정우와 연아에게 청첩장을 보내지 않았다. 정우는 고교 친구들을 통해 결혼 전날 연락을 해 왔다. 그녀는 정우의 축하를 담담하게 받아드렸지만 결혼식장에는 오지 말라고 부탁했다. 언젠가 지금의 시간을 웃으며 이야기할 수 있을 때, 그때 만나자고.

우정의 트라이앵글이 깨지고 난 후, 깨달은 건 관계는 생물처럼 움직인다는 것이다. 그것이 잘못된 곳으로 향하든 그렇지 않든, 그것은 자연스러운 것이라고. 하니 누구의 잘못도 아니었다.

"미쳤었대요. 이루지 못할 사랑 때문에 눈이 멀었대요. 그래서 언니가 얼마나 좋은 사람인지 잊었대요. 만약 그런 일이 일어나지 않았다면 평생 한 번뿐인 날, 언니 옆에서 마음껏 축하해 줬을 거라고."

"응."

"연아 언니도 곧 결혼할 거 같아요."

"결혼?"

지호는 다정을 응시했다.

"작년에 선봤던 예성그룹 차남이래요."

"그렇구나."

"지호 언니, 지금이라도 연아 언니 한 번 만나 볼래요?"

지호는 가만히 생각하다 고개를 가로저었다.

"아니, 아직은 아닌 거 같아."

"네. 알겠어요. 더는 말하지 않을게요."

지호의 대답에 다정은 수긍하듯 깔끔하게 대답했다.

"화분 고마워요."

지호는 출판사 개업 기념으로 들고 온 금전수를 쳐다보았다.

"돈 많이 벌라고."

"내가 많이 벌려면 언니가 작품을 줘야 하잖아요. 말이 나왔으니까, 퓨어 출판사와 계약 해지한 거 나와 다시 계약해요. 다른 작가님들은 나랑 계속 가겠다는데, 언니만 안 한다고 해서 서운했어요."

"당분간 BL은 안 쓰려고."

"그럼 뭐 쓸 건데요?"

"로맨스 소설."

다정은 놀란 듯 눈을 끔뻑거렸다.

"BL 쓰게 되면 네 출판사와 계약할게."

"아뇨. 언니! 로맨스 소설도 주세요."

"어?"

"우리 출판사는 BL, 로맨스 가리지 않습니다!"

"하지만 넌 BL만……."

"언니가 쓰는 로맨스 소설도 읽고 싶다고요!"

다정은 지호의 말을 가로채며 흐흐, 웃었다.

"오신 김에 계약하고 가세요."

"계약?"

"네. 도장 찍고 가세요. 다른 출판사와 계약하면 배신입니다."

서두르는 다정을 바라보던 지호는 알았다는 듯 고개를 끄떡였다. 다정은 지호와의 계약서를 뿌듯하게 바라보았다.

"제목이 〈노미오의 남자〉예요?"

"응."

"왠지 언니 필명이랑 비슷한데요?"

"내 맞선에서 힌트 좀 얻었어."

"역시. 나 촉 정말 좋죠?"

"그래."

"진도는 얼마나 나갔어요?"

"70% 정도."

"결혼 준비하면서 벌써 그렇게나 많이 썼어요?"

"쓰다 보니."

"하긴 필 받았을 때는 언니 손가락에 모터가 달려 있다니까."

"가 볼게."

"불타는 금요일에 형부랑 뭐 할 거예요? 신혼이잖아요?"

다정은 장난스러운 눈빛을 하고 목소리를 높였다.

"집들이 준비해야지."

"집들이?"

"내일 집들이 해."

"누가 오는데요?"

"유결 씨 친구들."

"언니 힘들겠다."

"그다지 힘들지 않아. 장만 보면 되거든."

"집들이 음식은 배달시켜요?"

"아니, 유결 씨가 다 할 거야."

"엥? 형부가 요리를 해요?"

"아주 잘해."

"와. 언니, 완전 계 탔네. 잘생긴 의사 남편이 요리까지. 혹시 형부, 남동생 없어요?"

"여동생만 둘."

다정은 실망한 듯 입을 쭉 내밀었다. 사무실 앞까지 다정이 배웅을 나왔다. 지호는 출입문에 붙은 간판을 궁금한 듯 쳐다보았다.

"근데 왜 '곰 미디어'야?"

"내 성이잖아요."

"성?"

"문다정의 문을 거꾸로 하면 곰. 곰이 출입문에 붙어 있으니, 한 번 계약한 작가들은 무서워서 절대 우리 회사 못 나갈 거예요."

지호는 다정의 작명 센스에 웃음을 터트렸다.

"난 언제 부를 건데요?"

"곧 부를게. 유결 씨 친구들 집들이 끝나면."

"기대된다."

"기대하지 마. 아직 엉망이야."

"형부 친구 집들이는 하잖아요?"

"지난주에 친구들이 쳐들어오겠다는 걸 겨우 막았어. 어쩔 수 없이 하는 거야. 가족들 집들이도 안 했어."

"형부 친구들, 형부와는 다르게 저돌적인가 봐요?"

"그런 거 같아."

"그래요? 괜찮은 분 있으면 소개해 줘요."

"소개?"

지호는 유결의 도원결의 친구를 떠올렸다. 결혼 전 한 번 본 적 있는 그녀들은 모두 솔직하고 활달한 좋은 성품의 친구들이었다. 도원결의가 아닌 멤버, 남자가 하나 있긴 한데. 지호는 다정을 쳐다보며 여상하게 물었다.

"연예인도 괜찮아?"

"연예인? 설마 배우 백결이요?"

"응."

"아뇨, 평범한 사람으로요! 백결이 형부 친구라는 걸 결혼식 장에서 알고 얼마나 놀랐는데. 만에 하나라도 백결과 연관된 소문이라도 나 봐요? 백결 팬들에게 나, 돌 맞아 죽어요."

"백결 씨 외에는 아무도 없어."

"네? 그럼 형부 집들이 올 친구들이 죄다 여자예요?"

"응."

"아무리 여자 사람 친구라지만 여자잖아요. 괜찮아요?"

"괜찮아."

"정말요?"

"응."

다정은 고개를 숙이며 장난스럽게 말했다.

"내가 졌어요. 언니는 평범한 사람이 아니었어. 비범한 사람이었어."

지호는 다정을 보고 미소 짓다 손을 흔들었다.

"다음에 꼭 초대할게. 간다."

"네. 조심히 가세요. 로미오 작가님."

다정과 작별을 하고 지호는 건물을 나와 잠실로 향하는 버스를 탔다. 그러고는 집 앞 마트에 내렸다. 집들이 음식 재료를 머릿속으로 떠올려 보았다. 어제 늦은 밤까지 유결과 어떤 음식을 내놓을까 머리를 맞대었다.

수산물 코너에서 생연어를 사고 야채 코너에서 갖가지 채소를 카트에 담았을 때 휴대폰이 울렸다. 유결이었다. 지호는 환하게 미소를 지었다.

"네. 유결 씨."

—어디에 있어요?

"마트에서 장 보고 있어요. 벌써 퇴근했어요?"

—오늘은 일찍 나왔어요. 근데 지호 씨가 집에 없잖아.

"금방 갈게요."

—기다려요. 내가 갈게요.

"아니에요. 곧 가요."

—장 봤을 거잖아요. 무거운 거 들고 어떻게 걸어오려고. 내가 데리러 갈게요.

"집 앞 마트라서 괜찮아요."

—집 앞이라도요. 지호 씨 고생시키는 거 싫어요.

"고생 아닌데."

—5분이면 가니까, 기다려요.

"네."

지호는 수줍게 대답하고는 전화를 끊었다.

어떻게 이렇게 빨리 이 남자와 사랑하고 결혼하게 되었을까. 그들이 만난 지 이제 6개월 남짓이었다. 그 짧은 시간에 마음을 나누고 사랑을 하고 결혼을 했다.

양가 집안이 어머니끼리 절친한 사이이기도 했지만, 강유결이란 남자가 아니었다면 지호의 인생에서 결혼은 상상도 할 수 없는 일이었다.

결혼 준비를 하면서도 흔히 겪는 사소한 오해와 문제가 일어나지 않았다. 집안 어른들은 앞다투어 상대방을 더 배려하고, 유결은 언제나 다정한 눈빛으로 바라봐 준다. 결혼으로 안정을 찾은 사람은 다름 아닌 지호였다.

행복했다. 지호는 훈제 오리를 카트에 담고 정육 코너 앞에서 한참 동안 고기를 훑어보았다.

어떤 게 좋을까?

"이거 좋아 보이는데."

지호는 유결의 목소리에 얼른 뒤를 돌았다.

"유결 씨!"

지호는 반가움에 저도 모르게 목소리를 높였다. 아침 일찍 출근하는 그를 배웅할 때마다 헤어지기 싫다는 마음이 들었다. 엄마 품을 떠나기 싫어하는 아이처럼.

하지만 퇴근한 유결을 맞이할 때면 세상을 품에 안는 느낌이었다.

유결은 지호의 손을 꼭 붙잡고 신중한 눈으로 고기를 골랐다.

"부채살로 해요."

"이 부위로 갈비찜을 할 수 있어요?"

"물론. 아주 연하고 맛있는 갈비찜이 되죠."

"유결 씨는 모르는 게 없네요."

"더 많이 알고 싶은 건 있는데."

"뭔데요?"

"지호 씨."

지호는 눈을 동그랗게 뜨고 나직하게 속삭이는 그의 말을 들었다.

"어디를 어떻게 만지면 더 좋아하나 싶어서."

순간 그 의미를 깨달은 지호의 얼굴이 빨개졌다. 귀까지 불타오르자 유결은 더욱 짓궂게 말했다.

"오늘 밤, 알려 줄 수 있죠?"

지호는 못 들은 척하고 직원에게 고기를 가리켰다.

"부채살 주세요. 여섯 사람 정도 먹을 거예요. 그리고 보쌈용

돼지고기도 주세요."

직원이 포장하는 틈을 타 유결은 지호에게 바짝 다가서며 귓가에 속삭였다.

"얼른 대답해 줘요."

"얼마예요?"

지호는 유결의 채근을 모른 척하고 직원을 향해 물었다.

"12만 3천 원입니다."

지호가 카드를 내밀자 유결이 가로막고 그의 카드를 전달했다.

"유결 씨!"

지호는 당황하며 유결을 쳐다보았다.

"재료는 내가 사기로 했잖아요?"

"어쩔 수 없잖아요. 지호 씨가 내 월급을 관리해 주지 않으니까."

그는 어깨를 으쓱하며 직원이 포장해 준 고기를 카트에 실었다.

"약속은 약속이에요."

유결은 지호의 작은 항의에도 아랑곳하지 않고 카트를 밀며 앞장섰다.

지호는 난감했다. 유결이 연봉을 모두 오픈하고 관리해 달라고 말한 건 결혼 전이었다. 하지만 지호는 거절했다. 왠지 그의 모든 걸 훔쳐보고 있다는 생각이 들어서였다.

"이러는 게 부담스러워요?"

"조금요."

"그럼, 내 월급을 관리해 주든가."

"유결 씨도 나 모르게 쓸 곳이 있을 거예요. 서로 공통 경비만 내도……."

"난 지호 씨가 내 모든 걸 쏙쏙 알았으면 좋겠는데. 그러다 막 간섭하고 군림도 해 줬으면 좋겠고."

"네?"

"먹는 거, 입는 거, 자는 거까지 하나도 빠짐없이 지호 씨의 관심이 필요하다고요."

"왠지 무섭게 들려요."

"맞아요. 나, 지호 씨에게 구속되고 싶거든."

지호는 얼떨떨한 표정을 숨길 수 없었다.

"아니, 아니 그건 아니니까 오해하지 말아요."

"무슨 오해요?"

"내가 지호 씨에게 구속당하고 싶다고 지호 씨를 구속하고 싶다는 건 아니에요. 방금 '머저리 같은 남자와 결혼했나'라고 생각했죠?"

"아니에요!"

"에이, 순간 표정에 나왔는데."

"아니라니까요!"

유결이 장난기 가득한 표정으로 지호를 그에게로 끌어당기며 말했다.

"알았어요. 믿어 주는 조건으로 대답해요."

"무슨 대답이요?"

"오늘 밤, 우리 사랑하는 거."

지호는 재빨리 주위를 둘러보다 인적이 없음을 확인하고 유결에게 눈을 흘겼다.

"안 돼요. 내일 음식 준비할 게 얼마나 많은데."

"내가 다 한다니까."

"그래도요."

지호의 완강한 거절에 유결은 한숨을 내쉬었다.

"평일은 나 힘들어서 안 되고, 주말은 집들이 때문에 안 된다 그러면, 나더러 어떻게 살라고?"

"건강하게 살라는 거죠."

"신체는 아주 건강합니다."

"지난 주말 기억 안 나요?"

"그때 무슨 일 있었나?"

"날 텐데?"

유결은 딴청을 부렸다.

"어머님이 그러셨어요. 혈관이 튼튼해서 어렸을 때 코피 한 번 흘린 적 없다고. 근데 지난 주말 저녁에 어머님 앞에서 코피 흘렸잖아요."

지호는 지난주에 있었던 민망한 사건에 난감했다. 말은 하지 않았지만, 시부모님 얼굴에는 손주를 빨리 볼 수 있다는 기대감이 흘러넘쳤다. 사실 아니라고 말할 수도 없었다. 전날 밤, 격무에 시달리고 온 유결이 그녀를 밤새도록 놓아주지 않았으니까.

"내가 얼마나 지호 씨를 좋아하는데, 그걸 말로만 표현하라는 건 가혹해요."

"안 되는 건 안 되는 거라고요."

"사랑 안 하면 지호 씨 달콤한 반말도 듣지 못하잖아요."

"반말이 듣고 싶어서 이러는 거예요?"

"네."

"말도 안 돼요."

"말 됩니다. 그 순간만큼 내가 지호 씨 남자라는 걸 느끼는 순간도 없으니까."

지호는 황당한 눈빛으로 남편을 쳐다보았다. 그러고 보니 그와 하나가 되어 절정에 오를 때면 고양이처럼 속삭였던 게 생각이 났다.

"좋아. 너무 좋아."

"얼마나?"

"몰라. 그걸 어떻게 말해."

"더 좋으면 말해 줄 거야?"

"하아! 유결 씨!"

지호의 뺨이 또 슬그머니 빨개졌다. 완전한 여자가 되는 그때는 부끄러움도 잊고 유결에게 매달리고 애원했다. 그것도 반말로.

동갑이라 유결이 말을 놓자고 제안했지만, 결혼 후에도 말을 쉽게 놓지 못했다. 맞선으로 시작한 사이라 그럴까. 아니다. 지금 그 어느 때보다 유결과 친밀한 감정을 느끼고 있었다. 그리고 무엇보다 유결을 사랑하고 있다.

근데 왜 말을 놓는 거지? 처음 만나는 사람에게 극존대하는 버릇이 있긴 하지만 유결과의 사이에서 낯가림이 이유가 될 수는 없었다.

지호는 눈앞의 남편을 바라보았다. 키가 크고 잘생긴 훈훈한 비주얼의 남편은 젠틀하고 다정하고 빛이 난다. 이 남자가 너무 좋다. 좋은 감정을 깨뜨리지 않으려고 조심하는 것은 아닐까. 그래서 그의 월급을 관리하는 것도, 말을 놓기도 쉽지 않은 모양이다.

좋은 관계를 위해 상대방을 배려하는 게 상대방이 원하는 게 아님을 연아를 통해 배워 놓고서는…….

유결은 평생을 함께할 가족이었다. 이 사람의 관계가 솔직하지 못한 관계가 되는 건 정말 싫었다.

"지호 씨, 얼굴 심각한데. 무슨 생각해요?"

"미안해요."

그 말에 유결의 미간이 찌푸려졌다.

"오늘 밤 같이 안 잔다고 사과까지 할 일은 아닌 것 같은데. 지호 씨를 미안하게 만들려고 조른 건 아니에요."

"아니요. 그게 아니라, 내 방식대로 유결 씨를 이해하려고 한 거 말이에요."

"지호 씨 방식이 어떤데요?"

"난 꽂히면 그것만 보잖아요."

"그렇죠. 지금 지호 씨가 꽂힌 건 나일 테고."

유결의 말에 지호는 슬쩍 웃었다.

"생각해 보니 우리는 한 번도 싸우지 않았어요."

"잘 맞으니까."

"네. 그렇기도 하지만 유결 씨가 내게 맞춰 줘서 그랬던 거 같아요. 그래서 나도 유결 씨에게 맞추었고요."

"서로에게 맞춰 주는 게 잘못된 것은 아니잖아요."

"물론 아니죠. 그러다 보니 솔직한 마음을 이야기하지 못했던 거 같아요."

유결의 얼굴이 진지해졌다.

"지호 씨의 솔직한 마음은 뭔데요?"

"유결 씨와 자고 싶어요."

유결의 눈빛이 환해졌다. 지호는 웃음이 나왔지만 솔직할 때임을 잘 알고 있었다.

"근데 유결 씨가 힘든 건 싫어요."

"힘든 게 아닌데……."

"유결 씨 월급을 관리하라는 걸 거절한 건, 유결 씨의 사적인 영역을 내가 함부로 침입한다는 느낌이 들어서였어요. 근데 유결 씨는 내게 구속되길 원한다고 하니, 내 생각이 마냥 옳다고 할 수만은 없게 되었어요. 그리고 말을 못 놓는 건……."

유결은 계속 말하라는 듯 그녀를 지그시 응시했다.

"유결 씨가 친밀하지 않아서가 아니라, 그러니까……."

"그러니까?"

"존댓말 하는 유결 씨가 섹시해 보여서 그랬던 거 같아요."

"진짜?"

"네. 심장이 떨려요."

지호는 유결의 얼굴에 빛이 번져 가는 걸 가만히 지켜보았다.

"난 지호 씨 반말에 심장이 떨리는데 이를 어쩌죠?"

"절충안이 필요한 거 같아요."

그녀의 말에 유결은 잠시 생각하더니 다시 입을 열었다.

"이렇게 합시다. 지호 씨가 일주일에 세 번은 나와 자는 걸로."

"유결 씨는 바쁘잖아요."

'어떻게 그런 절충안에 도달하느냐'라는 눈빛으로 쳐다보았지만 유결은 뻔뻔한 눈빛을 거두지 않았다.

"바빠도 할 수 있어요. 매일 하고 싶은 걸 참고 제안한 거니까 어서 동의해요."

"세 번은 많아요. 일도 힘든데."

"참는 게 더 힘들어요. 그리고 세 번 중 한 번은 주말을 포함한 겁니다."

지호는 의외로 진지한 유결의 말에 갈등했다.

"우린 신혼이라고요. 매일 세 번 이상도 할 수 있을 것 같아요. 코피는 얼마든지 흘려도 좋고요."

"유결 씨!"

"우리, 오늘 밤 자는 겁니다. 그래도 이번 주는 처음이잖아요?"

달래듯 말하는 유결에게 지호는 어쩔 수 없다는 듯 고개를 끄떡였다. 그러자 유결은 만세라도 부르고 싶은 표정이 되었다.

"대신 한 번만이에요."

"네?"

"한 번 이상은 안 돼요. 그게 내 조건입니다."

카트를 밀고 가는 지호를 설득하고자 유결은 다정한 어조로 끈질기게 속삭였다.

"한 번은 너무 해요. 최소 두 번은 해야 지호 씨 반말을 많이 들을 수 있죠."

"하지 말까요?"

"그건 아니죠!"

단호한 지호의 눈빛에 유결은 단번에 대답하며 카트를 끌고 앞으로 걸어갔다. 그 모습이 귀여워 지호는 그에게로 다가가 유결의 손을 꼭 맞잡았다.

"사랑해요."

지호의 속삭임에 유결의 입가에 미소가 어리었다.

외전 2

신혼 일기 Ⅱ

지호는 심혈을 기울여 연어를 잘랐다. 일식집에 나오는 연어 회처럼 산뜻하게 자르고 싶은데, 현실은 울퉁불퉁한 모양으로 회가 칼에 달라붙어 있었다. 키친타월로 기름기를 더 빼야 했나.

미간이 좁아지자 유결이 지호의 곁으로 다가와 어깨너머로 그녀가 자르는 모양을 바라보았다.

"안 돼요?"

"회칼이 아니라서 그런가 봐요."

"내가 해 볼게요."

지호는 유결에게 칼을 건네주었다. 그런데 희한하게도 유결의 손이 닿자마자 연어는 보기 좋게 썰려 나갔다.

"실력 없는 목수가 연장 탓했네요."

지호는 유결 곁에서 신기한 듯 쳐다보았다.

"익숙하지 않아서 그래요."

"유결 씨가 못하는 건 대체 뭐예요?"

"지호 씨가 제일 잘 알잖아요?"

"내가요?"

"우리 결혼 전에 한 번 해 본 거."

갸우뚱하는 지호에게 유결이 공 던지는 시늉을 해 보였다.

"아, 농구?"

"그때 지호 씨에게 참패했잖아요."

"처음치고는 되게 잘했는데. 혹시 그때……."

"응?"

"사실 나 봐준 거 아니에요?"

"설마? 아이스크림이 걸린 내기였는데. 난 승부욕이 강한 편이라, 아무리 지호 씨라도 쉽게 안 봐줘요. 어젯밤에도 안 봐줬잖아."

"유결 씨! 제발 그만! 하웃! 미칠 것 같아."

"안 멈춰. 아니 못 멈춰. 지호 씨!"

어젯밤 한 번뿐이라던 그들의 약속은 여지없이 깨졌다. 그 한 번은 새끼를 쳐 세 번이 되었다. 유결은 정력적인 남자였다. 그런데도 늦잠을 자지 않고 말끔한 얼굴로 일어나 집들이 음식 준비에 분주했다.

지호는 얼굴이 홍당무가 된 채 자리에서 일어나 허둥지둥거렸다.

"양파 썰게요."

"내가 하려고 했는데."

"아니에요. 요리 전부를 유결 씨가 하는데, 이거라도 도와야죠."

유결은 조각하듯 양파를 썰고 있는 지호를 사랑스러운 눈빛으로 쳐다보았다. 양파 같은 지호가 양파를 썰고 있으니 아이러니가 아닐 수 없었다. 그는 지호와의 맞선을 떠올렸다. 시크한 듯 섹시한 여자는 만날 때마다 반전을 선보였다. 그래서 그녀를 양파 같다고 여겼다. 까도 까도 새로운 모양과 맛으로 자신의 감각을 그녀에게로 집중시켰다.

한동안 맞선에서 차였다는 사실 하나만으로 유령 같은 얼굴로 병원을 떠돌며 일만 했더랬다. 자신에게 관심 없는 여자를 포기해야 한다고 이성은 강력하게 주장했지만, 어느새 양지호라는 여자는 머릿속을 맴돌고 있었다.

아마도 첫눈에 반한 게 아니었을까. 늘씬한 미녀가 마이클 잭슨의 '스릴러'를 듣고 있던 그 순간부터. 유결은 지호에게 쏠렸다.

지호는 채 썬 양파를 매운맛을 빼기 위해 찬물에 담갔다. 유결이 훌륭하게 썰어 낸 연어는 냉장실로 직행했다. 메인 셰프 강유결과 보조 양지호가 만들어낸 요리가 척척 모습을 드러냈다.

육해공이 모여 있는 집들이 식탁. 지호는 유결이 마법처럼 음식을 내놓을 때마다 감탄했다. 시어머니의 혹독한 훈련은 상상을 초월했다. 남편이 고등학생이 되었을 때, 그에게 여동생들을 맡기고 시어머니는 한량처럼 가수 콘서트를 누비곤 했다. 시어머니는 이따금 무용담처럼 그때의 일을 일러 주곤 했다.

"지호야! 집들이는 걱정하지 마. 유결이가 알아서 다 할 테니까. 네 친정 엄마에게 도와 달라고 입도 벙긋하지 않게 내가 유결이 가르쳐 놨어. 의사라고 바빠서 못 한다고 불평하면 즉각 내게 연락하렴. 아주 혼꾸멍을 내줄 테니까."

이영희 여사는 정말 독특한 시어머니였다. 엄마의 단짝 친구로 조용필 오빠를 향한 팬심으로 월담까지 한 전력이 있었다. 결혼 후 남편보다 며느리인 지호의 편에서 생각하고 말하기 일쑤였다. 그 바람에 지호에게는 친정 엄마가 한 명 더 생긴 것 같았다.

거실에 큰 상을 펴놓고 유결이 장만한 음식을 보기 좋게 세팅했다.

채소와 훈제 오리를 넣고 말은 무쌈, 부채살로 만든 갈비찜, 앙증맞은 애호박전, 기름기 좔좔 흐르는 보쌈, 그리고 냉장고에 고이 놓여 있는 연어까지. 거기에 친정에서 가져온 밑반찬까지 놓으니 그럴 듯한 한 상이 차려졌다.

"훌륭해요."

지호는 감탄하며 상차림을 쳐다보았다.

"보조가 훌륭해서."

"혹시 조리사 자격증 있는 거 아니에요?"

"고2 때, 어머니가 요리 학원에 등록해 준 적은 있어요."

"정말요?"

"재미없어서 곧 그만뒀지만."

"재미없어 했던 사람치고는 요리를 굉장히 잘하잖아요."

"재능인가? 학원 선생님이 셰프라는 진로를 강력 추천하셨지만, 난 다른 칼을 만지는 직업을 갖고 싶었어요."

지호는 준비된 음식에 밥상보를 덮으며 유결을 쳐다보았다.

"의사는 언제부터 되고 싶었어요?"

"그분을 만나면서요."

"혹시 존경한다는 일반외과 김유신 교수님이요?"

"그분도 맞지만 좀 더 오래전에 만난 분이세요."

"백 배우님 형님인가요?"

유결은 종종 백 배우의 형제 이야기를 지호에게 들려주었다. 학창 시절을 유결을 함께 보낸 그들은 유결에게 소중한 사람들이었다.

"수네 집에 놀러 갔을 때, 강이 형 의과대학 책을 볼 때마다 호기심은 있었지만, 따분하다고 생각했어요. 근데 그분을 만나고 나서 의사에 대한 진짜 관심이 생겼어요."

"정말 훌륭한 분인 모양이네요."

"네. 전 국민이 알 정도니까. 아마 지호 씨도 그분의 명성을 들어 봤을 거예요."

"그렇게 유명하신 분이세요. 누구신데요?"

"장준혁입니다."

유결은 진지한 눈빛으로 말했다. 순간 지호의 얼굴이 어벙해졌다.

"혹시 명인대에서 '야!' 라는 명언을 남기신?"

"네. 바로 그분이요."

지호는 능청스럽게 말하는 유결을 쳐다보다 입술을 비집고 나오는 웃음을 삼키며 물었다.

"정말 드라마 때문이에요?"

"충격이었죠. 장준혁 교수님의 카리스마에 어찌나 전율이 일었는지. 수술 장면마다 나오는 그 웅장한 배경 음악을 들을 때마다 결심했죠. 나도 저런 수술을 하고 싶다고요."

"꿈을 이뤘네요."

"아니, 아직 배워야 할 게 산더미예요."

"유결 씨는 꼭 훌륭한 의사가 될 거예요."

"네. 응원하는 지호 씨가 내 옆에 있으니까."

지호는 가슴으로 찌르르 전율이 흘렀다. 이 벅찬 감정을 어떻게 표현할 수 있을까. 그녀는 발뒤꿈치를 살짝 들어 유결의 입술에 뽀뽀했다.

"사랑합니다."

지호의 고백에 유결의 미소가 귀까지 걸렸다.

"나도 사랑합니다."

유결은 지호의 얼굴을 붙잡고 오래오래 키스했다.

딩동— 딩동—

벨소리에 유결은 아쉬운 듯 지호에게서 떨어졌다.

"친구들이 왔나 봐요."

유결이 인터폰 앞으로 다가가 친구들과 인사를 나누며 문을 열어 주었다. 지호는 마지막으로 집 안을 점검했다. 주방 아일랜드에 미처 정리하지 못한 그릇을 치우고 유결 곁으로 다가갔다. 이윽고 현관문이 열리고 유결의 친구들이 모습을 드러냈다.

"강유결, 축하해."

약속이라도 한 듯 세 여자의 목소리가 실내에 울렸다. 유결의 절친인 백원, 장도이, 지의지가 집들이 선물을 양손에 가득 들고 안으로 들어섰다. 그녀들은 각각 저마다의 개성으로 넘쳤다.

귀엽고 사랑스러운 스타일의 원과 세련된 스타일을 선보이는 도이, 안경으로 지성미를 드러내는 의지는 유결과 지호를 쳐다보고 눈을 휘둥그레 떴다.

"어서 와."

유결이 그녀들의 손에서 선물을 받아 들자 지호도 그녀들을 도와주었다.

"어머! 지호 씨!"

놀란 목소리의 주인공은 '프라이버시' 기자이자 유광그룹 차도하 사장의 부인 백원이었다.

"네?"

"너무 멋지세요! 결혼식 때와는 완전히 다른 분위기예요."

"제가요?"

"네. 결혼식 때는 아름다웠는데, 지금은 상큼하시네요."

"우리 로미오 작가님. 만날 때마다 팔색조로 변신하시지?"

원을 거든 사람은 의지였다. 원의 눈에는 하트가 뿅뿅 그려졌다.

"작가님, 우리 잡지사 인터뷰 좀 해 주시면 안 될까요?"

"인터뷰요?"

"네. 우리 잡지사에서 기획으로 여러 분야의 작가님들 인터뷰하고 있거든요. 요즘 BL 장르가 저변 확대도 많이 되었으니까, 사람들의 편견을 깰 수 있는 좋은 기회가 될 것 같은데. 어떠세요?"

"원아, 들어오자마자 인터뷰 제안을 하면 어떡해? 지호 씨 얼떨떨해하시잖아."

도이가 친구의 성급한 제안을 중재했다. 원은 미안하다는 눈빛으로 지호를 쳐다보았다.

"미안해요. 지호 씨. 제가 마음이 급해서 실례했어요."

"아니요. 괜찮습니다. 인터뷰는 생각해 볼게요."

"정말요? 감사합니다."

원은 손뼉을 치며 기뻐했다.

"안으로 들어오세요."

"어, 근데 두 사람?"

지호의 말에 원은 그제야 지호와 유결을 번갈아 보며 살폈다.

"커플 티?"

청바지에 하늘색 티를 입은 쪽은 유결, 지호는 분홍색 티를 입고 있었다. 원의 눈이 가늘어지더니 유결을 쳐다보았다.

"유결아, 지호 씨 곁에 서 봐."

원의 요구에 유결은 씩 웃으며 지호 곁으로 다가갔다. 그러자 하트가 완성됐다. 그 모습에 두 여자가 '꺅!' 하고 작게 비명을 질렀다. 원과 의지였다. 도이는 그런 그녀들을 바라보며 고개를 절레절레 흔들었다.

"우리 유결이가 달라졌어요."

"그러게. 깨 볶는 냄새가 폴폴 나."

원과 죽이 척척 맞는 의지였다.

"지호 씨는 대체 유결이를 어떻게 조련하신 거예요? 제가 얘를 15년째 알고 있지만, 이런 애 아니거든요?"

"신혼이잖아."

도이의 대답에 원은 손가락으로 '노노'를 말했다.

"비결이 없이는 불가능해. 우리 도하 오빠는 신혼이라도 이런 거 하기 싫어했단 말이야."

"그건 10년도 더 전이니까 그렇지. 네 남편도 이제는 커플 티 입자고 하면 군말 없이 입을 걸?"

"그럴까? 오늘부터 도전해 봐야겠다."

지호는 원의 쾌활한 모습에 조용히 미소를 지었다. 결혼 전에 만났을 땐 남편의 첫사랑이라고 해서 무척 긴장했는데, 원은 사람을 편안하게 만드는 능력이 있었다. 그녀는 솔직하고 담백한 성품이지만 때론 엉뚱한 장난기가 발동하는 유쾌한 사람이었다.

"유결아, 집 구경부터 시켜 줘."

도이의 제안에 유결은 고개를 끄떡였다.

"근데 수는?"

"좀 늦어."

"촬영 있어?"

"아니, 내가 심부름 좀 시켰지."

원이 대답했다.

유결은 친구들에게 작은 아파트를 안내했다. 그녀들은 눈을 초롱초롱 빛내며 집 안 구석구석을 구경했다. 그러다 거실 벽면에 걸린 사진을 보고 감탄사를 내뱉었다.

"특이하다."

"이런 사진은 처음 봐."

"나도!"

지호는 그녀들의 눈을 빼앗은 웨딩 사진을 쳐다보았다.

검은 슈트를 차려입은 유결과 하얀 슈트를 차려입은 지호가 손깍지를 끼고 있는 사진이었다. 지호의 다른 손에는 부케가 들려 있었고 그런 그녀를 유결이 다정하게 쳐다보고 있었다. 지호에게 그녀의 대표작 〈두 남자〉의 표지처럼 찍어보자고 유결이

낸 아이디어였다.

"지호 씨가 유결이보다 더 멋져 보여요. 완전 꽃미남."

"어떻게 이런 콘셉트로 찍을 생각을 했어요?"

"이거 〈두 남자〉 표지죠?"

원, 도이, 의지가 순서대로 쉴 틈 없이 질문해 댔다.

"유결 씨가 제안했어요."

지호는 웃으며 말했다.

"유결이가요?"

그녀들의 눈이 유결에게 향하고 얼른 답을 하라고 재촉했다.

"〈두 남자〉를 읽고 감동했거든."

"〈두 남자〉를 읽었어?"

"물론. 지호 씨 대표작이잖아."

"유결아. 너 정말 멋진 녀석이었구나."

BL 덕후인 의지는 유결을 격하게 칭찬했다.

"나도 읽어 봐야겠다."

"BL계에서 아주 유명한 작품이야. 나도 의지가 권해 줘서 예전에 읽어 봤어. 슬픈 결말이 가슴을 쥐어뜯어. 그래서 더 기억에 남는 거 같아."

원의 말에 도이가 BL 전문가처럼 설명했다.

"남은 이야기는 먹으면서 하자. 일단 다들 앉아. 배고프잖아."

유결의 말에 그녀들은 거실에 차려진 상 앞에 자리를 잡았다. 지호가 밥상보를 걷자 세 여자의 눈이 또다시 휘둥그레졌다.

"이걸 어떻게 다?"

"뭘 이렇게 많이 차렸어?"

"어머나, 갈비찜 먹음직스러운 것 좀 봐."

여자 셋이 한 번씩 돌아가며 말하자 또다시 실내는 시끌벅적해졌다.

"지호 씨, 고생 많으셨죠?"

원의 말에 지호는 단박에 도리질하며 말했다.

"아니요. 저보다는 유결 씨가 더 고생했어요."

"유결이요?"

옥타브가 한껏 올라간 목소리가 천장을 뚫었다. 그녀들은 놀란 얼굴로 유결을 쳐다보았다.

"너, 요리도 해?"

"강유결이 요리를 한다고?"

"여태껏 우리를 속였어. 이런 요리 솜씨를 가지고 있으면서도 한마디도 안 하다니! 이건 배신이야."

뜨악한 표정이 그녀들의 얼굴에 동시다발로 나타났다.

"강유결이 무슨 배신을 했는데?"

느닷없는 수의 목소리에 안에 있던 사람들이 그를 바라보았다. 블랙 마스크를 쓴 수는 평범한 트레이닝 차림으로 커다란 보자기를 양손에 가득 들고 있었다. 누가 봐도 대한민국을 달구는 인기 최정상의 톱 배우 백결처럼 안 보였다. 어느 동네에 한 명씩 있다는 그 녀석처럼 보였다.

"어떻게 들어왔어? 문도 안 열어 줬는데?"

원이 이란성 쌍둥이 오빠인 수에게 물었다.

"번호 누르고 들어왔지."

"그러니까 묻는 말이잖아. 네가 유결이 아파트 비밀번호를 어떻게 알아?"

"내가 왜 몰라? 허구한 날 이 집에 놀러 왔는데. 혹시나 해서 눌러 봤는데 열리던데?"

원은 유결을 돌아보았다.

"결혼했는데, 아직 번호 안 바꿨어?"

"수가 알고 있는 걸 깜빡했어."

"빨리 바꿔. 수가 예전처럼 불쑥 찾아오면 어쩌려고 그래?"

"아무렴! 백원, 네 오빠가 그런 지각이 없겠냐? 유결이는 이제 엄연한 유부남이라고."

"널 못 믿는 게 아니라 네 알코올에 대한 갈망을 못 믿는 거야? 술도 못 마시면서 회식이며 종영 파티며 꼭 참석하잖아."

"회식만큼 단합을 이뤄 내는 게 어디 있다고 그래? 그리고 몇 개월간 동고동락했으니 종영 파티 참석은 당연한 거지."

"참석만 하면 다행이게? 알게 모르게 술 마시고 오는 거 모르는 줄 알아? 그럴 때마다 유결이 찾아가서 민폐 끼친 거 다 알고 있거든! 내가 누누이 말했잖아. 우리 집안은 알코올과 상극이라고."

수가 원망의 눈으로 유결을 쳐다보았다.

"네가 원이에게 보고한 거야?"

유결은 수의 말에 미간을 찌푸리며 도리질했다.

"보고한 사람은 유결이가 아니라 오빠, 너세요. 기억 안 나니? 그때 내게 전화했잖아. 유결이 집이라고 히죽 웃으면서."

아무리 날고 뛰어 봤자 백원의 손바닥 안이었다. 수는 원의 아귀가 딱딱 맞는 말에 입을 다물더니 멋쩍은 듯 웃었다.

"아무래도 내 예명을 유결이 이름에서 따와서 그런가 봐. 술에 젖어 들면 유결이가 생각나지 뭐야. 그리움이 가슴 언저리에 막 쌓인다고 할까?"

"지호 씨 앞에서 그런 말 하지 마. 오해하셔."

원의 말에 오해 전적이 있는 지호는 뜨끔해져 어색한 웃음을 보였다. 죽이 척척 맞는 유결과 백결을 사귀는 사이로 심각하게 오해했더랬다.

수는 유결에게 들고 있던 보자기로 싼 것을 내밀었다.

"받아. 집들이 선물."

"뭔데?"

유결이 물었다.

"고기. 우리 원이가 우리 아버지에게 특별히 부탁한 거야."

"아버님이?"

"응. 특등급 한우야. 파주에서 방금 가져와서 따끈따끈해."

"고맙다."

"인사는 원이에게 해. 원이가 집들이 선물로 고심 많이 했어."

"역시 원이네. 고깃집 딸 아니랄까 봐. 우리도 집들이 선물 풀어 볼까?"

도이가 활짝 웃으며 말했다.

지호는 유결 곁에서 그녀들의 선물을 지켜보았다. 도이는 추상적인 그림 액자를, 의지는 작은 아가베 화분을 선물로 가져왔다. 정성이 가득한 선물에 지호가 고맙다는 뜻으로 고개를 숙였다. 그리고 원이 수 대신 그녀가 가져온 선물을 공개했다. 최신형 로봇 청소기였다.

"청소하기 귀찮을 때 이 녀석이 딱이야. 집에 들어갈 때마다 반갑게 맞아 주기도 하고."

수가 로봇 청소기의 전원을 연결하며 사용법을 설명했다. 지호와 유결은 친구들의 집들이 선물에 기뻐했다.

"근데 유결이가 왜 배신자야?"

수가 궁금한 얼굴로 물었다.

"수야, 유결이가 이 음식들을 다 장만했다는 게 믿어져?"

"믿어져."

"왜?"

또 세 명의 여자가 수를 빤히 쳐다보았다.

"유결이 요리 잘하는 거 몰랐어?"

"넌 그걸 어떻게 알아?"

그녀들이 한목소리로 되물었다.

"그야 대학 다닐 때부터 유결이 집에서 많이 잤으니까. 내가 어쩌다가 술 한 모금 입에 댄 그다음 날이면 콩나물 해장국을 끓여 줬다고."

그녀들의 눈동자가 더욱 커졌다.

"사람은 역시 오래 알고 지내야 하나 봐."

"어떻게 우리는 이 사실을 모르고 있었지?"

"왜 내게 말 안 했어?"

마지막 원의 말에 수가 이상하다는 눈으로 쳐다보았다.

"그런 걸 말해야 하는 거야?"

"당연하지!"

여자들의 한목소리에 수가 귀 따갑다는 듯 눈을 찌푸렸다.

"뭘 그렇게 유결이 대해서 다 알려고 해? 그냥 잘하는가 보다 하면 되는 거지."

"그런가? 하긴, 수의 말에도 일리가 있어."

"유결이가 요리 잘할 수도 있는 건데, 우리가 그동안 유결이 시니컬한 이미지에 편견을 가졌을지도 몰라."

"그러네. 오늘이라도 알면 된 거지, 도대체 우리 왜 이렇게 놀란 거니?"

"그간 우리에게 놀랄 일이 없었나?"

"맞아. 없었어."

"원이 재혼하고 유결이 결혼한 것만으로도 놀랄 만한 일이잖아?"

"그렇지. 놀랄 일이지. 전남편과의 재결합은 로맨스 소설에만 나오는 이야기인 줄 알았어."

"재혼이라 하니까, 내가 굉장히 나이 든 사람으로 느껴져."

"그럼, 두 번째 결혼이라고 말할게."

누가 찰이라고 외치면 떡이라고 절친 3인방은 서로를 돌아보며 끊이지 않는 대화를 했다. 그러다가 뭐가 그렇게 재미있는지 까르르, 웃음을 터트렸다.

지호는 그들의 우정이 부러웠다. 그녀들의 사이에는 불완전한 트라이앵글이 존재하지 않았고, 누구에게나 믿고 털어놓을 솔직함과 용기가 있었다.

"밥 먹자. 배고파."

수의 말에 유결의 친구들은 밥상 앞으로 모여들었다.

유결이 냉장고에서 맥주와 사이다를 꺼내 왔다.

"나도 맥주!"

"안 돼! 넌 사이다."

수의 요구에 원이 과감히 제지했다. 유결은 미소 지으며 지호와 도이, 의지에게 맥주를 따라 주었다.

"도이야, 네가 건배사 해. 도원결의 회장이니까."

의지의 말에 도이가 자리에서 벌떡 일어났다.

"우리의 까칠한 유결과 아름답고 멋진 지호 씨의 결혼을 축하하면서, 다 같이 사이다를 외쳐봅시다."

지호는 갸우뚱하며 도이를 쳐다보았다.

"사!"

도이의 선창에 도원결의 멤버가 따라 했다.

"사랑합니다!"

"이!"

"이 생명 다 바쳐서!"

"다!"

"다시 태어나도 당신들을!"

입을 딱딱 맞추는 도원결의 멤버를 보고 지호는 그들이 미리 건배사를 준비했다는 것을 깨달았다. 그들은 축하하는 눈빛으로 지호와 유결을 바라보며 잔을 들었다.

"다 같이 사이다!"

"사이다!"

사이다라니. 지호는 그들과 관련 깊은 건배사에 웃음을 보였다. 맞선 때 지호는 무난한 커피가 아니라 사이다를 시켰었다. 짠, 하고 컵이 부딪치는 소리와 '행복해' 라는 말이 오고 갔다.

"고맙다."

유결은 활짝 웃으며 화답했다.

"러브 샷! 러브 샷!"

친구들의 응원에 유결과 지호는 팔을 걸고 원 샷 했다. 도원결의는 환호했다. 이후로는 즐거운 식사 시간이었다.

모두 음식을 맛볼 때 지호는 냉장고에서 연어를 꺼내 덮밥을 만들기 시작했다. 포슬포슬한 밥을 푸고 쓰유로 조미했다. 생연어로 곱게 덮고 양파와 무순, 김으로 플레이팅을 마쳤다.

"지호 씨, 같이 먹어요."

"네. 갈게요."

유결이 지호 곁으로 다가왔다.

"내가 할게요."

"다 했어요. 가져다주면 돼요."

유결은 지호가 만든 연어 덮밥을 친구들 앞에 하나씩 놓아주었다.

"어머, 내가 좋아하는 연어야."

의지가 아이처럼 기뻐했다. 크게 한 숟가락 떠 입속에 넣은 수는 우물거리며 덮밥의 맛을 칭찬했다.

"제수씨, 솜씨가 아주 좋은데요? 둘이 먹다가 셋이 죽어도 모를 맛이에요."

"제수씨는 아니지 않나? 유결이 생일이 더 빠르지 싶은데."

도이가 딴죽을 걸자 수가 인상을 찌푸렸다.

"귀신을 속여도 넌 못 속이겠다."

"당연하지. 백수 잡는 장도이잖아."

"그래. 장도리야."

"도이거든!"

"도리도리, 장도리."

"백수!"

톰과 제리 같은 도이와 백수의 쫓고 쫓기는 만담이 시작되려는 찰나, 의지가 가방에서 뭔가를 주섬주섬 꺼냈다.

"그게 뭐야?"

원이 관심 보이자 의지가 몇 권의 책을 지호 눈앞에 가져다 놓았다.

"로미오 작가님. 오랜 팬이에요. 여기에 사인 좀."

"네."

지호는 숟가락을 놓고 의지가 내민 펜을 받았다. 〈두 남자〉부터 최근작까지 의지는 그녀의 말대로 로미오의 열혈 팬임을 인증하고 있었다.

지호는 책 속표지에 사인했다. 의지의 눈이 반짝거렸다.

"사인도 너무 멋져요. 로미오라는 첫 글자 R이 깃털 펜처럼 보여요."

"감사합니다."

"어디 나도 보여 줘. 우리 의지, 성덕 됐네. 축하 축하."

도이는 의지의 손에서 책을 건네받아 지호의 사인을 내려다보았다.

"근데 필명이 왜 로미오예요? '로미오와 줄리엣'에서 따온 거예요?"

도이의 물음에 답한 이는 의지였다.

"아니, 〈로마의 휴일〉을 좋아하는 미대 오빠의 줄임말이야."

"미대 오빠?"

"로미오 작가님이 대학 시절 별명이 미대 오빠였는데, 줄여서 미오라고 불리셨대."

"어떻게 그렇게 잘 아시죠?"

지호는 멋쩍어하며 의지를 바라보았다.

"몇 달 전 아마조네스에서 인터뷰를 읽었어요. 로미오 작가님

블로그에도 찾아가서 그 영화 제목도 댓글로 단걸요. 비록 뽑히진 못했지만요."

"무슨 영화?"

"로미오 작가님의 '로'를 완성 시켜 주는 영화야."

"'로' 자로 시작되는 영화라면?"

원의 말에 수가 나섰다.

"로마의 휴일?"

"응. 로미오 작가님이 좋아하는 영화."

의지는 고개를 끄떡이며 수에게 엄지를 들어 보여 주었다.

"나 왜 이리 똑똑한 거니? 퀴즈의 달인 아니냐?"

수의 너스레에 앉아 있던 사람들이 모두 웃음을 터트렸다.

"로마의 휴일이라? 멋진 영화지."

도이가 말했다.

"우리의 추억도 묻어 있잖아. 로마에."

"맞아. 그때 우리 정말 신났었는데. 다 같이 간 유럽 여행이었잖아."

수가 신나게 말을 덧붙였다.

"바티칸도, 콜로세움도, 판테온도, 눈에 선해."

"스페인 광장도. 트레비 분수도 멋졌어."

"6년 전이었나?"

"유결이 본과 4학년 여름 방학 때였으니까."

"로마의 여름도 꽤 더웠어."

"맞아. 젤라토 먹으려고 한참이나 줄 섰는데, 수가 장난치는 바람에 젤라토 떨어뜨렸잖아."

"그때나 지금이나 수는 역시 수야."

"왠지 그 말은 원수라고 하는 것 같다?"

수가 원의 말에 눈을 뾰족하게 만들었다.

"이럴 때는 쓸데없이 똑똑하셔. 멘사 가입해도 될 것 같아."

"가입할까?"

"하긴 이러니 대한민국에서도 새는 바가지, 로마에서도 샜지."

"백원! 난 네 오빠다!"

"뭐? 뭐라고? 잘 안 들려. 안 들린다고."

쌍둥이 남매는 여전히 투덕거리며 주위에 재미를 선사했다.

지호는 유결를 쳐다보며 속삭였다.

"유결 씨는 로마에서 뭐가 제일 좋았어요?"

"좋았던 거라?"

유결은 추억을 더듬는 듯 따스한 눈빛으로 지호를 바라보았다.

"반짝이는 거요."

"반짝이는 거?"

"햇빛에 부딪친 물방울이죠."

지호가 고개를 갸우뚱거리자 유결이 재차 입을 열었다.

"트레비 분수."

"아, 그 물방울이었군요."

"황금빛 포말이었어요."

유결의 표현에 지호는 미소를 띠웠다.

"유결 씨가 방문한 그날 하늘이 유난히 화창했던 모양이에요."

"햇빛 때문일 수도 있지만, 어쩌면 동전 때문일 수도 있을 거예요."

"동전이요?"

"동전에 반사되는 빛들 때문에 물거품이 황금 가루로 보였을 지도 모르죠. 그 동전에는 저마다의 바람이 들어 있었을 테니까. 황금처럼 반짝일 거예요. 사람들은 인생의 황금을 찾기 위해 한 발 한 발 용기를 내는 거고요."

지호는 유결의 비유에 가슴이 따뜻해졌다.

"유결 씨의 황금은 어떤 거예요?"

"돈 잘 버는 명예로운 외과 과장이요."

"네?"

"장준혁 교수님처럼 말입니다."

눈을 찡긋하는 유결에게 지호는 눈을 샐쭉해 보이며 말했다.

"그분이 정말 유결 씨에게 지대한 영향을 끼치긴 끼친 모양이에요."

"근데 말로가 좋지 않았죠. 병사했으니까요."

"안 되겠어요. 얼른 롤모델을 바꾸는 게 낫겠어요."

"그러려고요. 김유신 교수님으로."

"현명하고 좋은 결정인 것 같습니다."

유결은 한창 재미있게 이야기 나누는 친구들 몰래 지호의 손을 잡았다.

"실은 내 진짜 황금은 바로 지호 씨예요. 사랑하는 사람과 행복하게 해 달라고 빌었거든요."

"그랬어요?"

"물론 실수였지만."

"실수?"

"수에게 던진다는 게 그만. 분수로 들어가 버렸거든요. 그래서 얼른 소원을 빌었죠. 진정으로 사랑하는 사람을 만나게 해 달라고."

"네에?"

유결은 놀라는 지호에게 다정한 미소를 보여 주었다.

"동전 던지기가 효과가 있긴 있는 모양이에요. 지호 씨를 만나게 되었으니까."

그 말에 지호는 유결의 잡은 손을 꼭 잡았다.

"다음에 우리 꼭 로마에 가요. 유결 씨와 추억을 남기고 싶어요."

"나도 지호 씨와 함께 로마에 꼭 가고 싶어요. 나 때문에 못 가게 돼서 미안해요."

"뭐가 미안해요? 유결 씨가 일부러 그런 것도 아니고."

원래 신혼여행으로 로마에 가고자 했으나 유결이 뺄 수 있는 시간은 겨우 3박 4일이 최대치였다.

결국 두 사람이 아쉬운 마음을 달래며 신혼여행을 간 곳은 제주도였다. 그곳에서의 신혼여행도 꿈결 같았지만, 지호는 꼭 유결과 로마에 가고 싶었다.

이제는 트레비 분수에 동전은 던지지 않고 가만히 바라만 봐도 행복할 것 같았다. 유결이 자신의 곁에 있었으니까.

지호는 트레비 분수 앞에서 유결에게 기대어 있는 스스로를 상상했다. 황금처럼 빛나는 행복이 가슴에 가득 찼다.

"유결 씨, 제가 이 말 했었나요?"

"갑자기 말을 너무 높이면, 나 무서운데. 내가 지호 씨에게 잘못한 거 있나 없나 살펴보게 된다고요. 무슨 말인데요?"

"사랑한다. 강유결."

지호의 반말에 유결의 눈이 휘둥그레졌다. 그러고는 소리 내어 웃기 시작했다.

"왜, 왜요? 반말 좋아한다면서요?"

지호가 당황하는 그때 친구들이 유결을 돌아보았다.

"뭐냐? 뭐가 그리 재미있어서 혼자만 웃고 있어? 같이 웃자."

수가 의아한 듯 유결을 쳐다보았다. 유결은 수의 말에는 아랑곳하지 않고 지호를 응시했다.

"아무래도 나, 처음부터 첫눈에 반한 거 같아요."

"강유결, 네가? 지호 씨에게?"

도원결의 여성 멤버들이 동시에 유결에게 물었다. 그래도 여전히 유결의 눈은 지호를 향해 있었다.

"전율이 흘렀어요."

지호는 눈을 동그랗게 유결을 바라보았다.

"지호 씨, 이어폰에서 흘러나오던 그 노래."

"무슨 노래였는데?"

도원결의와 수가 궁금한 어조로 한목소리를 냈다.

"스릴러, 스릴러 나이트. 그 전율이 내 마음에도 막 흘렀어."

"몰랐어요."

"지호 씨가 어떻게 알겠어요? 내게 관심도 없었잖아요."

일견 그의 말이 맞아 지호는 얼굴을 붉혔다. 글에 대한 욕심에 엉뚱한 질문을 해 버렸다.

"그런데도 난 지호 씨에게 반했죠. 내 예상대로 흘러가지 않는 그 모든 상황이 날 그렇게 만들었어. 당신이……."

지호는 유결에게 미처 답하지 못했다. 그가 자신에게 키스했기 때문이었다.

"앗!"

"유결이 상남자!"

"진짜 강유결 맞아? 멋져!"

"나도 일전에 드라마에서 저렇게 멋있게 키스했잖아."

"네가 여기서 왜 껴?"

도원결의가 수를 타박하는 말이 지호의 귀에 들어오지 않았다. 오직 유결의 숨소리와 따스한 온기만 느껴질 뿐이었다. 지호는 눈을 감았다. 그리고 그에게 사랑을 돌려주었다.

전율이 넘치는 집들이였다.

<u>외전 3</u>
로마의 휴일

6년 전.

눈부신 햇살이 분수의 조각상으로 쏟아져 내렸다. 트레비 분수는 웅장하고 아름다웠다.

〈로마의 휴일〉에서 보았던 흑백이 아니었다. 깨끗한 햇빛으로 도배된 분수는 파란 하늘 아래로 에메랄드색 물 위에서 현실감 있게 지호에게 감동을 선사하고 있었다.

정말 내가 로마에 있구나.

지호는 홀린 듯 분수를 주시했다.

바다의 신 포세이돈의 양옆으로는 반신반어인 트리톤이 역동적인 말과 순종적인 말의 갈기를 잡고 있었다. 말은 고요한 물과 격동적인 물을 상징했다. 바다와 강물, 세상의 모든 물의 주인이 이곳에 있었다.

세계적인 관광지답게 사람이 붐비는 분수대였다. 그러나 관광객들은 더위를 피하려고 노천카페의 파라솔 아래나 시원한 건

물 안으로 쏙 들어가 버렸다.

지호는 분수가 보이는 맞은편 계단에 앉아 떨어지는 물방울을 바라보았다.

어제저녁 파리를 떠나 로마에 도착했다. 피곤을 풀기 위해 호텔에서 게으름을 부리다 자정이 다될 즈음 브런치를 먹고 로마 관광에 돌입했다. 몇 달 전부터 계획한 유럽 여행이었다. 작품이 끝나기 전부터 연아는 낭만적인 유럽을 둘러보자고 졸랐다. 유럽을 여러 번 다녀온 연아가 갑작스럽게 여행을 계획한 것은 정우 때문이었다.

졸업도 하기 전, 정우는 선배와 드라마 제작사를 차렸고, 첫 드라마의 성공으로 젊고 유능한 제작자로 유명세를 치르게 되었다. 비록 대표는 그의 선배였지만 제작 이사인 정우는 회사의 중요한 실세와 다름없었다.

차기작의 시작과 끝이 해외 로케이션 촬영이라 정우는 한 달간 유럽에 머물 예정이었다. 연아는 정우의 일정에 맞춰 로마 여행을 계획했다. 회사를 오래 비울 수 없는 탓에 파리와 로마만 여행하는 열흘간의 스케줄을 짰다.

연아는 정우의 마음을 잡기 위해 고군분투했다. 대학 입학과 동시에 시작된 그녀의 짝사랑은 한 번도 멈춘 적이 없었다.

호텔에서 연아는 정우에게 전화했다. 정우와 연락이 닿지 않아 시무룩해 있던 그녀에게 그가 연락해 왔다. 바로 지호의 휴대폰으로……

지호는 당혹스러운 눈으로 휴대폰을 쳐다보았고 연아는 빨리 받으라고 손짓했다.

―언제 도착했어?

"어젯밤에."

—미안. 회의가 길어졌어.

"응."

연아는 초롱초롱한 눈으로 지호를 쳐다보고 있었다.

"연아가 전화했었는데."

—그랬어?

"어제도, 조금 전에도."

—촬영 허가가 나지 않아서 정신이 없었어. 회의하느라고.

"그랬구나."

연아가 먼저 전화를 건 것을 아는 정우가 어째서 내게 먼저 전화를 한 걸까. 지호는 조심스러운 눈빛으로 연아를 살펴보았다. 그녀의 표정에는 열망과 초조가 숨겨져 있었다.

—밥은 먹었어?

"아직."

—밥 먹고 있으면 얼추 호텔로 도착할 것 같아.

"알았어."

—도착하면 다시 연락할게.

"그래."

통화는 끊겼다. 연아는 기대하는 눈빛으로 지호를 올려다보았다.

"정우, 언제 온대?"

"우리 밥 먹고 있으면 금방 온다고 했어."

연아의 얼굴이 환해졌다.

"정말?"

"응."

"오늘 우리와 같이 있을 시간 되겠지?"

"이쪽으로 온다니까 되지 않을까?"

지호는 연아의 심기를 살폈다.

"어제 촬영 허가가 안 나서 바빴던 모양이야. 우리가 도착했을 때 회의하고 있었대."

"일은 해결이 잘됐나 봐?"

"그런가 봐. 온다고 했으니까."

"다행이다."

연아의 진심이 느껴지는 얼굴에 지호는 안타까움을 느꼈다. 자신에게도 전해지는 연아의 마음이 정우에게는 전해지지 않는 것일까?

그녀가 어제와 오늘 그에게 전화한 것을 알면서도, 정우는 모른 척하고 지호에게 먼저 전화를 했다. 연아의 마음이 부담스럽다는 노골적인 표시인 것 같아 지호는 신경이 쓰였다.

지호로 인해 친구가 된 그들은 단번에 친밀한 사이가 되었다. 하지만 정우는 한국에서도 종종 연아의 전화를 받지 않고 이따금 멀리하곤 했다. 그런 정우가 얄미우면서 한편으로는 안심이 됐다. 부지불식간에 스며든 불편한 마음에 지호는 가슴이 철렁 내려앉았다.

언제까지 살얼음 위를 걷는 마음을 가져야 하는지 알 수 없어 울고 싶어졌다. 또 다른 마음은 우정 안에 숨은 불안하고 위태한 욕심을 끄집어내라고 한다. 다시 이어질 수 없도록 균형을 깨 버리라고.

깜짝 놀란 지호는 재빨리 마음을 털어 냈다. 연아는 자신에게 둘도 없는 소중한 친구였다. 친구의 사랑이 이뤄지기를 바라는 마음은 결코 거짓이 아니었다. 애초부터 존재하지 않았던 것처럼 불온한 욕심을 짓밟았다.

"정우는 네 친구니까."

"어?"

"네 배꼽 친구잖아. 동성 친구나 다름없으니까. 그래서 무의식적으로 편한 네게 전화를 먼저 한 걸 거야."

"응."

"내가 정우에게 편하지 않은 친구라면, 정우가 조금이라도 날 여자로 의식하고 있다는 뜻으로 받아들여도 될까?"

지호는 정해진 답을 원하는 연아의 갈망 어린 물음에 쓴웃음을 지었다.

"그런 거 같아."

그제야 연아는 안심한 듯 활짝 웃었다.

분수에서 토해진 물방울이 하늘로 솟구치며 포물선을 그리며 아래로 떨어졌다.

지호는 마음이 편해지는 것 같았다. 정우에 대한 마음은 처음부터 제 것이 아니었다. 연아가 아니었다면 결코 깨닫지 못할 마음이었으니까.

야구 모자를 꾹 눌러쓴 지호는 자리에서 일어나 분수 쪽으로 다가갔다. 오드리 헵번처럼 소원을 빌어야지. 이 마음이 사라지도록.

지호는 청바지 주머니를 뒤적이고 있을 즈음 쾌활한 남자의 목소리가 등 뒤에서 들려왔다.

"이야, 진짜 멋진데?"

"백수! 조용히 좀 해."

"왜?"

"다들 우리만 쳐다보잖아."

"그거야 내가 연예인이라서 그런 거지."

"널 알아보는 사람이 얼마나 있다고?"

"이거 왜 이러셔? 얼마 전에 인기리에 끝난 JBS 수목 미니시리즈, '우리 아들들'에서 까칠한 둘째 아들을 연기한 백결이라고. 씬스틸러로 시청자들에게 눈도장을 얼마나 쾅쾅 찍었는데."

"저 봐. 아무도 몰라주니까. 제 입으로 나불대는 거."

"장도이, 너 진짜 이럴 거냐?"

"그럴 거다."

"싸우자!"

"싸우면 너만 손해야. 네가 방금 네 입으로 그랬잖아. 연예인이라고. 아무리 인지도 없어도 여자랑 해외에서 싸우면 대서특필 감이다?"

"오호! 그것은 고도의 노이즈 마케팅? 해외에서 물의 일으킨 연예인으로라도 인터넷을 장악해 보고 싶다는 뜻? 우리 수, 인기에 정말 목말랐구나."

"지의지. 너마저 날 배신하는 거냐?"

"오빠?"

"백원, 너는 왜 갑자기 그렇게 불러? 내가 뭐 잘못한 것도 없는데."

"정말 잘못한 것이 없어?"

"없지! 없는데. 네가 그렇게 부르니까 이상하잖아."

"오빠를 오빠라고 부르는 게 뭐가 이상하지?"

"네가 날 오빠라고 부르는 날엔, 꼭 안 좋은 일이 생기니까 그렇지!"

"이게 정말! 오빠라고 대우해 주니까, 막 나가네!"

"의지야. 원이 말려! 수는 내가 맡을게."

"응!"

지호는 소란스러운 한국인들을 흘긋거렸다. 주변에 사람이 많이 없는 게 다행이라고 생각하며 주머니 안에서 찾은 동전 하나를 만지작거렸다.

"소원을 빌자. 자, 다들 뒤돌아서."

"왜?"

"트레비 분수에 동전 던지는 자세 있는 거 몰라? 오른손으로 왼쪽 어깨 위로 던지는 거야."

"알았어."

합창하듯 여자들이 말했다.

"트레비 분수에 동전을 던지는 횟수에 따라 소원의 내용이 달라져."

"어떻게?"

"첫 번째로 던질 때는 로마에 다시 돌아오게 해 달라고 비는 거야."

"두 번째는?"

"사랑을 이루게 해 달라는 거지."

"사랑하는 사람을 만나게 해 달라는 의미도 되는 거지?"

"물론."

"세 번째는 뭐야?"

"사랑하는 사람과 이별하게 해 주세요."

"왜 이별이야? 기껏 사랑하게 해 달라고 빌어 놓고서는."

"옛날 이탈리아에서는 이혼이 정말 이루기 힘든 일이었대. 원수 같은 배우자와 이혼하는 것만큼 간절한 것도 없어서, 세 번째 동전에는 간절하게 소원을 이루는 것도 있지만 이별의 의미가 있기도 해."

지호는 그녀의 말이 뇌리에 꽂혔다. 간절한 이별. 그게 지금 자신에게 제일 필요한 것이었다. 만지작거리던 동전을 분수로 과감하게 던졌다.

로마에 다시 오게 해 주세요.

동전은 미련 없이 물속으로 떨어졌다.

지호 옆 한국인들도 동전을 던지기 시작했다. 아마 그들도 로마에 다시 돌아오게 해 달라고 빌었을 터였다.

"유결아, 동전 던졌어?"

"어."

귀찮아하는 남자의 음성이 지호의 귀로 들어왔다. 그들 일행에는 한 명의 남자가 더 동행하고 있었다.

"유결이 동전 던지는 거 본 사람?"

"내가 봤어."

조금 전부터 여자들의 입에서 한 번도 빠지지 않고 나오던 수라는 남자의 목소리였다. 지호는 어느새 그들과 일행이 된 듯한 기분이 들었다.

"원아, 두 번째 동전도 던졌어?"

"응. 사랑하는 사람을 만나게 해 달라고."

"우리 원이, 짝사랑 꼭 이뤄지기를!"

"파이팅!"

여자들의 우정에 지호는 싱긋 미소를 지었다. 그녀들은 마치 복숭아 동산에서 도원결의를 한 유비, 관우, 장비 같았다.

지호는 다시 동전 하나를 꺼냈다. 세 번째 소원을 빌기 위해서는 두 번째 동전을 던져야 하는데, 망설여졌다. '사랑을 이루게 해 주세요'일까? '사랑하는 사람을 만나게 해 주세요'일까?

문득 그녀의 얼굴에 그늘이 내려앉았다.

어떤 질문이든 그 상대자는 정우였다. 누군가가 심장을 긁는 것 같다. 지호는 아프게 입술을 매만졌다. 내 것이 아닌 마음인데, 찰나의 순간에도 마음은 요동친다.

나쁜 건 나일지도 몰라.

"백수, 뭐 하는 거야? 그렇게 마구 던지면 어떡해!"

놀란 도이의 목소리에 수가 대답했다.

"동전을 많이 던지면 던질수록 좋을 거 아냐? 난 정말 간절하다고! 제발 성공하게 해 주십쇼! 우리나라 아니, 한류의 최선봉에 설 수 있는 톱 배우가 되게 해 달라니까요!"

"누가 소원을 그렇게 큰 소리로 말하래?"

"말하면 안 되냐?"

"부정 타면 어쩌려고?"

"뭐 어때? 트레비 분수를 관장하는 신도 돈 꽤 밝히는 것 같은데."

"야! 그건 속물적인 발언이야."

이번에는 의지의 신경질적인 말이었다.

"간절한 소원 말하라며? 난 지금 유명세가 간절하다고."

"아무리 그래도 그렇지. 그걸 입 밖으로 꺼내는 사람이 어디 있어? 이런 낭만적인 장소에서."

"낭만이 밥 먹여 주진 않는다?"

"저런 저렴한 사고라니. 내가 다 부끄러워. 어쩌다 백수 동생으로 태어나서는."

유결은 원의 벌레 씹은 얼굴에 웃음이 새어 나왔다. 원은 수와 닮은 구석이 없다고 말하지만 자신의 눈으로 보기에 원과 수는 영락없는 쌍둥이였다. 용감무쌍한 이란성 쌍둥이를 만난 건 최고의 행운이었다.

그는 자신의 곁에 서 있는 동양 남자를 쳐다보았다. 깔끔한 흰 티에 청바지를 입은 그는 선이 고운 남자였다. 비록 야구 모자를 깊게 눌러 써 얼굴은 볼 수 없었지만, 여자로부터 모성애를 불러일으키는 외모가 분명할 것이다. 남자치고는 가는 팔목과 연약한 허리가 눈에 들어왔다.

그는 두 번째 동전을 던질까 말까 고민하는 것 같았다.

"유결아, 동전 남았으면 던져 줘."

"안 돼! 주지 마. 트레비 분수를 모욕하고 있어."

유결은 도이의 부르짖음에도 동전 하나를 수에게 던졌다. 그런데 수에게 던진 동전은 하늘로 올라가 버리더니 길게 호를 그리며 분수로 떨어졌다.

"유결아, 얼른 두 번째 소원 빌어!"

수가 부산스럽게 말하더니 쪼르르 달려와 동전을 내놓으라고 손바닥을 보였다. 눈을 찡그리던 유결은 몇 개의 동전을 수에게 쥐여 줬다.

수는 분수를 향해 신나게 동전을 던지며 외쳤다.

"대박 나게 해 주십쇼. 누가 뭐래도 대한민국에서 제일 유명한 연예인이 되게요. 알았죠?"

그런 수의 모습에 친구들은 슬금슬금 뒷걸음쳤다. 마치 수와 일행이 아니라고 보이고 싶은 것처럼.

유결은 몸을 틀어 야구 모자 남자를 쳐다보았다. 그는 고민이 끝난 듯 분수를 향해 동전을 던졌다. 그러던 그가 주머니를 뒤지는 것을 목격했다. 유결의 눈썹이 치켜 올라갔다.

세 번째 동전도 던지겠다는 건가?

그는 당황한 듯 바지 주머니 안을 더듬거리더니 메고 있던 백팩까지 벗으며 안을 들여다보았다. 여분의 동전이 없었던지 그의 어깨가 축 늘어졌다.

필사적으로 던져야 할 이유가 있는 걸까?

어쩌면 그건 그에게 절박한 간절함일지도 모른다. 유결의 눈이 슬쩍 원을 향해 갔다 왔다. 이루어지지 않은 첫사랑의 열병만큼 아픈 것도 없었다. 하지만 그것은 그가 감당해야 할 몫이었다.

어쩌면 저 남자도 아픈 사랑에 더는 고통받고 싶지 않은지도 모른다. 세 번째 동전의 의미는 간절한 이별이었으니까.

유결은 동전 하나를 손에 쥐고 그에게로 다가갔다.

"Excuse me."

남자가 유결을 쳐다보았다. 유결의 눈이 가늘어졌다. 야구 모자 아래로 드러난 얼굴은 깨끗하고 예쁜 여자의 얼굴이었다. 예상치 못한 전개에 당황했지만 유결은 곧 아무렇지도 않은 표정으로 그녀에게 동전을 내밀었다.

유결의 동전을 쳐다보던 그녀가 몇 초간의 망설임을 끝내고 동전을 건네받았다.

"감사합니다."

"한국분이세요?"

"네."

귓가로 숨어들어 오는 허스키한 음색에 유결의 입매가 저도 모르게 하늘로 움직였다.

"유결아. 빨리 와. 젤라토 가게 줄이 어마어마하게 길어."

수의 부름에 유결은 여자를 지나치다 속삭였다.

"행운을 빕니다."

여자의 눈이 동그랗게 떠졌다. 유결은 미소를 띤 채 그녀 곁에서 멀어졌다.

지호는 남자가 주고 간 동전을 내려다보았다. 반짝반짝 빛나는 은색의 동전.

세 번째 동전을 위해 두 번째 동전을 힘겹게 던졌다. 정우가 아닌 새로운 사랑을 만나게 해 달라고 빌었다. 그리고 세 번째 동전을 던지려는데, 동전이 남아 있지 않다는 걸 알고 마음이 깊게 침잠했다.

이제 정말 잊고 싶은데. 안 되는 걸까.

자신답지 않게 눈물이 고이려는 순간, 누군가가 다가와 동전을 내밀었다. 그 순간 자신의 결심이 잘못되지 않았음을, 더욱 견고해져야 함을 깨달았다.

지호는 힘껏 분수를 향해 동전을 던지며 기도했다.

정우를 잊어버리게 해 주세요. 미련까지도 버리게 해 주세요.

유결은 수가 혓바닥으로 젤라토를 핥아 먹는 걸 지켜보았다. 잘생긴 얼굴에 아이스크림을 잔뜩 묻힌 수는 어른 같아 보이지 않았다. 10년 전 중2 때 만난 개구쟁이이자 말썽쟁이처럼 보였다.

"근데 유결아, 두 번째는 무슨 소원 빌었나?"

"무슨 말이야?"

"너도 도이 말대로 트레비 분수에 얽힌 전설 그대로 빌지는 않았을 거잖아. 첫 번째는 마지못해 빌었을 수도 있지만. 네가 내과라는 거 다 알아. 청개구리과."

유결은 조금 전 수가 '톱 배우 되게 해 주세요'라고 말하며 동전을 마구 내던진 것을 떠올렸다. 그래서 수는 자신도 그럴 것이라고 여긴 모양이었다.

"사랑을 이루게 해 달라고 빌었는데?"

"뭐? 그 중요한 순간에 네가 순순히 도이가 말한 대로 빌었다고?"

"응."

"배신자. 우린 도원결의에서 유일한 남성 멤버 아니냐? 우리라도 뭉쳐야지."

그러다 수의 눈빛이 수상쩍게 변했다.

"혹시 우리 원이, 아직 잊지 못한 거야?"

유결은 못마땅한 듯 눈살을 찌푸렸다.

"아니, 난 또 네가 사랑을 이루게 해 달라고 하니까. 뭘 또 그렇게 무섭게 노려봐?"

"원이 앞에서 실수하지 마."

유결은 원이 행여라도 제 지나간 짝사랑을 눈치채는 것을 원하지 않았다. 이미 정리된 감정 때문에 친구를 불편하게 만들고 싶지 않은 것이 그의 진심이었다.

"알아, 알아. 내가 실언했다. 친구야. 그러면 사랑을 이루게 해 달라는 건 진짜 뭐냐?"

"말 그대로 사랑하는 사람을 만나게 해 달라고. 진정한 내 사랑을 말이야. 행복해지고 싶으니까."

수가 고개를 끄덕여 보였다. 여행 동안 좀처럼 볼 수 없던 수의 진지한 모습이었다.

유결은 화창한 하늘을 쳐다보다 정면으로 시선을 내렸다. 조금 전 트레비 분수에서 짧게 부딪쳤던 여자가 씩씩한 걸음으로 가게 앞을 지나가고 있었다. 아마도 그녀의 무거운 짐이 조금은 가벼워진 모양이다.

그는 어쩐지 제 마음이 더 가벼워지는 것 같아 입꼬리를 살짝 올리며 젤라토를 한 입 베어 물었다. 달콤하고 상큼한 맛이 입 안을 가득 채웠다.

황금빛 햇볕이 내리쬐는 한가로운 로마의 오후였다.

작가 후기

연일 폭염이라는 뉴스가 나오는 요즘입니다.

이 글의 계절적 배경이 겨울이라는 점에서 다행이라는 생각이 드네요.

잠시라도 시원하시지 않을까 하여…….

〈로미오의 남자〉라는 제목을 지어 놓고 흐뭇해했습니다.

중성적인 여자 주인공을 그려 보고 싶은 욕심에서 출발한 글이었거든요.

남자 주인공보다 멋진 여자 주인공이었으면 좋겠고, 직업도 특이했으면 좋겠다는 생각에 〈로미오의 남자〉가 나오게 되었네요.

사이다 한 모금을 간절히 원하는 지호에게 눈치 보지 말고, 쭉 들이키라는 유결의 사랑이 여러분들에게도 유쾌하게 다가갈 수 있길 소망합니다.

감사합니다.

—2018년 7월,
이수진 드림.